James Shrouder und einer Bibliothek
der Erinnerungen gewidmet,
vergangenen und vor uns liegenden,
lustigen und erschreckenden.

*«Der wahre Zweck der Tragödie ist es,
den Zuschauer von den Leidenschaften zu reinigen.»*

ARISTOTELES

Das hier wird einer der Briefe, die du nie lesen wirst. Vielleicht deshalb, weil ich ihn verbrennen werde. Vielleicht, weil er mit dem Boot untergehen wird.

Ich habe lange darüber nachgedacht. Wenn es einen anderen Weg gäbe, glaube mir, dann würde ich ihn gehen. Es ist schwierig, wenn zwei Menschen so viel gemeinsam erlebt haben. Es ist so schwer, Schmerzen zuzufügen, selbst solche, die nicht lange anhalten. Und selbst dann, wenn es richtig ist.

Der kommende Sturm wird der schlimmste werden, den du je erleben wirst. Ich bin mir sicher, dass er dir manchmal unerträglich vorkommen wird. Du wirst denken, dass es zu viel ist, dass du nicht die Kraft hast, damit zurechtzukommen. Aber ich <u>kenne</u> dich, Lucy. Deine Stärke kommt tief aus deinem Inneren. Du hast schon harte Zeiten überlebt, und das hier wirst du auch überleben.

Schmerz kann reinigend sein – erinnerst du dich noch, wie du das zu mir gesagt hast? Leiden kann kathartisch sein.

Anfangs wird es dir schwerfallen zu vergeben. Aber nach einem Jahr, vielleicht zweien, wirst du das anders sehen. Du wirst zurückschauen und verstehen, dass ich recht hatte. Dass das hier die beste Lösung ist.

Für uns alle.

TEIL 1

EINS

1

Die Nachricht schlägt nicht sauber zu wie die Klinge einer Guillotine. Es wird nichts schnell abgetrennt. So gnädig läuft es nicht ab.

Diese Nachricht enthüllt ihre Schrecken nur Stück für Stück. Und sie kündigt sich zunächst gewaltsam an – durch das nachdrückliche Hämmern von Fäusten gegen die Haustür von Lucy Locke.

2

Lucy sitzt im Arbeitszimmer über Daniels Laptop gebeugt. Ihr Atem geht pfeifend durch die Zähne, und sie sucht hektisch etwas auf dem Gerät. Auf dem Bildschirm sind die Bilanzen der Firma ihres Mannes zu sehen. Auf dem Schreibtisch liegen Kontoauszüge, Rechnungen und gekritzelte Notizen. Zu ihren Füßen stehen Aktenordner, aus denen Quittungen quellen.

Am liebsten würde sie jeden einzelnen Zettel in den Kamin werfen und ein Streichholz daran halten, aber das würde ihnen auch nicht helfen. Wenn es etwas gibt, das sie übersehen hat, muss sie es unbedingt finden.

Lucys nasses Haar tropft kalt auf ihren Rücken. Das Arbeitszimmer ist nicht geheizt, und das Badehandtuch, in das sie sich gewickelt hat, wärmt nur wenig. Im Flur fällt das Quecksilberbarometer. Bisher ist der Sturm noch nicht losgebrochen. Aber bleigraue Wolken ziehen unheilschwanger vom Atlantik herauf.

Das hier kommt ihr nicht wie das Ende der Welt vor. Nicht ganz, noch nicht. Es ist nicht die erste Krise, die sie in ihren neun gemeinsamen Jahren überstehen müssen. Sie hat Daniel schon einmal gerettet. Sie weiß, dass sie ihn noch einmal retten kann.

Lucy lehnt sich im Stuhl zurück und versucht, ihren Atem unter Kontrolle zu bekommen. Sie schaut sich im herrschaftlichen, alten georgianischen Zimmer um.

Auf einem Beistelltisch steht ein silberner Bilderrahmen aus Plastik, ein Überbleibsel aus den Zeiten, in denen sie keinen Pfennig besaßen. Sie hat Daniel seitdem viele andere geschenkt, aber das Original hat er nie ersetzt. In diesem Haus gewinnen wertlose Gegenstände mit der Zeit an Wert: das abgeschabte Mobiliar, das angeschlagene Geschirr, die Bilder an der Wand; all das weckt tausend Erinnerungen, es sind unbezahlbare Artefakte aus der Familiengeschichte der Lockes.

Im Rahmen steckt ein Foto von ihnen allen – Lucy und Daniel, Billie und Fin –, aufgenommen vor sechs Jahren am Strand von Penleith. Fin steckt in einem sandverkrusteten Strampelanzug. Billie sitzt im Schneidersitz neben ihm, eine elfenhafte Zwölfjährige in einem kurzen Neoprenanzug. Daniel – der verschossene Surfershorts trägt und sonst nichts –, beugt sich über einen Einweggrill aus Alufolie. Die Sommersonne hat seine Haut karamellfarben getönt. Sein Blick ist aber nicht auf die Steaks gerichtet, sondern auf das Meer, als hätte dort etwas seine Aufmerksamkeit erregt.

Lucy, Anfang dreißig, lächelt das zufriedenste Lächeln der Welt. Ihre abgeschnittenen Jeansshorts und das vorn geknotete Bikini-Oberteil entblößen eine Haut, die so glatt und fest ist wie die eines Seehunds. Zwei Schwangerschaftsstreifen auf ihrem Bauch sind der zarte Beweis dafür, dass sie Mutter ist. Ihre Brüste sind deutlich auffallendere Hinweise darauf.

Sie hat Daniel immer damit geneckt, dass sie der wahre Grund dafür seien, dass ihm dieses Foto so viel bedeutet. Aber in Wirklichkeit liebt sie das Bild ebenfalls.

Als sie bemerkt, wie sehr sie die Zähne zusammenbeißt, wendet sie sich ab. Plötzlich ist es zu schwer, ihre Familie anzusehen.

Auf dem Schreibtisch liegt ein Stapel ungeöffneter Briefe. Lucy beginnt sich durch sie hindurchzuarbeiten, immer in der Erwartung weiterer Schreckensnachrichten. In den ersten drei Umschlägen ist nur Post für den Papierkorb. Der vierte Brief stammt von einer Versicherung. Sie schaut auf das Datum – und zuckt zusammen, als sie begreift, wie lange er schon hier liegen muss. Sie überfliegt den Text, und die Muskeln in ihrem Unterbauch verkrampfen sich.

Lucys Blick huscht wieder zu den Bilanzen von Daniels Firma, dann zum gerahmten Foto, auf dem er hinaus aufs Meer blickt. Erst gestern Abend, in der Dunkelheit ihres Schlafzimmers, hat sie die Arme um ihn geschlungen und geschworen, dass sie das hier gemeinsam überleben würden. Er hat etwas gemurmelt und sich auf die Seite gerollt. Und Lucy hat seine Verzweiflung gespürt und gemerkt, dass sich ihre Augen mit Tränen füllten.

Neben dem Foto von ihrer Familie liegt ein altes Polaroid, zerknickt und verblichen. Darauf steht der achtjährige Daniel auf den Stufen des Glenthorne Hostel für Jungen in Plymouth. Den gleichen Gesichtsausdruck hatte er auch an dem Tag, an dem sie einander begegnet sind: die Wachsamkeit eines Beutetiers, die mehr einem Tier als einem Menschen entsprach, eine herzzerreißende Mischung aus Furcht und Hoffnung und Sehnsucht.

An jenem Tag hat sie den machtvollen Drang verspürt, ihre Arme um ihn zu schlingen.

Immer, wenn Lucy dieses Foto ansieht – das erste Foto von ihrem Ehemann, das es gibt –, hat sie wieder ganz genau dieses Gefühl.

Auf den Stufen neben Daniel steht Nick, breiter und größer,

obwohl sie beinahe gleichaltrig sind. Daniel blinzelt in die Kamera, aber Nick schaut finster geradeaus. Er hat den Arm beschützend um seinen kleineren Freund gelegt. Lucy weiß besser als die meisten, dass er dort immer noch liegt.

Sie runzelt die Stirn und reißt den letzten Umschlag auf. Begreift zu spät, dass der Brief an Billie adressiert ist. Lucy wirft ihn auf den Schreibtisch und sieht sich noch einmal die Bilanzen an. Sie ballt die Faust und schlägt damit so hart auf die Schreibtischplatte, dass eine Schublade klappert.

Und dann hört sie eine Reaktion, die aus dem Flur kommt. Aber es ist keine klappernde Schublade. Es kommt von der Haustür. Jemand hämmert dagegen.

3

Lucy blinzelt. Neigt den Kopf zur Seite. Ein kalter Wassertropfen rinnt ihr den Hals hinab. Das Gehämmer endet ebenso abrupt, wie es angefangen hat. Jetzt hört sie nur noch das Ticken der Wanduhr.

Eine Bewegung am Fenster erregt ihre Aufmerksamkeit. Sie wendet gerade rechtzeitig den Kopf, um zu sehen, wie eine Silbermöwe auf dem Fenstersims landet. Der Vogel ist so groß, dass er Mühe hat, die Balance zu halten, und mit den Flügeln schlägt. Er sieht sie mit einem blassen Auge an. Dann tippt er mit dem Schnabel gegen die Scheibe.

Seit ihre Großtante Iris immer mehr in die Demenz abgleitet, hat sie eine abergläubische Furcht vor Möwen – Iris hasst es, wenn sie auch nur an ihrem Haus vorbeifliegen. Lucy wendet den Blick von der Möwe ab und schaut zur Uhr. Erst nach zwei. Seit der Flut ist ungefähr eine Stunde vergangen.

Hat sie sich nur eingebildet, was sie gerade gehört hat? Niemand in dieser Familie benutzt die Haustür, auch sonst niemand, den sie kennen. Gute Freunde und Mitarbeiter kündigen in alter Tradition nicht einmal ihr Kommen an; sie schlendern einfach durch die Küche und greifen dabei in die Keksdose, sie fühlen sich wie zu Hause.

Das Hämmern ertönt erneut. Vier heftige Schläge. Die Silbermöwe gibt einen Schrei von sich und flattert vom Sims. Lucy steht auf und hält das Badetuch vor der Brust zusammen. Sie geht zur Tür des Arbeitszimmers.

Schaut hinaus.

Wie die anderen Teile dieses weitläufigen Hauses auf den Klippen ist auch der Flur großzügig, aber heruntergekommen. Enteneiblaue Wände – die schon längst hätten neu gestrichen werden müssen – stützen eine Decke mit üppigem, wenn auch hie und da abgeplatztem Stuck. Auf dem Parkett liegt ein verschlissener Läufer, der das Geräusch der Schritte kaum dämpft.

Das Haus stand zwei Jahrzehnte lang verlassen auf Mortis Point, bevor sie es kauften. Jetzt, nach vier Jahren, weiß Lucy, dass der Spottpreis, den sie bezahlt haben, eigentlich nur ein Ablösegeld war. Wild Ridge, wie das Anwesen heißt, ist noch zu retten, aber sie werden sich die dafür nötigen Reparaturen niemals leisten können. Jetzt zumindest ganz sicher nicht.

Die Haustür besteht aus einer riesigen Mahagoniplatte. Durch das Sprossenfenster darüber sieht man ein Rechteck schieferfarbenen Himmels. In die Tür selbst sind zwei Scheiben Milchglas eingelassen. Lucy sieht, wie sich dahinter ein Schatten bewegt. Der Beweis, wenn sie einen bräuchte, dass sie sich das Geräusch nicht eingebildet hat.

Sie ruft sich die Karte von Skentel vor Augen und bevölkert sie mit den Menschen, die sie am liebsten hat. Fin ist in der Headlands Junior School, wo sie ihn kurz vor neun abgegeben hat. Billie ist im College in Redlecker, ein paar Kilometer weiter an der Küste. Daniel in seiner Werkhalle am höher gelegenen Teil des Ufers über dem Strand von Penleith.

Lucy tritt in den Flur und tappt ihn entlang. Das Hämmern hat wieder begonnen, diesmal so heftig, dass die Tür in ihrem Rahmen bebt. Die Stärke der Schläge und die Größe des Schattens lassen darauf schließen, dass der Besucher ein Mann ist. Vielleicht ein Gläubiger? Der Gerichtsvollzieher? Einer von Daniels Kunden, der ihn zu Hause überraschen will?

Als sie schon fast an der Tür ist, verstummt das Hämmern wieder. Sie streckt die Hand aus und berührt den Messingriegel. Zögert.

Irgendetwas kommt ihr komisch vor. Unheilverkündend. Als müsste man es um jeden Preis vermeiden. Lucy hat sich immer auf ihr Bauchgefühl verlassen, aber sie kann diese Störung nicht ignorieren. Das hier ist ihr Zuhause – bis jemand mit der Befugnis dazu etwas anderes behauptet. Auf keinen Fall wird sie sich hier drin ducken und verstecken.

Sie öffnet den Riegel und reißt die Tür weit auf.

4

Es ist Bee.

Lucy ist so überrascht, dass sie als Erstes die Straße hinunterschaut, weil sie dort einen Komplizen vermutet. Erstaunlich, dass jemand, der so winzig ist, einen solchen Lärm verursachen kann. Und so einen riesigen Schatten wirft.

Bee ist ganz in Schwarz gekleidet und hat bonbonrosa Haar. Sie blickt unter Wimpern, die so übertrieben wirken wie die einer Giraffe, zu ihr auf. Was Bee an Körpergröße fehlt, gleicht sie durch ihren Körperumfang aus – breite Hüften, wuchtige Schultern, ein gefällig gerundetes Bäuchlein. Auf ihrem T-Shirt prangt

ein regenbogenbuntes Einhorn, unter dem steht: ICH GLAUBE
AUCH NICHT AN DICH. Lucy kennt sie seit fünf Jahren, seit
Bee in ihr Lokal, das *Drift Net*, marschiert ist und nach einem Job
gefragt hat.

Bee zuckt zurück, als sie Lucys Badetuch und ihr nasses Haar
sieht. Ihre Armbänder klimpern wie ein Windspiel. «Hey, Luce.
Ist Daniel da?»

Lucy lässt die Finger vom Türriegel gleiten. «Bee?» Wieder
schaut sie die Straße hinunter, sieht aber nur Bees Elektroroller,
der an der Hecke lehnt. «Wer kümmert sich ums Drift Net?»

«Was? O, Tommo kümmert sich.»

«Tommo? Ist das – kannst du ihn allein im Laden lassen?»

Bee sieht sie mit einem merkwürdigen Blick an. «Alter, er ist
mein *Freund*. Natürlich kommt er klar.»

Tommo ist ein neuer Fang, der Bee vor ungefähr sechs Wochen ins Netz gegangen ist. Lucy hat ihn erst einmal gesehen,
und das unter nicht besonders günstigen Umständen. «Weiß er,
wie man ...»

«Ich habe dich tausendmal angerufen», sagt Bee. «Dann dachte ich mir, komme ich mal lieber vorbei. Sie haben die *Lazy Susan*
gefunden.»

Das bringt Lucy für eine Sekunde aus dem Konzept. Sie hat
sich nie so recht an den Namen von Daniels Boot gewöhnen
können. Den Namen ihres *gemeinsamen* Boots, korrigiert sie sich
in Gedanken. Wenn man danach geht, wer am meisten Arbeit
hineingesteckt hat, gehört das Boot allerdings vermutlich eher
Daniel. Lucy hat vielleicht ein, zwei Mal Seepocken abgeschrubbt
und ist dafür im Taucheranzug unter dem Rumpf hindurchge-
taucht, aber das ist nichts gegen die Mühe, die sich Daniel damit
gegeben hat. Harte Arbeit und Herzeleid sind der Aufpreis, den
man beim Kauf einer vierzig Jahre alten Jacht bezahlt. Zwei ver-
nünftigere Menschen hätten das nach den Erfahrungen mit der

Renovierung von Wild Ridge eigentlich wissen können. Sie aber nicht.

«Sie haben sie *gefunden*?» Lucy runzelt die Brauen. «Wer? Und wo haben sie sie gefunden?»

«Sie ist auf dem Meer getrieben, glaube ich. Auf die offene See hinaus. Sie schleppen sie gerade wieder herein.» Bee reckt den Hals und versucht, an ihr vorbei in den Flur zu schauen. «Also, ist Daniel da? Ich meine … Mist, ich weiß, dass es nicht sein Boot ist, jedenfalls nicht nur.» Sie holt ihre E-Zigarette heraus und inhaliert, um dann Dampf mit Erdbeergeruch auszupusten, und versucht erneut, an ihr vorbeizuspähen.

Lucy macht einen Schritt zur Seite und verstellt ihr die Sicht. Das Arbeitszimmer ist von hier aus zu sehen. Sie will nicht, dass Bee weiß, womit sie gerade beschäftigt war. «Willst du damit sagen, dass jemand das Boot gestohlen hat? Vom Anleger?»

«Keine Ahnung. Da ist so ein Typ reingekommen und hat einfach weitererzählt, was er aufgeschnappt hat. Küstenwachenklatsch, nehme ich an. Mehr weiß ich eigentlich auch nicht, aber ich dachte, ihr solltet das erfahren.» Sie tritt von einem Doc-Martens-Stiefel auf den anderen. «Geht's dir … äh … geht's dir gut?»

Lucy spürt, wie ihr wieder ein Tropfen den Rücken hinunterrinnt. Sie hat das Gefühl, dass der Tag zunehmend aus den Fugen gerät. «Ja. Hör mal, danke, Bee. Ich werfe mir jetzt lieber was über und finde heraus, was los ist.»

«Soll ich mitkommen?»

Lucy schüttelt den Kopf. «Könntest du ins Drift Net zurück? Tommo kommt bestimmt gut klar, aber ich würde mich besser fühlen, wenn du auch dort wärst.»

Bee nimmt noch einen Zug vom Erdbeerdampf. «Logisch. Ich mach mich dann mal auf die Socken.» Sie dreht sich um und geht den Gartenweg hinunter.

Sie haben die Lazy Susan gefunden. Sie ist auf dem Meer getrieben, glaube ich. Auf die offene See hinaus. Lucy schaut sich um. Bis zum Arbeitszimmer zieht sich eine Spur nasser Fußabdrücke den Flur entlang. Der Anblick lässt sie erschaudern.

Am Gartentor zerrt Bee ihren Roller aus der Hecke. Sie hüpft auf das Trittbrett und fährt summend die Straße hinunter.

Drei Silbermöwen fliegen von Westen her übers Haus. Lucy weiß, was es bedeutet, wenn diese Vögel zu dritt fliegen. Sie schließt die Tür und eilt durch den Flur zurück.

5

Pläne ändern sich, und jetzt haben sich auch Lucys Pläne geändert. Sie geht hastig ins Wohnzimmer, das auf der Rückseite des Hauses liegt. Es ist ein riesiger Raum voller dichter Schatten. Die Teppiche, Bücherregale und alten Sofas mit dem rissigen Leder helfen, ihn zu erden. Die hintere Wand wird von einem schmiedeeisernen Kaminsims dominiert, verziert mit gotischen Kreuzblumen und Pfeilern. Es riecht hier nach Holzrauch und den feuchten, lehmigen Ausdünstungen der vielen Topfpflanzen, die Daniel züchtet. In einer Ecke wächst das Laub so dicht, dass es wirkt, als hätte der Dschungel die Herrschaft übernommen.

Vor den zwei riesigen Stabwerkfenstern mit Spitzbögen sind die Samtvorhänge zugezogen. Lucy durchquert das Zimmer und reißt sie auf. Licht strömt herein. Der Blick ist atemberaubend.

Wild Ridge steht auf der nach Westen ausgerichteten Halbinsel Mortis Point hundertzwanzig Meter über dem Meeresspiegel. Der Rasen hinter dem Haus wird gesäumt von Zypressen und Kiefern und bildet in mehreren Ringen natürliche Terrassen, die schließlich in schroffe Felswände übergehen; darunter tobt das Meer. Im Norden sieht man den sandigen Halbmond des Strandes von Penleith. Weit unterhalb der südlichen Flanke der Halbinsel liegt Skentel.

Von hier aus kann Lucy aus der Vogelperspektive die ganze Kleinstadt sehen. Weiß getünchte Häuser gruppieren sich um eine steile Kopfsteinpflasterstraße, die kaum breit genug ist für ein Auto. Eine geschwungene Steinmole beschützt den winzigen Hafen vor dem Atlantik.

So kurz vor der Flut klatscht das Meerwasser gegen die Kaimauer. Erstaunlicherweise sind die meisten Fischerboote noch vertäut. Am Schwimmdock drängen sich die Jachten. Kleinere Boote hüpfen, an orangefarbenen Ankerbojen festgemacht, im Hafen auf und nieder.

Lucy sieht die Rettungsstation, die normannische Kirche und das schräge Dach vom Drift Net. Draußen hinter der Mole tuckert ein Rettungsboot der Tamar-Klasse in den Hafen hinein. Es ist nicht das Boot aus Skentel – dieses hier muss aus einer Rettungsstation weiter unten an der Küste stammen. Es schleppt die *Lazy Susan* hinter sich her.

Ihre Jacht mit dem dunkelblauen Rumpf liegt viel zu tief im Wasser. Wellen schwappen über den Namenszug am Bug. Zwei Besatzungsmitglieder der Seenotrettung stehen im Cockpit. Das Hauptsegel ist eingerollt, die Fock ebenso.

Etwas Glitschiges schlängelt sich durch Lucys Magen. Sie nimmt das Fernglas von der Hausbar und schaut genauer hin. Die eine Gestalt von der Seenotrettung ist Beth McKaylin, Besitzerin des Penny-Moon-Campingplatzes. Den anderen Freiwilligen erkennt Lucy nicht. Sie holt das Festnetztelefon und ruft Daniel an.

Unten am Strand von Penleith ist der Empfang nicht so gut. Nach zwei Sekunden Verzögerung geht der Anruf direkt auf die Voicemail: *«Hi, dies ist der Anschluss von Daniel Locke von Locke-Povey Marine …»*

Lucy wartet auf den Piep. «Hey, ich bin's. Irgendwas ist mit dem Boot los. Ruf mich sofort an, sobald du das hier hörst.»

Jetzt kommen Leute zum Ufer. Jemand zeigt aufs Drift Net. Ein anderer hebt den Finger in Richtung Mortis Point.

Sie haben die Lazy Susan gefunden. Sie ist auf dem Meer getrieben, glaube ich. Auf die offene See hinaus. Lucy lässt das Fernglas sinken. Wenn sie in den nächsten Minuten losgeht, schafft sie es noch vor dem Rettungsboot zum Anleger. Oben zieht sie hastig einen Overall und Stiefel an. Unten im Flur nimmt sie die Schlüssel vom Konsolentisch. Im halb blinden Wandspiegel erblickt sie ihr Spiegelbild. Ihrem Gesicht sieht man ihre innere Unruhe an. Das fahle Licht lässt ihre Haut noch heller wirken. Ihr Haar, das in feuchten blonden Locken herabhängt, bildet kaum einen Kontrast dazu. Sie sieht aus wie etwas, das die Flut aus dunkler Tiefe an Land gespült hat.

An der Haustür klopft sie gegen das Barometer. Die Quecksilbersäule sackt noch weiter nach unten. Kein Wunder, dass die meisten Fischerboote noch im Hafen liegen. Alle sind gewarnt. Der sich ständig verändernde Luftdruck kündigt etwas Schlimmeres an.

Draußen heult ein salziger Wind zwischen den Zypressen. Lucy steigt in ihren Citroën und lässt den Motor aufheulen. Ihr Handy liegt auf dem Beifahrersitz, wo sie es hat liegen lassen. Sie tippt auf das Display, und es erwacht zum Leben: keine Nachrichten, keine Anrufe, kein Empfang.

Sie fährt so abrupt an und aus der Einfahrt, dass der Schotter aufspritzt.

6

Die Straße führt in Richtung Osten. Auf der Halbinsel gibt es kaum Verkehr. Lucy fährt so schnell, wie sie sich traut.

Sie biegt in die Küstenstraße ein und fährt jetzt Richtung Süden. Die Abzweigung nach Skentel, die über die kopfsteingepflasterte Hauptstraße zum Hafen führt, lässt sie links liegen. Stattdessen nimmt sie Smuggler's Tumble, einen schmalen Weg, der in Serpentinen durch den Kiefernwald zum Meeresufer führt. Am Ende der Straße parkt sie auf dem Schotterrondell, auf dem die Angler manchmal ihre Autos stehen lassen.

Es riecht hier streng nach Kiefernharz und Seetang. Als Lucy den Fuß auf den Schotter setzt, greift ein kühler Windstoß nach ihrer Kleidung. Aus dieser Nähe sieht das Meer ölig und dunkel aus. Die Dünung ist viel höher, als sie von Mortis Point aus wirkte. Brecher rollen dröhnend heran und fallen zu Schaum zusammen.

Mit knirschenden Schritten geht sie am Strand entlang und schaut auf die Uhr. Viertel nach zwei. Nur noch ein paar Stunden, dann trifft der Sturm auf die Küste. Sie überlegt, Daniel noch einmal anzurufen, aber ihr Handy hat immer noch keinen Empfang. Sie erreicht die Mole und steigt die in den Stein geschlagenen Stufen hinauf.

Eine Gruppe Menschen hat sich auf dem Hafenkai versammelt. Auch außerhalb der Touristensaison erregen Rettungsboote Aufmerksamkeit. Aller Blicke sind auf die Tamar-Klasse gerichtet, die die havarierte Jacht durch den Eingangskanal zieht.

Lucy hastet die Mole entlang, den Blick immer auf die hereinkommenden Boote gerichtet. Sie drängt sich durch die Menschenmenge und schnappt Gesprächsfetzen auf.

«… gesagt, dass ihnen das Drift Net gehört …»

«… gerade noch rechtzeitig, wenn du mich fragst …»

«… Glück, dass es noch ganz ruhig ist …»

Wasser spritzt in einem dicken Schwall aus der Abflussöffnung der Bilge am Rumpf der *Lazy Susan*. Eine Fremdlenzpumpe, vermutlich von der Besatzung des Rettungsbootes installiert, spült Meerwasser über einen Schlauch hinaus, der über der Reling hängt.

Beth McKaylin steht am Bug. Als sich die Jacht der Mole nähert, wirft sie einem Hafenangestellten ein Seil zu. Weitere Seile werden geworfen. Auf dem Rettungsboot löst ein Mannschaftsmitglied die Abschleppleine.

«Lucy! Hey, Luce!»

Sie dreht sich um und sieht, dass sich Matt Guinness einen Weg durch die Menschenmenge bahnt. Matt ist ein alter Klassenkamerad – ein alteingesessener Bewohner Skentels. Er hat wirres Haar und bekommt allmählich eine Glatze. Mit seiner Mutter wohnt er in einem Fischerhaus mit Blick über den Hafen. Nach der Aufschrift seines Poloshirts zu schließen, arbeitet er derzeit im Goat Hotel an der Hauptstraße.

«Hab dich gesucht», sagt er und hat ganz glänzende Augen, weil er gleich schlechte Nachrichten verkünden kann. «Die *Lazy Susan*. Ist das nicht das Boot deines neuesten Typen?»

Sinnlos zu erklären, dass sie schon seit neun Jahren mit Daniel zusammen ist. «Weißt du, was passiert ist?»

Matt streicht über die Bartfusseln an seinem Kinn. Anders als sein Haar sind seine Fingernägel penibel sauber – und lang und gebogen wie die Krallen eines Maulwurfs. Wenn er grinst, zeigt er die Resultate eines ganzen Lebens schlechter Zahnpflege. «Vielleicht hat *jemand* die Festmacher nicht richtig überprüft.»

Lucy schüttelt den Kopf. Das Hafenwasser schäumt weiß, als der Motor des Rettungsbootes in den Rückwärtsgang geschaltet wird. «Glaubst du, dass das Boot ganz um die Mole herum getrieben ist, ohne dass es jemand bemerkt hat? Irgendwie unwahrscheinlich, oder?»

«Vielleicht, vielleicht auch nicht. Es sind schon merkwürdigere Dinge passiert.»

«Bee sagt, es sei auf offener See treibend gefunden worden.»

Hinter ihr hupt ein Auto, gefolgt von einem kurzen Aufheulen von Sirenen. Matt entdeckt etwas hinter ihr. «Oh-oh», sagt er, und sein Grinsen wird breiter. «Scheint so, als hätte Männe so einiges zu erklären.»

Lucy dreht sich um und sieht einen Land Rover Defender mit der Aufschrift «Küstenwache» langsam durch die Menge fahren. Aus Matt Guinness wird sie nichts Sinnvolles mehr herausbekommen. Sie verabschiedet sich und drängt sich durch die Menge der Schaulustigen zurück. Kurz ist sie versucht, über die Mole zum Liegeplatz der *Lazy Susan* zu gehen, aber wenn sie schnell herausfinden will, was hier vor sich geht, muss sie ihren Ex erreichen.

7

Die Rettungswache von Skentel liegt hoch über der Kaimauer auf einer Kalksteinfläche, die aus den Klippen von Mortis Point hervorragt. Ihre Ablaufbahn ragt über den Niedrigwasserpunkt hinaus ins Wasser. Von der Anlegestelle aus führt eine zwanzig Meter hohe Podesttreppe aus Metall zum Eingangsdeck. Lucy steigt sie hinauf.

Sie ist schon halb oben, als über ihr ein lautes Geräusch ertönt. Ein Hubschrauber der Küstenwache, Nasenkegel und Heckausleger knallrot lackiert, donnert über Mortis Point hinweg. Er folgt der Küstenlinie nach Süden, wobei sein Kollisionsschutzlicht blinkt.

Dank Fins Sammlung von Modellfahrzeugen erkennt Lucy das Modell: Es ist ein zweistrahliger AW189. Ein Klotz von einer Maschine. Der Hubschrauber wiegt acht Tonnen und strotzt nur so von Rettungsgeräten. Das Pfeifen seiner Turbinen wetteifert mit dem Knattern und Dröhnen seiner Rotoren.

Unten im Hafen gibt das Rettungsboot Gas und nimmt Kurs aufs offene Meer. Am Hafenkai wird die Menge immer größer. Lucy sieht Bewegung an der Mole und auf dem Schwimmdock. Einige Boote bereiten sich zum Ablegen vor.

Ihre Unruhe wird größer. Sie steigt die Treppe weiter hinauf. Um sie herum summt und surrt der Schutzkäfig. Als sie das nächste Podest erreicht, erkennt sie einen Streifenwagen neben dem Land Rover der Küstenwache.

Schließlich steht sie vor dem geschützten Eingang des Bootshauses der Königlichen Seenotrettungsgesellschaft. Alec Paul steht in T-Shirt und Latzhose vor der Glastür. Über seinem Kopf ist der Himmel von einem dunklen Schiefergrau.

8

Alec ist ein Bär von einem Mann: über eins neunzig. Er hat einen struppigen braunen Bart und Schultern wie Eichenfässer. Er lässt eine fleischige Pranke auf Lucys Schulter fallen und schiebt sie zum Eingang.

«Jake hat gesagt, dass du kommen würdest. Soll mich um dich kümmern. Er versucht schon seit einer Stunde, dich auf dem Handy zu erreichen.»

«Ich war zu Hause. Ihr habt die *Lazy Susan* geborgen?»

Alec zieht die Brauen zusammen, als hätte er diese Frage nicht erwartet. Er schaut über das Geländer. «Diese Typen da sind aus Appledore. Fanden, sie könnten sie da draußen nicht treiben lassen – nicht bei dem, was sich da zusammenbraut. Zu gefährlich für die anderen Boote.»

«Ist sie denn schlimm beschädigt?»

Er lässt die Hand von ihrer Schulter rutschen. Jetzt ist seine ganze Stirn gerunzelt. «Kann ich nicht sagen.»

Lucy sieht zur Jacht hinüber. «Sie liegt ziemlich tief, aber immerhin pumpen sie das Wasser ab. Diese Sturmfront – wir haben Glück, dass das Meer noch so ruhig ist wie jetzt.»

«Ja.» Alec nimmt sie bei den Armen. «Hör mal. Geht es dir gut?»

Lucy denkt an den Papierkram auf Daniels Schreibtisch, an alles, was sie in diesen neun Jahren aufgebaut haben; dass sich ihr Zuhause bis vor ein paar Wochen angefühlt hat wie eine Festung.

In ihren Ohren hört sie so etwas wie ein entferntes Pfeifen. «Die Polizei ist hier», sagt sie. «Das bedeutet dann wohl, dass sie gestohlen wurde.»

«Lucy, ich weiß nicht genau, was du gehört hast. Was *hast* du denn gehört?»

Jetzt kribbelt es in ihrem Magen. Sie kann Alecs Gesichtsausdruck nicht deuten. «Bee hat gesagt, die *Lazy Susan* sei ruderlos auf dem Meer getrieben. Ein Typ, den ich kenne, glaubt, ihre Festmacher hätten sich gelöst, aber das kann nicht sein. Jemand muss sie gestohlen haben. Jemand muss sich an Bord ...»

«Sie wurde nicht gestohlen.»

«... geschlichen und den Motor kurzgeschlossen haben oder ...»

«Lucy, Daniel ist mit ihr hinausgefahren.»

Sie zuckt zusammen und schüttelt den Kopf, als hätte sie eine Fliege im Ohr. «*Daniel*? Aber Daniel ist bei der Arbeit. Er ist losgefahren, bevor ich Fin zur Schule gebracht habe.»

«Tut mir leid, wirklich – aber Daniel hat den Notruf von der *Lazy Susan* abgesetzt.»

Lucy hat plötzlich einen Kloß in der Kehle. Es fühlt sich an, als drückte ihr jemand den Hals zusammen. Ihre rechte Hand findet den Ehering und dreht ihn am Ringfinger. Sie schaut an Alec vorbei zum Küstenschutzhubschrauber, der jetzt nach Westen eindreht, aufs Meer hinaus. Dann fällt ihr Blick auf den Hafen, auf die Flotte kleiner Boote, die zum Auslaufen fertig gemacht werden, auf das Rettungsboot, Tamar-Klasse, das draußen hinter der Mole fährt und dessen Schiffsschrauben eine weiße, schäumende Spur aus Kielwasser hinter sich herziehen. Trotz der bleigrauen Wolken und des fallenden Luftdrucks fühlt sich der Tag immer noch unheimlich ruhig an.

Das Pfeifen in ihrem Ohr wird lauter. Sie geht um Alec herum zur Glastür.

ZWEI

1

Am Eingang zum Bootshaus der Seenotrettung von Skentel fällt als Erstes die handgemalte Tafel auf. Darauf sind alle wichtigen Rettungsaktionen des letzten Jahrhunderts verzeichnet. Dahinter öffnet sich eine riesige Bootshalle, an deren Wänden zwei mit Geländern gesicherte Gänge entlangführen. In diesem Moment ist die Rolltür geöffnet und gibt den Blick auf die riesige stählerne Ablaufbahn frei, die ins Meer führt. Seit ihre Beziehung zu Jake Farrell vor neun Jahren endete, hat sich dieser Ort kaum verändert.

Sie findet Jake im Dienstzimmer, wo er über das UKW-Funkgerät gebeugt sitzt. Auf einem Laptop sieht man Grafiken der sich schnell verändernden Wetterverhältnisse. Jake richtet sich auf, als er sie bemerkt. Seit der Trennung hat er nie richtig gelernt, mit ihren Begegnungen umzugehen. Er rollt die Schultern zurück und reibt sich über den kurz geschorenen Schädel.

«Sag es mir einfach, Jake», bittet sie. «Was ist passiert? Wo ist Daniel?»

Jake gibt Alec ein Zeichen, damit er seinen Platz am Schreibtisch einnimmt. «Pass gut auf», sagt er. «Und hol mich, wenn es etwas Neues gibt.» Dann schiebt er Lucy durch den Flur zum Umkleideraum. «Die Küstenwache hat einen Notruf von deinem Ehemann empfangen.»

«Und? Geht es ihm gut?»

«Das wissen wir nicht. Wir sind im …»

«Ihr *wisst* es nicht?»

«Unser Rettungsboot hat eure Jacht lokalisieren können, aber die Mannschaft hat an Bord niemanden gefunden.»

In ihren Ohren rauscht es jetzt, es fühlt sich an, als ströme Luft in ein Vakuum. «Und wo ist Daniel dann?»

«Das versuchen wir ja gerade ...»

«Er wird immer noch vermisst?»

«Im Moment wollen wir ...»

«Hast du seither überhaupt etwas von ihm gehört?»

Jake hebt eine Hand, um sie zum Schweigen zu bringen. «Lucy, halt mal die Luft an, okay? Hör mir zu. Daniel hat gegen zwölf Uhr dreißig einen Notruf abgesetzt. Zwölf Uhr siebenunddreißig, um genau zu sein. Er sagte, sein Boot laufe mit Wasser voll, und er brauche Hilfe. Wir überwachen die Lage hier nicht ständig. Wir hörten zum ersten Mal davon, als uns die Küstenwache von Milford anrief. Sie wollten, dass wir ihnen ein Boot schicken. Unser Lagezentrum hat das Tamar-Boot autorisiert, die Rettung einzuleiten. Die Mannschaft ist zwölf Minuten später rausgefahren. Der Kontakt zu Daniel brach ab, bevor er uns seine genaue Position durchgeben konnte, aber die Peilanlage der Küstenwache konnte seinen Kurs orten. Trotzdem brauchten wir eine Weile, bis wir die *Lazy Susan* gefunden haben. Die Strömungen sind stark, und sie trieb zwölf Kilometer weit draußen herum, mit aufgerollten Segeln, als wären sie nie benutzt worden. Unser Küstenboot hat ein paar aus der Mannschaft mit einer Fremdlenzpumpe an Bord geschickt, aber sie haben nicht die geringste Spur von Daniel gefunden. Die Küstenwache hat die Priorität hochgestuft, wir haben einen Mann auf der Jacht gelassen und die Kräfte verlagert. Du hast bestimmt den Hubschrauber gesehen. Wir haben unser D-Klasse-Rettungsschlauchboot zu Hilfe gerufen. Clovelly und Bude haben ebenfalls ihre Küstenboote geschickt. Außerdem haben wir noch Tamars aus Appledore und Padstow im Einsatz. Das Gute ist, dass das Wetter noch hält. Ich weiß nicht, wie es in ein paar Stunden aussieht, aber im Augenblick haben wir noch ein Zeitfenster. Eine kleine Flotte fährt von

Skentel aus los. Fischerboote, Jachten – so ziemlich die ganze Stadt ist mobilisiert.»

Daniel im Wasser. Das ist zu erschütternd, um es zu begreifen. Sie schließt den Mund und öffnet ihn wieder. *Konzentriere dich, Lucy.* «Wie lang genau ist der letzte Kontakt zu ihm her?»

«Ich habe den Notruf nicht gehört. Aber er hat nicht lange geredet.»

Sie wirft einen Blick auf ihre Uhr. «Also – eindreiviertel Stunden?»

«Mehr oder weniger.»

Der Kloß in ihrer Kehle wird dicker. «Dieses Wasser ist *kalt*, Jake.»

«Hat euer Boot eine Rettungsinsel?»

«Eine Seago für sechs Leute, knallgelb. Mit Überlebensanzügen für die ganze Familie.»

Er nickt. «Wir haben die allerbesten Leute rausgeschickt.»

Lucys Blick fällt auf Jakes Pullover. Sie erkennt ihn wieder – es ist ein cremefarbener Strickpullover mit Zopfmuster, circa zehn Jahre alt. Am Ärmel musste sie damals ein kleines Loch stopfen, was sie in einem Anfall von geistiger Umnachtung tat, weil es ihr noch romantisch vorkam, seine Sachen zu stopfen. Jetzt hat sie das Gefühl, als sei ihre Verbindung zur Realität schon brüchig. Einen Moment lang wirft sie der Anblick dieser ungeschickten Stiche völlig aus der Bahn. Nur unter Mühen kann sie schlucken. «Finde ihn, Jake, bitte. Nicht nur für mich. Er ist doch Fins Dad.»

Wieder tasten ihre Finger nach dem Ehering. Eigentlich ein billiges Ding. Irgendein unedles Metall. Hin und wieder wird er grün, dann muss sie ihn schrubben, damit er wieder glänzt, aber sie hat Daniels Angebote, ihr einen neuen zu kaufen, immer wieder abgelehnt. In dieser Beziehung werden wertlose Gegenstände mit der Zeit immer wertvoller. Ihr Ehering war vielleicht

32

spottbillig, aber er verkörpert etwas Unbezahlbares. Sie erinnert sich noch gut an den Augenblick, in dem er ihn an ihren Finger steckte, dieses Gefühl, als wäre ein Puzzleteilchen genau an die richtige Stelle gelegt worden, als hätten irgendwo im Universum Zahnräder ineinandergegriffen.

Auf einmal ist Lucy zurück in ihrer Küche oben in Mortis Point, und jemand hat die Zeit um sechs Stunden zurückgestellt. Fin sitzt am Frühstückstisch und baumelt mit den nackten Beinen. Er schaufelt sich durch eine Schüssel Frosties. Neben ihm liegt aufgeschlagen sein Match-Attax-Sammelalbum.

«Mummy», sagt er. Er kräuselt die Nase wie ein Kaninchen, bis die Brille ein wenig hochrutscht. «Eden Hasard hat vierundneunzig Angriffspunkte, aber nur dreiundvierzig *Verteidigungspunkte*. Wie kann er in dem *einen* so gut sein und so *furchtbar* schlecht im anderen?»

Seit Fin sprechen kann, klingt jeder Satz, den er von sich gibt, melodramatisch. Wenn sie nur seine Stimme hört, fängt Lucys Herz Feuer. Sie hat keine Ahnung, wer Eden Hasard ist. Sie beugt sich über Fins Schulter und sieht etwas, was sie für ein Real-Madrid-Trikot hält.

«Jeder ist gut in einigen Dingen und schlecht in anderen», sagt sie gerade, als Daniel ins Zimmer tritt. «Nehmen wir mal Daddy, zum Beispiel.»

Daniel bleibt in der Tür stehen und sieht sie an. Seine Augen sind ganz rot. Er sieht aus, als kämpfte er nach einer schlechten Nacht gegen einen Kater an.

«Daddy ist gut darin, Boote zu bauen und Leute durchzukitzeln», fährt sie fort. «Aber er ist nicht so gut darin, seiner Frau und seinem Sohn ein Küsschen zu geben, wenn er ihnen am Frühstückstisch begegnet.»

Fin lacht schnaubend. Aber Lucy sieht immer noch ihren Mann an und begreift, dass ihr Witz bei ihm nicht gezündet hat.

Daniel wird ruckartig wieder lebendig. Er beugt sich über Fins Stuhl und küsst ihn auf den Scheitel. «Hab dich lieb, Kumpel.»

«Willst du ein bisschen Kaffee?», fragt Lucy.

«Danke, nein. Ich gehe heute früh los.»

«Jetzt gleich?»

Er schaut durchs Fenster. Über Mortis Point ist der Himmel so dunkel und wolkenverhangen, dass es aussieht, als wäre der Tag noch gar nicht angebrochen. «Ich dachte, ich gehe runter, solange es noch ruhig ist. Erledige ein paar Sachen.»

Sie beißt die Zähne zusammen, als sie das hört. Denn Daniels Aufgabe an diesem Morgen wird ihn an den Rand des Zusammenbruchs bringen. Wenn sie ihm nur etwas von seiner Last abnehmen könnte. «Zieh dir lieber eine Jacke an. Dieses Unwetter wird nicht mehr lange auf sich warten lassen.»

Er schaut immer noch zu den Wolken auf, als suchte er darin nach etwas.

«Daniel?»

«Hm?»

Lucy zieht eine Augenbraue hoch und hofft, Fin zuliebe einen heitereren Ton zu treffen. «Kuss?»

Keine Reaktion. Sie wartet mit zur Seite geneigtem Kopf.

Fin legt den Löffel auf den Tisch. Er schaut seine Eltern an. «Na los, Daddy», sagt er. «Lass Mummy nicht so hängen.»

Daniel wendet sich vom Fenster ab und betrachtet seinen Sohn. Dann durchquert er die Küche und küsst Lucy. Seine Lippen fühlen sich blutleer an. Kalt wie das Meer.

Sie überlegt, ihn in die Arme zu nehmen und ihren Schwur von letzter Nacht zu wiederholen – dass sie den Sturm überleben werden, dass ihre Liebe ein Bollwerk gegen jedes drohende Unwetter ist. Stattdessen streichelt sie seinen Arm, weil sie seine Zerbrechlichkeit spürt. «Hör mal, Dummi», flüstert sie. «Ich schwöre, dass alles wieder gut wird.»

Er nickt und geht zur Hintertür. «Tschüs», sagt er und tritt in die frühmorgendliche Dunkelheit, ohne sich noch einmal umzusehen.

Kalte Luft leckt in die Küche und verteilt sich wie Rauch.

«Soll ich dir mal eine *Geschichte* erzählen, Mummy? Diese ist *echt* spannend. Gestern ist ein neues *Mädchen* in unsere Klasse gekommen. Ihr Name ist *Jessica*.»

Lucy starrt die Hintertür an. Draußen hört sie das Rumpeln des Dieselmotors von Daniels Volvo. *Ich liebe dich*, hätte sie sagen sollen. *Nichts von alledem ist deine Schuld.*

«Und weißt du, was *noch*, Mummy? *Letztes* Jahr hat ein Mädchen unsere Klasse verlassen. Und weißt du, wie *die* hieß? *Weißt du das*, Mummy?»

Lucy berührt ihre Lippen an der Stelle, wo Daniels Mund sie getroffen hat. Etwas in ihrer Brust erbebt. Merkwürdig, jetzt bleibt ihr ganzer Atem in der Kehle stecken.

«*Sie* hieß *auch* Jessica. Wir haben die *eine* Jessica gegen eine *andere* ausgetauscht. Die alte Jessica ist gegangen, und eine neue Jessica ist gekommen.»

Der Volvo knirscht über die Kieseinfahrt. Lucy stellt sich vor, wie Daniel hinterm Steuer sitzt und mit leerem Blick geradeaus starrt. In letzter Zeit hat sie fast das Gefühl, als handele Fins Anekdote von dem Mann, den sie liebt. Der alte Daniel ist fort, und ein neuer Daniel hat seinen Platz eingenommen. Und das ist nur die Schuld eines einzigen Menschen, und der ist nicht ihr Ehemann.

«Weißt du, was *ich* glaube, Mummy? Ich glaube, sie mussten ein ganzes Jahr suchen, bis sie jemanden mit genau demselben Namen gefunden hatten, damit Miss Clay kein neues Namensschild für den Spind schreiben musste. Das glaube ich jedenfalls, und das werde ich sagen, wenn mich jemand deswegen fragt.»

«Wenn dich jemand weswegen fragt, Scout?»

Das ist nicht Lucys Stimme, sondern Billies. Das Mädchen

35

hüpft barfuß herein. Wie immer hat Lucy das Gefühl, eine jüngere Ausgabe von sich selbst zu sehen; ihre Tochter hat die gleichen braunen Augen, die gleiche Stupsnase und den gleichen kantigen Kiefer. Ihr neongrünes T-Shirt lässt an ihrer Schulter einen bunten BH-Träger und ein Stück von einem dunklen Tattoo frei. Ihre schwarzen Turnshorts reichen bis zur Mitte der Oberschenkel und teilen ein weiteres Tattoo in der Mitte. Ein Stoffband hält Billies blonden Bob aus dem Gesicht.

«Warum hast du mich *Scout* genannt?», fragt Fin.

«Das kommt aus einem Film.»

Lucy verdreht die Augen. «Aus einem *Buch*.»

«Ups, jetzt kriege ich Ärger», sagt Billie zu ihrem Bruder. «Wie damals, als du dich zum Welt-Buchtag als Jack Sparrow verkleiden wolltest.»

«Jack Sparrow ist ein *cooler Typ*», sagt Fin. «Ein richtiger *Popopirat*.»

Billie schnaubt vor Lachen. «Wo hast du *das* denn her, kleiner Mann? Nein, ist schon gut. Ich wollte nur sagen, dass Jack auch nicht aus einem Kinderbuch stammt.»

Fins Blick gleitet von seiner Schwester zum Fenster. «Wusstest du, dass ein *Unwetter* im Anmarsch ist, Billo?»

«Ich hab gehört, das wird ein richtiger Monstersturm.» Sie nimmt ihre Mascara und lässt sich ihm gegenüber auf den Stuhl fallen. «Angeblich sogar lebensbedrohlich.»

«*Lebensbedrohlich*», wiederholt er, um das Wort auszutesten. Dann mampft er einen Löffel Frosties.

«Nach dem College kommst du direkt wieder nach Hause, okay?», sagt Lucy zu Billie.

«Klar.»

«Ich meine es ernst. Das Unwetter soll am späten Nachmittag hier ankommen. Ich will, dass ihr dann beide hier seid. Wir können backen oder Brettspiele spielen …»

«Oder uns unter einem Tisch verstecken», unterbricht das Mädchen sie.

Lucy grinst. «Oder wir spielen Brettspiele unter dem Tisch.»

«Oder wir backen unter dem Tisch, Mummy.»

«Super Idee, Scout.»

Die Erinnerung löst sich auf. Plötzlich ist Lucy zurück im Bootshaus der Seenotrettung und erschaudert unter Jakes Blick.

Er runzelt die Stirn und berührt ihren nackten Arm. «Herrje, Luce, du bist ja eiskalt.» Er nimmt eine gelbe Helly-Hansen-Segeljacke vom Haken und legt sie ihr um die Schultern. Sie steckt die Arme durch die Ärmel. «Soll ich dir einen Kaffee aufwärmen? Tee?»

Lucy muss an die kalten Atlantik-Wellen denken. Sie schüttelt den Kopf. «Ich muss nach draußen. Irgendetwas tun.»

«Soll ich jemanden für dich anrufen?»

«Danke, nein. Hör mal, ich weiß, dass du da einen tollen Job machst. Bitte ruf mich an – sobald du Neuigkeiten hast.»

2

Draußen ist der Himmel schon deutlich dunkler. Das Meer ist mit weißer Gischt marmoriert. Am Geländer des Eingangspodests schaut Lucy hinunter auf den Hafenkai. Boote laufen aus. Fischerboote und Jachten halten Kurs aufs offene Meer vor Mortis Point.

Die *Lazy Susan* hüpft an der Mole auf den Wellen. Beth McKaylin, die Freiwillige aus der Besatzung der Seenotrettung, steht auf der inneren Mauer der Mole. Sie spricht mit dem Mann von der Küstenwache, dem Hafenmeister und mit zwei Polizisten.

Wo bist du, Daniel? Wo bist du hingefahren?

Den ganzen Morgen hat Lucy darüber nachgedacht, wie sie

ihren Mann retten könnte. Ist das sein Versuch, sie zu retten? Ihr Haus und Billies und Fins Leben in Skentel zu retten? Indem er in einem Unwetter verschwindet und ihnen eine Lebensversicherungssumme hinterlässt?

Sie kann das nicht glauben. Will das nicht glauben.

Denn ihr Haus ist nur ein Haus. Und sie könnten überall wieder neu anfangen, aber eine Familie können sie ohne ihn nicht sein.

Lucy schmeckt Galle und zieht ihr Handy hervor. Manchmal hat sie einen oder zwei Balken Empfang auf dem Hafenkai. Im Moment hat sie selbst die nicht. Als sie wieder über das Geländer schaut, entdeckt sie Noemie Farrell draußen vor dem Drift Net. Sie hat sich in einen grauen Wollponcho gehüllt. Lucy ruft nach ihrer Freundin.

Am Fuß der Podesttreppe umarmen sie sich. Dann löst sich Noemie von ihr. «Mein Gott. Ich habe die ganze Zeit versucht, dich anzurufen. Wo warst du bloß?»

«Ich habe gerade mit deinem Bruder gesprochen.»

«Jake?» Noemie atmet tief durch. «Gut, o Mann, also weißt du es. Es tut mir so leid, Luce. Es ist doch lächerlich. Ich habe es nicht geglaubt, als ich es gehört habe. Ich konnte dich nicht erreichen, da bin ich sofort hergekommen. Man weiß doch einfach, dass Daniel da draußen irgendwo sein muss. Vielleicht treibt er in dieser schicken Rettungsinsel herum, und die ganze Aufregung ist ihm höllisch peinlich. Vermutlich ist er deshalb noch nicht wieder aufgetaucht.»

Lucys Kiefermuskeln spannen sich an. Es ist schön, Noemie zu sehen, aber ihre aufgesetzte Heiterkeit ist grauenvoll.

«Hat Jake denn etwas Neues erfahren?», fragt Noemie. «Ich weiß, dass einige von den Fischern rausgefahren sind.»

«Niemand hat seit dem Notruf etwas von Daniel gehört.»

«Wann war das?»

«Ungefähr um halb eins, hat Jake gesagt.»

Die kurze Stille ist bedeutungsschwanger. Noemies angespanntes Lächeln kann das nicht übertünchen. «Er hat die Rettungsinsel erst neulich gekauft, oder?»

«Sie ist brandneu.»

«Hat sie nicht ihr eigenes Süßwassersystem? Vermutlich spuckt sie sogar einen ordentlichen Latte macchiato aus.»

«Positionslichter, isolierter Boden, Ballasttaschen, Taschenlampe und Signalspiegel.» Lucy verzieht das Gesicht. Es kommt ihr vor wie Hohn, bei Noemies optimistischem kleinen Spiel mitzumachen. Plötzlich fällt ihr etwas anderes aus der Seago-Verkaufsbroschüre ein. Und die Erkenntnis ist wie ein Messer, das sich zwischen ihre Rippen bohrt.

«Sie werden ihn finden», sagt Noemie und blickt hinaus aufs Meer. «Ich weiß es.»

Zweifellos weiß sie auch – genau wie Lucy und alle anderen hier –, wie stark die Strömungen an diesem Teil der Küste sind, wie brutal der Nordatlantik am Ende des Winters sein kann. Skentel hat immerhin eine tausendjährige Tradition, seine Einwohner ans Meer zu verlieren.

«Ich habe ihn seit Billies Party nicht mehr gesehen», fügt Noemie hinzu. «Wie ging es ihm denn in letzter Zeit?»

«Gut», lügt Lucy. «Besser. Viel besser sogar.»

«Was ist denn aus der Sache mit Nick geworden? Und wie läuft es insgesamt mit dem Unternehmen? Hat Daniel ...»

«Ich muss mit der Küstenwache sprechen», sagt Lucy. «Und mit Beth McKaylin.»

Noemie zögert kurz und nickt dann. «Wenn das so ist, dann gehe ich mal lieber weiter.»

Sie überqueren den Hafenkai und gehen die Mole entlang. An der *Lazy Susan* sind keine Schäden zu erkennen. Sie ist vierzig Jahre alt und hat einen Glasfaserrumpf, der so hart ist wie ein

Panzer, und die meisten wichtigen Teile sind schon seit Langem erneuert. Alles sieht ordentlich und nett aus, genau, wie es sein sollte.

Als Lucy näher kommt, verstummt das Grüppchen neben der Jacht.

Beth McKaylin ergreift als Erste das Wort, wobei sie Lucy in ihrer geliehenen Seenotrettungsjacke mit offensichtlicher Missbilligung mustert. «Du hast verdammt viel Glück gehabt, dass wir sie gefunden haben. Zehn Minuten später, und sie hätte auf dem Meeresgrund gelegen.»

Die Einwohner von Skentel sind an Beths Ruppigkeit gewöhnt. Aber das hier ist persönlich – sie beide haben eine gemeinsame Geschichte. Wut steigt in Lucy auf. «Das Boot ist mir scheißegal», sagt Lucy. «Daniel ist noch da draußen.»

«Ganz genau, und wir werden ihn sicher finden – wenn er das will.»

Lucy starrt sie außer sich vor Zorn an. Es ist erschreckend, wie schnell alle – von ihrer besten Freundin bis hin zu Beth McKaylin – ein Urteil parat haben. Vor ein paar Augenblicken hatte sie noch selbst darüber nachgedacht, ob Daniel vielleicht absichtlich verschwunden ist. Aber nicht, weil er sie verlassen wollte. Sondern ganz im Gegenteil.

Bevor sie ihren Ehemann verteidigen kann, räuspert sich einer der Männer von der Küstenwache. «Ich bin Sean Rowland, Stationsbeamter von der Küstenwache in Redlecker. Ich nehme an, Sie sind Daniels Partnerin?»

Rowlands Hand fühlt sich beruhigend rau an, als Lucy sie schüttelt. «Lucy Locke. Ich bin Daniels Ehefrau.»

«Das hier ist Ihr Boot?»

«Unser beider Boot, ja.»

Er nickt aufmunternd. «Das Peilgerät hat die Position Ihres Mannes errechnet, obwohl er sie selbst nicht durchgegeben hat.

Das hat uns dabei geholfen, das Suchgebiet einzugrenzen. Wie Sie sehen, haben wir die Jacht bereits gefunden. Er kann nicht allzu weit abgetrieben sein.»

«Ein Sturm zieht auf.»

Rowland schaut in den Himmel. «Das bedeutet, dass wir schneller arbeiten müssen, um diese Sache zu Ende zu bringen. Sie müssen sich bloß umschauen, dann sehen Sie, wie viel Aufwand wir betreiben, um ihn zu finden. Daniel ist ein erfahrener Steuermann?»

«Sehr erfahren.»

Lucy kommt ein Gedanke. Sie hat sich bisher nicht damit auseinandersetzen wollen, aber jetzt hat sie keine Wahl mehr. Denn zusätzlich zu den tausend Besonderheiten, die sie Noemie aufgelistet hat, ist die Seago-Rettungsinsel mit drei roten Handfackeln und zwei Fallschirmraketen ausgestattet. Sie fragt Rowland: «Hat jemand da draußen eine rote Handfackel leuchten sehen?»

«Meines Wissens ist nichts dergleichen berichtet worden.»

Lucy lässt die Antwort auf sich wirken. Eine Welle kracht an die Außenwand der Mole, salzige Tröpfchen benetzen ihre Wangen. Es sind nur sechs Wochen vergangen, seit Daniel und sie hier oben saßen und die Beine baumeln ließen. Damals schneite es über dem Meer. Sie trugen pelzgefütterte Parkas, hatten Sektflöten aus dem Drift Net mitgebracht und schauten den wirbelnden Flocken zu, die so wunderschön waren, dass es ihnen beiden die Sprache verschlug.

Sie sieht zur *Lazy Susan* hinüber und versucht, das Summen in ihrem Kopf zum Verstummen zu bringen. «Ich schaue mich da unten lieber mal um. Sehe nach, ob dort …»

«Es wäre vermutlich besser, wenn Sie das nicht täten.» Die Polizistin tritt vor. Sie ist größer als ihr Kollege. Blondes Haar, breite Hüften. «Noch nicht. Wir versuchen immer noch nachzuvollziehen, was geschehen ist.»

«Aber Daniel hat vielleicht eine Notiz hinterlassen. Irgendetwas, das ...»

Beth McKaylin stöhnt. «Warum sollte jemand auf einem sinkenden Schiff eine Notiz hinterlassen?»

«Wenn ich nicht blind bin, würde ich sagen, dass sie nicht gesunken ist», fährt Lucy sie an. «Und es könnte alle möglichen Gründe dafür geben, dass er ...»

«Es gab da keine Notiz. Die Luke stand offen, als wir das Boot gefunden haben. Ich bin runtergeklettert und habe mich gründlich umgesehen. Da unten muss eine Menge Holz trocknen, aber mehr wirst du da nicht finden.»

Der Gedanke an Beth McKaylin, wie sie in ihrer Privatsphäre herumwühlt, lässt Lucys Haut prickeln. «Was ist mit unserer Rettungsinsel? Habt ihr die gefunden?»

An Beths Gesichtsausdruck sieht sie, dass sie danach gar nicht Ausschau gehalten haben. Frustriert wendet sich Lucy an Rowland. «Daniel hatte eine Seago-Rettungsinsel für sechs Personen an Bord. Knallgelb. Sie hat die Größe eines Kleinwagens, wenn sie aufgeblasen ist, und ein großes blinkendes Solarlicht auf dem Dach. Wir sollten versuchen herauszufinden, ob sie zu Wasser gelassen wurde, meinen Sie nicht auch?»

«Sie hat recht», sagt Rowland. «Die Rettungsmannschaften müssen das wissen. Der Hubschrauberpilot auch.»

«Wo wird sie denn normalerweise aufbewahrt?», fragt die Polizistin.

Lucy zeigt auf das Cockpit der *Lazy Susan*. «Entweder backbord oder in den Steuerbordfächern. Wenn Sie mich nur eben ...»

«Warten Sie hier.»

Die Frau geht auf der Mole zurück und spricht dabei in ihr Funkgerät. Eine Minute später ist sie schon wieder zurück. Aus ihrem Utility-Gürtel zerrt sie zwei Latexhandschuhe und zieht sie über. Dann betritt sie die Jacht und geht vor den Backbordfächern im Cockpit in die Hocke. «Das ist verriegelt. Sie sind beide abgeschlossen.»

Lucys Magen zieht sich zusammen. In einem Notfall hätte Daniel das Fach auf keinen Fall wieder verriegelt. «Hier.» Sie wirft ihre Schlüssel an Bord. «Der kleine silberne.»

Einen Moment später hebt die Polizistin den Deckel des Fachs an. «Beschreiben Sie mir das Ding.»

«Sieht aus wie eine große Tasche. Cremefarben, mit einem schwarzen Netz gesichert. Sollte deutlich gekennzeichnet sein.»

«So was ist hier nicht drin.»

«Sehen Sie im anderen Fach nach.»

Die Polizistin öffnet das Steuerbordfach. «Okay, ich habe hier Tau, eine ganze Menge Tau. Einen Feuerlöscher, einen Grill, einen Benzinkanister. Ah, warten Sie mal. Doch. Große cremefarbene Tasche mit dem Seago-Logo darauf. ‹Rettungsinsel›, steht hier.»

Plötzlich ist da keine Luft mehr in Lucys Brust. Sean Rowland neben ihr kann seine Bestürzung kaum verbergen. «Es tut mir leid, Mrs Locke. Das wollten Sie ganz bestimmt nicht hören. Es muss alles sehr verwirrend sein.»

Lucy nickt, obwohl das nicht stimmt. Die Tatsachen könnten keine klarere Sprache sprechen. Daniel ist mit der *Lazy Susan* aufs Meer hinausgefahren. Er hat einen Notruf abgesetzt. Und jetzt wird er vermisst – im Nordatlantik in der kältesten Zeit, ohne die Seago-Rettungsinsel, die so teuer war.

An diesem Morgen sollte er die letzten Entlassungen bei Locke-Povey Marine vornehmen. Als er gestern Nacht darüber nachdachte, wurde ihm körperlich übel.

«Besitzt Mr Locke ein Auto?»

Der Schrei einer Silbermöwe lenkt Lucys Blick auf den Hafenkai.

Bisher hatte sie gar nicht an Daniels Volvo gedacht. Ist er zu seiner Werkhalle gefahren, wie er es ihr gesagt hat? Oder ist er vom Haus direkt zum Hafen gefahren? All die markierten Parkplätze am Kai sind belegt. Der winzige Parkplatz am südlichen Ende wird von der Mole verdeckt. Könnte der Volvo dort stehen? Er war nicht am Smuggler's Tumble. Sonst gibt es hier nicht mehr viele Stellen, an denen man sein Auto lassen kann.

«Mrs Locke?»

Sie dreht sich um. Der Polizist starrt sie an. «Ein Volvo XC90. Dunkelgrau.»

«Der große SUV?»

Lucy nickt.

«Ich bin Police Constable Lamb», sagt er. «Das hier ist Police Constable Noakes. Da Mr Locke vor der Küste verschwunden ist, koordiniert die Küstenwache die Suche und Rettung, aber wir brauchen dennoch ein paar Einzelheiten von Ihnen. Gibt es einen Ort, an dem wir reden können?»

Lucy wirft einen Blick auf die *Lazy Susan*. Sie ist versucht, an Bord zu springen und durch die Luke zu klettern, nur um sich die Kabine selbst noch einmal anzusehen, aber wie bekloppt würde das wirken? Sie braucht diese Leute auf ihrer Seite. Jetzt im Moment ist ihre Rolle, Daniels vertrauenswürdige Vertreterin an Land zu sein.

Ihre Rolle ist, seine Frau zu sein.

DREI

1

Das Drift Net steht in bester Lage auf Skentels Hafenkai. Die großen Fenster zu beiden Seiten der Tür bieten einen Panoramablick aufs Meer. Im Moment ist das Glas beschlagen, eine Folge sowohl der nahenden Unwetterfront als auch der Espresso-Maschine, die drinnen auf Hochtouren läuft.

Geschäfte öffnen und schließen in Skentel mit deprimierender Regelmäßigkeit. Leute aus der Stadt, vom Leben als Angestellte großer Unternehmen enttäuscht, kommen hierher mit romantischen Vorstellungen im Gepäck, die sie als Business-Pläne verkaufen. Sie sehen die Stadt im Sommer, wenn es hier vor Touristengeldbeuteln nur so wimmelt, und beschließen, dass es genau der richtige Ort für ihre Kleinbrauerei, für ihre Bio-Orangensaftbar oder ihren Plattenladen wäre. Dann folgt die große Eröffnung: Tabletts mit Prosecco-Gläsern und vor Begeisterung gerötete Gesichter. Und sechs Monate später – vielleicht ein Jahr, wenn der Kredit für das Haus umfinanziert oder ein Erbe verprasst werden kann – ist der Lagerbestand verschwunden, die Tür verrammelt, und die Fenster werden zu Plakatwänden für den Zirkus, der als Nächstes durch das Städtchen zieht.

Grundsätzlich überleben hier nur zwei Sorten von Unternehmen: lokale Geschäfte, die Grundbedürfnisse der Einwohner abdecken wie die Apotheke oder die Post, oder aber Läden für die Hochsaison, die während der Sommermonate genug Geld einnehmen, um den Winter über schließen zu können.

Lucy hat mit ihrem Lokal von Anfang an sowohl auf die Touristen als auch auf die Einheimischen gezielt. Um Erfolg zu haben, musste ihr Unternehmen ein Chamäleon sein, das seine Haut mit den Jahreszeiten änderte: ein Treffpunkt für einheimische Stammkunden, aber auch für Gäste auf Erkundungstour.

Nach einer schwierigen Phase, in der die Finanzierung oft am seidenen Faden hing, wurde das Drift Net geboren. Das Geburtstrauma war nichts gegen die Unsicherheit, die darauf folgte. In den ersten sechs Monaten glaubte Lucy nicht ein einziges Mal, dass sie noch ein weiteres Jahr überleben würden. Die Leute beharrten darauf, dass das Konzept nicht aufgehen würde. Dass sie ihre Zielgruppe einengen, ihren Optimismus dämpfen und ihren Ehrgeiz herunterregeln müsse.

Und doch hielt sich das Drift Net irgendwie. Sechs Jahre nach der Eröffnung hat es sich sehr verändert – jetzt ist es eine Kneipe, in der Live-Musik gespielt wird, und gleichzeitig eine Galerie für hiesige Künstler. Sie hat in London gesehen, dass diese Kombination funktionieren kann. Und wider Erwarten funktionierte sie hier sogar noch besser. Inzwischen zieht das Drift Net Bands an, die normalerweise niemals so weit im Westen auftreten würden. Trotz der großen Namen hat Lucy immer darauf geachtet, den Talenten aus der Gegend den Vorzug zu geben. In der Folge hat sie inzwischen eine große Zahl von Musikliebhabern als Gäste, die von weit her kommen.

Tagsüber verwandelt sich das Drift Net in ein günstiges Restaurant und bietet eine sich ständig weiterentwickelnde Speisekarte an. Es dient als Veranstaltungsort für Reden, für Spendensammelaktionen der Seenotrettung und als Treffpunkt für Menschen, die mit der Einsamkeit oder ihrem Kummer nach dem Verlust eines geliebten Menschen kämpfen. Lucy arbeitet mit allen möglichen Wohltätigkeitsorganisationen zusammen, um Erwachsenen mit speziellen Bedürfnissen oder Ex-Häftlingen Stellen zu vermitteln. Skentels Clubs und Vereine dürfen die Räumlichkeiten gratis nutzen.

Lucy wird immer wieder für ihren Erfolg gelobt. Aber sie hat eigentlich nur die Saat gesät und die Schösslinge beschützt. Der Erfolg des Drift Net hat viel mehr mit Heldinnen wie Bee zu tun, die es tagsüber managt, und mit Tyler, der nach Sonnenuntergang übernimmt. Eins weiß jeder in der Stadt ganz genau: Sechs Jahre nach der Eröffnung kann man sich Skentel ohne sein Lokal am Hafenkai nicht mehr vorstellen.

Lucy stößt die Tür auf, und ein Schwall warmer Luft hüllt sie ein. Sie riecht frisch gebackene Kuchen und gemahlenen Kaffee. Es ist ein großer, weitläufiger Raum mit niedriger Decke, und all das Holz hier lässt das Licht ganz honiggelb wirken. Die Theke besteht aus einem einzigen Stück Eiche, das von einer ausgemusterten Marine-Schaluppe stammt. Sie ist mit Lichterketten geschmückt, die die ledergepolsterten Hocker davor beleuchten.

Von den zwanzig Tischen im Drift Net sind über drei Viertel besetzt. Über dem Surren der Kaffeemaschine und dem Zischen des Milchaufschäumers hört man das Stimmengewirr der Gespräche.

Alle verstummen, als Lucy das Lokal betritt. Ganz offensichtlich ist die Nachricht von Daniels Verschwinden auch bis hierher vorgedrungen. Die Gäste wenden die Blicke ab, wenn sie sie ansieht. Wie sehr die Menschen fürchten, persönliches Leid könne ansteckend sein, ist erschütternd. Ein erwiderter Blick, eine Berührung, und das Unglück färbt ab.

Die Polizeipräsenz wirkt wie ein Katalysator: Innerhalb von Sekunden branden die Gespräche wieder auf, lauter als vorher. Lucy schlängelt sich vorsichtig durch das Lokal. Die Bahnhofsuhr an der Wand gegenüber zeigt die Zeit an: zwanzig vor drei. Zwei Stunden sind jetzt nach Daniels Notruf vergangen. Lucys Angst steckt wie ein Granatsplitter in ihrem Kopf.

Bee steht neben ihrem neuen Freund Tommo hinter dem

Tresen. Trotz ihres Einhorn-T-Shirts und dem comichaft pinkfarbenen Haar könnte sie nicht mitgenommener aussehen. «Luce», sagt sie. «Alter. Wir haben es gerade gehört. Als ich zu dir kam, hatte ich ja keine Ahnung. Es tut mir ja so leid, dass ich ...»

«Hör auf», sagt Lucy. «Im Ernst. Du hast keinen Grund, dich zu entschuldigen. Ich muss mit der Polizei sprechen. Könntest du die Küche offen halten? Je mehr Leute wir hier hineinbekommen, desto mehr können wir erreichen.»

«Klar», sagt Bee. Sie wendet sich an Tommo – Ende dreißig, weicher Bauch, ein T-Shirt, auf dem steht: WENN DAS LEBEN DIR ZITRONEN GIBT, HOL DIR SALZ UND TEQUILA DAZU. «Ich brauche dich hier noch ein bisschen.»

Er nickt, ein gehorsamer Welpe. Zu Lucy sagt er: «Solche Dinge werden uns geschickt, um uns auf die Probe zu stellen. Sei stark, dann schaffst du das.»

Sie sieht zu, wie Bee den Arm um seine Taille schlingt. Dann führt Lucy ihr kleines Grüppchen an einen Tisch und schält sich aus ihrer Regenjacke.

PC Noakes holt ein Notizbuch hervor. «Mr Lockes Geburtsdatum?»

«13. Januar 1979. Er ist zweiundvierzig.»

«Können Sie ihn beschreiben?»

«Eins achtundsiebzig, durchschnittlicher Körperbau.»

Lucy hält inne und runzelt die Stirn. Es ist jämmerlich wenig, aber wenn sie die Augen schließt, kann sie sich ihren Daniel überhaupt nicht vorstellen, nur diesen verloren dreinblickenden kleinen Jungen vom Polaroid. Das macht ihr solche Angst, dass sie die Augen wieder aufreißt.

«Haarfarbe?»

«Schwarz», keucht sie. «Und er hat blaue Augen. So blau wie dieses Wassereis, wissen Sie? Dieses Slush-Eis.» Sie schüttelt den Kopf. «Es tut mir leid, ich ... ich rede ziemlich dummes Zeug.»

48

«Irgendwelche besonderen Merkmale? Geburtsmale?»

Die Frage ist ihr sichtlich unangenehm. Niemand wird Daniel anhand eines Geburtsmals finden, aber vielleicht brauchen sie die Angabe, um ihn später zu identifizieren. Elf Kilometer kaltes Meer liegen zwischen hier und der Stelle, an der er verschwunden ist. Und die fallende Quecksilbersäule im Barometer ist der Beweis, dass sich etwas ganz Schreckliches nähert.

«Mein Mann hat eine Narbe auf dem rechten Unterarm», sagt sie. «Ungefähr zehn Zentimeter lang. Ein Ankerflügel hat ihn aufgerissen.»

Lucy zeichnet die Form auf ihrem nackten Arm nach. Jetzt entsteht ein Bild vor ihrem inneren Auge: Daniel, wie er tot auf einer Krankenhausbahre liegt. Die Narbe auf seinem Unterarm leuchtet weiß auf seiner Haut. Es ist ein so schreckliches Bild, dass ihr Kinn zu zittern beginnt.

Noakes hat jetzt alles aufgeschrieben. «Können Sie mir sagen, wann Sie Mr Locke zum letzten Mal gesehen haben?»

«Bitte», sagt sie. «Nicht diesen ‹Mr und Mrs›-Kram. Sein Name ist Daniel. Sie können mich Lucy nennen. Ich habe ihn zuletzt um acht Uhr heute Morgen gesehen.»

«Hat er Ihnen irgendeinen Hinweis darauf gegeben, wo er hinwollte?»

Wieder kommt eine Erinnerung in ihr hoch: Daniel in der Küche, wie er durchs Fenster zu den bleigrauen Wolken aufsieht. «Er hat mir gesagt, er wolle zur Arbeit fahren.»

«Und wo wäre das?»

«Locke-Povey Marine, eine Ausstattungsfirma. Seine Werkhalle steht ganz oben am Strand von Penleith.»

«Er leitet die Firma? Sie gehört ihm?»

«Er leitet sie, und sie gehört ihm zur Hälfte. Sein Geschäftspartner ist» – *ein Betrüger, ein Schwindler, der Zerstörer alles Guten* – «Nick Povey. War Nick Povey.»

«War?»

«Ihre Wege haben sich getrennt.»

«Mr Povey stammt von hier?»

«Ja.»

«Haben Sie mit ihm gesprochen?»

«Heute Morgen nicht.»

«Haben Sie seine Kontaktdaten?»

«Natürlich.»

Noakes beginnt wieder zu kritzeln. «Angestellte?»

«Zwanzig oder so. Wobei nicht alle da gewesen sein werden. Er … Sie … sie müssen sich verkleinern.»

«Wissen Sie, ob einer von ihnen Daniel vielleicht heute noch gesehen hat? Oder mit ihm gesprochen hat, seit er das Haus verlassen hat?»

«Keiner geht ans Firmentelefon. Kunden rufen meistens gleich auf Daniels Handy an. Es ist ziemlich laut dort. Sie gehen nicht immer ans Telefon.»

«Sie waren nicht dort?»

«Ich hatte es gerade erst erfahren und bin sofort zum Hafenkai gefahren.»

«Wir werden dort jemand hinschicken, der mit den Leuten spricht. Und auch mit Mr Povey. Mrs Locke – Lucy –, war Daniel … Hat Ihnen irgendetwas an seinem Verhalten in der letzten Zeit Grund zur Sorge gegeben?»

Der blutleere Kuss. Die eiskalte Verabschiedung. Das Gefühl, den ganzen Morgen über, dass alles außer Kontrolle gerät.

«Ganz und gar nicht.»

«Tut mir leid, dass ich nachhaken muss – aber gab es keine Hinweise auf Depression, so etwas?»

«Wird meine Antwort die Suche nach ihm beeinflussen?»

PC Noakes neigt den Kopf zur Seite. «Wie bitte?»

«Ich weiß doch, wie so etwas läuft. Sie glauben dann, es sei absichtlich gewesen – dass er aufs Meer hinausgesegelt ist, weil er nicht gefunden werden wollte, und dann suchen Sie weniger intensiv, dann haben Sie einen ...»

«Mrs Locke ...»

«... einen Grund dafür, alles abzublasen, obwohl Daniel da draußen ist, jetzt, in diesem Moment, und darauf angewiesen ist, dass wir ihn finden, er muss sich darauf verlassen, dass ...»

«Mrs Locke ...»

«Ich heiße LUCY!»

Sie zuckt zurück, selbst erschrocken darüber, dass sie die Beherrschung verloren hat. Die Polizistin und der Polizist mustern sie, als wäre sie gerade deutlich interessanter geworden. Lucy schaut sich um und sieht, dass die Hälfte der Gäste im Drift Net sie anstarren.

Sollen sie doch. Sie musste Daniels Ruf noch nie verteidigen. Und jetzt, plötzlich, muss sie es: Hände, die sich schützend um eine zuckende Flamme legen.

«Lucy», sagt Sean Rowland. «Die Küstenwache koordiniert die Suchaktion, nicht die Polizei. Niemand denkt daran, die Sache abzublasen – wir fangen gerade erst an. Diese Beamten hier geben sich alle Mühe, sich ein Bild davon zu verschaffen, was womöglich geschehen sein könnte.»

Lucy denkt an die Seago-Rettungsinsel, die unberührt in ihrem Fach liegt. Sie atmet tief ein und stößt die Luft wieder aus. Zu PC Noakes sagt sie: «Tut mir leid. Es ist nur ... Es ist so schwer zu begreifen, dass das hier gerade wirklich passiert.»

Noakes nickt, aber ihr Lächeln erreicht nicht ihre Augen. «Schon gut. Glauben Sie mir, das hören wir ständig.»

Lucy wirft einen Blick auf die Uhr. «Die Schule ist zu Ende. Ich muss meinen Sohn abholen – und jemanden organisieren, der sich um ihn kümmert. Das dauert ungefähr zwanzig Minuten oder so.»

«In diesem Fall hinterlassen Sie uns bitte Ihre Kontaktdaten.»

Lucy rattert ihre Handynummer, ihre Festnetznummer und ihre E-Mail-Adresse herunter. Sie gibt außerdem Daniels verschiedene Nummern heraus, auch die von Nick.

«Wissen Sie das Autokennzeichen Ihres Mannes?»

Lucy sagt auch das auf. Sie steht auf und zieht ihre geliehene Jacke an.

«Sind Sie eine Freiwillige?», fragt PC Lamb.

Sie schüttelt den Kopf. «Mein Ex ist der Hauptsteuermann.»

«Ihr Ex-Mann?»

«Ex-Freund.»

Neben ihr steht Noemie auf. «Süße, ich komme mit. Du kannst Fin bei mir lassen, solange du möchtest.»

2

Bevor sie das Drift Net verlassen, geht Lucy noch einmal zum Tresen. Sie nimmt das Mobilteil des Telefons und wählt Billies Nummer. Das Mädchen wird nicht rangehen – sie sitzt vermutlich in ihrem Biologiekurs – und doch, als die Ansage der Mailbox verstummt, legt Lucy auf, ohne etwas darauf zu sprechen. Dies hier ist keine Neuigkeit, die man über die Mailbox erfahren sollte.

Stattdessen versucht sie es wieder bei Daniel: *«Hi, dies ist der Anschluss von Daniel Locke von Locke-Povey Marine ...»*

Lucy erinnert sich an den Tag, an dem er die Ansage aufgesprochen hat – und an die ungefähr fünfzig Versuche, die ihr vorausgegangen sind. Er hat dabei auf dem Bett gesessen, aber erst, nachdem er sich im Badezimmer eingeschlossen hat, ist ihm die perfekte Ansage gelungen. Viele von den Fehlschlägen sind auf ihr Konto gegangen – sie hat Grimassen geschnitten, ihm die Füße gekitzelt, die Finger unter seine Shorts geschoben. Als er es endlich geschafft hat, trat er aus dem Bad und verbeugte sich, und sie führte ihn zur Belohnung in ihr Schlafzimmer.

Bei der Erinnerung zieht sich Lucys Magen zusammen. Dieser Daniel ist schon seit einer ganzen Weile nicht mehr da; sie hat alles getan, was sie konnte, um ihn zurückzuholen. «Hey, Dummi», sagt sie. «Ich weiß nicht, was da los ist. Aber bitte komm zu mir nach Hause zurück, okay? Alles andere ist unwichtig.»

3

Draußen weht der Wind neben dem Geruch von Salz und Seetang auch einen scharfen Hauch von Ozon heran. In der letzten halben Stunde hat sich das Wetter deutlich verschlechtert. Das Meer sieht aus wie eine gigantische schwarze Lunge, die sich aufbläht und wieder zusammenfällt, gleichmäßig ihre Kraft probt. Etwa zwölf Kilometer seewärts könnte eine Welle von dieser Größe Daniel verbergen, es sei denn, ein Boot käme ganz in seine Nähe. Der Küstenschutzhubschrauber kann sicher mehr erkennen, aber seine Flugzeit wird durch seine Entfernung von der Basis in Südwales begrenzt.

Daniel, der dort ganz allein im Meer treibt, wird diese Dünung riesig vorkommen. Von seiner Position aus, direkt auf der Wasseroberfläche, wird er nicht einmal das Land erkennen können. Sie stellt sich vor, wie er in einem schlichten Überlebensanzug gegen die Wellen ankämpft. Oder, noch schlimmer, ohne jede Weste oder andere Isolierung.

Es gibt natürlich noch eine dritte Möglichkeit: eine leere Wasseroberfläche, ein flüssiger Friedhof.

Lucy erstarrt. Wenn sie blinzelt, sieht die Welt anders aus. Als wäre sie in einer anderen Realität wieder aufgewacht.

«Luce?»

«Was, wenn ...»

«Nicht», sagt Noemie.

«Ich habe gelogen. Es war gar nicht alles gut bei uns. In der letzten Zeit war es sogar noch schlimmer. All die Probleme mit seinem Unternehmen und mit Nick. Daniel ist jemand, der immer die Kontrolle haben möchte – und jetzt hat er sie nicht, alles, was er aufgebaut hat, ist zusammengebrochen, und ich wusste überhaupt nicht, wie ich ihm helfen soll. Ich habe einfach diese schreckliche ...»

«Luce, *nein*. Lass es, okay? Spar dir deine Energie für Fin auf.»

4

Noemie bietet an zu fahren, aber Lucy erträgt es nicht, Beifahrerin zu sein. Auf Fins Kindersitzerhöhung erblickt sie Snig, die Kuscheldecke, die er schon seit seiner Geburt hat. Es ist ein zerschlissenes Ding aus weißer Baumwolle, völlig aus der Form geraten und mehrfach geflickt. Für ihren Sohn ist es ein Gegenstand mit beinahe übernatürlicher Macht. Lucy setzt sich hinters Steuer und fragt sich, was sie ihm sagen soll.

Auf halbem Weg Smuggler's Tumble hinauf beginnen die ersten Regentropfen auf die Windschutzscheibe zu klatschen. Ganz oben, nachdem sie die letzte Kurve genommen haben, biegen sie auf die ungeschützte Küstenstraße ein. Ohne Bäume, die ihn aufhalten könnten, bläst der Wind hier mit respekteinflößender Macht. Im Westen sind bis zum Horizont weiße Gischtstreifen auf dem Meer zu sehen. Wellen krachen gegen die Brandungspfeiler hinter Mortis Point.

Sie hatte immer geglaubt, dass Daniel nichts Schlimmes zustoßen könne, solange sie ihn so sehr liebte, sie hat geglaubt, dass ihre Liebe ihn beschützen könne, so wie sie Billie und Fin beschützt. Aber in der letzten Zeit hat ihre Liebe nicht ausgereicht, obwohl sie nicht weniger stark war. Sie hat keinen von ihnen beschützt.

Warum hat niemand ein Licht auf dem Wasser gesehen? Die Fallschirmraketen der *Lazy Susan* zünden in zweihundertsiebzig Metern Höhe über dem Meeresspiegel. Lucy weiß, wie hell sie sind, weil Nick letztes Jahr eine in ihrem Garten gezündet hat. Die ganze Halbinsel war plötzlich in rotes Licht getaucht. Warum hat Daniel die Seago-Rettungsinsel nicht zu Wasser gelassen? Ihr fällt keine erträgliche Erklärung ein. Die eine, die am wahrscheinlichsten ist, macht ihr auch am meisten Angst: dass Daniel in seiner Verzweiflung geglaubt hat, er sei für seine Familie nützlicher, wenn er tot sei.

VIER

1

Drei Uhr. Fast zweieinhalb Stunden seit dem Notruf. Auf dem Schulhof, wo sie mit den anderen Eltern wartet, geht Lucy unruhig auf und ab. Noemie neben ihr sieht so aus, als bräuchte sie dringend eine Zigarette.

Die Headlands Junior School liegt an der Küstenstraße zwischen Skentel und Redlecker. Die Klassenzimmer in dem niedrigen modernen Gebäude gehen direkt auf den Spielplatz hinaus.

Ein Regenguss prasselt auf den Asphalt herunter. Der Himmel über ihnen sieht aus wie eine Stahlplatte. Lucys Handy vibriert und gibt dann ein *Ping* von sich. Sie zerrt es aus ihrer Tasche, und es macht erneut *Ping*. Plötzlich drei Empfangsbalken. Sechzehn verpasste Anrufe. Das Anrufzeichen erscheint, und das Handy beginnt zu klingeln. Lucy legt es ans Ohr.

Na komm, Daniel. Gib mir ein Signal. Irgendetwas, egal was. Hilf mir zu verstehen.

In den Tiefen der Schule läutet es. Klassenzimmertüren fliegen auf. Lehrer treten lächelnd heraus, bereit, die Kinder ihren Eltern zu übergeben. Lucy entdeckt Miss Clay, Fins Lehrerin, typisch gekleidet in einen kurzen Anzug mit Schottenkaro. Dazu trägt sie neonorangefarbene Strumpfhosen.

«Sie haben fünf neue Nachrichten. Nachricht eins, heute, 9.56 Uhr.»

Eine andere Stimme. *«Hey, Lucy, Graham Covenant von Covenant Logistics hier, ich wollte mich nur wegen unserer Unterhaltung melden, die wir ...»*

Mit einem Tippen löscht Lucy die Nachricht.

Miss Clay schiebt Ellie Russell zur Tür und schaut sich auf dem Schulhof nach Ellies Mum um.

«*Nachricht zwei, heute, 10.04 Uhr.*»

«*Hey, Lucy, hier ist noch mal Graham Covenant. Ich wollte nicht, dass Sie verpassen, ...*»

Lucy flucht und schickt seine Nachricht in den Orkus. Jetzt strömen die Kinder aus der Schule. Überall hört man Schreie und Rufe.

«*Nachricht drei, heute, 11.26 Uhr.*»

«*Hi, Lucy ...*»

Das ist Eds Stimme, Billies Freund. Offenbar haben sie wieder Probleme miteinander. Lucy kann sich kaum darauf konzentrieren. Sie speichert die Nachricht und klickt weiter. An der Tür zu Fins Klassenzimmer entdeckt Miss Clay sie und winkt.

«*Nachricht vier, heute, 12.17 Uhr.*»

Es knistert in der Leitung. Knistert und pfeift.

«*... Lucy ...*»

2

Das ist er. Es ist Daniel.

Und doch ist irgendetwas in seiner Stimme – dunkel, *fremd* – überhaupt nicht Daniel. Sofort merkt Lucy, dass sie absolut nicht darauf vorbereitet ist, wie schlimm das hier werden kann.

Der Spielplatz um sie herum wird dunkler. Der Kinderlärm verstummt. Die Zeit verlangsamt sich, dann bleibt sie ganz stehen. Eltern und ihre Kinder werden zu Friedhofsstatuen in einem Asphaltmeer. Die Farbe weicht aus ihrer Haut, aus ihrer Kleidung. Lucy spürt den Wind in ihrem Haar nicht, und auch nicht die Regentropfen auf ihrer Wange. Ihr Herz schlägt nicht mehr. Das Blut in ihren Adern hat aufgehört zu fließen.

Sie hat das Handy so fest an ihr Ohr gepresst, dass das Knistern und Pfeifen ihren Kopf ausfüllt. Sie konzentriert sich mit aller Macht, als könnte sie Daniels Aufenthaltsort und seine Absichten aufspüren, wenn sie nur das elektronische Kreischen entziffert. Sie hört den Wind, oder das, was so klingt wie Wind. Eine chaotische Symphonie aus Pfiffen und Zirpen, als käme die Mailbox-Aufnahme aus den Tiefen des Weltalls.

Lucy ist sicher, dass die Verbindung bald ganz abreißen wird. Und dann, mit einem Summen, das sie zusammenzucken lässt, wird die Verbindung wieder klar, und sie hört etwas anderes, etwas, was sie nicht erwartet hätte, eine andere Stimme, leiser als die erste, aber eine, die sie so sicher erkennt wie ihre eigene: «Daddy, nicht –»

3

Der Erdboden unter ihr scheint sich aufzutun. Lucy spürt, wie sie fällt.

Um sie herum verändert sich die Zeit erneut. Denn jetzt stoppt ihre *eigene* Realität, während alles andere wieder zum Leben erwacht. Die Farbe fließt zurück in die Außenwelt. Alles Erstarrte bewegt sich wieder.

Lucys Knie treffen auf den Asphalt, Schmerz durchzuckt beide Beine. Fröhliche Geräusche erklingen auf dem Schulhof, Schreie und Gelächter und das Geplapper hoher Stimmen. «Fin?», fragt sie. Sie ist wie vor den Kopf geschlagen. Aber das hier ist eine Aufnahme, keine echte Verbindung. Ihr Sohn kann ihr nicht aus der Vergangenheit von vor dreieinhalb Stunden antworten. Und doch kann sie nicht anders, sie muss seinen Namen rufen. «Fin!»

Der Schrei verbrennt ihre Kehle.

Auf dem Schulhof halten die Kinder in ihrem Spiel inne. Erschrockene Eltern kommen auf sie zu.

Das statische Rauschen in Lucys Ohr verstummt. Stattdessen erklingen die gemessenen Worte der Voicemail-Stimme: *«Um die Nachricht erneut anzuhören, drücken Sie auf eins. Um sie zu speichern, drücken Sie auf …»*

Noemie hockt neben ihr. «Süße, was ist los? Was ist passiert?»

Aber Lucys Aufmerksamkeit gilt allein Fins Lehrerin.

Miss Clay kommt über den Schulhof, ein Durcheinander aus orangefarbenen Beinen und gelbem Schottenkaro. «Mrs Locke?», ruft sie.

Lucy schüttelt den Kopf, aber sosehr sie die Neuigkeit auch scheut, von der sie weiß, dass sie jetzt kommt, sie kann ihre Identität nicht verhehlen.

«Sind Sie wegen Fin hier? Hat sein Dad es Ihnen nicht gesagt?»

Lucy kämpft gegen den Schwindel an und zwingt sich aufzustehen. Ihr Magen ist so hart, dass sie glaubt, sich vielleicht übergeben zu müssen. «Wo ist er?»

Miss Clay tritt einen Schritt zurück. «Mr Locke kam am späteren Vormittag und sagte, Fin habe einen Zahnarzttermin, den Sie vergessen hätten. Er hat ihn abgemeldet, dann sind die beiden weitergefahren. Das war doch in Ordnung, oder? Ich meine, ich dachte …»

«Daniel hat *Fin* mitgenommen?», fragt Noemie. «Wann zum Teufel ist das denn passiert?»

Miss Clay zuckt zusammen, als hätte man sie geschlagen. «Am späteren Vormittag, wie ich schon sagte. Gegen elf. Er hat ihn schriftlich abgemeldet. Es war nichts …» – ihr Kehlkopf hüpft auf und wieder ab – «… Ungewöhnliches dabei.»

Lucy schwankt. Sie atmet ruckartig aus und saugt sich die Lungen mit Luft voll. *Wo bist du nur hin, Daniel? Was ist passiert, dass du Fin aus der Schule geholt hast? Warum hast du mir nicht Bescheid gesagt?*

59

In ihrem Ohr redet die Voicemail-Stimme immer noch. Sie trennt die Verbindung. Als der Ziffernblock erscheint, wählt sie 999. Ihr Atem geht jetzt nur noch ruckweise.

Daddy, nicht –

Sie denkt an die Wellen, die gegen die Felsen hinter Mortis Point krachen, an das immer aufgewühltere Meer. Sie erinnert sich an die drei Silbermöwen über ihrem Haus und an das, was ihre Tante immer gesagt hatte, wenn die Vögel zu dritt auftauchten – ein Vorzeichen dafür, dass bald der Tod kommt.

Der alte Daniel ist fort, und ein neuer Daniel hat seinen Platz eingenommen.

Auf dem Display sieht sie das Wort ANRUFEN. Aber es dauert ewig, bis die Verbindung aufgebaut ist.

Wie dumm von ihr, ausgerechnet hier zu wohnen, so weit draußen, wo das Land aufs Meer trifft, wo der Handyempfang schlecht ist und man keine Hilfe bekommt, wenn man sie braucht. Warum ist sie an einen Ort mit so viel kaltem Wasser zurückgekehrt, in dem Väter und Söhne so leicht verschwinden können?

Noch eine Stimme: «Welchen Notdienst möchten Sie anfordern?»

Lucy fordert alle an.

Ich weiß, dass er Angst macht, dieser schnelle Abstieg ins Chaos. Es ist, als stünde man an Deck einer Jacht, die gerade auseinanderbricht. Alles ist in Bewegung. Nichts ist fest. Plötzlich gibt es keine Zuflucht vor der Tiefe mehr.

Dass ich Fin mitgenommen habe, ist – zweifellos – der Teil, den du am schwersten verstehen kannst. Aber das hier ist eine Tragödie, die nur zu deinem Besten geschrieben wurde. Ohne Fin könnte es sie nicht geben.

Du erinnerst dich an diesen Philosophen, über den du so oft gesprochen hast? Nicht Plato, sondern seinen Schüler Aristoteles? Dass er glaubte, die Tragödie sei die edelste unter den Dichtungen? Ich weiß, dass du glaubst, ich hätte nie zugehört, aber das habe ich sehr wohl getan.

Die Tragödie lässt uns Mitleid und Angst empfinden. Und durch diese Erfahrung werden wir geläutert. Aristoteles hatte sogar ein Wort dafür, nicht wahr? Katharsis.

Je länger ich darüber nachdachte, desto logischer erschien es mir. In den letzten Wochen habe ich noch über etwas anderes nachgedacht: Wie viel reiner wäre die Erfahrung doch, wenn die Tragödie real wäre?

Alles, was von diesem Punkt an geschieht, geschieht absichtlich. Aber es ist alles viel mehr als bloß ein Verlust, Lucy. Es ist eine Reinigung. Eine Erneuerung.

Wir wissen beide, dass du sie dringend brauchst.

FÜNF

1

Detective Inspector Abraham Rose reist unter einem Himmel nach Skentel, der sich bereit macht, ein Monster loszulassen. Die Reise von Barnstaple dauert normalerweise vierzig Minuten. Weil DS Cooper einen Mannschaftswagen mit Blaulicht fährt, schaffen sie es in weniger als der Hälfte der Zeit.

Es ist merkwürdig, aber während sie so mit heulenden Sirenen durch den Verkehr rasen, erlebt Abraham einen Moment des Friedens. Er weiß, dass er nicht anhalten wird. Und doch, für ein paar Minuten kann er hier Zuflucht vor dem Chaos finden und die Herausforderung annehmen, auf die Probe gestellt zu werden. Er wird hinter den Erwartungen zurückbleiben. Alle tun das. Aber ums Zurückbleiben geht es nicht.

Im Westen rückt eine schwarze Wand vom Atlantik näher. Sie sieht so undurchdringlich und unerbittlich aus, dass in seinem Kopf die Worte des Erlösers über das Ende aller Zeiten aufklingen: *Und es werden Zeichen geschehen an Sonne und Mond und Sternen; und auf Erden wird den Leuten bange sein, und sie werden zagen, und das Meer und die Wassermengen werden brausen, und Menschen werden verschmachten vor Furcht und vor Warten der Dinge, die kommen sollen auf Erden; denn auch der Himmel Kräfte werden sich bewegen.*

Abraham ist gewöhnt daran, in der Welt um sich herum Vorzeichen zu erkennen. Sie sind selten hilfreich. Er sieht hinaus zur näher kommenden Wetterfront und stellt sich vor, dass schwarze Hengste auf ihn zupreschen. Das lässt ihn an eine weitere Passage aus dem Lukasevangelium denken: *Die Menschen aßen, tranken und heirateten, wie sie es immer taten. So ging es, bis Noah in die Arche stieg. Dann kam die große Flut, und keiner von ihnen überlebte.*

«Herrgott noch mal», sagt Cooper. «Sieh dir bloß diese Wolkenwalze an.»

Abraham zuckt bei dieser Gotteslästerung zusammen. In seiner dreißigjährigen Karriere hat er sich nie mit dem Unglauben seiner Kollegen abfinden können. Man hätte doch meinen sollen, dass sie größeren Respekt vor dem Wort Gottes haben müssten, umgeben von Verbrechen und Elend, wie sie es sind.

«Wolkenwalze?» Er zieht den Kopf ein, um besser aus dem Fenster sehen zu können. «Was ist das?»

Cooper zerrt am Lenkrad. Sie überholen einen Sattelschlepper, um dann wieder auf ihre Spur einzuschwenken.

«Das ist eine Art Arcuswolke», antwortet der DS und betätigt die Kupplung. «Eine Wolkenwalze wie diese kommt mit der Böenfront eines großen Wettersystems. Was du da siehst, ist die kalte Luft, die unter die – HERRGOTT NOCH MAL!»

Ein roter Nissan biegt aus einer Seitenstraße direkt vor ihnen auf die Fahrbahn ein. Der Fahrer sieht das näher kommende Blaulicht und tritt auf die Bremse. Cooper reißt das Steuer herum. Das Auto schwankt wild und gerät ungebremst auf die Gegenfahrbahn.

Cooper wirft dem Fahrer des Nissans beim Überholen einen bösen Blick zu. «Die unter die wärmere Luft an der Küste gleitet», beendet er seinen Satz. «Die warme Luft steigt nach oben, und ihre Feuchtigkeit kondensiert.»

«Was für ein Anblick», murmelt Abraham und lässt die Handschlaufe los.

Die Straße ist jetzt von hohen Hecken gesäumt. Cooper fährt auf der weißen Linie in eine unübersichtliche Kurve. «In extremen Fällen», sagt er, «schiebt die Wolkenwalze Wirbel vor sich her. Man nennt sie Gustnados. Böenfrontwirbel.»

«Ich wusste gar nicht, dass du dich so sehr für Wetter interessierst.»

In Wirklichkeit wusste Abraham gar nicht, dass sich Cooper überhaupt für irgendetwas interessiert. Er meint, es gibt wohl irgendwo eine Ehefrau. Hat er auf Coopers Schreibtisch ein Foto gesehen, das ihn zu dieser Annahme veranlasst? Ungefähr das Einzige, was er genau weiß, ist, dass der Mann seine Mahlzeiten nie an einem Tisch einnimmt oder Messer und Gabel dafür benutzt.

Wenn er noch einmal von vorn anfangen könnte, würde er sich deutlich mehr um die Menschen um ihn herum bemühen. Jetzt ist es zu spät.

Abraham rutscht auf seinem Sitz herum und versucht, eine bequemere Position zu finden. Die Schiene unter dem Beifahrersitz funktioniert nicht. In der Folge muss sich sein 1,93 Meter großer Körper in einen Raum quetschen, der mehr für einen Zwerg geeignet wäre. Sicherheitsgurt oder nicht, wenn Cooper mit einem anderen Fahrzeug zusammenstößt, wird Abraham mit dem Gesicht durch die Windschutzscheibe geschleudert werden.

Er lenkt sich damit ab, dass er sich in Erinnerung zu rufen versucht, was er über die Sache weiß, deretwegen sie diese Straßen entlangrasen. Vor etwas weniger als drei Stunden erhielt die Küstenwache einen Notruf von Daniel Locke, dem Skipper der *Lazy Susan*. Lockes Notruf endete, bevor er seine Position durchgeben konnte, aber die Seenotrettung konnte ihn aufgrund des Signals ungefähr orten. Ein Rettungsboot fand die Jacht, aber nicht Daniel.

Das ist an diesem Küstenabschnitt eine traurige, aber keine außergewöhnliche Geschichte. Vor dreißig Minuten dann rief Lockes Ehefrau die Notrufnummer 999 an. Sie war zur Schule gefahren, um ihren Sohn abzuholen, musste dort aber erfahren, dass ihr Ehemann den Jungen schon vor Stunden abgeholt hatte.

Solche Fälle fürchten die meisten Ermittler, weil in aller Regel nichts Gutes dabei herauskommt.

Der Junge, Fin Locke, ist sieben Jahre alt. Er hat haselnussbraune Augen, mausbraunes Haar und ist 1,10 Meter groß. Er trägt eine dicke Plastikbrille mit Figuren der *Avengers* auf den Bügeln und hatte am Morgen seine Headlands-Junior-School-Uniform an.

Abraham hat kein Bild von ihm gesehen, aber er weiß, wenn er eins sieht, wird sein Herz in Stücke brechen.

Bisher weiß er nicht mehr über den Jungen. Er zieht sein Notizbuch hervor und liest sich noch einmal durch, was er über den Vater aufgeschrieben hat.

Daniel Locke. Zweiundvierzig Jahre alt. Blaue Augen, schwarzes Haar. 1,78 Meter groß, durchschnittlicher Körperbau, eine zehn Zentimeter lange Narbe auf dem rechten Unterarm. Zuletzt gesehen gegen acht Uhr morgens, als er nach Angaben seiner Frau das Haus verlassen hat. Er hat ihr gesagt, er wolle zu Locke-Povey Marine fahren, einer Firma für Segelausrüstung, deren Teilhaber er ist. Im Moment geht dort niemand ans Telefon. Ein Streifenwagen ist bereits hingeschickt worden, damit sich die Beamten einen Eindruck verschaffen können, aber weil es an diesem Teil der Küste so wenige Polizisten gibt, brauchen selbst die einfachsten Dinge ihre Zeit. Inzwischen sucht eine uniformierte Streife aus Skentel nach Lockes Auto.

Abraham schaut von seinen Notizen auf. Im Westen, über den Wipfeln der Bäume, kommt die Wand der schwarzen Hengste näher.

Wolkenwalze, denkt er.

Die Böenfront eines großen Wettersystems.

Abraham hat das Meer noch nicht gesehen. Die Lagebesprechung der Küstenwache, die aus dem Funkgerät dringt, legt nahe, dass sich die Wetterverhältnisse schnell verschlechtern werden.

Er fragt sich, wie lange die Suche wohl weitergeführt werden kann. Und er fragt sich vor allem, was Daniel Locke seinem Sohn angetan hat.

Vor ihnen sind jetzt keine Fahrzeuge mehr. Nichts als die leere Straße und der Himmel. Cooper schaltet die Sirene aus. Sie rasen über die Fahrbahn, und das Blaulicht wird von den Straßenschildern reflektiert. Endlich sieht Abraham durch eine Lücke zwischen den Bäumen das Meer.

Jeder, der die neuesten Wetterwarnungen für übertrieben gehalten hat, kann sie nun nicht mehr abtun. Von der Küste bis zum Horizont hat sich eine zerstörerische Macht zusammengebraut, die furchteinflößend aussieht.

Die Muskeln in Abrahams Nacken und seinem Brustkorb spannen sich an. Wenn es je etwas gab, das Gottes Macht über seine Schöpfung unter Beweis stellte, dann ist es dies. Er macht sich Sorgen darüber, dass es ihm nicht mehr Ehrfurcht einflößt. Wie grausam – dass er genau an dem Punkt in seinem Leben, an dem er seinen Glauben am meisten braucht, *fühlen* kann, wie er abebbt.

Während der Himmel schwarze Hengste geschickt hat, herrscht das Meer über weiße Streitrösser; Reihe um Reihe von ihnen rast auf die Küste zu. Sie zerstören die steinernen Brandungspfeiler hinter der Halbinsel Mortis Point. Und doch sieht er etwas Bemerkenswertes in dem Augenblick, bevor ihm die Bäume wieder den Blick versperren: eine Flotte von Jachten und Fischerbooten, die aus Skentels Hafen auslaufen.

«Die beneide ich wirklich nicht», murmelt Cooper. «Kein bisschen.»

Abraham kann ihm nicht zustimmen. Wenn es seine Aufgabe ist, den Jungen zu finden, hat er auf dem Meer weit größere Chancen dazu. Natürlich muss er auch den Vater finden, aber vor allem will er den Jungen retten.

Er wirft einen Blick auf seine Notizen und entdeckt darin etwas, was ihn beunruhigt: seine Initialen, geschrieben in zittrigen Großbuchstaben, die sich unter einer gezeichneten Kuppel drängen. Er hat dieses Motiv in letzter Zeit überall hingekritzelt. Eilig streicht er es durch.

Abraham spürt den vertrauten Schmerz in seinem Rücken, der stärker wird, wenn er atmet. Er beißt die Zähne zusammen und atmet flach. Seine Tabletten stecken in der Jackentasche. Er hat schon mehr von ihnen genommen, als er sollte. Er kann nicht noch mehr nehmen, ohne dass Cooper es mitbekommt.

Er klappt die Sonnenblende herunter und betrachtet sich im Schminkspiegel. Es ist nicht nur seine Gestalt, die übergroß ist, sondern auch alles andere: die klobige Nase, die fleischigen Ohren, die Neandertaler-Brauen. Die Augen darunter sind eine merkwürdige Mischung aus wild und traurig und stumpf. Vierzig Jahre Rauchen haben die Haut darum faltig werden lassen.

Manchmal denkt er, dass er viel zu hastig aus dem gröbsten Lehm geformt worden ist. Ein Pastor hat einmal etwas Derartiges gesagt: dass Gott, der wusste, wie wichtig Abrahams Arbeit sein würde, seinen Diener in großer Hast erschaffen hat. Abraham hätte das sicher tröstlich gefunden, wenn er daran geglaubt hätte.

Er ist immerhin dankbar dafür, dass man seinem Gesicht die Krankheit nicht ansieht. Bisher hat niemand gemerkt, dass er todkrank ist.

Abraham hustet, der Drang kommt so plötzlich, dass er ihn nicht unterdrücken kann. Senffarbener Auswurf spritzt gegen den Spiegel, zusammen mit einem pinkfarbenen Blutnebel. Er verzieht das Gesicht und wirft einen Blick zu Cooper hinüber. Zum Glück hat der DS nichts bemerkt.

Das Auto wird langsamer. Abraham beugt sich vor. Er wischt den Spiegel mit dem Ärmel ab, klappt die Sonnenblende wieder hoch und sieht vor sich ein weißes Schild: HEADLANDS JU-

NIOR SCHOOL. Dahinter erhebt sich ein niedriges modernes Gebäude neben einem Sportplatz. Cooper fährt schwungvoll durch das Eingangstor.

2

An einem Schalter vor dem Empfang zeigt Abraham seinen Dienstausweis vor. Die Dame lässt ihn durch.

Auf der anderen Seite der Schranke begrüßt ihn die Schuldirektorin Marjorie Knox. Sie ist makellos frisiert, gefährlich übergewichtig und trägt ein Blümchenkleid, das so grell gemustert ist, dass es in den Augen schmerzt. Ihr mit Make-up zugekleistertes Gesicht glänzt vor Schweiß. Ihre Hand ist schlaff und feucht, als Abraham sie schüttelt.

Knox führt ihn einen mit Teppich ausgelegten Flur entlang. Sie spricht weit länger über die Sicherheitsmaßnahmen der Schule als über den vermissten Jungen. Abraham schaut sich die Kinderbilder weit länger an, als dass er ihr zuhört. An den Wänden hängen Bilder von Noahs Arche, von Jona und dem Wal und von Moses, der das Rote Meer teilt.

Die Kunstwerke gefallen ihm. Marjorie Knox gefällt ihm nicht.

«Ist Headlands eine konfessionell gebundene Schule?», fragt er.

«Eine Grundschule, die zur Church of England gehört. Wir sind an St. Peter angeschlossen.» Knox' ausladende Oberweite hebt und senkt sich, als hätte der kurze Gang sie erschöpft. «Wie ich schon sagte, nehmen wir unsere Sicherheitsverantwortung sehr ernst. Aber wir hatten keinerlei Grund anzunehmen, dass irgendetwas nicht in Ordnung wäre. Mr und Mrs Locke leben nicht getrennt. Es gab keinen Hinweis auf Missbrauch. Ich würde sogar so weit gehen zu behaupten, dass die Schule in vollem ...»

68

«Denn aus deinen Worten wirst du gerechtfertigt werden, und aus deinen Worten wirst du verdammt werden.»

Marjorie Knox' Augen treten ein wenig hervor.

«Matthäus zwölf, Vers siebenunddreißig», fügt er hinzu.

Sie zieht den Kopf zwischen die Schultern, sodass es aussieht, als trüge sie eine Kette aus Doppelkinnen. «Tatsächlich.»

«Haben Sie hier Videoüberwachung? Auf dem Parkplatz oder in der Schule? Im Empfangsbereich habe ich keine Kameras gesehen.»

«Wir hatten nie Grund anzunehmen, dass das nötig wäre. Wir haben hier sehr strikte Sicherheitsvorkehrungen. Wie ich schon sagte, unsere Sicherheitsverantwortung ...»

«Ist vorbildlich, ja. Und Sie sind sich einhundert Prozent sicher, dass es Fin Lockes Vater war, der ihn abgeholt hat?»

«Natürlich.»

«Ich muss wohl nicht erwähnen, dass die Schule in nächster Zeit viel Aufmerksamkeit erhalten wird.»

«Dessen bin ich mir bewusst. Weshalb ich ...»

«Weshalb ich wissen muss, ob Sie sich persönlich vollkommen sicher sind – und damit meine ich so sicher, als hinge Ihre Karriere davon ab –, dass es wirklich der Vater war, der Fin abgeholt hat, und nicht irgendein Betrüger?»

Knox blinzelt. Ihr Kinn zittert, als sie schluckt. «Ich habe Fin nicht *persönlich* aus der Liste ausgetragen. Unsere Empfangsdame hat die Verantwortung dafür, gemeinsam mit seiner Lehrerin.»

«Und Ihre Empfangsdame kennt Mr Locke persönlich?»

«Also, ich weiß nicht ...»

«Kennt Fins Lehrerin Mr Locke persönlich?»

«Ich bin mir ganz ...»

«Ich nehme an, beide sind noch hier?»

Knox ringt nach Luft. «Nachdem ich von diesem ganzen Theater erfahren hatte, war es meine erste Priorität sicherzustellen, dass alle vor Ort bleiben. Wenn Sie wünschen, kann ich Sie mit den relevanten Parteien bekannt machen.»

Dieses ganze Theater, denkt Abraham. *Wirbel und Ärger. Eine komplizierte und überflüssige Unannehmlichkeit.*

Knox' Atem riecht moschusartig süß, trotzdem bemerkt er darunter so etwas wie Fäulnis. Plötzlich hat er das sichere Gefühl, dass Satan durch die Gänge dieser Schule streift. Verstörend und unerklärlich – wie sein Glaube an Gott bröckeln kann, während seine Angst vor dem Teufel so stark bleibt wie eh und je. Der Schmerz ist zurück, jetzt schlimmer als zuvor. Krallen in seiner Brust. Er ballt die Fäuste und richtet sich auf.

«Detective?», fragt Knox. «Möchten Sie sie sprechen?»

Als er sich zu Marjorie Knox umdreht, sieht er ihren Herzschlag an ihrem Hals beben. Er starrt mit fasziniertem Entsetzen darauf. Über ihm verändert sich das Summen der Neonleuchten zu einem wütenden Brummen.

Abrahams Blick fällt auf ein Olivenholz-Kreuz, das an der gegenüberliegenden Wand hängt. Plötzlich kann er wieder atmen.

Detective? Möchten Sie sie sprechen?

Er sieht zu Cooper hinüber, der ihm einen befremdeten Blick zuwirft.

«Ja, bitte.»

3

Im Lehrerzimmer lernt er Fins Lehrerin Sarah Clay und die Empfangsdame kennen. Sie stillen seine Neugier zumindest in dem Punkt, in dem es Marjorie Knox nicht konnte: dass es wirklich Daniel Locke war, der am späten Vormittag in die Schule kam und den Jungen mitnahm.

Die Empfangsdame ist mit der Nachricht in Fins Klasse gegangen. Sarah Clay hat den Jungen dem Vater übergeben. Sie ist Locke senior bereits fünf Mal zuvor begegnet. Ja, sie würde bei ihrem Leben schwören, dass er es war. Nein, sie erinnert sich an nichts Ungewöhnliches in seinem Verhalten.

Als Abraham sie bittet, den Jungen zu beschreiben, füllen sich Clays Augen mit Tränen. «Exzentrisch», sagt sie. «Lustig. Interessiert sich für so ziemlich alles. Ich habe eigentlich keine Lieblingsschüler, aber wenn ich einen hätte, wäre es Fin.» Sie wirft Marjorie Knox einen Blick zu. «Er hat in letzter Zeit ein paar Probleme mit Mobbing gehabt. Weil er so klein ist, ist er ein leichtes Ziel.»

«Diese Probleme haben wir *umgehend* im Keim erstickt, Sarah.»

Als Abraham die Zähne zeigt, zieht Knox den Kopf zwischen die Schultern wie eine Schildkröte, die sich in ihren Panzer verzieht.

«Ich denke immer und immer wieder darüber nach», sagt Clay. «Ob ich etwas übersehen habe. Fins Mum – malen Sie sich das nur mal aus. Haben Sie mit ihr gesprochen?»

Das ist Abrahams nächste Aufgabe.

4

Im Schulleiterbüro ist die Luft erfüllt von Parfüm und staubiger Heizlüfterhitze. Eine Polizistin lehnt an einem Schreibtisch. Zwei weitere Frauen stehen am Fenster. Marjorie Knox steht neben ihm, und Abraham fühlt sich akut in der Unterzahl. Es ist mehr als jämmerlich, dass er schon so alt ist und sich in der Gegenwart des anderen Geschlechts immer noch so unbehaglich fühlt.

Es ist ziemlich einfach, Fins Mutter zu identifizieren. Sie trägt eine übergroße Seenotrettungsjacke und wirkt, als wäre sie halb im Koma. Abraham kennt diesen Gesichtsausdruck gut. Aber hier wirkt er etwas anders. Da ist etwas – vielleicht liegt es an ihrem ausgeprägten Kiefer oder den eckigen Schultern –, das sie von den anderen abhebt. Sie sieht aus wie eine Kriegerin, die sich für eine Schlacht bereit macht.

Sie erwidert seinen Blick, und er kommt sich abgeschätzt vor. Unter ihrem Blick streckt er den Rücken durch, bis ihm wieder einfällt, dass die meisten Menschen zurückzucken, wenn sie ihn in seiner vollen Größe sehen. Lucy Locke tut es jedoch nicht. Sie tritt vor, bis sie so nah vor ihm steht wie Marjorie Knox.

Wie soll er sie ansprechen? Wenn Locke der Nachname ist, den sie bei der Hochzeit angenommen hat, ist es der Name eines Mannes, der vielleicht ihren Sohn ertränkt hat.

«Lucy», fängt er an. «Ich bin ...»

«Ich nehme an, wir haben noch ungefähr zwei Stunden», sagt sie. «Dann wird es dunkel, oder der Sturm trifft auf die Küste, oder beides. Dann wird alles noch viel schwieriger. Sie haben mich hierbehalten, obwohl ich dort draußen sein und nach ihnen suchen könnte. Ich habe mit der Küstenwache gesprochen, mit den Polizisten am Hafenkai, mit diesen Polizistinnen hier und jetzt mit Ihnen. Also hoffe ich doch sehr, dass Sie gute Gründe für das hier haben.»

Er spürt, wie ihre Wut und ihre Frustration aus ihr entweichen. Er hofft, dass beides sie noch eine Weile aufrecht hält, denn er weiß, dass das, was danach kommt, weitaus schlimmer sein wird. «Lucy, ich bin mir der Tatsache bewusst, dass Sie bereits ausgesagt haben, und ich werde keinesfalls doppelte Arbeit machen. Es sieht vielleicht so aus, als hätten wir bereits alle Fakten, aber in diesen Situationen hat man selten ...»

«Ich habe meinen Ehemann Daniel Locke zum letzten Mal heute Morgen kurz vor acht zu Hause gesehen», sagt sie. «Zu Hause, das ist Wild Ridge, das große Haus oben auf Mortis Point. Er sagte, er wolle zu seiner Werkhalle, Locke-Povey Marine, hinter dem

Strand von Penleith. Ich weiß nicht, ob er je dort angekommen ist, aber sie sagen, er sei dort gegen elf gewesen. Er hat unseren Sohn Fin mitgenommen. Er ist sieben Jahre alt, ich habe massenweise Fotos von ihm. Er hat hier in dieser Schule angegeben, Fin habe einen Zahnarzttermin, den wir vergessen hätten – was nicht stimmt, denn es gab keinen Zahnarzttermin, ich habe extra noch mal beim Zahnarzt angerufen, um ganz sicherzugehen. Die beiden sind dort nie aufgetaucht. Vor drei Stunden hat Daniel einen Notruf von unserer Jacht abgesetzt, der *Lazy Susan*. Das Boot wurde gefunden, aber mein Ehemann und mein Sohn werden immer noch vermisst. Sie haben die Rettungsinsel nicht zu Wasser gelassen. Niemand hat eine Signalrakete gesehen. Ich weiß, wonach es aussieht – und was alle denken –, aber Daniel ist ein guter Mann, der beste, den es gibt. Er hätte Fin niemals in Gefahr gebracht, es sei denn, er hatte keine Wahl. Ich habe Ihren Kollegen alle Kontaktdaten gegeben. Gibt es noch *irgendetwas*, was Sie wissen müssen, bevor ich aufs Wasser kann?»

Sie verstummt, atmet tief durch und dreht etwas zwischen ihren Fingern. Zuerst hält Abraham es für irgendeinen Lappen. Dann erkennt er, dass es eine Kinder-Schmusedecke ist. Es gibt keinen traurigeren Anblick.

Neben ihm atmet Marjorie Knox ihren faulen Moschusgeruch aus. «O je», sagt sie. «Das ist ja alles sehr bedauerlich.»

«Es gibt eine Menge, was ich noch wissen muss», sagt er zu Lucy Locke. «Aber ich verstehe, dass Sie nicht hier sein wollen, und» – ein Blick zu Knox – «das kann ich Ihnen sicher nicht zum Vorwurf machen. Wir können auf dem Weg nach Skentel sprechen.»

5

Abraham setzt sich auf den Beifahrersitz. Cooper fährt. Lucy Locke sitzt auf dem Rücksitz, und Noemie Farrell fährt in Lucys Auto hinterher.

Die Wolkenwalze bedeckt jetzt den halben Himmel. Merkwürdige Formen tauchen darin auf und verschwinden wieder: Möwen oder Lummen, die von dem unberechenbaren Wetter völlig verwirrt sind. Abraham schaut ihnen zu und muss an den fünften Engel der Offenbarung des Johannes denken und an den Stern, der vom Himmel fiel: *Und er öffnete den Schacht des Abgrunds. Da stieg Rauch aus dem Schacht auf, wie aus einem großen Ofen; und Sonne und Luft wurden verfinstert durch den Rauch aus dem Schacht. Und aus dem Rauch kamen Heuschrecken über die Erde.*

Cooper wirft ihm vom Fahrersitz einen Blick zu. Einen Moment lang denkt Abraham: Fühlt er es auch? Dass sich etwas Schreckliches nähert?

In der warmen Luft, die aus dem Gebläse des Autos dringt, kann er das Unwetter riechen. Er dreht sich auf dem Sitz um und sieht, dass Lucy auf ihrem Handy scrollt. «Wie lange sind Sie schon mit Daniel zusammen?»

«Neun Jahre. Geheiratet haben wir nach zweien.» Sie schaut auf, ihre Augen sind rot. «Ich liebe ihn – sogar noch mehr als damals. Er liebt mich auch. Nicht jedes Paar kann das nach fast zehn Jahren von sich sagen, aber wir schon.»

Abraham fragt sich, wie das wohl ist: eine so tiefe und dauerhafte Liebe zu einem anderen Menschen zu erleben. Er denkt an die Schachtel mit den Andenken bei sich zu Hause und fühlt sich einen Moment lang so hohl wie ein Schilfrohr. Und dann denkt er daran, was Lucy Lockes Ehemann vielleicht ihrem Sohn angetan hat und an das Böse, das Menschen einander zufügen. «Sie wohnen schon Ihr ganzes Leben hier?»

Sie blinzelt und reibt sich das Gesicht. «Was?»

«Haben Sie schon immer hier gelebt? In Skentel, meine ich.»

Lucy schüttelt den Kopf. Sie schaut wieder auf ihr Handy. «Ich war weg. Eine Weile. Dann bin ich zurückgekommen.»

«Haben Sie ein Bild von Fin, das ich mir ansehen kann?»

Lucy zuckt bei der Erwähnung ihres Sohnes zusammen, als hätte man sie mit einer Klinge gestochen. Nur Augenblicke später dreht sie das Handy um. Abraham beugt sich vor. Plötzlich hat er keine Luft mehr in der Brust.

Engel, denkt er.

Fins Gesicht ist unvergesslich. Seine Züge sind gerade eben so schief, dass es einem das Herz bricht. Seine Brille lässt ihn fast wie eine Comicfigur wirken. Sie vergrößert seine Augen und lässt sie aussehen, als stünden sie viel zu eng beieinander. Er lächelt nicht, er *strahlt* – so hell, dass er damit eine Höhle ausleuchten könnte, und besteht dabei nur noch aus rosafarbenem Zahnfleisch und Milchzähnen und Lücken dazwischen. Seine Nase ist ein kleiner gekrauster Knopf. Seine Ohren stehen so weit vom Kopf ab, dass er deswegen gnadenlos gehänselt werden wird, wenn er älter ist. Abraham hat noch nie jemanden gesehen, der auf so naive Weise Liebe ausstrahlt.

Vor drei Stunden saß Fin Locke noch in seiner Klasse. Dann wurde er von einem Klopfen an der Tür fortgezaubert.

Abrahams Finger zucken. *Lieber Gott, ich lobpreise dich für dein mitfühlendes Herz. Schenke mir das Durchhaltevermögen des guten Hirten, der seiner Herde folgt und niemals aufgibt.*

«Er ist ein Lämmchen», sagt er. Die Worte kleben in seinem Mund. «Wir werden ihn finden. Wir werden sie beide finden.»

Lucy sieht ihm direkt in die Augen. Er weiß, dass das Versprechen, das er gerade gegeben hat, eine Rettungsboje ist, etwas, woran sie sich festklammern wird, wenn sie gegen das Ertrinken kämpft.

«Wollen Sie ein Video sehen?»

Er hat das Foto gesehen. Er muss kein Video sehen. Aber Lucys Bedürfnis, es ihm zu zeigen, ist wichtiger. Abraham nickt. Sie wendet ihre Aufmerksamkeit wieder dem Handy zu, und er schaut aus dem Fenster: vorüberziehende Bäume, hin und wieder blitzt das dunkle Meer auf; weiße Brecher und schwarzer Himmel.

Die Boote sind jetzt noch weiter draußen als vorher.

Gott segne sie.

Was auch immer das bedeutet.

«Hier», sagt Lucy und hält ihm das Handy hin.

Auf dem Display erscheint eine Küche. Er sieht einen alten Küchentisch. Dahinter sind hohe Fenster vom Panorama aus Meer und Himmel gefüllt. *Wild Ridge*, denkt er. *Das große Haus oben auf Mortis Point.* Was für ein Ort zum Aufwachsen.

Lucy muss das Video gemacht haben. Abraham hört ihr unterdrücktes Kichern. Er kann sich nicht vorstellen, dass die jetzige Version der Frau ein solches Geräusch hervorbringen könnte – die Ereignisse des Tages haben eine Doppelgängerin geschaffen.

Fin erscheint im Bild. Er hat ein Bündel Papiere in der Hand. Der Junge geht mit steifem Schritt, die Brille sitzt ihm schief auf der Nase. Er trägt ein Hemd und eine violette Weste. Um seinen Hals hat er eine Samtfliege gebunden, die viel zu groß ist. Er setzt sich an den Tisch und ordnet mit herrischen Bewegungen seine Papiere. Ein Hauch von Verärgerung gleitet über sein Gesicht. *«Mummy, du musst mich vorstellen.»*

Wieder ein kaum unterdrücktes Kichern von Lucy. «Ich fühle mich geehrt, Master Fin Gordon Locke vorzustellen. Weber von Worten, Fabulierer wunderbarer Legenden, Geschichtenerzähler der Extraklasse.»

Sie wartet.

Fin wartet. Dann schüttelt er sich. Kein kaum sichtbares Zucken, sondern ein vom Blitz getroffenes Schütteln des ganzen Körpers. «O», sagt er. «Ich.» Mit ausgestrecktem Zeigefinger schiebt er seine Brille hoch. Er blinzelt wie eine Eule in die Kamera.

Jede Angewohnheit, jeder kleine Tick scheint dazu da zu sein, Gelächter hervorzurufen. Abraham fragt sich, ob der Junge wohl weiß, dass er witzig ist, oder ob er sich dessen überhaupt nicht bewusst ist.

«Der *Bogwort*», sagt Fin. «Eine *Geschichte* von Fin Gordon Locke, siebeneinhalb Jahre alt. Weber von *Worten*, Fabulierer von *Legenden*, Geschichtenerzähler der Ex... Extra... Extra was?»

«Extraklasse», sagt Lucy.

«Genau.» Er räuspert sich. Dann tut er es noch einmal, diesmal lauter. Die Fliege wackelt, ein Flügel sackt nach unten.

Abraham grinst. Sein Magen zieht sich zusammen. Es ist schwer, nicht zu lachen. Noch schwerer ist es, nicht zu weinen.

«Es *war einmal*», sagt Fin, «ein buckliger alter Mann namens *Bogwort*. Er hatte *silbernes* Haar, *orangefarbene* Augen und lange grüne Ohren, die aussahen wie *Trompeten*. Bogwort war *sehr* mürrisch, weil *er* glaubte, dass ihn alle für *hässlich* hielten, obwohl das gar nicht *stimmte*. Bogwort war auch *einsam*. Das Traurige daran war, dass er eine Menge Freunde hätte haben können, wenn er die Leute nicht alle *nervös* gemacht und ihnen *Angst eingejagt* hätte. Aber macht euch darum nicht allzu viele Sorgen, weil das hier nicht eine von diesen *traurigen* Geschichten wird, sondern eine, die euch *aufheitert*, weil ihr schon sehen werdet, dass Bogwort am Ende tatsächlich ein paar schöne Dinge passieren. Weil er sie *verdient*. Denn wenn die Menschen gut sind, *bekommen sie schöne* Dinge.»

Die Fliege, die nur noch an ihrem Clip hängt, fällt jetzt ganz ab.

«Scheibenkleister», murmelt Fin.

77

Die Lucy von früher wimmert vor Lachen. Die neue Lucy kneift schmerzerfüllt die Augen zusammen.

«Können Sie sich irgendeinen Grund dafür vorstellen, aus dem Daniel Fin aus der Schule abgeholt hat und mit ihm so weit aufs offene Meer gefahren ist, obwohl er wusste, dass ein Unwetter kommt?»

Sie schaudert. «Ich kann mir nur vorstellen, dass er versucht hat, Fin vor irgendetwas zu beschützen.»

«Vor was denn?»

«Das frage ich mich auch schon die ganze Zeit.» Lucys Gesicht verzieht sich. «Aber ich weiß es einfach nicht.»

Cooper fährt jetzt langsamer und biegt von der Küstenstraße auf die Straße nach Skentel ab.

«Ist Fin ein Einzelkind?»

«Ich habe noch eine Tochter. Billie.»

«Älter oder jünger?»

«Sie ist achtzehn.»

«Da müssen Sie sie ja sehr früh bekommen haben.»

«Ich war damals ein Jahr älter, als sie jetzt ist.»

Wirklich jung, denkt Abraham. «Arbeitet sie? College? Irgendetwas dazwischen?»

«Billie ist gerade im Grundstudium in Redlecker. Sie will Meeresbiologie studieren.»

Abraham nickt. Einen Moment lang denkt er darüber nach, was er gerade gehört hat. Je länger er nachdenkt, desto kälter wird ihm. Er schaut erneut aus dem Fenster und überlegt, wie er seine nächste Frage formulieren soll. Aber als er sich Lucy wieder zuwendet, hat sie bereits das Handy am Ohr.

«Billie, es ist gleich vier. Kannst du mich bitte anrufen, sobald du mit den Seminaren fertig bist.» Sie legt auf und wählt eine andere Nummer. «Holly, hallo, hier ist Lucy, Billies Mum. Könntest du mich bitte zurückrufen, sobald du diese Nachricht hörst.» Sie scrollt nach einer weiteren Nummer. Jetzt zittert sie; ihr Kiefer, ihre Finger.

«Welches College?», fragt Abraham.

«Arthur Radley in Redlecker. Sie hat gerade Biologie. Muss jeden Moment zu Ende sein.»

«Versuchen Sie, ihre Freunde zu erreichen», sagt er. «Ich rufe im Sekretariat an.»

Lucy stößt ein Geräusch aus, das klingt wie ein verwundetes Tier.

SECHS

Lucy ist in ihrer Küche und wirft gehackte Zwiebeln in eine Pfanne. Es ist Billies achtzehnter Geburtstag, und die Party beginnt in ein paar Stunden.

Auf die Arbeitsplatte hat sie Fins iPad gestellt. Auf dem Display ist das Rezept, das Lucy nachkocht – aber worauf sie wirklich achtet, ist die Unterhaltung im Nebenzimmer.

«Aber was, wenn sie es nicht *können*?», jammert Fin. «Was, wenn mich jemand *verflucht* hat?»

«Scout», sagt Billie sanft. «Niemand kann zaubern. Was bedeutet, dass dich niemand verfluchen kann.»

Fin verstummt und schnieft. Dann sagt er: «Der *Weihnachtsmann* kann zaubern.»

«Vom Weihnachtsmann rede ich nicht. Ich rede von den Kindern in deiner Schule.»

Fin beginnt erneut zu weinen. «Aber sie können mich nicht *sehen*, Billo. Keiner von ihnen. Egal was ich versuche, nichts *hilft*.»

«Isst du deshalb so viele Karotten?»

«Und Satsumas. Aber *das* hat auch nicht geholfen. Was, wenn es immer *schlimmer* wird? Was passiert, wenn ich auch für *dich* unsichtbar werde?» Seine Stimme bricht. «Oder für Mummy und Daddy? Was, wenn ich irgendwann ganz *allein* bin?»

Lucy legt ihr Messer hin. Am Mittwochnachmittag kam Fin nach Hause und beklagte sich, dass ihn in der Magenta-Klasse niemand sehen könne. Ein paar Tage ist es angeblich in der ganzen Schule dasselbe gewesen. Schlimmer noch, Lucy argwöhnt, dass das schon länger so geht, als er zugeben will – dass Fin sich ihr erst anvertraut hat, nachdem er schon eine Weile versucht hat, allein damit zurechtzukommen. Am Dienstagmorgen hat sie

80

ein Gespräch mit Marjorie Knox, das war der erste Termin, den die Direktorin freihatte. Das macht Lucy sogar noch wütender.

«Das wird niemals passieren», sagt Billie. «Und ich meine *niemals*, okay, Fin? Ich meine es ernst. Ich will nicht, dass du so etwas auch nur denkst. Gut, erzähl mal. Welches Kind hat mit dieser Pferdescheiße angefangen?»

«Billie!»

«Tut mir leid.»

«Jetzt wirst du *blind*.»

«Welches Kind, Fin?»

«Keiner hat damit angefangen. Es ist einfach passiert.»

«Okay, denk mal zurück. Wer war das erste Kind, das dich nicht sehen konnte?»

Fin schweigt eine Weile. Dann sagt er: «Eliot.»

«Eliot ist in deiner Klasse?»

«Er sitzt neben der neuen Jessica.»

«Ist Eliot dein Freund?»

«Er ist mein *Erzfeind*.»

«Ist das der, der eine Seite aus deinem *Hulk*-Comic gerissen hat?»

Darauf kommt keine Antwort. Nur leise jämmerliche Geräusche.

«Schon in Ordnung, Scout», sagt Billie. «Es ist okay, wenn du weinen musst. Also – sprechen wir über dasselbe Kind?» Sie wartet auf seine Antwort. «Gut. Und wer war der Zweite, der dich nicht sehen konnte?» Noch eine Pause. «Die neue Jessica, die neben Eliot sitzt? Weißt du was? Ich glaube, langsam kommen wir der Sache auf die Spur.»

Die Zwiebeln beginnen zu brutzeln. Daniel kommt aus dem Garten herein, und sie legt den Finger auf die Lippen.

«Du glaubst, mein *Erzfeind* hat damit angefangen?»

«Möglich. Aber richtig wichtig ist, wie du damit umgehst.»

81

«Du meinst, wie ich sie dazu bringe, mich wieder zu *sehen*?»

«Sie *können* dich sehen, Fin. Dieser Unsichtbarkeitskram ist kompletter Müll.»

«Aber warum sollten sie denn gemein zu mir sein? Warum sollte eine *ganze Schule* so gemein sein?»

«Weil die Leute manchmal ... weißt du, kleines Kerlchen, manchmal denken die Leute einfach nicht nach. Und wenn die Leute nicht wirklich nachdenken, bevor sie handeln, können sie sich an sehr verletzenden Dingen beteiligen, ohne es wirklich beabsichtigt zu haben. Es ist ein bisschen so, als wären sie noch im Halbschlaf.»

Daniel berührt Lucy an der Schulter. Sie schmiegt sich an ihn und freut sich über seine Nähe.

«Und was soll ich jetzt *tun*, Billo?»

«Soll ich dir mal eine Geschichte erzählen? Etwas, was keiner in der Familie weiß? Erinnerst du dich noch, wie ich fünfzehn war und mir die Haare abgeschnitten habe? Du warst da erst vier, vielleicht weißt du es nicht mehr. Die Sache ist die, Scout, das war ich gar nicht selbst. Drei Mädchen aus der Schule haben mich auf dem Heimweg in eine Ecke gezerrt und mich mit ihren Scheren traktiert. Ich hatte schon eine Weile Ärger mit ihnen – sie haben alle möglichen fiesen Dinge getan. Ich dachte, wenn ich mich möglichst unauffällig verhalte, hören sie schon irgendwann damit auf.»

Lucy erinnert sich an die abgeschnittenen Haare und ihre scharfe Reaktion darauf. Die Schuldgefühle überschwemmen sie wie eine Welle.

«Und was ist dann *passiert*?»

«In dieser Nacht bin ich zum Strand hinuntergeschlichen. Ich habe mich in den Sand gesetzt und mir die Augen ausgeheult. Danach habe ich mir etwas geschworen – dass ich von da an nicht mehr nachgeben würde. Ich wollte die Kontrolle über mein

Leben wiedererlangen. Was auch immer es kosten sollte, ich wollte niemals mehr irgendjemandem Macht über mich geben. Am nächsten Tag in der Schule begann der Ärger schon vor der ersten Stunde. Kerrie Bray saß hinter mir, eines der Mädchen, die mir die Haare abgeschnitten hatten. Sie machte ein paar Bemerkungen, und dann boxte sie mich zwischen die Schulterblätter.»

«*Oh-oh*», flüstert Fin. «Und dann?»

«Ich habe sie gewarnt. Wenn sie mich noch einmal berührt, würde sie es bereuen. Die ganze Klasse drehte durch. Ehrlich, Fin, es war wie im Zoo. Ich glaube, gegen Kerrie hatte sich noch nie jemand aufgelehnt. Ich bin mir ziemlich sicher, dass sie genau wusste, wenn sie nachgab, würde sie ihren Status in der Klasse verlieren. Sie wartete, bis ich ihr wieder den Rücken zugedreht hatte. Dann schlug sie mir mit voller Wucht das Handy auf den Kopf.»

«*Feigling!*», zischt ihr Bruder.

«Ich dachte, ich werde ohnmächtig, aber dann stand ich auf und boxte ihr direkt ins Gesicht – so hart, wie ich noch nie in meinem ganzen Leben zugeschlagen hatte.»

Billie stößt den Atem aus.

«Man weiß gar nicht, wie sehr einem bei so einem Schlag die Knöchel wehtun, bis man es ausprobiert hat. Der Schlag ließ jedenfalls Kerries Ober- und Unterlippe aufplatzen. Sie sah mich an, das Blut tropfte auf ihren Tisch, all die anderen Kinder schauten zu, und dann rannte sie weg. Direkt zur Schulkrankenschwester, um sich wieder zusammenflicken zu lassen. Natürlich musste ich danach eine Woche lang nachsitzen. Aber Kerrie Bray hat mich nie wieder geärgert.»

«Und du glaubst, ich sollte Eliot in die *Fresse* hauen?»

«*Nein!* Herrje, Fin – das glaube ich überhaupt nicht.» Billie zögert und senkt dann die Stimme. «Es sei denn, es muss wirklich sein. Was ich mit dieser Geschichte sagen will, ist, dass die Leute nur dann Macht über dich haben, wenn du es zulässt.»

Eine Weile ist es still. Dann sagt Fin: «Ich habe Angst davor, wieder in die Schule zu gehen.»

«Ich weiß, Scout.»

«Was, wenn sie etwas anderes machen?»

Lucy kann förmlich hören, wie ihre Tochter nachdenkt.

«Erinnerst du dich an das Telefon, das Kommissar Gordon benutzt, um Batman anzurufen, wenn er in der Klemme sitzt?»

«Das Batphone?»

«Genau, das Batphone. Ich glaube, so eins brauchst du. Wir programmieren meine Nummer ein. Und dann kannst du mich immer anrufen, wenn du ein Problem hast, und ich komme sofort.»

«Wie Batgirl?»

«Ganz genau wie Batgirl.»

«Aber Mummy und Daddy sagen, ich *darf* noch kein Handy haben. Erst, wenn ich elf bin.»

«Nein, Scout. Sie haben gesagt, sie *kaufen* dir kein Handy, bis du elf bist. Aber ich kann dir eins kaufen. Und es ist mein achtzehnter Geburtstag, was bedeutet – *Tada!* –, dass ich das Geld dafür habe.»

Daniel legt den Mund ganz nah an Lucys Ohr und flüstert: «Sie ist ein gutes Mädchen.»

«Das beste.»

Er lächelt und küsst sie auf die Stirn. «Du merkst es gar nicht, oder?»

«Was denn?»

«Wie viel davon sie von dir hat.»

Lucy denkt an ihr Leben vor ihrer Rückkehr nach Skentel. Wie schlimm in London alles war, als Billie auf die Welt kam. Und wie viel schlimmer es in Spanien wurde. Und in der portugiesischen

84

Kleinstadt am Strand, in der sie landete. «Mehr Glück als Verstand», sagt sie. «Manchmal denke ich, ich schulde Billie alles.»

Dann solltest du sie wohl besser finden. Oder?

Entsetzt reißt Lucy den Kopf hoch. Und plötzlich ist sie nicht mehr in der Küche, sondern in einem Polizeiwagen, und Daniel und Fin sind verschwunden, und sie kann ihre Tochter nicht erreichen, und sie weiß nicht, warum all das passiert, aber sie muss es herausfinden, und zwar schnell.

Ein Gedanke dringt durch das Chaos in ihrem Kopf: die Voicemail von Billies Freund Ed. Auf dem Spielplatz hat sie kaum hingehört. Lucy hört den Detective nicht mehr, der jetzt telefoniert, und wählt die Nummer ihrer Voicemail.

Sie wartet darauf, dass sich die Verbindung aufbaut, dann dringt die Voicemail-Stimme an ihr Ohr: *«Nachricht eins, gespeichert ...»*

Lucy schließt die Augen und konzentriert sich nur noch darauf.

«Hi, Lucy.» Eds Stimme. *«Wenn Sie Billie später sehen, können Sie ihr bitte sagen, dass es mir leidtut? Ich weiß nicht genau, was ich gemacht habe, aber sagen Sie ihr einfach Entschuldigung von mir. Ich finde es dann später heraus, wenn ich sie sehe. Ach so ... außerdem ... bitte sagen Sie ihr nicht, dass ich keine Ahnung habe, was mir leidtun soll. Ich wollte mich eigentlich mit ihr vor Chemie treffen, und sie hat nicht angerufen, was bedeutet, dass definitiv etwas los ist. Es war alles ein bisschen schwierig seit dieser ganzen Sea-Shepherd-Sache, aber ich dachte ... äh ... Na, egal. Jetzt fange ich an zu schwafeln. Ich versuche, Sie später noch einmal zu erreichen.»*

Alle Mitglieder ihrer Familie verschwinden, einer nach dem anderen. Sie findet Eds Nummer und wählt sie. *«Hi, hier ist Ed Shoemaker ...»*

Als sie auflegt, beginnt ihr Handy zu klingeln.

«Lucy? Hier ist Holly Cheung. Haben Sie mich angerufen?»

«Hast du Billie heute gesehen?»

«Sie ist gar nicht aufgetaucht.»

Es fällt ihr schwer, nicht sofort loszuschreien. Zu kreischen. Ihre Welt stürzt ein. «Hast du überhaupt von ihr gehört? Handy? WhatsApp? Irgendwas?»

«Nein. Was eigentlich ein bisschen komisch ist. Ist denn alles okay? Ich war fast den ganzen Tag in Seminaren. Wollte sie gerade anrufen.»

«Du musst mir einen Gefallen tun, Holly. Du musst jeden anrufen, der Billie vielleicht gesehen oder von ihr gehört haben könnte. Und dann musst du mich sofort zurückrufen, und zwar in dem Moment, in dem du etwas hörst.»

«Klar.» Das Mädchen klingt jetzt beklommen. «Ist denn etwas passiert?»

«Ich kann sie nicht finden», sagt Lucy. «Daniel, Billie, Fin.»

«Sie können sie nicht *finden*?»

«Unser Boot ist steuerlos auf dem Meer treibend gefunden worden, niemand war an Bord. Ich glaube, sie waren alle auf dem Boot.»

«Sie glauben … O Gott, *was*?» Es knistert in der Leitung. Hollys abgehackter Atem. «Okay. Ich fange an zu telefonieren, sofort. Und finde heraus, ob jemand etwas von ihr gehört hat. Haben Sie schon mit Ed gesprochen?»

«Sein Handy geht direkt auf die Voicemail.»

«Er hat vielleicht Probe. Ich schaue mal, ob ich ihn erwische.» Eine Pause. «Ein Unwetter zieht herauf. Soll ein großes werden. Was zum Teufel haben die sich bloß dabei gedacht?»

Darauf hat Lucy keine Antwort. Sie unterbricht die Verbindung. Als Nächstes ruft sie Bee im Drift Net an.

«Luce? Mann, wir haben von Noemie das von Fin gehört. Aus allen Richtungen kommen Leute und Boote. Gibt es irgendetwas Neues?»

«Er ist … ich glaube, Billie ist mit ihnen rausgefahren.»

«Billie?» Im Hintergrund hört Lucy erhobene Stimmen und das Zischen des Milchaufschäumers. «Oh Gott, Luce. Ich weiß gar nicht, was ich sagen soll. Keine Ahnung. Soll ich es weitererzählen?»

«Sie müssen es wissen. Alle müssen es wissen. Wir suchen jetzt nach drei Leuten, nicht mehr nur nach zwei. Nach meiner ganzen Familie.»

Sie spricht diese letzten vier Worte aus und ist selbst fassungslos, als sie sie hört.

Ihre ganze Familie. Da draußen auf dem Wasser.

«Ich schicke Tommo hoch zur Seenotrettungsstation, damit es Jake auch erfährt.»

Lucy dankt ihr und legt auf. Ihre Augen sind ganz trocken. Sie kann nicht mehr deutlich sehen. Daniel, der allein auf dem Boot hinaussegelt, das hätte sie noch verstehen können. Aber welchen Grund konnte es gegeben haben, Billie und Fin mitzunehmen? Und warum hat er ihr nichts davon gesagt?

Der Detective auf dem Beifahrersitz telefoniert immer noch. «Mehr Leute hier unten», sagt er gerade. «Vielleicht hat er auch die Stieftochter mitgenommen. Und versucht herauszufinden, was mit dieser Firma Locke-Povey Marine los ist.» Er dreht sich auf dem Sitz zu ihr um, als er merkt, dass sie zuhört.

Ihre Blicke treffen sich. Lucy weiß, was er denkt.

Opfer.

Aber sie ist kein Opfer. Auf keinen Fall. Das hier endet nicht mit einem leeren Boot.

DI Abraham Rose lässt sein Handy sinken. «Wir wissen nicht sicher, ob Billie mit Daniel mitgekommen ist, aber vorsichtshalber sollten wir davon ausgehen, dass es so war. Ich brauche eine genaue Beschreibung. Fotos, Kontaktdaten, alles.»

Er streckt die riesige Hand aus und legt sie auf ihre. Lucy zuckt zurück. Sie will sein Mitleid nicht. Mitgefühl von diesem Detective mit der rauen Stimme bedeutet, dass etwas wirklich Furchtbares passiert ist. Das will sie nicht glauben. Ihre Kinder leben. Ihr Ehemann auch. Vermisst, ja. In schrecklicher Gefahr, wahrscheinlich. Aber sie leben.

In seinem Gesicht liest sie etwas, was sie nicht versteht.

«Sie sind nicht allein», sagt er. «Ich bin bei Ihnen. Bei jedem Schritt.»

Lucy starrt ihn an, sie kann sich nicht von seinem Blick lösen.

«Bis wir sie finden», fügt er hinzu.

Ihre Kehle zieht sich zusammen. Als hätte sich eine Boa constrictor darum geschlungen.

SIEBEN

1

Selbst in ihrer tiefsten Verzweiflung hätte Lucy Locke seine Berührung nicht ertragen. Das hätte Abraham nicht wundern sollen. Er weiß, dass er ein ganz außerordentlich unattraktiver Mann ist. Was ihn aber *doch* überrascht, ist der Schmerz, den er deswegen verspürt. Es ist ein Schlag, mit dem er nicht gerechnet hat. Eine Wunde, von der er glaubte, dass sie längst verheilt sei, öffnet sich wieder. Vielleicht tut es umso mehr weh, weil ihm den Schlag eine Frau versetzt hat, deren Welt noch vor einigen Stunden offensichtlich getränkt gewesen ist von Liebe.

Er kann Lucys Worte nicht vergessen, als er gefragt hat, wie lange sie schon mit Daniel zusammen sei: *Neun Jahre. Geheiratet haben wir nach zweien. Ich liebe ihn – sogar noch mehr als damals. Er liebt mich auch.*

Beinahe ein Wunder, dass sie im Lichte dessen, was passiert ist, so felsenfest an ihre Liebe glaubt. Oder vielleicht ist es auch kein Wunder. Vielleicht verschleiert die Liebe ebenso viel, wie sie enthüllt. Wie um alles in der Welt soll er das wissen? Ganz sicher hat keine Frau je so etwas über Abraham Rose gesagt, und das wird auch niemals geschehen.

Einmal hat es eine Chance gegeben.

In seinem Kopf hört er die Stimme seiner Mutter von damals: *Gott hat deinen Weg vorbestimmt. Und dieses Mädchen war nicht Teil davon.*

Cooper neben ihm flucht und bremst. Abraham hebt den Kopf und sieht, warum. Irgendein Volltrottel hat versucht, einen Fernsehübertragungswagen zum Hafen zu fahren. Das Fahrzeug, auf dem eine riesige Satellitenschüssel befestigt ist, ist ungefähr so breit wie die kopfsteingepflasterte Hauptstraße von Skentel. Cooper hupt frustriert.

Abraham reißt die Beifahrertür auf. Eine Windbö versucht, sie wieder zuzudrücken. Er schaut über die Schulter zu Lucy Locke nach hinten. «Die Straße wird so bald nicht wieder frei. Kommen Sie. Zu Fuß sind wir schneller.» Zu Cooper sagt er: «Such dir einen Parkplatz. Dann treffen wir uns am Hafenkai.»

Sobald er sich aus dem Beifahrersitz gequält hat, klatscht ihm kalter Regen ins Gesicht. Er riecht Seetang und schmeckt Salz. Auf den Dächern der weiß getünchten Häuser kauern sich verschreckte Silbermöwen zusammen. Lucy wirft ihnen einen finsteren Blick zu.

Zusammen eilen sie die Straße entlang. Als sie beim Übertragungswagen ankommen, erkennt Abraham das Problem. Er zwängt sich mit Gewalt am Bordstein entlang daran vorbei und sieht, dass der Wagen einen platten Vorderreifen hat. Der Fahrer lockert die Radmuttern mit einem Kreuzschlüssel. Eine Frau in einem violetten Kaschmirmantel steht über ihm und saugt an einer Zigarette, als enthielte sie Sauerstoff.

Medienfritzen, denkt Abraham. Als der Rauch in seine Nase dringt, zieht sich seine Lunge vor Gier zusammen. Es nützt nichts, sie oder den Fahrer zu beschimpfen. Die Lage ist bereits viel schlimmer, als alle erwartet haben. Das Letzte, was er jetzt braucht, ist ein genervtes Wortgefecht. Lucy sieht die Frau im Vorbeigehen an. Sie muss wissen, ihre persönlichen Qualen werden zum Thema in den Nachrichten werden. Und doch erkennt Abraham etwas Unerwartetes in Lucys Gesichtsausdruck. Nicht nur Entsetzen, sondern auch Berechnung.

Mit geneigtem Kinn erwidert die Journalistin Lucys Blick. Abraham fragt sich, ob sie weiß, dass dies hier die Ehefrau ist, die Mutter. Aber dann sieht er sie mit ihren Augen: eine junge

Frau in einer viel zu großen Seenotrettungsjacke, die zum Hafenkai hinuntereilt. Eine Geschichte, aber nicht die, die sie sucht.

Er schafft es am Fernsehwagen vorbei, und da liegt es vor ihm: das Meer. Abraham stockt der Atem. Die Wellen – riesige, muskulöse Berge aus grauem Wasser – sehen aus, als höben und senkten sie sich in Zeitlupe. Im Hafen hüpfen die übrig gebliebenen Boote mit dem Seegang auf und ab und stoßen aneinander. Eines weckt sein Interesse besonders: eine marineblaue Zwölf-Meter-Jacht, die an der Mole vertäut ist. Ein Polizist steht daneben Wache und lässt sich von der Gischt bespritzen.

Er denkt an das Motiv, das er vor ein paar Minuten in seinen Notizen gefunden hat – seine Initialen, geschrieben in zittrigen Großbuchstaben, die sich unter eine schützende Tintenkuppel drängen – und verzieht das Gesicht.

Die Vorhut des Sturms ist angekommen. Abraham erkennt in den Wolken keine Formen mehr. Vorhin konnte man sie noch für Möwen oder Lummen halten. Jetzt sehen sie eher so aus wie fliegende Dämonen, die aufs Land treffen.

Aber von allem, was er da sieht, raubt ihm am meisten die Flotte der winzigen Boote den Atem, die über die aufgewühlte See gleiten: Skentels Einwohner, die aufs Meer hinausfahren und zwei der Ihren suchen.

Drei der Ihren, denkt Abraham. Und fragt sich, was sie wohl mit Daniel Locke anstellen werden, wenn sie ihn finden.

2

Im Drift Net ist die Luft warm und stickig und erfüllt von erhobenen Stimmen. Abraham riecht guten Kaffee. Seine Lunge schreit nach einer Zigarette.

An einem Tisch in der Nähe sitzen drei Männer in Latzhosen

um eine Seekarte. Am Fenster schauen zwei Männer von der Küstenwache finster in den Himmel. Fischer in wasserdichten Öllatzhosen stehen vor der Theke an, um ihre Flachmänner auffüllen zu lassen. An anderen Tischen ziehen Seeleute ihr Ölzeug über. Es hat hier den Anschein, als bereitete sich die Küstenmiliz auf die Ankunft eines Angreifers vor.

Abraham schaut Lucy hinterher, die sich durch die Menge zur Theke drängt. Die Freiwilligen sind alle so auf ihre Pläne konzentriert, dass kaum einer ihre Anwesenheit bemerkt. Er wühlt sein Handy hervor und geht damit in eine stillere Ecke. Er muss so viel erledigen. Was als standardmäßige Personensuche begann, hat sich zu etwas weit Komplizierterem entwickelt. Daniel Locke hatte keinen guten Grund, Fin aus der Schule zu holen. Die Lehrerin und die Frau am Empfang haben nichts bemerkt, was darauf hingewiesen hätte, dass er unter Druck handelte oder sich um die Sicherheit seines Sohns sorgte. Und obwohl es keinen Beweis dafür gibt, dass er den Jungen wirklich mit an Bord genommen hatte, wird Fin Locke immer noch vermisst. Und Billie Locke jetzt auch.

Ich liebe ihn, hat Lucy über ihren Ehemann gesagt. *Er liebt mich auch.*

Aber offenbar nicht genug, um ihr zu sagen, wo er hinwollte oder was er vorhatte.

Abraham muss mit der Leitstelle in Barnstaple sprechen. Er muss außerdem im Hauptquartier der Polizei in Middlemoor anrufen. Er will ein Spurensicherungsteam, das die *Lazy Susan* untersucht, eine Überprüfung der Funkmasten, in die sich die Handys von Billie und Daniel Locke womöglich eingewählt haben. Und er muss Daniels Auto finden.

Die Küstenwache übernimmt die Suche auf dem Meer, aber Abraham ist fest entschlossen, die begehbaren Teile der Küste mit Polizisten zu schwemmen. Sollten, so Gott will, Fin oder Billie lebend an die Küste gespült werden, sind sie bestimmt halb erfroren. Es ist eine schreckliche Vorstellung, im Meer überlebt zu haben, nur um dann an irgendeinem verlassenen Strand an Unterkühlung zu sterben. Er geht noch immer seine To-do-Liste durch, als Lucy Locke auf einen leeren Tisch steigt und laut um Ruhe bittet.

ACHT

1

Als Lucy zum letzten Mal im Drift Net war, hat sie versucht, Daniel zu finden. Siebzig Minuten später hat sie ihre ganze Familie verloren.

Egal wie tief sie durchatmet, sie bekommt ihre Lunge einfach nicht voll. Sie hält sich immer noch an Snig fest, Fins Kuscheldecke. Gerade noch, im Polizeiwagen, hat sie ihr Gesicht hineingedrückt und den Duft eingesogen. Sie hatte gehofft, er würde sie stärken. Aber Snigs mandelartiger Geruch – Fins Geruch – hat ihr Herz beinahe aussetzen lassen.

Bee wartet hinter dem Tresen. Ihre Augen unter dem bonbonrosa Haar sind groß wie Untertassen. Sie sieht aus, als wäre sie Zeugin eines Verkehrsunfalls geworden und könnte sich nicht von dem Anblick losreißen.

«Hör mal», sagt Lucy zu ihr. «Ich weiß nicht, was passiert ist. Ich weiß nicht, wie das hier alles endet. Aber ich muss da raus und so lange suchen, wie ich nur kann. Du musst den Laden hier am Laufen halten, Bee, okay? Er muss zu einer Art Zentrale werden – dem Ort, an den die Leute kommen, wenn sie Informationen haben, an dem sie nach der Suche verschnaufen können. Schließ die Kasse. Niemand soll bezahlen müssen. Ich will, dass alle über Billie und Fin sprechen, über Daniel. Sie sollen in aller Munde sein, bis sie gefunden werden.»

Bee wirft ihrem Freund einen Blick zu. «Das kriegen wir hin, Luce, ich schwör's. Wir machen dieses Lokal zum Hauptquartier. Tommo ist ziemlich begabt. Er kann ein paar Poster machen und sie in die Fenster hängen.»

«Kein Problem», sagt Tommo. «Wir können auch Flyer drucken. Es tut mir so leid, was da passiert. Dein Mann muss doch gewusst haben, dass dieser Sturm kommen würde. Hast du eine Ahnung, warum er mit den Kindern mitten hineingesegelt ist?»

«Daniel würde ihre Sicherheit niemals ohne guten Grund aufs Spiel setzen.»

Tommo nickt, sieht aber nicht überzeugt aus. Und je öfter Lucy ihr Mantra wiederholt – Daniel, der sorgende Vater, Daniel, der verantwortungsvolle Elternteil –, desto verzweifelter wirkt es.

Bitte, Daniel.

Gib mir ein Zeichen. Irgendetwas. Egal was.

Bee drückt Lucys Arm. «Mann, ich weiß gar nicht, was ich noch sagen soll. Aber ich spüre tief in meinem Herzen, dass das alles gut ausgehen wird.»

Lucys Blick fällt auf das T-Shirt ihrer Freundin, auf das regenbogenbunte Einhorn und die Aufschrift ICH GLAUBE AUCH NICHT AN DICH. Sie wendet sich ab und schaut in die Menge. Sie weiß, was sie zu tun hat, aber das macht es nicht einfacher. Ihr ganzes Leben lang hatte sie Angst davor, öffentlich zu sprechen. Sie hätte geglaubt, dass diese Angst in ihrer jetzigen Situation verschwinden würde. Stattdessen ist sie nur noch größer geworden. Sie ist wie ein Vakuum in ihrer Kehle. Das Zischen von Säure in ihrem Blut.

Sie tritt an den einzigen leeren Tisch, und die Glocke über der Eingangstür läutet. Ein Schwall kalter Luft kommt herein. Sie kann nicht hinschauen, weil sie dann sehen würde, dass ihr Publikum gerade noch größer geworden ist. Sie denkt an den Übertragungswagen, der in der Hauptstraße feststeckt – an die elegante Frau in violettem Kaschmir, die ganz sicher eine Reporterin ist.

Wo bist du, Daniel? Warum hast du dich mir nicht anvertraut?

Sie steigt auf den Stuhl vor sich. Das Blut weicht ihr aus dem

Kopf. Der Raum schwankt. Sie wringt Snig zwischen ihren Händen. Vom Stuhl steigt sie auf den Tisch.

Jetzt drehen sich die Köpfe nach ihr um. Die Gespräche ersterben. Lucys Mund ist so trocken wie Asche. In der gegenüberliegenden Ecke sieht sie DI Abraham Rose. Der Detective mit dem zerklüfteten Gesicht passt nicht hierher, er ist ein Kreuzritter in einem schlecht sitzenden Anzug. Er mustert sie mit unergründlichem Blick.

Lucys Magen zieht sich zusammen. Sie denkt an ihre Kinder, und das ist wieder ein Fehler. Ihre Augen brennen. Der Raum zerfällt. Sie hört, dass sie sich räuspert.

Eine Erinnerung von vor sechs Wochen kommt ihr in den Sinn – vierzehn Tage vor Billies achtzehntem Geburtstag. Sie ist zu Hause in ihrem Badezimmer und sucht in den Schränken nach Hustensaft. Fins Husten hallt durch den Flur.

Er hat schon sein ganzes Leben eine Neigung zu Bronchialinfekten, Halsschmerzen, allem, womit man sich anstecken kann. Sie hatte sich ihren Sohn immer als Athleten oder Abenteurer vorgestellt, so mutig wie sich selbst. Aber die Abenteuer, die Fin am liebsten mag, sind die, die er in einem Bücherschrank aufbewahren oder mit seinem Teleskop betrachten kann. Selbst seine Fußballkarten-Sammlung pflegt er nicht aus Interesse am Sport, sondern aus dem Wunsch heraus, mit den anderen Jungen befreundet zu sein.

Lucy hat schon so oft versucht, ihn körperlich abzuhärten: Sie ist mit ihm surfen, Kanu fahren, klettern gegangen. Fin hat alles klaglos mitgemacht, aber nichts hat seine Widerstandskraft gestärkt. Und sie liebt ihren verträumten, Karten sortierenden kleinen Bücherwurm deswegen nur noch mehr.

Lucy findet die Flasche mit dem Hustensaft und schließt den Badezimmerschrank wieder. Im Kinderzimmer löffelt sie roten Sirup in Fins Mund und küsst ihn auf die Stirn.

«Soll ich dir von *Bogwort* erzählen, Mummy?»

«Wovon?»

«Von meiner *Geschichte*», antwortet Fin. «Du *erinnerst* dich. Also, Mummy, Bogwort ist eine Märchengestalt. Was bedeutet, dass er entweder gut oder böse sein muss. Bogwort lebt mit einer Königin und einem König auf einem Schloss. Und sie haben eine Prinzessin, die sie sehr lieben.»

Er hält inne, weil er einen Hustenanfall hat. «Aber was niemand weiß, ist, dass *Bogwort* die Prinzessin nicht besonders *mag* und sie deshalb entführt. Er bringt sie zu einem Turm, der mitten im *Nichts* steht. Die Königin und der König sind *sehr* traurig. Sie rufen alle Helden des Königreichs zusammen, damit sie nach ihrer vermissten Tochter suchen und denjenigen finden, der sie entführt hat.»

Fin strahlt, seine Lippen sind noch ganz klebrig vom Hustensaft. «Aber natürlich weiß *keiner*, dass der Entführer mitten unter ihnen im Palast ist. Dass er mit ihnen *zusammen* lebt.»

Lucy lächelt und zaust ihm das Haar.

«GRUSELIG!», ruft Fin durch seine roten Zähne.

«Das ist aber eine tolle Geschichte, kleiner Mann.»

«Ich habe doch noch gar nicht richtig *angefangen*. Warte mal ab, was als *Nächstes* kommt.»

Sie küsst ihn und geht zurück in den Flur. Unten, im Esszimmer, sitzen Daniel und Nick. Die Luft ist von Nicks Zigarrenrauch zum Schneiden dick. Auf dem Tisch liegen Spielkarten, Whiskygläser und viel mehr Bargeld herum, als es Lucy lieb ist. Das meiste stapelt sich vor Nick. Daniel ist aufgestanden und tastet seine Hosentaschen nach den Schlüsseln ab. Als er sie sieht, lächelt er sie an. «Ich habe versprochen, Billie vom Goat abzuholen. Spart das Taxigeld.»

«Ich fahre.»

Daniel berührt ganz leicht ihren Arm. «Du warst schon den

ganzen Tag auf den Beinen. Pass einfach nur auf, dass dieser Typ hier nicht den ganzen Talisker austrinkt, solange ich weg bin.»

Nick kichert. «Mach nicht jeden Geldautomaten in Skentel leer, wenn du rausgehst. Ich will nicht noch mehr von deinem schmutzigen Profit konfiszieren müssen.»

Sobald Daniel gegangen ist, schiebt Lucy das Fenster hoch. Eiskalte Nachtluft strömt herein.

«Herrgott noch mal, Lucy-Lou. Ich frier mir hier die Eier ab.»

Sie nimmt einen Untersetzer und schiebt ihn unter Nicks Drink, wobei sie den nassen Ring auf dem Tisch mit einer Serviette trocken wischt. «Du rauchst draußen oder am offenen Fenster. Das habe ich dir schon oft genug gesagt. Fin hat Asthma, weißt du noch?»

Er hebt entschuldigend die Hand und drückt die Zigarre aus. «Willst du was trinken?»

Lucy starrt ihn an. Das große, robuste Kind vom Polaroid ist zu einem außergewöhnlich brutalen Kerl herangewachsen. Anders als Daniel merkt man Nick die Umstände seiner frühen Kindheit sofort an. Sein Blick hat die Intensität der Augen eines Straßenkindes. Wenn er ihn auf sie richtet, hat Lucy das Gefühl, all ihre Fehler lägen offen zutage.

Sie holt sich ein Glas aus der Vitrine und setzt sich ihm gegenüber. Nick schenkt ihr Talisker ein und schiebt sein Geld zu einem großen Stapel zusammen. «Wird mein Daniel Ärger bekommen?»

«Nicht mit mir. Wir vertrauen uns und unseren Entscheidungen, das haben wir immer getan. Das weißt du doch. Solltest du zumindest wissen.»

Nicks Augen glitzern, als er sie nachdenklich ansieht. Lucy bekommt eine Gänsehaut. Er nimmt einen Schluck Whisky, und sie tut es ihm nach und fragt sich, ob ihre Reaktion an seiner Aufmerksamkeit oder an der kalten Nachtluft liegt.

98

«Wir leben alle mit unseren Entscheidungen», sagt Nick. «Vor neun Jahren, als ihr euch kennengelernt habt, hätte eigentlich ich derjenige sein sollen, der in dieser Parkbucht vor Skentel strandete. Daniel hatte erst in letzter Minute angeboten, die Fahrt zu übernehmen.» Er dreht das Whiskyglas in der Hand. «Hast du je darüber nachgedacht, Lucy-Lou? Wie anders alles geworden wäre?»

Sie trinkt ihren Whisky aus. «Wenn ein Schmetterling in Peking mit den Flügeln schlägt ...»

«... regnet es im Central Park.»

Nick hält ihren Blick noch, als ihr Gelächter schon verstummt ist.

Sie lässt ihn mit seinem Gewinn sitzen und zieht sich in die Küche zurück, um den Geschirrspüler zu beladen. Als sie sich wieder aufrichtet, merkt sie, dass Nick ihr gefolgt ist und sie von der Tür aus beobachtet. Plötzlich wird ihr überdeutlich bewusst, was sie anhat – graue Stretch-Shorts und ein schwarzes ärmelloses Top – und wie viel Haut sie zeigt. «Hast du Hunger?», fragt sie.

«Ich bin schon halb verhungert.»

«Willst du was essen?»

Nick fährt sich mit der Zunge über die Zähne. «Ich glaube, das hängt davon ab, was es gibt.»

Einen Moment lang geben Lucys Knie nach. Erst als sie um ihr Gleichgewicht kämpft, kommt sie wieder zu sich. Jetzt ist sie nicht mehr bei sich zu Hause in der Küche von Mortis Point, sondern steht auf einem Tisch im Drift Net vor einer Menge erwartungsvoller Gesichter.

Kein Daniel, keine Billie, kein Fin.

Ihre ganze Familie ist da draußen auf der wogenden See.

«Einige von euch kennen mich», sagt sie und kämpft gegen das Zittern in ihrer Stimme an. «Die meisten jedoch nicht. Ihr habt aber vielleicht gehört, dass mein Ehemann Daniel Locke heute

99

Morgen von Skentel aus aufs Meer hinausgesegelt und nicht zurückgekommen ist. Unser Sohn Fin» – an dieser Stelle bricht ihre Stimme, und sie muss die Augen schließen – «ist mit bei ihm. Und jetzt sieht es danach aus, als sei auch unsere Tochter Billie auf dem Boot.»

Ein Murmeln steigt aus der Menge auf. Lucy versucht, nicht darüber nachzudenken, was ihr Publikum wohl denkt. «Ich weiß, dass ein Sturm auf die Küste zukommt. Aber ich weiß auch, dass meine Familie noch da draußen ist. Daniel würde niemals zulassen, dass Billie oder Fin ertrinken. Er würde einen Weg finden, sie in Sicherheit zu bringen. Wenn ihr darüber nachdenkt, euch an der Suche zu beteiligen, möchte ich euch danken. Aber vor allem muss ich ... ich muss unbedingt da raus. Nimmt mich bitte jemand mit?»

Wieder erhebt sich ein Murmeln – diesmal weit unbehaglicher und länger. Niemand will sie direkt ansehen. Sie versteht, warum. Wer hätte sie schon gern an Bord? Wer möchte die Aussicht auf ...

«Ich nehme dich mit.»

Lucys Blick fliegt zum Eingang. Als sie sieht, wer dort steht, geht ihr das Herz auf. Jake Farrell trägt eine gelbe Öllatzhose unter einer Helly-Hansen-Seenotrettungsjacke. Sein Gesichtsausdruck ist schwer zu deuten.

2

Sein Boot, die *Huntsman's Daughter*, ist eine achteinhalb Meter lange Segeljacht. Dreißig Jahre Sonne und Salzwasser haben ihr Schäden zugefügt, die Jake sich nicht leisten kann zu reparieren. Ihr Rumpf ist voller hässlicher Flecken und Stellen, die er mit Hartlack ausgebessert hat. Aber im Augenblick kümmert Lucy nur, dass sie endlich aufs Wasser kommt.

Die Dünung ist selbst im Hafen die wildeste, die sie je gesehen hat. Jake geht voraus. Er läuft über den aus Einzelteilen bestehenden schwimmenden Anleger wie über eine sich aufbäumende Raupe.

Die Steinmole verdeckt Lucys Blick aufs Meer, aber sie hört das Dröhnen der Brecher, sieht die weiße Gischt in der Luft. Der Wind, hart und trotzig, zerrt an ihrer Kleidung. Sie denkt an Daniel und ihre Kinder. *Da draußen.* Sie beißt die Zähne zusammen und folgt Jake.

3

Sie brauchen ein paar Minuten, um die *Huntsman's Daughter* bereit zu machen. Jake nimmt die Planen ab und schließt die Luke auf. Lucy wartet auf dem Anleger. Der Motor springt beim dritten Versuch an. Da löst sie die Vertäuung, wirft ihm die Leinen zu und springt ins Cockpit.

Es ist neun Jahre her, dass sie zum letzten Mal an Bord war. Die einzige Veränderung sind die Schäden am Boot. Falls es in Skentel ein Boot gibt, das weniger für diese Wetterlage geeignet ist, dann fällt es ihr nicht ein. Jake gibt Gas. Die *Huntsman's Daughter* vibriert unter ihren Füßen. Weiß brodelt das Kielwasser.

«Geh nach unten!», ruft er. «Hol die Rettungswesten. Auch die Sicherheitsleinen. Ich sag es dir gleich – das wird ein harter Ritt.»

Lucy drängt sich an ihm vorbei und sucht sich Griffe zum Festhalten. Die Jacht wippt und schaukelt wild, und dabei sind sie noch nicht einmal aus dem Hafen ausgelaufen. Der Anblick der Kabine unter Deck wirft sie um ein Jahrzehnt zurück. Links von ihr ist der kardanisch aufgehängte Herd, an den Haken darüber hängen die vertrauten Becher und Küchengeräte. Zu ihrer Rechten stehen der Tisch für die Seekarten, das UKW-Funkgerät und das Garmin-GPS-Gerät. Vor sich sieht sie die Bänke, die sich in Einzelbetten verwandeln lassen. Ein zusammenschiebbarer Tisch dazwischen ist mit Ausrüstung beladen. Ganz hinten ist eine geschlossene Falttür. Dahinter befindet sich die enge Bugkabine, in der sie auf ihren Wochenendausflügen geschlafen haben.

So viele Erinnerungen kommen zurück und erwischen sie kalt: Billie sitzt mit sieben Jahren in eine Decke gewickelt da, während Lucy auf dem winzigen Herd Essen kocht; Jake, der in zehn Zentimetern Bilge-Wasser hockt und versucht, einen Dichtungsring auszutauschen; zu dritt sitzen sie an Deck und trinken heiße Schokolade, während der Vollmond über dem Meer aufgeht; Nächte heimlicher Leidenschaft in der Bugkabine, ihre Hand auf Jakes Mund gepresst, damit er nicht laut schreit.

Auf dem Kartentisch sind noch schwach die Spuren von Billies Buntstiften zu sehen. Ein wollener Pompom, den sie als kleines Mädchen gebastelt hat, hängt an einem Messingbarometer am Schott. Es fällt ihr schwer, ihn anzusehen. Es fällt ihr schwer, all das zu sehen.

Das Boot hebt und senkt sich im Wasser. Lucy stellt sich breitbeinig hin und schaltet die UKW-Funkanlage und das GPS-Gerät ein. Sie tritt an den Tisch und durchsucht die Ausrüstung. Sie findet eine Öllatzhose – unglaublicherweise dieselbe, die sie vor zehn Jahren an kalten Tagen getragen hat – und zieht sie schnell an. Dann nimmt sie zwei Rettungswesten und Sicherheitsleinen und klettert die Leiter wieder hinauf.

Backbord hebt und senkt sich die *Lazy Susan* an der inneren Molenwand. Wenn Jakes Boot Erinnerungen hervorholt, dann ist das nichts gegen den Anblick der Familienjacht aus nächster Nähe. Dieses Boot hat Fin immer sein Wasserzuhause genannt; auf diesem Boot hat Billie segeln gelernt; dies ist das Boot, dessen Anker Daniels Arm aufgerissen hat. Sie sind damit zu den Orkney-Inseln gesegelt, nach Nazaré, durch den norwegischen Geirangerfjord und den Nærøyfjord. An Deck der *Lazy Susan* und in ihrer Kabine haben sie die schönsten Tage ihres Lebens verlebt.

Lucy späht angestrengt hinüber und sucht nach irgendwelchen Hinweisen. Eine Schnur mit Papiermännchen hängt am großen Fenster der Hauptkabine. Jedes hat ein anderes, mit Wachsmalstiften gemaltes Gesicht: glücklich, traurig, wütend, überrascht, verängstigt. Lucy hat sie vor ein paar Monaten ausgeschnitten. Fin hat die Gesichter aufgemalt.

Plötzlich hat sie das Gefühl, als würde ihr Brustkorb eingedrückt. Sie reißt sich von dem Anblick los – betrachtet die eingerollten Segel, den Rumpf. Nichts sieht anders aus. Es scheint nichts zu fehlen. Und doch *strahlt* die Jacht Bosheit aus. Beim Anblick der klirrenden Flaggleinen, des leeren Cockpits steigt Lucy die Galle hoch.

Sie nähern sich dem Molenkopf und der offenen See. Jake dreht das Steuerrad. Die *Huntsman's Daughter* beginnt zu wenden. «Halt dich fest», schreit er.

Lucy zieht sich die Weste über und klippt die Sicherheitsleine daran. Eine schwere Welle kommt durch den Eingangskanal. Der Bug steigt. Dann krachen sie ins Tal der Welle. Salzwasser klatscht Lucy ins Gesicht. Es ist so kalt, dass sie aufkeucht. Als sie aufblickt, sieht sie etwas Schreckliches.

4

Vor ihr haben sich Meer und Himmel zusammengetan, um ein Panorama der Zerstörung zu schaffen. Sie hat das Gefühl, eine Gebirgslandschaft zu überblicken, die ein Schneesturm verwüstet hat – nur dass sich diese Berge bewegen, sie gleiten, sie schmettern aneinander. Der Schnee auf ihren Gipfeln schäumt. Er birst und braust.

Steuerbord opfern sich die Wellen auf dem zerschmetterten Altar von Mortis Point. Schaumwolken steigen himmelwärts, vom reißenden Wind zu Gischt geschlagen. Über ihren Köpfen rasen Wolken wie Streitwagen aufs Land zu.

Lucy hat noch nie solch schreckliche Wetterbedingungen gesehen. Es ist eigentlich unmöglich, direkt hineinzusegeln – *unbegreiflich*, dass Daniel sich hier mit Billie und Fin hinausgewagt hat. Aber obwohl das Spektakel schrecklich anzusehen ist, ist es noch nichts gegen das, was Lucy weiter draußen auf dem Meer sieht: ungefähr zwanzig Jachten und Fischerboote, deren Bug auf die Küste gerichtet ist.

«Was tun die da?», schreit sie. Ihre Frage wird vom Krachen eines weiteren Brechers gegen den Rumpf übertönt. Er hebt sie hoch und schleudert sie wieder hinunter. Lucy spürt die Wucht der Welle in ihren Knochen. Sie wendet sich zu Jake um. Sieht, wie er Gas gibt und den Motor so sehr knüppelt, wie er sich traut. In ihrer Brust herrscht ein solcher Druck, dass sie das Gefühl hat, unter Wasser zu sein. «Warum drehen sie um?»

Die *Huntsman's Daughter* kämpft sich durch den nächsten riesigen Brecher. Um sie herum schäumt das weiß marmorierte Wasser.

«Nimm das Steuerrad», schreit Jake. «Ich gehe ans Funkgerät.»

Lucy tauscht mit ihm die Position. Er verschwindet unter Deck. Sie hält den Bug der Jacht gen Westen gerichtet und zielt auf eine Lücke zwischen den Booten, die zum Hafen zurückkehren. Wellen brechen jetzt in alle Richtungen. Eine riesige trifft von steuerbord auf sie und überschwemmt das Deck. Kaltes Wasser bricht über sie herein und strömt in ihre Jacke.

Nur Augenblicke später sackt die *Huntsman's Daughter* in ein weiteres Monsterwellental. Es ist so tief, dass sie die Bootsflotte nicht mehr sehen kann. Als sie sich zum Heck umschaut, ist sogar die Mole verschwunden.

Endlich erhebt sich die Jacht aus ihrem Abgrund. Lucy kann die Boote wieder sehen. Die meisten sind Fischerboote mit wenig Tiefgang, ein paar Motorboote sind darunter. Sie will ans Schiffshorn und sie dazu drängen, wieder umzukehren. Aber die Motorboote sind für diese Bedingungen nicht geeignet. Selbst die Fischkutter fordern schon ihr Glück heraus. Als einer von ihnen steuerbord an ihr vorbeifährt, schüttelt der Skipper nur den Kopf.

Jake taucht von unten auf und schließt die Luke hinter sich. «Die Küstenwache sagt, dass die Wellen hinter dem Point bis zu sechs Meter hoch werden können. Der Wind erreicht vierzig Knoten, und sie sagen, dass es noch viel schlimmer wird.» Er sieht an ihr vorbei zu den Booten, die sich zurück nach Skentel mühen, und verzieht das Gesicht, als ein weiterer Brecher über den Bug kracht. «Man kann es ihnen nicht verdenken.»

Das tut sie auch nicht. Aber warum muss ihre Familie ausgerechnet an diesem Tag auf dem Meer verschwinden?

«Nicht alle kehren um», fügt Jake hinzu. «Ich habe mit ein paar Skippern gesprochen, die noch im Suchgebiet kreuzen. Gute Jungs. Sie suchen weiter, solange sie können.»

Das bedeutet – *zwangsläufig* –, dass noch niemand gefunden wurde.

Lucys Magen verkrampft sich. Sie wird ganz starr und spürt, wie er sich hebt. Sie lässt das Steuerrad los, beugt sich über die Reling und übergibt sich. Einen Moment lang bleibt sie so und starrt ins Meer. Das Wasser ist so aufgewühlt, dass es aussieht, als wäre es mit Kohlensäure versetzt. Sauerstoff zischt in die Energie der krachenden Brecher.

Sie wischt sich den Mund ab und wendet sich zu Jake um. «Wo fahren wir hin?»

«Die Küstenwache hat mit dem Such-und-Rettungs-Programm SARIS ein Suchmuster erstellt. Die Startposition ist die Stelle, wo unser Rettungsboot die *Lazy Susan* gefunden hat. Die

Tidenströmung zieht in nordöstliche Richtung, und der Wind weht immer noch aus dem Westen. Sie haben eine ziemlich genaue Rasterkarte ausgearbeitet. Das Problem ist, bei derartig aufgewühlter See gehen die Leute in den Wellentälern verloren. Es ist leichter, aus der Luft zu suchen, aber da oben haben sie natürlich ihre eigenen Probleme. Auf dem Wasser muss man sich schon in der Nähe des Suchobjekts befinden, damit man überhaupt eine Chance hat.»

Seine Kiefermuskeln spannen sich an. «Tut mir leid. Ich weiß, es ist nicht leicht, das zu hören. Immerhin haben wir noch Licht.»

Doch selbst das erstirbt gerade.

«Aber ich werde Segel setzen», fährt Jake fort. «Du musst das Steuerrad wieder übernehmen.» Er nickt zu dem auf Deck befestigten Kugelkompass. «Halte die *Huntsman's Daughter* auf dreihundert. Pass auf die schlimmsten Brecher auf. Einige von denen sind locker groß genug, um uns kentern zu lassen.»

Lucy stellt sich breitbeinig vor das Steuerrad und bringt es zur Ruhe. Um sie herum ist nur schäumendes Wasser zu sehen, zerklüftete weiße Kronen. Während Jake sich daranmacht, das Hauptsegel zu entfalten und zu reffen, lässt sie die Tränen zu – schwere, abgehackte Schluchzer, die der Wind fortweht. Nach ein paar Minuten kann sie sich wieder konzentrieren, auf den Kurs und die Wellen und den sich hebenden und senkenden Bug. Sie beißt die Zähne zusammen und versucht, einen Gedanken auszusenden: *Wo seid ihr? Bitte zeigt es mir.* Vielleicht findet ihre Familie einen Weg, ihr zu antworten, wenn sie sich nur stark genug konzentriert.

Regen prasselt ihr ins Gesicht, scharf wie Nadeln. Steuerbords zieht sich das Wasser vom Rumpf zurück, weil sich eine riesige Woge aufbaut. Lucy kurbelt am Steuerrad und dreht den Bug der *Huntsman's Daughter* direkt hinein. Aber sie ist nicht schnell genug. Als die Welle aufs Deck kracht, strömt Wasser ins Cockpit und reißt sie von den Beinen. Die Jacht beginnt wild zu rollen. Sie hat solche Angst, von Deck gespült zu werden, dass sie einen Moment lang vergisst, dass sie ja angeseilt ist. Wasser fließt in ihr Ölzeug – so erschreckend kalt, dass es alle Gedanken in Lucys Kopf mit sich reißt.

Jake klettert zurück ins Cockpit. Das Hauptsegel ist jetzt von der Plane befreit, und er beginnt zu winschen. Stück für Stück hebt sich das Tuch über den Ausleger. Der Wind heult jetzt, das Jaulen der Todesfeen. Lucy dreht das Rad. Das Segel flattert kurz und füllt sich dann.

Jake legt ihr die Hand auf die Schulter. Sie möchte sich an ihn lehnen, widersteht dem Impuls aber. Sie will die Augen schließen, die Arme um seinen Hals schlingen und so tun, als gäbe es all das hier nicht. Stattdessen starrt sie aufs Meer.

NEUN

1

Zehn Minuten, nachdem die *Huntsman's Daughter* in See gestochen ist, entdeckt die Polizei Daniel Lockes Volvo. Abraham Rose erreicht der Anruf im Drift Net, wo er gerade mit den Beamten der Küstenwache spricht.

Kaum tritt er hinaus, schiebt ihn eine Windbö auch schon zurück. Der Hafen sieht aus wie das Innere einer Waschmaschine: Die Dünung hat wie ein riesiger Quirl für einen seifigen Schaum gesorgt. Der Regen peitscht erst aus der einen, dann aus der anderen Richtung. In wenigen Sekunden ist Abraham völlig durchnässt.

Er findet Lockes Volvo hinten auf dem Parkplatz am Hafenkai. Eine Polizistin steht daneben, das Kinn im Sturm auf die Brust gesenkt. Abraham zeigt ihr seinen Dienstausweis. «Haben Sie etwas angefasst?»

«Nein, Sir.»

Er späht durch das Fahrerfenster. Das Innere des Wagens ist makellos – ohne Staub oder getrockneten Schlamm. Auf dem Beifahrersitz befindet sich eine Spiderman-Sitzerhöhung. Eine Schultertasche aus Baumwolle liegt auf dem Rücksitz.

Abraham zieht sich einen Latexhandschuh über und versucht, die Tür zu öffnen. Sie geht mit einem Knall auf. Die Polizistin wirft ihm einen tieftraurigen Blick zu. Selbst in Skentel schließen die Leute ihre Autos ab – es sei denn, sie kommen nicht zurück. Als sich die Tür öffnet, leuchtet etwas auf. Im Türfach sieht er eine Flasche Talisker Single Malt. Die Hälfte des Whiskys ist ausgetrunken.

Abraham zieht sein Handy hervor. Er wählt Billie Lockes Nummer, wobei er den Kopf ins Auto hält, um besser hören zu können. Die ersten beiden Versuche misslingen. Beim dritten wird die Verbindung hergestellt. Auf dem Rücksitz des Volvos leuchtet blaues Licht durch den Stoff der Tasche. Etwas vibriert gehässig. Er hört die Stimme des Mädchens: «Hallo, du sprichst gerade für Billies Lieblingsnachricht vor. Vermassele es nicht!»

Abraham legt auf. Sein Blick kehrt zur Whiskyflasche zurück. Da schrillt sein Handy. Er richtet sich so abrupt auf, dass er sich den Kopf am Dach des Volvos stößt.

«Ich bin in diesem Hobbyladen am Kai», sagt Cooper. «Ein paar Türen neben dem Drift Net. Die haben hier Videoüberwachung.»

«Daniel Locke?»

«Dazu kommen wir sicher noch. Der Typ ist ein bisschen ... na ja, du wirst schon sehen.»

«Ich bin gleich dort.»

Abraham steckt sein Handy wieder ein. Er starrt die Schultertasche an, dann die Spiderman-Sitzerhöhung, schließlich die Talisker-Flasche, die im Türfach steckt. Details einer Familientragödie. Er denkt an die Mutter, die jetzt auf der feindseligen See ist. Abraham weiß nicht viel über Lucy Locke, aber eins ist gewiss: Wie auch immer diese letzten Stunden vor Einbruch der Dunkelheit ablaufen, ihr altes Leben ist vorbei.

Erschöpfung übermannt ihn. Er fletscht die Zähne, um sich dagegen zu wehren. Er hat hier eine Aufgabe zu erfüllen. Er muss Leuten helfen. Seine Krankheit muss warten.

Abraham späht über das Dach des Volvos zur Lücke in der Mole. Der erste Fischkutter kehrt zurück. Schwarzer Rauch quillt aus seinem Schornstein. Einen Moment lang fürchtet Abraham, er könnte gegen den Anleger geworfen werden. Aber sein Motor, der mit Vollgas im Rückwärtsgang läuft, hält ihn zurück. Zwei Freiwillige in Ölzeug fangen die Leinen auf.

Zur Polizistin, die den Volvo bewacht, sagt er: «Passen Sie auf, dass hier keiner was anfasst.» Er wischt sich den Regen aus den Augen und sieht sie genauer an. «Ist Ihnen warm genug?»

Sie lächelt ihn freudlos an. «Ich werd's schon überleben.»

Mit gesenktem Kopf geht Abraham durch den peitschenden Regen über den Parkplatz und ruft Barnstaple an. Er sollte schon längst zurück sein und die Ermittlungen von der neu eingerichteten Einsatzzentrale aus leiten. Aber die Ereignisse überschlagen sich derartig, dass alles vorbei sein kann, wenn er dort ankommt.

Ein Spurensicherungsteam ist auf dem Weg hierher. Es soll den Volvo und die Familienjacht untersuchen. Außerdem erbittet Abraham einen Fahndungskoordinator aus Middlemoor. Die Küstenwache leitet die Rettungsaktion, aber Überlebende können überall an der Küste an Land geschwemmt werden.

Es ist jetzt 16.17 Uhr. Der Notruf wurde um 12.37 abgesetzt. Die Position der *Lazy Susan* wurde sechsunddreißig Minuten später ermittelt. Wenn Daniel Locke und die Kinder noch da draußen sind, dann sind sie jetzt über drei Stunden lang im Wasser gewesen.

Eine Welle – die größte bisher – kracht gegen die Wand der Mole. Ein Geysir aus weißem Wasser steigt fast zwanzig Meter hoch. Abraham zieht die Schultern an die Ohren und geht den Kai entlang.

2

Als er den Laden betritt, versteht er Coopers Warnung. Der Besitzer – schmerbäuchig und mit einem üppigen grauen Pferdeschwanz – ist wie ein Statist aus *Herr der Ringe* gekleidet: Reitstiefel, hellbraune Lederhose, Hemd aus ungebleichtem Leinen.

Am linken Arm trägt er einen Armschutz, wie Bogenschützen ihn tragen. Eine seiner Gesichtshälften sieht aus, als zöge sie sich schmerzerfüllt vor einem riesigen weißköpfigen Furunkel zurück, der in der Falte zwischen Nase und Wange wuchert. Im Laden selbst türmen sich Spiele, Comics und Science-Fiction-Fanartikel. Es gibt hier Action-Figuren, nachgemachte Waffen aus Filmen und einen Dalek in Originalgröße. Eine Ecke ist vollgestopft mit Leinwänden, Staffeleien, Pinseln und Ölfarben.

«Zum Gruße, Reisender», sagt der Mann von der Tür zum Lager aus. Weil niemand lächelt, dreht er sich zu Cooper um. «Ich fürchte, hier ist ein weiterer aufrechter Gesetzeshüter eingetroffen.»

Cooper wirft Abraham einen ausdruckslosen Blick zu. «Sir, das hier ist Wayland Rawlings. Er ist der Besitzer von diesem Geschäft.»

«Oder vielleicht besitzt es auch mich», versetzt der Mann mit glitzernden Augen. «Das ist das Paradoxon kommerzieller Unternehmungen.»

«DI Rose», sagt Abraham. «Wo ist das Überwachungssystem?»

«Ah. Ihr bezieht Euch auf unseren Orwell'schen Großen Bruder.»

«Was?»

«Big Brother», erklärt Rawlings. «Ich bitte Euch, folgt mir.»

Im Lagerraum stehen zwei Bildschirme auf einem Schreibtisch. Ein teuer wirkender PC steht auf dem Boden.

«Ich habe es Eurem ehrwürdigen Kollegen bereits gezeigt», sagt Rawlings. «Aber ich habe zurückgespult, damit Ihr es selbst erleben könnt.»

Der Monitor zur Linken zeigt vier hochaufgelöste, eingefrorene Bilder: eine Aufnahme des Kais, zwei vom Inneren des Ladens und ein viertes vom Lagerraum. Der Zeitstempel zeigt 11.19 Uhr.

«Diese Anlage war sicher nicht billig.»

«Unsere Produkte auch nicht. Wir tun, was wir können, um sie zu schützen.»

«Gibt es denn dafür in Skentel eine Nachfrage?»

«O, wir bieten heutzutage nicht mehr viel über den Verkaufstresen feil. Außer vielleicht die Kunstgegenstände. Wir haben nur deshalb unsere Basis hier, weil ich herzensmäßig mit dem Meer verbunden bin. Die meisten Waren verhökern wir auf jener bemerkenswerten Erfindung eines gewissen Tim Berners-Lee.»

«Im Internet», bemerkt Cooper, als wäre Abraham neun Jahre alt.

«Auf dem Informations-Superhighway», fügt Rawlings hinzu.

«Zeigen Sie mir das Band.»

Der Mann bückt sich über seine Tastatur. Auf dem Bildschirm bewegt sich das Wasser im Hafen. Boote schaukeln auf dem Wasser. Eine Silbermöwe landet auf einem Metallgeländer. Dann fährt ein silberner Volvo XC90 in Schrittgeschwindigkeit am Schaufenster des Ladens vorbei. Das Kennzeichen ist deutlich sichtbar. Es ist Daniel Lockes Auto.

«Etwas zurück», sagt Abraham. «Jetzt anhalten.»

Rawlings tut etwas mit der Maus. Das Auto fährt rückwärts und bleibt vor dem Laden stehen.

«Können Sie das Bild groß ziehen?»

Vier Mal vergrößert ist das Bild deutlich klarer. Abraham zieht Luft durch die Zähne. Das getönte Glas versperrt die Sicht auf den Rücksitz. Daniel hinter dem Lenkrad ist nur zum Teil sichtbar. Aber der Beifahrer ist leicht zu identifizieren. Fin Locke sitzt erhöht auf seinem Kindersitz und schaut zu seinem Vater hoch.

Der Junge wirkt ängstlich.

Abrahams Kopfhaut wird ganz kalt. An diesem Bild ist etwas Schreckliches – etwas unaussprechlich Düsteres. Er denkt an das Video, das er auf der Fahrt nach Skentel gesehen hat – in dem der Junge die Geschichte erzählte, an der er schrieb.

Das hier wird aber nicht eine von diesen traurigen Geschichten, sondern eine, die euch aufheitert, weil ihr schon sehen werdet, dass am Ende doch noch ein paar schöne Dinge passieren.

Wenn man sich das hier ansieht, dann ist die Wahrscheinlichkeit nicht sehr groß, dass Fin Locke ein paar schöne Dinge passiert sind. Abraham hat das Gefühl, zwei Tote anzusehen.

«Wie weit zurück geht das Band?»

«Elf Uhr», antwortet Cooper. «Kurz bevor sie die Schule verlassen haben.»

«Und das ist die erste Sichtung?»

«Ja.»

«Weiterspielen», sagt Abraham zu Rawlings. «Dreifache Geschwindigkeit.»

«Wir haben schon nachgesehen», sagt der Mann. «Das hier ist das einzige Mal, dass das Auto vorbeifährt.»

«Machen Sie es einfach. Dreifache Geschwindigkeit.»

Sie schauen schweigend zu. Die Boote im Hafen von Skentel schaukeln so schnell auf und nieder, dass es so wirkt, als hüpften sie. Leute flitzen am Fenster vorbei. Die Wolkenwalze zieht vom Atlantik herauf und verschluckt den Himmel.

«Da», sagt Abraham. «Zurück. Jetzt spielen Sie es wieder ab, halbe Geschwindigkeit.»

Rawlings arbeitet mit der Maus. Alle drei Männer beugen sich vor. Oben links taucht die *Lazy Susan* auf und kriecht an der inneren Molenwand entlang.

«Pause», sagt Abraham. Sie starren das Standbild an.

Das Boot ist viel weiter entfernt als der Volvo, aber die Auflösung ist gut genug, dass man einige Einzelheiten erkennen kann. Daniel Locke steht im Cockpit, die Hände am Steuerrad. Gerade so eben sichtbar über der Luke ist sein Sohn, der ihm zuschaut.

«Wir brauchen dieses Material», sagt Abraham zu Rawlings. Er nickt in Richtung Bildschirm. «Sie habe ich ja gar nicht gesehen. Waren Sie nicht hier, als es passiert ist?»

«Ich habe mir in dem Etablissement ein paar Türen weiter einen Kaffee gegönnt. Es gehört der bemitleidenswerten Dame, deren Familie Ihr hier seht.»

«Sie kennen sie?»

«Ob ich sie *kenne*? Sir, ich nehme jeden Mittwochnachmittag an ihrem Kunstkurs im Drift Net teil. Dank Lucy Locke und ihren begeisterten Schülern habe ich ein ganz neues Warensegment aufgenommen.» Er zeigt auf den Künstlerbedarf in der Ecke. «Verkauft sich wie warme Semmeln, der Kleinkram. Die Dame verdient eine Medaille für ihre Verdienste für die ehrbaren Mitglieder dieser Gemeinde. Und für die ungehobelteren ebenfalls.»

«Die ungehobelteren Mitglieder?»

«Ach, hört gar nicht auf mich.» Rawlings tupft sich die Stirn ab. «Ich neige zum Dramatisieren, was sich hin und wieder in meiner Wortwahl zeigt. Hauptsächlich aus Langeweile. Oder aus einem übertriebenen Verlangen nach Stimulation.»

Abraham nickt in Richtung Bildschirm. «Ist *das* denn stimulierend genug für Sie?»

Das Gesicht des Mannes verzieht sich. Dann fängt er sich wieder. «Ich bin mir sicher, dass unsere tapferen Rettungskräfte sie gesund und munter wieder an Land bringen werden.»

«Kennen Sie den Ehemann? Daniel Locke?»

«*Ihn.*»

Abraham blinzelt. «Das bedeutet?»

«Wir alle kennen ihn.» Rawlings nimmt ein Kissen mit Fransen vom Schreibtischstuhl.

In Abrahams Lunge lockert sich etwas Fauliges. Neben dem Schreibtisch steht eine große leere Leinwand. Einen Augenblick lang stellt er sich die Verwüstung vor, wenn er jetzt husten müsste. «Sir, haben Sie irgendwelche Informationen über Daniel

Locke, die womöglich für die Ermittlungen von Bedeutung sein könnten?»

Der Mann presst das Kissen an seinen Bauch. «Also ermittelt Ihr gegen ihn?»

«Wir versuchen, diese Familie zu finden. Wenn Sie etwas über Daniel Locke wissen, das wichtig sein könnte, dann könnten Sie uns ungeheuer helfen, wenn Sie es uns mitteilten.»

Rawlings seufzt. «Ich weiß nichts Genaues. Aber manche Leute ... da hat man so ein Gefühl, nicht wahr?»

Abraham beginnt, ein sehr starkes Gefühl hinsichtlich Wayland Rawlings zu entwickeln – so stark, dass er es schmecken kann, wie schlechten Kaffee. Er kann Klatschbasen und Querulanten nicht ertragen. Und es passt ihm überhaupt nicht, dass Rawlings das Unglück der Familie Locke wie einen interessanten Zeitvertreib behandelt; er ist schlimmer als ein Schaulustiger bei einem Verkehrsunfall. Er reicht dem Mann eine Karte. «Wir werden den Computer mitnehmen müssen. Aber schicken Sie das Filmmaterial bitte an diese Adresse.»

«Das Werk eines Augenblicks, mein Herr.»

«Wenn Sie mich direkt erreichen müssen, die Nummern stehen auf der Karte.»

Rawlings schaut auf den Bildschirm. «Die armen Kinderlein», klagt er. «Ich frage mich, was dieses Ungeheuer ihnen wohl angetan hat.»

3

Der Wind draußen ist erbarmungslos. Abraham hat das Gefühl, als kämpfte er gegen einen gleichgepolten Magneten an. Der Regen prasselt nadelspitz in sein Gesicht. Abfall weht über den Hafenkai: Blätter, Steine, Plastiktüten, drei scheppernde Bierdosen.

Der Fahndungskoordinator aus Middlemoor wird in einer Stunde da sein. Sein Kommunikationsteam will in Barnstaple eine Pressekonferenz abhalten, aber die meisten Journalisten sind bereits auf dem Weg nach Skentel. Die Spurensicherung muss auch bald ankommen. In der Zwischenzeit will sich Abraham das Boot der Lockes genauer ansehen.

«Was zum Teufel bedeutet eigentlich feilbieten?», fragt Cooper.

«Schau doch nach.»

Abrahams Handy summt. Es ist die Zentrale in Exeter.

«Ich habe einen Anruf vom SMC», sagt eine Stimme.

«Vom was?»

«Von der Koordinationsstelle der Küstenwache. Offenbar haben sie etwas gefunden.»

ZEHN

1

Berge weißen Wassers, so weit Lucys Auge reicht.

Jede Welle, die die *Huntsman's Daughter* erklimmt, kann diejenige sein, die sie kentern lässt. Jedes Wellental, in das sie stürzen, kann dasjenige sein, das sie verschluckt. Ihre Angst ist ein Lebewesen, ein Vogel, der in ihrer Brust flattert. Jede Minute, die vergeht, ist eine Minute, in der ihr Mann und ihre Kinder nicht gefunden worden sind, eine Minute, die sie im Wasser dieses kalten und höllischen Ozeans verbringen.

Lucy steht im Cockpit und hat das Gefühl, aus Glas zu bestehen, so zerbrechlich zu sein, dass ein ganz leichter Schlag mit dem Hammer sie in tausend Stücke zerspringen lassen könnte. Alles, was sie will, ist, wieder mit ihrer Familie vereinigt zu werden, sie aus den Krallen dieses bösartigen Meers zu reißen, und zwar mit schlagenden Herzen und atmenden Lungen. Sie muss Fins Haar küssen, seinen Geruch einatmen, muss Billie so fest an sich drücken, dass sie ächzt, muss in Daniels Augen schauen und ihm sagen, wie sehr sie ihn liebt, obwohl ein Teil von ihr wütend auf ihn ist – *fuchsteufelswild* –, weil er mit ihren Kindern in dieses Chaos gesegelt ist und sie ganz allein gelassen hat.

Welche rationale Erklärung kann er für sein Handeln haben? Nur eine kann sich Lucy vorstellen: Daniel hat um Billies und Fins Sicherheit an Land gefürchtet und deshalb beschlossen, sie raus aufs Meer zu bringen. Aber wovor sollten sie geflohen sein? Das ergibt alles überhaupt keinen Sinn. Und selbst wenn, warum hat er sie dann nicht mitgenommen? Oder zumindest irgendwie Kontakt zu ihr aufgenommen?

Daddy, nicht …

Lucy wird ganz schwindelig, wenn sie an die Worte ihres Sohnes denkt.

Noch schlimmer ist diese Stimme, die sie entfernt im Wind zu hören meint. Sie weiß, diese Stimme will, dass sie ihr zuhört, und gleichzeitig weiß sie, dass sie genau dem widerstehen muss. Denn das Geheimnis, das sie ihr mitteilen will, die Wahrheit, der sie ins Gesicht sehen soll, ist schlicht zu vernichtend, als dass sie sie akzeptieren könnte.

Daniel, denkt sie. *Daniel, sag mir, dass sie in Sicherheit sind. Sag mir, dass du sie beschützt, dass du sie am Leben erhältst. Sag mir, dass du auch in Sicherheit bist.*

Als die *Huntsman's Daughter* eine weitere Welle hinaufsteigt, denkt Lucy wieder ans Arbeitszimmer, die Bilanzen, den Papierkram; an den kalten Kuss ihres Ehemannes und seinen verlorenen Blick.

Diese Stimme singt ihre Schrecken in den Wind.

Noch ein Bild: Fin im Wasser, mit blauen Lippen in einem Strudel. Ihr Junge ohne seine Brille, nicht mehr in der Lage, richtig zu sehen.

Lucy presst die Hände auf die Ohren und schreit. Jake steht neben ihr und übernimmt das Steuerrad. Er hält die Jacht auf Kurs, und der Ozean wütet unter ihnen. Ein Schwall Wasser kracht aufs Deck. Es schäumt und zischt ins Cockpit, um dann durchs Speigatt abzulaufen. Jake lenkt das Boot gerade noch rechtzeitig nach Steuerbord, sodass er verhindern kann, dass die nächste Welle sie an der Breitseite trifft.

Sie denkt an Billie, die vor Ideen nur so übersprudelt, vor reinem, unverfälschtem *Leben.* Anfang des Jahres hat sie sich Sea Shepherd angeschlossen, der Wohltätigkeitsorganisation zum Schutz der Meere. Im Juli segelt sie zu den dänischen Färöer-Inseln zur Operation Blutige Fjorde. Dort wird sie versuchen, das jährliche *grindadráp* zu stören – das allsommerliche Abschlachten von Grindwalen in den Buchten um den Archipel herum.

Lucy erinnert sich an die Fotos, die Billie ihr gezeigt hat: lachende Männer, die in blutrotem Wasser waten, Wale, die Haken in ihren Blaslöchern haben und daran auf den Strand gezogen werden, um dort abgeschlachtet zu werden, reihenweise glänzende Walleichen – darunter Kälber und schwangere Walmütter.

«Sie haben uns aus ihren Gewässern verbannt», hat Billie ihr gesagt. «Daher können wir sie nicht daran hindern, die Walschulen ans Ufer zu treiben. Aber dieses Jahr haben wir etwas ganz Neues geplant.»

Lucy wusste, dass das eine Protestaktion verhieß. Sie wusste auch, dass die vermutlich in Gewalt münden würde. Daniel fand, das Mädchen müsse es sich anders überlegen. Ed war derselben Meinung. Wenn das Ganze eine Laune gewesen wäre, hätte Lucy sicher dasselbe gesagt. Aber Billie ist nicht nur am Meer aufgewachsen, sie ist *darin* aufgewachsen; fasziniert von seinen Bewohnern, wild entschlossen, sie zu bewahren. Ihre Helden sind berühmte Meeresschützer.

Wieder hört Lucy diese Stimme, die ihr über die Wellen hinweg etwas zuzurufen scheint. Sie wirft Jake einen gehetzten Blick zu – irrationalerweise besorgt, dass sie in seinen Kopf eindringen und ihn als ihr Sprachrohr nutzen könnte. Denn wenn das geschieht, was dann?

Die Kälte frisst sich in ihre Knochen. Sie kann ihre Finger nicht mehr spüren, auch nicht das Fernglas, das ihr Jake gegeben hat. Sie sollte nach unten gehen und ihre nasse Kleidung ausziehen, aber sie können es sich nicht leisten, auf ihre Augen hier an Deck zu verzichten.

Sie hebt das Fernglas, späht angestrengt über das Wasser und sucht nach einem Zeichen. Die Neoprenanzüge der *Lazy Susan* sind tiefrot. Sie schließen an den Hand- und Fußgelenken dicht ab, sind dreifach isoliert und bilden damit eine komplett wasserdichte Schutzschicht. Wenn sie ordnungsgemäß getragen werden, können sie die Unterkühlung stundenlang hinauszögern.

Die Stimme kommt näher.

Lucy beißt die Zähne zusammen.

2

Mit einem Fahrttempo von sechs Knoten brauchen sie über eine Stunde, um den Rand des Gebiets zu erreichen, welches das Suchmuster von SARIS erfasst. Bei diesen Wetterverhältnissen ist von hier draußen aus nirgends Land in Sicht. Trotz Jakes Versicherungen sieht Lucy nichts, was auf eine Rettungsaktion hindeuten würde. Keinerlei Hinweis auf Menschen.

Vor dem Bug der *Huntsman's Daughter* hat die Welt jegliche Farbe verloren. Der Himmel über ihnen erinnert an eine Aschewolke, kochend und rollend, die den Regen vor sich hertreibt.

Das Wetter wird noch schlechter. Das Meer fällt von allen Seiten über sie her. Der Wind schneidet einen vollen Meter Wasser vom Kamm jeder Welle ab. Die Wogen schlagen mit der Kraft einer Kanonensalve auf sie ein, bringen das Boot zum Schwanken, füllen das Cockpit und ziehen Lucy immer wieder den Boden unter den Füßen weg.

Sie weiß, dass sie Jakes Leben aufs Spiel setzt. Sie weiß auch, dass er die Suche auf dem Meer so lange fortsetzen wird, wie sie ihn darum bittet – dass er jede Gefahr in Kauf nehmen wird, die mit ihr einhergeht. Es ist selbstsüchtig, beinahe schon ungeheuerlich, aber sie muss hier draußen sein, und Jake ist ihre einzige Chance. Wie barbarisch es auch sein mag: Wenn sie ihn gegen das Leben ihrer Familie abwiegen müsste, würde sie ihn als Pfand opfern. Es ist ein Handel mit dem Teufel, der ihre Zähne schmerzen, einen Teil ihrer Seele erschrocken vor dem anderen zurückweichen lässt. Aber sie kann die Realität nicht verhehlen: Es gibt nichts, was sie nicht tun würde, um ihren Ehemann und ihre Kinder zurückzuholen.

Sie vernimmt erneut diese Stimme, die sie mit ihren Fragen vergiftet. Diesmal verstummt sie nicht. Sie hämmert in ihren Ohren, wummert in ihrer Brust. Plötzlich – es ist doch unmöglich! – spürt sie, dass Jake sie ebenfalls hört, weil sie es in seinen Augen erkennt, wenn sie ihn ansieht, und sie ist kurz davor aufzuschreien und ihn am Zuhören zu hindern, als sie endlich begreift, dass er nicht das hört, was sie geglaubt hat, sondern etwas ganz anderes: das Pfeifen von Turbinen, das gewaltige Hacken von Rotoren, das Geräusch, unmissverständlich, eines über ihnen schwebenden Hubschraubers der Küstenwache.

3

Lucys Blick sucht die Wolken nach einer Lücke ab. Das Pulsieren der Rotoren ebbt ab und schwillt wieder an. Einen Moment lang scheint es leiser zu werden, im nächsten klingt es, als wäre es direkt über ihnen. Sie schaut sich frustriert um. Wertvolle Sekunden lang brüllt der Wind so heftig, dass er alles andere auslöscht. Und dann …

«Da!»

Zuerst kann Lucy den Hubschrauber nicht erkennen, nur seine blinkenden Antikollisionslichter. Er schwebt hinter einem braunen Wolkenring, einem riesigen, eingetrübten Auge.

Sie bekommt keine Luft in ihre Lunge. Trotz des fallenden Luftdrucks hat sie das Gefühl, zusammengedrückt zu werden. Denn ein Hubschrauber, der hier draußen fliegt, hat etwas zu bedeuten, auch wenn sie noch nicht weiß, was.

Jake dreht das Steuerrad und passt ihren Kurs an. Die *Hunts-man's Daughter* fällt erneut in ein Wellental. Alles verliert sich in einer blendenden Gischt-Explosion. Dann teilt sich vor ihnen ein Wolkenvorhang. Und dort schwebt, in Größe und Form absolut unglaublich, der AgustaWestland wie ein riesiges Juwel in der Luft.

Er scheint wie dort erstarrt zu schweben und Wind und Regen zu trotzen. Wenn es je ein Beispiel für menschliche Arroganz der Brutalität der Natur gegenüber gab, dann ist es das.

Der Abwind hat einen weißen Krater in die Meeresoberfläche geweht, in dessen Tiefen die blassen Rippen des Wassers darunter sichtbar werden. Aus dem Krater werden von der Nabelschnur des stählernen Hubschraubers zwei durchnässte Menschen hinaufgezogen.

Jetzt summt etwas in Lucys Kopf. Sie beißt die Zähne zusammen. Jeder Muskel in ihrem Körper verkrampft sich. Sie will die Namen ihres Mannes und ihrer Kinder rufen, aber sie bleiben ihr im Hals stecken.

Bitte, fleht sie.

Bitte seid hier. Bitte seid am Leben.

Jake packt ihr Handgelenk. «Pass auf die anderen Boote auf!», schreit er. «Sie könnten ganz in der Nähe sein. Wir werden sie nicht so leicht erkennen.»

Bei dieser wild aufgewühlten See wäre ein Zusammenstoß vermutlich tödlich. Trotz der Gefahr kann Lucy nur noch diese langsam aufsteigenden Gestalten anstarren. Im roten Licht der Antikollisionslichter des Hubschraubers sieht das Wasser aus wie Blut, das von ihnen hinunterströmt.

Lucy kann keine Bewegung erkennen, keinerlei Lebenszeichen. Beide tragen rote Neoprenanzüge, die so ähnlich sind, dass sie sie kaum unterscheiden kann. Der eine trägt einen orangefarbenen Helm mit Visier, er ist eindeutig der Windenmann des

Hubschraubers. Das Gesicht der anderen Gestalt ist nicht zu erkennen.

Fin kann es nicht sein. Der Körper ist viel zu groß, als dass er ihrem Jungen gehören könnte. Aber ob es sich um Daniel oder Billie oder um jemand ganz anderen handelt, kann Lucy nicht erkennen. Ihre Gedanken sind Fetzen, dass sie ganz vergisst, was sie an ihre Brust gepresst hält.

Ihre Erstarrung löst sich. Sie keucht auf und hebt das Fernglas, aber bevor sie ihr Ziel gefunden hat, sind die Gestalten schon ganz oben an der Seilwinde angekommen und werden hineingezogen.

Sie ringt jetzt nach Luft. Und weint. Hat sie gerade ein Wunder gesehen? Oder den schlimmsten Ausgang überhaupt mitbekommen? Wenn die gerettete Gestalt Billie ist, was ist dann mit Fin? Wenn der Wasserkrater ein Kind ausgespuckt hat, kann man ihn dann vielleicht davon überzeugen, auch noch das zweite freizugeben?

Sie reißt den Blick vom Hubschrauber los. Das Meer wirkt jetzt rachsüchtig, wütend über seinen Verlust – ein Schlachtfeld zerklüfteter Wellen, das sich um sie herum erhebt. Ein wilder Gedanke durchzuckt sie. Lucy schließt die freie Hand um die Sicherungsleine. Wenn sie sich selbst ins Wasser stürzt, kann sie vielleicht ihr eigenes Leben gegen das ihrer Kinder eintauschen.

Aber das Meer will ihr Opfer nicht. Es hat keine Gefühle. Nichts unter diesen Wellen oder in diesem Wind oder Regen schert sich einen Dreck um Daniel oder Billie oder Fin. Sie hat nie an einen allwissenden Schöpfer geglaubt. Nie hat sie zu einem Schöpfer gebetet. Sie verspürt jetzt vielleicht einen gewissen Drang, das zu tun, aber das ist ein Grund mehr, dem zu widerstehen. Einen Gott um Gnade anzuflehen, den sie bisher stets geleugnet hat, bringt sicher mehr Ärger als Gewinn.

Die Nase des Hubschraubers über ihr neigt sich. Das Pfeifen

seiner Turbinen wird jetzt schriller. Plötzlich klingt es, als müsste er darum kämpfen, sich in der Luft zu halten. Nur dreißig Meter turbulenter Luft trennt ihn von den Wellen. Wenn diese Rotorblätter das Wasser berühren, wird der Hubschrauber kippen und wie ein Stein versinken. Stattdessen fliegt er – zunächst langsam, dann aber immer schneller – über die *Huntsman's Daughter* hinweg in Richtung Osten.

Lucy schaut ihm hinterher. Dann dreht sie sich wieder zu Jake um. «Was ist passiert?», ruft sie. «Wer *war* das? Wen haben sie da gerettet?»

Aber Jake kann ihre Fragen nicht beantworten. Er sieht sie ausdruckslos an.

«Hör zu.» Seine Worte verlieren sich beinahe in einer Explosion von Salzwasser über dem Bug. «Es wird immer schlimmer hier draußen. Wir können nicht mehr lange hierbleiben. Ich gehe ans Funkgerät und schaue, was ich herausfinden kann. Aber du *musst* dich konzentrieren, Lucy. Wenn eine dieser Wellen uns von der Seite erwischt ...»

Jake muss den Satz nicht beenden. Sie weiß, was auf dem Spiel steht. «Ich habe das im Griff», sagt sie. «Ich schwöre es.»

«Halte uns auf diesem Kurs. Bleib *wachsam*. Ich mache, so schnell ich kann.»

Sie tauschen die Plätze. Lucy übernimmt das Steuerrad. Jake wartet darauf, dass der erschütternde Aufprall einer weiteren Welle abebbt und das Wasser in weißen Strömen vom Deck fließt. Dann öffnet er die Luke und taucht hinunter.

Richtung Osten wird der AgustaWestland von einer Wolkenwand verschluckt. Ein paar Sekunden lang wirken seine Antikollisionslichter wie ein blutiger Fleck im Grau. Dann verschwindet auch der.

Jetzt ist nur noch Lucy da. Keine Spur von Menschen. Nur ein geflickter Glasfaserrumpf, der sie von diesem wilden und göttlosen Meer trennt. Eine Windbö kippt das Boot hart steuerbord. Sie dreht am Steuerrad, aber es ist zu spät, eine Welle kracht von der Seite auf Deck. Wasser überflutet das Seitendeck, und seine Kraft ist so gewaltig, dass sie das Gefühl hat, von einem Auto erfasst worden zu sein. Ihre Füße heben ab. Sie knallt mit voller Wucht gegen den Heckkorb und schreit auf. Das Wasser lässt nicht nach. Nur die Sicherheitsleine ist noch zwischen ihr und dem Meer, aber ein paar Zentimeter Nylon können einer derart überwältigenden Macht nicht standhalten. Sie spürt, wie das Geflecht vibriert, weiß, dass es gleich reißen wird, weiß, dass sie ins Wasser getrieben wird wie ein Nagel unter einem Hammer. Jetzt, da der Hubschrauber fort und Jake unter Deck ist, hat sie keinerlei Chance auf Rettung.

Als sie keine Luft mehr für Schreie hat, presst sie die Lippen aufeinander. Das Wasser lässt nicht nach, es drückt so hart gegen ihren Kopf, dass sie das Gefühl hat, ihre Trommelfelle müssten platzen. Ihre Kiefer werden auseinandergezerrt. Meerwasser strömt in ihren Hals. Das Deck kippt und wirft sie nach backbord.

Plötzlich ist da Luft, wo bis eben nur Wasser war. Einen Moment später knallt Lucy gegen das Steuerrad. Etwas an ihrer linken Seite knackt. Eine Rippe, denkt sie. Vielleicht auch zwei. Als sie versucht zu atmen, tut es höllisch weh.

Die Luke öffnet sich. Jake steigt schwankend die Leiter herauf. Er sieht nur einmal hin, dann formen seine Lippen einen Kraftausdruck. Er schaut sich nach möglichen Gefahren um, dann stellt er die Steuerung auf Autopilot. Nur Sekunden später ist er neben ihr und nimmt ihren Kopf zwischen die Hände. «Bist du verletzt?»

Sie will antworten, will ihm versichern, dass es ihr gut geht. Aber ihre Zähne klappern unkontrolliert. Sie kann nicht denken, schon gar nicht sprechen.

«Ich konnte die Küstenwache nicht erreichen», sagt er. «Auf

Kanal sechzehn ist zu viel los. Aber ich habe ein anderes Boot erreicht.»

Er atmet tief durch. Lucy wappnet sich für das, was kommt. Am liebsten würde sie sich die Ohren zuhalten.

Aber dann tut Jake etwas Unerwartetes. Er lächelt sie mit seinen weißen Zähnen an. «Der Küstenschutzhubschrauber. Er hat sie *gefunden*, Lucy. Billie, Daniel, Fin – ich kann es kaum glauben, aber so ist es. Sie leben, alle drei. Deine Familie ist am Leben.»

4

Der Sturm lässt nach. Keine Raserei, keine Gewalt, keine Kälte.

Das Deck unter ihr ist reglos wie ein Denkmal, als wäre das Boot auf Sand gelaufen. Das Brüllen des Windes verstummt. Die qualvollen Schmerzen an ihrer Seite verschwinden.

Lucy sucht in Jakes Augen nach Anzeichen dafür, dass er lügt. Weil sie einfach nicht *zulassen* kann, das hier zu glauben, nur damit es sich dann als falsch herausstellt. Wenn ein Familienmitglied noch da draußen ist, wird sie es nicht im Stich lassen, egal, was dabei herauskommt, und koste es, was es wolle.

Aber in Jakes Augen ist keine Lüge zu erkennen. Nach kurzem Nachdenken begreift sie, dass er auch keinen Grund hätte zu lügen. Immerhin hat er sein Leben der Rettung von Menschen aus dem Meer gewidmet.

Lucy erinnert sich an die Gestalten in den roten Anzügen, die in den Hubschrauber gezogen wurden. Sie denkt an Billie, und plötzlich ist sie wieder neunzehn und brüllt sich im University College Hospital in London die Seele aus dem Leib. In ihrem ganzen Leben hat sie noch nie solche Schmerzen erlebt, aber auch nicht einen solchen Schock wie den, als man ihr das feuchte und wimmernde Bündel auf die Brust gelegt hat.

«Billie», murmelt sie und weiß, dass es ein Mädchen ist. Sie versucht, ihre Gefühle für dieses Wesen zu erspüren, das ihre Zukunft ungeplant auf den Kopf stellt.

«Ein junger Mann hat nach Ihnen gefragt», sagt die Krankenschwester. «Sagt, er heiße Lucian. So schön wie Gottes Schöpfung. Ist er der Vater dieses hübschen kleinen Geschenks?»

Lucy schüttelt den Kopf. Lucian bringt sie nur nach Hause.

In Wahrheit hat sie keine Ahnung, woher Billie stammt. Ihr erstes Semester an der Kunstschule des University College war weit wilder, als sie beabsichtigt hatte. Wenn sie an die Zeit zurückdenkt, zählt sie mindestens sieben Männer, die als Vater infrage kommen könnten. All die Mühe, die sie darauf verwenden musste, dorthin zu kommen, und dann hob ihr ältester Dämon seinen Kopf und wurde zu diesem merkwürdigen Wesen an ihrer Brust, das nicht von dieser Welt ist.

Lucy braucht keinen Therapeuten, der ihr ihre Promiskuität erklärt. Ihre ersten sechs Kindheitsjahre waren genauso schwierig wie Daniels oder Nicks. Lucys Eltern – beide drogensüchtig – hatten keinerlei Zuneigung für sie oder auch nur Interesse an ihr. Als das Jugendamt sie ihnen wegnahm, hatte Lucy bereits jahrelang nichts anderes als die Essensreste vom Take-away ihrer Eltern gegessen. Obwohl ihr Albtraum endete, als ihre Großtante das Sorgerecht erhielt, hinterließ das doch Spuren.

In den Jahren nach ihrer Rettung konnte sie niemanden zurückweisen, der ihr gegenüber auch nur ein Minimum an Wärme zeigte. Als sie ein Teenager wurde, waren die Konsequenzen daraus nur logisch.

Selbst Lucian, schön wie Gottes Schöpfung, wollte dann mehr sein als nur derjenige, der sie abholte. Als ihre Freundschaft umschlug, beschloss Lucy, London für immer zu verlassen. Sie floh mit Billie nach Spanien und fand ein paar Jahre lang eine gewisse Stabilität in einer Kommune in der Wüste von Tabernas.

Aber die Beziehung, auf die Lucy sich dort in der kargen Landschaft einließ, war sogar noch zerstörerischer. Sie zog nach Portugal um, wieder ein Umbruch, und erlebte ihre dunkelste Zeit. Schließlich kehrte sie nach Skentel zurück, weil sie sich Sorgen machte, dass ihr Nomadenleben einen schlechten Einfluss auf Billie haben könnte. Es war wirklich erstaunlich, dass sich das Mädchen trotz allem gut entwickelte.

Und *wie* Billie sich entwickelt hat, jedes Jahr weiter. Lucy findet ihre Entscheidungen nicht immer gut, hat ihren Antrieb aber immer bewundert. Billie ist nie einem Kampf ausgewichen, den sie für wichtig hielt – schon gar nicht, wenn es um Themen wie Tierwohl oder den Erhalt ihres Lebensraums ging. Ihr Drang zu Protestaktionen hat dazu geführt, dass sie sich heute bei Sea Shepherd engagiert.

Lucy beißt die Zähne zusammen. Sie versucht sich ihre Tochter jetzt vorzustellen – in einem Küstenschutzhubschrauber, zitternd, aber am Leben.

Und Fin.

Wenn sie an ihren Jungen denkt – wenn sie sich an seine nackten Beine erinnert, die unter dem Frühstückstisch baumeln, und an seine Avengers-Brille, die ihm schief auf der Nase sitzt –, dann stöhnt sie auf wie ein aufgespießtes Tier. Denn selbst eine *derartig* profunde Erleichterung kann den Schrecken der letzten Stunden nicht vollkommen auslöschen.

Wenn der Hubschrauber alle drei Mitglieder ihrer Familie gerettet hat, müssen sie noch zusammen gewesen sein. Was bedeutet, dass die Gestalt am Rettungsseil Daniel gewesen sein muss. Zweifellos hat er Billie und Fin zuerst hochholen lassen.

Lucy ist noch nicht bereit, an ihren Mann zu denken. Stattdessen lenkt sie ihre Gedanken zu Jake um – diesem Mann, den sie einst geliebt hat, der sie eindeutig immer noch liebt. Damals, als sie zusammen waren, konnte sie sich nicht mit einem Helden zufriedengeben. Und jetzt ist er da, riskiert sein Leben für sie, für ihre Kinder und den Mann, den sie an seiner statt gewählt hat.

Sie erinnert sich an ihren Verrat von vor ein paar Minuten. Wie sie ihn für ihre Familie bereitwillig geopfert hätte. Jetzt schämt sie sich dafür sogar noch mehr – sie ist geradezu abgestoßen –, obwohl sie immer noch genauso denkt.

Obwohl sie nicht an Gott glaubt, glaubt sie an eine Art Gleichgewicht, an ein Universum, das das Gute mit dem Schlechten ausbalanciert. Und plötzlich hat sie Angst, dass sie Jake *tatsächlich* geopfert hat. Dass sie ihn einer zukünftigen Katastrophe überantwortet hat.

Sie presst die Finger an die Wangen. Sie beugt sich vor und küsst ihn, hart und innig. Versucht, etwas von ihrer Lebenskraft in ihn zu zwingen, um ihrem Verrat entgegenzuwirken.

Auf seinen Lippen schmeckt sie das Meer und einen Ort in der Vergangenheit, der fast greifbar ist.

Jakes graue Augen flackern auf. Einen Moment lang gibt er sich ihr hin. Da spürt sie seine Traurigkeit, seine Verzweiflung. Es ist eine immer noch geöffnete Tür, eine nicht verheilte Wunde. Noch ein Herzschlag, und er zieht sich zurück, atmet tief, sucht in ihrem Gesicht nach Antworten. «Lucy», fängt er an.

Sie schüttelt den Kopf, begreift, dass sie einen Fehler gemacht hat. Wie naiv – sich gegen das Universum aufzulehnen und keine Reaktion zu erwarten. Einsichtig küsst sie ihn auf die Wange. Jake spürt die Veränderung. In seinen Augen glimmt der Schmerz.

«Wir müssen zurück», sagt sie. Gischt spritzt über sie.

«Kannst du stehen?»

«Ich glaube schon.»

«Bist du noch gesichert?»

Lucy zieht probeweise am Seil und nickt. Es fällt ihr schwer zu sprechen. All die Gefühle bilden einen Kloß in ihrer Kehle. Vor dem Bug baut sich eine neue Welle auf. Sie schaut zu Jake hoch, sieht, dass seine Sicherheitsleine locker von der Hüfte hängt, denkt erneut an diesen Pakt mit dem Teufel, den sie eingegangen ist, und ihren ungeschickten Versuch, ihn rückgängig zu machen.

Lucy nimmt seinen Karabinerhaken und befestigt ihn. «Vorsichtig», sagt sie. «Auf dem Weg zurück. Wir sind noch nicht in Sicherheit.»

Der Brecher trifft das Boot. Die *Huntsman's Daughter* taucht aus ihm hervor, leicht wie ein Korken. Die Luft ist von konfettiartigen Tröpfchen erfüllt. Unglaublich, dass sie in den Tiefen dieses Strudels Schönheit finden kann.

Über ihnen erstirbt das letzte Tageslicht. Keine Chance, dass sie es noch vor der Dunkelheit ans Ufer schaffen. Die Wolken im Osten haben sich bereits in Ruß verwandelt.

Aber Billie und Fin sind am Leben, denkt Lucy, obwohl sie ganz sicher weiß, dass das hier noch lange nicht das Ende ist.

Daniel ist am Leben.

Bald wird sie darüber nachdenken müssen, was als Nächstes kommt.

5

Während die Nacht ihren Vorhang vor den Himmel zieht, schiebt ein Wind sie leewärts nach Hause. Das Meer baut Kathedralen aus schwarzem Wasser in den Himmel. Die *Huntsman's Daughter* hält einen gefährlichen Kurs zwischen ihnen hindurch. Das weiße Mastlicht und ihre roten und grünen Positionslichter lassen die Wassertröpfchen wie Diamanten und Edelsteine leuchten.

Lucy will unter Deck gehen und erfahren, wie es ihrer Familie geht, aber die Wetterverhältnisse sind zu schwierig, als dass nur eine Person am Steuer bleiben könnte. Jake folgt einem östlichen

Kurs und ruft Anweisungen, während Lucy den Blick auf das wütende Wasser gerichtet hält und ihre Sicherheitsleine ständig verschieben muss.

Ihr ist so kalt und sie ist so nass, dass alles dreimal so lange dauert, wie es sollte. Das Einzige, was sie durch ihre Taubheit noch spürt, ist der Schmerz. Schmerz, wenn sie mit dem Schienbein gegen eine Leiste stößt. Schmerz, wenn die Winsch die Blasen an ihren Händen aufreißt. Schmerz, wenn das Meerwasser auf ihr wundes Fleisch trifft. Schmerz in ihrem Rücken, in ihrem Nacken. Vor allem aber Schmerz an ihren gebrochenen Rippen. Viel schlimmer als der körperliche Schmerz ist trotzdem das Chaos in ihrem Kopf.

Der Küstenschutzhubschrauber. Er hat sie gefunden, Lucy. Billie, Daniel, Fin – ich kann es kaum glauben, aber so ist es. Sie leben, alle drei. Deine Familie ist am Leben.

Jakes Worte haben ihr den Atem wiedergegeben, aber nur gerade eben. Denn so viele Fragen fordern jetzt eine Antwort. Sie hat keine Ahnung, wie lange sie im Wasser waren, in welchem Zustand sie sich jetzt befinden. Sekundäres Ertrinken könnte sie noch im Hubschrauber töten. Unterkühlung könnte ihre Herzen aussetzen lassen, wenn sie an Land sind.

Man soll ungeheuerliche Gedanken nicht füttern, damit sie nicht wachsen. Lucy versucht bewusst, an etwas anderes zu denken. Aber dieser leisen, hartnäckigen Stimme in ihrem Kopf kann sie nicht entkommen. Jetzt übernimmt sie wieder und löchert sie mit ihren Fragen.

Was hat Daniel hier draußen mit Billie und Fin gesucht?

Warum hat er gelogen und dir nicht gesagt, wohin er wirklich wollte?

Warum hat er Fin aus der Schule abgeholt?

Jetzt sind es schon zwei Stimmen statt einer. Diese zweite Stimme, bemerkt sie, ist noch weit bösartiger, weit beharrlicher. Und sie stellt keine Fragen. Sie klagt an.

Du weißt es, Lucy.

Du weißt ganz genau, was er wollte.

Nein. Das wird sie nicht zulassen. Sie liebt Daniel. Sie würde ihm ihr Leben anvertrauen.

Und Billies Leben?, fragt die erste Stimme. *Fins?*

Lucy merkt, dass sie unter Tränen nickt. Sie kennt ihren Ehemann besser als alle anderen.

Aber manchmal sind die Wunden eines Menschen tiefer, als sich die anderen vorstellen können. Du bist nicht die Einzige, die Narben hat, Lucy. Du, Nick, Daniel – ihr habt alle unterschiedlich auf im Grunde dasselbe Trauma reagiert. Du hast dich auf deine erniedrigende Suche nach Liebe begeben. Nicks Gier ist im Laufe der Jahre zu etwas Monströsem geworden.

Und Daniel ... Daniels Reaktion auf sein Kindheitstrauma war vielleicht die heftigste. Sein Verlangen nach Kontrolle – sein Drang, im Chaos Ordnung zu schaffen, auch noch die winzigsten Einzelheiten seiner Existenz zu ordnen – grenzt ans Pathologische.

Und was hat Daniel gerade verloren, Lucy?

Er hat die Kontrolle verloren.

Sie denkt an die Bilanzen auf seinem Laptop, die Papiere auf seinem Schreibtisch; an das, was vor ein paar Wochen zwischen ihr und Nick geschehen ist; wie sehr Daniel gelitten hat.

«Blödsinn», zischt sie. «Das ist völlig unlogisch. Er liebt die Kinder. Er liebt mich.»

Das Meer um sie herum reagiert mit Hohn und Zorn. Beinahe eine Stunde lang sind sie gezwungen, direkt in den Sturm und von der Küste weg zu steuern. Als das Boot in ein Wellental gleitet, wird es so schnell, dass es Gefahr läuft, unter der nächsten hindurchzufahren. Sie lassen den Anker vom Bug herab – einen Unterwasserfallschirm, der ihre Fahrt verlangsamen soll. Es hilft kaum. Lucy kann die Brecher nicht mehr zählen, die so riesig sind, dass ihre Größe kaum noch zu ermessen ist. Ständig befürchtet sie, dass das Ruder oder der Kiel brechen könnten. Ohne die beiden können sie den Bug nicht mehr auf Kurs halten. Eine Breitseite von einer dieser Monsterwellen wird die *Huntsman's Daughter* im Meer begraben und sie vermutlich beide ertränken.

Nur einmal, backbord, erkennt Lucy etwas Menschengemachtes: das rote Bullauge eines anderen Bootes, das in hoher Geschwindigkeit in Richtung Osten fährt. Sie fragt sich, ob es das Tamar-Rettungsboot ist, das nach Skentel zurückkehrt. Es dauert nur ein paar Augenblicke, dann ist es wieder in der Dunkelheit verschwunden.

Gegen halb sieben ziehen sie den Anker wieder hoch. Inzwischen ist der Schmerz in Lucys Seite so stark, dass sie nur noch ganz flach atmen kann. Die Kälte hat sich wie Quecksilber in ihren Knochen festgesetzt.

Jake fährt jetzt Richtung Osten. Die Küste taucht auf – eine schwarze Linie, auf der die Lichter Skentels glitzern. Lucy war noch nie in ihrem Leben so dankbar, Land zu sehen. Nie war sie so ungeduldig, es wieder unter ihren Füßen zu spüren.

Die Entfernung schrumpft. Jetzt ist die Quelle jedes einzelnen Lichts besser zu erkennen. Sie sieht die schwefelgelben Gaslampen vor dem Goat Hotel, die hell erleuchteten Fenster der Häuser weiter oben auf der Anhöhe; ein Stück südlich die bunten Laternen des Penny-Moon-Campingplatzes, die im Wind schaukeln.

An den Stränden und Buchten sieht man andere Lichter aufblitzen und wieder verlöschen. Zuerst ist sie davon verwirrt, bis sie begreift, dass das die Taschenlampen der Suchtrupps sein müssen, die jetzt nach Skentel zurückkehren.

Die Molenwand versperrt den Blick auf den Hafenkai, aber Lucy sieht im kalten Weiß der Scheinwerfer die Seenotrettungsstation darauf. Die normannische Kirche St. Peter ist ähnlich erleuchtet. Auf Mortis Point ist alles dunkel. Die Schwärze, die ihr Zuhause umhüllt, kommt ihr vor wie ein böses Omen.

Es ist gefährlich, in den Hafen von Skentel einzufahren. Es kommt darauf an, akkurat Kurs zu halten. In flachem Wasser brechen die Wellen am schwersten. Wenn sie mit dem Bug aufs Ufer zuhalten, riskieren sie, von achtern her überrollt zu werden. Sie müssen sich von einer Welle hineintragen lassen, aber wenn sie zu schnell sind, kann sie direkt über ihnen brechen. Wenn sie zu spät kommen, rollt sie unter ihrem Rumpf hinweg, und sie sind der nächsten ausgeliefert.

Jake macht sich daran, den richtigen Zeitpunkt abzupassen. Jetzt können sie die Lücke in der Mole sehen. Dahinter leuchtet Skentels Kai heller, als sie ihn je gesehen hat. Goldenes Licht glänzt hinter den Fenstern des Drift Net. Auf den Steinplatten davor stehen ein Kranken- und zwei Polizeiwagen, auf denen Blaulicht blinkt. Am Ufer sieht man die Umrisse einer dichten Reihe von Schaulustigen.

Lucy ist dankbar für ihr Interesse, aber bei der Vorstellung, ihnen entgegentreten zu müssen, windet sie sich innerlich. Der Küstenschutzhubschrauber ist vermutlich zum North Devon District Hospital in Barnstaple geflogen. Alles, was sie will, ist, ihre Kinder in die Arme zu nehmen und zu schlafen. Sie war schon viel zu lang auf diesem Boot. Das Krankenhaus ist immer noch vierzig Minuten mit dem Auto entfernt.

«Mach dich bereit!», ruft Jake und gibt Gas.

Sie dreht sich um und sieht, wie sich eine Wand aus schwarzem Glas erhebt. Der Wellenkamm ist bereits hoch über ihnen und verspritzt Gischt wie Rauch. Das Heck des Bootes hebt sich. Die *Huntsman's Daughter* beginnt zu steigen.

Und dann sieht Lucy, dass Jake den völlig falschen Zeitpunkt abgepasst hat, dass er viel zu früh hineingefahren ist. Sie steigen höher und gleiten rückwärts die Welle hinauf, bis ihr Bug beinahe senkrecht unter ihnen steht. Lucy prallt gegen die Luke. Der Stoß treibt ihr die Luft aus der Lunge. Ihre Rippen fühlen sich an, als seien sie abgetrennt worden, aber sie kann nicht schreien, kann nicht einmal Luft holen, um zu schreien. Die Lichter am Kai tanzen wie Glühwürmchen. Lucys Kopf kippt nach vorn. Ihr Gesicht kracht gegen das Schott.

Die Welle droht zu brechen, und die Huntsman's Daughter schnellt mit dem Bug nach unten. Lucy begreift, dass sie entweder ins Wellental geschleudert oder auf die steinerne Anlegestelle katapultiert werden.

Und dann bricht die Welle wirklich. Die Lichter auf dem Hafenkai verlöschen. Ihre Welt ist nur noch Geräusch. Wasser in ihrer Nase, in ihrem Mund. Ein starker Druck an ihrem Rückgrat, wo sie gegen das Schott gedrückt wird. Die Jacht nimmt Fahrt auf, wobei sie gerüttelt wird wie eine Lokomotive auf verzogenen Schienen. Lucy spürt, wie sie sich nach steuerbord neigt. Schließt die Augen vor dem Aufprall.

Das Wasser ist so kalt, der Druck so stark, dass Lucy nicht mehr denken kann. Unter ihr kippt die Huntsman's Daughter zurück nach backbord. Der Bug hebt sich, das Donnern lässt nach. Eine Sintflut aus schwarzem Wasser zischt vom Deck – und plötzlich pflügen sie wie ein Pfeil auf die bunten Lichter des Kais zu.

Jake dreht das Steuerrad nach steuerbord. Das Boot wendet hart und gleitet um den Molenkopf in die ruhigeren Wasser des Hafens. Zum ersten Mal seit Stunden steht Lucy fest auf beiden Beinen und hört etwas anderes als den Wind und die dröhnende See.

Sie sieht Jake an. Lächelt unter Tränen. Trotz ihres Verrats hat sie ihn nicht umgebracht – ihre Hände sind sauber, wenn auch nicht ihre Gedanken.

«Kannst du übernehmen?», fragt er und leert die Anlegebojen aus. «Ich gehe ans Funkgerät. Vielleicht bekomme ich Neuigkeiten.»

Lucy würde sich am liebsten am Schott festklammern, bis sie

sicher vertäut sind, aber sie bewegt ihre erstarrten Glieder und schlurft zum Cockpit, während er durch die Luke klettert.

Am Schwimmdock ist eine Lücke für die *Huntsman's Daughter* reserviert. Dort warten bereits Leute, um beim Anlegen zu helfen. Sie schaltet in den Rückwärtsgang, die Jacht dreht sich, dann wirft sie die Achterleine in ein ausgestrecktes Paar Hände. Jemand springt auf den Bug und wirft weiteren Freiwilligen eine Leine zu. Das Boot schlägt gegen den Anleger. Lucy hat kaum noch genug Kraft, um auf das Seitendeck zu klettern, aber dann schafft sie es doch, gerade so eben, mit vor Anstrengung zusammengebissenen Zähnen.

Hände greifen nach ihr. Sie wird von der Jacht gehoben. «Jake», murmelt sie und schaut über die Schulter zurück. Es ist nicht richtig, ihn ohne ein Wort des Dankes stehen zu lassen. Aber sie kann sich nicht gegen die Hände wehren, die sie an Land ziehen.

Etwas Weißes leuchtet auf. Erst als Lucy näher kommt, erkennt sie es: das Licht einer Fernsehkamera, die direkt auf ihr Gesicht gerichtet ist. Ein violetter Fleck entpuppt sich als die Journalistin von der Hauptstraße.

Die Gesichter werden deutlicher. Lucy sieht Leute, die sie kennt, und welche, die sie nicht kennt. In ihren Gesichtern ist keine Freude, keine Zufriedenheit darüber zu erkennen, dass das Meer besiegt worden ist. Vielleicht sind auch sie am Ende ihrer Kräfte.

Trotz ihrer Erschöpfung arbeitet ihr Hirn weiter. Es spuckt eine weitere von Daniels Geschichten aus: dass vor Jahrhunderten in Irland überlebende Schiffbrüchige als Unglücksbringer angesehen wurden. Oft wurden sie an den Stränden umgebracht, an die sie gespült wurden, weil die Einheimischen sich vor der Rache des Meeres fürchteten.

Aber das kann nicht der Grund für diese abgespannten Gesichter sein. Zum Schmerz in Lucys Seite gesellt sich jetzt der

Schmerz in ihrem Bauch. Eine ziehende Vorahnung, dass dieser Albtraum noch nicht zu Ende ist.

Sie schaut zur Rettungsstation. Das Tamar-Rettungsboot hängt schon wieder in seinem Stahlgestell. Sind alle Freiwilligen sicher zurückgekehrt? Sie denkt an Craig Clements, Jakes Hilfssteuermann. An Freiwillige wie Alec Paul und Patric O'Hare. Leute, die ebenfalls Familie haben.

Aber Lucy sieht sich diese Gesichter an und weiß, dass es etwas anderes ist. Plötzlich kann sie ihre Atmung nicht mehr kontrollieren. Vor ein paar Minuten bekam sie keine Luft mehr in ihre Lunge. Jetzt kann sie nicht mehr ausatmen.

Ihr Zwerchfell verkrampft sich. Ein Laut bildet sich in ihrer Kehle – *uh-uh-uh-uh* –, und sie kann nichts dagegen tun. Als ihre Füße den Kai berühren, weicht die Menge vor ihr zurück – als wäre sie gefährlich oder ansteckend. Sie hört das Klackern von Absätzen auf den Gehplatten.

Aus einem undeutlichen Fleck schält sich Noemie heraus. Lucy sieht ihrer Freundin in die Augen. Das Geräusch in ihrer Kehle wird höher.

Da ist Jakes Stimme hinter ihr: «Lucy! Lucy, warte!»

Sie dreht sich um und sieht ihn an Land springen. In seinem Blick liegt derselbe Schrecken, den sie in Noemies gesehen hat.

Lucy steckt zwischen ihnen fest: ihrer Freundin, ihrem ehemaligen Liebhaber. Ihre Lunge kann dem Druck nicht länger standhalten. Sie hört sich selbst schreien, nur einmal, ein flüchtiges Pfeifen.

Noemie rennt mit ausgestreckten Armen auf sie zu.

«Nein», stöhnt Lucy. Was auch immer ihre Freundin ihr geben möchte, sie will es nicht. Das weiße Licht der Fernsehkamera wird fetter – als nährte es sich von ihrer Angst.

Jetzt hat Noemie die Arme um sie geschlungen. Andere berühren sie ebenfalls.

Der Schrei baut sich erneut auf. Ihr Mund kann ihn nicht halten. In ihrem Kopf summt es, ein Glas mit Honigbienen, das in ihren Schädel ausgeleert worden ist. Das Licht der Fernsehkamera verschmilzt mit den Lichtern am Hafenkai: weiß und gold, grün und rot, ein Chaos aus Karnevalsfarben.

«Lucy, es tut mir leid», ruft Jake. «Lucy, warte …»

Aber er kann sie nicht erreichen. Sie ist dicht von Menschen umringt. Licht und Schall, Leute und Gesichter, Fragen, Fragen und diese Stimme in ihrem Kopf.

«Es ist nicht zu spät», sagt ihre Freundin zu ihr. «Das ist es nicht, mein Schatz.»

«Bitte», flüstert Lucy. «Bitte sag mir, was los ist.»

Noemie legt ihren Mund an Lucys Ohr und beginnt zu sprechen.

ELF

1

Eine Stunde vor Sonnenuntergang fällt der Regen in Strömen, und Cooper holt Abraham vom Hafenkai ab. Der DS stellt keine Fragen, als sie die enge Hauptstraße von Skentel hinauffahren. Abraham ist dankbar dafür – er braucht ein wenig Raum zum Nachdenken.

Die Heizung bläst heiße Luft in den Innenraum des Wagens, aber Abrahams Knochen tauen nur zögerlich auf. Stunden hat er auf dem Hafenkai verbracht, Daniel Lockes Auto und die Familienjacht untersucht. Er hat mit dem Hafenmeister von Skentel gesprochen, den Leuten von der Küstenwache und mit dem Spurensicherungsteam aus Barnstaple.

Das Material der Sicherheitskamera beweist, dass Daniel Locke seinen Sohn – und vielleicht auch seine Stieftochter – mitgenommen hat und mit ihnen in ein Unwetter gesegelt ist. Abgesehen davon, dass sie nicht wissen, was danach passiert ist, bleibt die Frage nach dem Warum. Abraham hat Glück, dass sie wenigstens die Jacht haben – seit er die untersucht hat, gibt es für ihn keinen Zweifel mehr daran, dass hier ein Verbrechen geschehen ist. Er muss noch einmal mit der Mutter sprechen, außerdem mit anderen, die die Familie gut kennen. Wenn Lucy Locke zurückkehrt, wird er ihr einen Kontaktbeamten auf den Hals hetzen, der ihr so dicht auf die Pelle rückt, dass sie praktisch im selben Bett schlafen.

Der Übertragungswagen, der die Hauptstraße blockiert hat, ist verschwunden. Cooper fährt jetzt zur Küstenstraße hinauf. Die Wolken über ihnen wirbeln wie graue Lumpen, die mit einem Ruder durchgerührt werden. Der Wind klatscht Regensalven gegen die Windschutzscheibe. Oben auf der Anhöhe wird er noch fünf Mal heftiger. Abraham hat Angst um die Boote, die noch auf dem Meer sind und auch um den Küstenwachenhubschrauber.

Er blättert durch seine Notizen, als er plötzlich auf ein neues Motiv stößt: seine Initialen und sein Geburtsdatum, wieder unter einem gezeichneten Bogen. Unter seinem Blick scheint das Bildchen anzuschwellen. Er erinnert sich nicht daran, es gezeichnet zu haben.

«Ich habe herausgefunden, was feilbieten bedeutet», sagt Cooper.

Abraham stöhnt und schlägt sein Notizbuch wieder zu. Seine Hand schließt sich um das Tablettenfläschchen in seiner Tasche.

«Willst du es wissen?»

«Eigentlich nicht. Hast du mit Beckett darüber gesprochen, was die Ermittlungen hinsichtlich der Finanzen ergeben haben?»

«Damit beschäftigen sich jetzt die Vorgesetzten. Und feilbieten», fügt Cooper hinzu, «bedeutet ...»

«Anbieten», sagt Abraham. Er schaut aus dem Beifahrerfenster und sieht, wie die Wellen gegen Mortis Point schlagen. «Waren zum Verkauf anbieten.»

Der DS schmollt. «Du hast doch eben noch gesagt, du hättest keine Ahnung.» Dann hellt sich seine Miene wieder auf. «Wusstest du, dass das Wort aus dem Mittelalter stammt?»

«Vermutlich hat es etwas mit dem Wort *feilschen* zu tun.»

Abraham will gerade weiter ausholen, als Lärm an seine Ohren dringt. Er duckt sich in seinem Sitz, weil ein Hubschrauber mit der Beschriftung der Küstenwache mit rot blinkendem Licht über sie hinwegdonnert.

Cooper flucht gotteslästerlich und kommt beinahe von der Straße ab. Der Hubschrauber neigt sich und biegt in Richtung

Osten ab. «G-CILP», liest der DS die Buchstaben an der Hubschrauberseite. «Das sind sie. Die verlieren ja keine Zeit, was?»

Innerhalb von Sekunden ist der Hubschrauber nur noch ein Fleck. Abraham schneidet eine Grimasse, weil seine Knie gegen das Handschuhfach gekracht sind. «Na los», sagt er. «Lass uns das Blaulicht anschalten.»

2

Sie erreichen das North Devon District Hospital, als das letzte Tageslicht verblasst. Abraham hat zwei Polizisten zum Landeplatz geschickt. Auf einen von ihnen trifft er im Warteraum der Notaufnahme.

«Daniel Locke», sagt Abraham. «Was können Sie mir über ihn sagen?»

«Er hatte einen Überlebensanzug an, als sie ihn herausgefischt haben», erwidert der Polizist. «Der hat ihm eindeutig das Leben gerettet, aber er war dennoch in schlechtem Zustand. Die Körperkerntemperatur war runter auf achtundzwanzig Grad. Sie haben ein Dialysegerät benutzt, um sein Blut anzuwärmen, das scheint ihn stabilisiert zu haben. Er ist noch nicht wieder wach, aber sie scheinen sich keine allzu großen Sorgen um ihn zu machen.»

«Was sagen denn die Ärzte?»

«Sie wissen ja, wie die sind. Vertraulichkeit und so. Das meiste, was ich Ihnen gerade gesagt habe, habe ich aufgeschnappt, indem ich die Ohren offen gehalten habe. Können Sie sich vorstellen, dass sie diesen Typen mit höchster Priorität behandelt haben? Obwohl es andere Patienten gibt, die nicht versucht haben, ihre Kinder umzubringen?»

Abraham weiß, warum das Krankenhauspersonal das getan hat. Aber viele Leute verstehen es nicht. «Unsere Gesundheitsfachfrau ist auf dem Weg. Wenn diese Ärzte nicht mit uns sprechen, können sie ja mit ihr sprechen – damit wir erfahren, wie lange Locke brauchen wird, um sich zu erholen, und wie schnell wir ihn befragen können. Sobald die Presse Wind davon bekommt, wird das Krankenhaus hier zum Zoo. In der Zwischenzeit ...» – er schaut sich um – «... Kann man hier irgendwo einen Kaffee bekommen?»

«Hoffentlich.»

«Wollen Sie auch einen?»

«Sie retten mir das Leben, Sir.»

ZWÖLF

Lucy liegt auf dem Krankenhausbett. Eine Pflegerin hält ihre Hand. Alle anderen Gesichter sind fremd.

Scharfe Gerüche dringen ihr in die Nase. Schmerzerfüllte Schreie. Und dann Billie, Billie, Billie: ein feuchter Klumpen auf ihrer Brust, und in ihr ein Knäuel verwirrter Gefühle, sodass sie gar nicht weiß, wo sie anfangen soll.

Dann – ein anderes Krankenhaus, ein anderes Bett. Diesmal ist Daniel da und sagt ihr, wie sehr er sie liebt. Schmerz, schlimmer als zuvor. Und als das weiche neue Leben in ihren Armen liegt, kann sie kaum glauben, wie viel kleiner es diesmal ist. Und wie viel wertvoller, eben wegen seiner Zerbrechlichkeit. «Fin», flüstert sie und findet sich auf dem Hafenkai wieder. Noemie hat die Arme um sie geschlungen, und ihr ist kalt, so kalt, und sie fühlt sich so unendlich schwach.

Hinter ihr Jakes Stimme. Einen Moment lang fragt sie sich, ob auch die eine Erinnerung ist. Als seine Hand ihre Schulter berührt, weiß sie ganz sicher, dass er real ist und dass er das bestätigen wird, was Noemie gerade gesagt hat.

«Eine typische Situation», sagt er. «Alles gerät durcheinander. Nachrichten werden weitergegeben, von einem Boot zum anderen, und ehe man sich's versieht, ist es wie Stille Post. Das ist keine Entschuldigung – ich hätte mich bei einem anderen Boot absichern sollen, bevor ich es dir sagte. Es tut mir so leid, Lucy. Sie haben Daniel gefunden, aber nicht die Kinder.»

Da löst sie sich auf, eine Blume, die ihre Blütenblätter verliert. Noemie kann sie nicht mehr halten, und Jake reagiert zu spät. Ihre Knie knallen aufs Pflaster. Der Schmerz fährt ihr wie ein Dolch in die Seite. Die Menge drängt näher. Hände strecken

143

sich nach ihr aus, als wäre sie das Götzenbild in einer religiösen Zeremonie, nicht länger eine Ansteckungsgefahr, sondern eine Reliquie in einem heidnischen Ritual am Meer.

Sie haben Daniel gefunden, aber nicht die Kinder.

Lucys Atem geht stoßweise. Sie hat keine Kraft, aber sie muss wieder aufstehen.

Denn sie darf nicht hier bleiben –

Sie haben Daniel gefunden

am Hafenkai –

Aber nicht die Kinder.

– solange

Billie und Fin noch vermisst werden.

Ihre Lunge füllt sich, und sie schreit erneut auf. Es ist nicht mehr das scharfe Pfeifen von zuvor. Dies hier ist ein Schrei, der sich ihren Tiefen entringt. Sie stützt sich mit den Händen. Stellt einen Fuß unter sich auf. Drückt sich hoch.

Vermisst.

Vermisst. *Vermisst.*

Lucy steht beinahe. Dann stolpert sie nach vorn, und ihr Wangenknochen knallt auf die Pflasterplatten. Das Hirn bebt in ihrem Schädel. Die Menge macht *oooh*. Mehr Hände strecken sich nach ihr aus. Die Welt wird dunkel, reduziert sich auf undeutliche Stimmen.

«… sie ist ja halb erfroren.»

«Nass bis auf die Knochen.»

«… sofort in den Krankenwagen!»

«… aus dem Weg, bitte. Zurück, bitte.»

Plötzlich ist sie oben. Ein Gefühl der Schwerelosigkeit. Sie muss wieder auf Jakes Boot. Muss wieder hinaus, aufs Meer hinter der Mole.

Sie haben Daniel gefunden. Aber nicht die Kinder.

Das kann nicht sein. Es kann einfach nicht sein.

Sie dreht den Kopf, öffnet die Augen, versucht, sich auf die wirren Bilder, die sie sieht, einen Reim zu machen.

Da ist ein Schild. Das Drift Net. Golden erleuchtete Fenster. Ein paar Sekunden vergehen, und Lucy ist nicht mehr auf dem Hafenkai. Sie ist in einem überfüllten Raum voller Warnschilder und Rohre und Maschinen. Eine Frau hockt ihr gegenüber. Grüne Uniform, blondes Haar.

«Okay, Liebes. Sieht so aus, als hättest du dir den Kopf angeschlagen. Das kriegen wir ganz fix hin, aber erst müssen wir dir diese nassen Klamotten ausziehen.»

«Billie», bringt Lucy hervor, als die Frau den Reißverschluss ihrer Seenotrettungsjacke öffnet.

«Ich weiß, Liebes. Du heißt Lucy, oder? Hast du etwas dagegen, wenn ich dich Lucy nenne?»

Lucy schüttelt den Kopf. Als kümmerte es sie, wie sie genannt wird. Etwas rinnt ihre Stirn hinab und gerät ihr ins Auge. Sie blinzelt, versucht, es wegzuwischen, aber ihre Arme stecken in den Jackenärmeln fest. «Fin», murmelt sie. Es ist wichtig, dass diese Frau sie versteht, auch wenn sie keine ganzen Sätze sagen kann. Sie konzentriert sich auf die Uniform. Sieht einen aufgestickten Namen: JOHANNA.

Ihre Jacke ist jetzt ausgezogen. Die obere Hälfte ihrer Öllatzhose. Ihr T-Shirt folgt, dann ihr BH. Eine Decke wird ihr um die Schultern gelegt, und das ist ein so schlichter Trost, dass sie in Tränen ausbricht.

Johanna hält inne und streichelt ihre Schulter. «Ich weiß, Liebes. Ich weiß. Wir legen dich jetzt erst mal hin, ziehen dir die Stiefel und die Latzhose aus.»

«Krankenwagen», sagt Lucy. «Meine Tochter. Mein Sohn.»

Johanna nickt und legt sie auf die Rettungstrage. «So, das hätten wir. So schlimm war das Meer seit Jahren nicht mehr, oder? Wellen, die bis zu zehn Meter an den Point herangekommen sind.»

145

«Meine Kinder sind noch im Wasser.»

Unter ihnen wird ein Motor gestartet. Lucy begreift, was geschieht. Sie versucht, sich aufzusetzen.

Johanna braucht nur zwei Finger, um sie wieder zurückzudrücken. «Lucy, dir ist sehr kalt, wir müssen dich wieder aufwärmen. Und wir müssen unbedingt diese Kopfwunde behandeln.»

«Wieder aufs Boot.»

«Leider nicht, Liebes. Du kommst mit uns ins Krankenhaus.»

«Rippen.»

«Rippen?»

«Gebrochen, glaube ich.»

Die Tür des Krankenwagens öffnet sich. Kalter Wind wirbelt herein.

Ein Gesicht taucht auf, das sie nicht kennt – noch eine grüne Uniform. «Alles klar?»

«Sie wird schon wieder», sagt Johanna. «Wir können los.»

Etwas bewegt sich hinter der zweiten Sanitäterin. Lucy sieht Noemie und Bee, Tommo und Jake. Ein weißes Licht scheint herein und blendet sie.

«Herrgott noch mal, haut *ab*!», ruft Jake. Das Licht wird zur Seite geschoben.

«North Devon District?», fragt Noemie.

Johanna nickt.

«Wir fahren mit dem Auto hinterher.»

Lucy versucht, sich auf Jakes Gesicht zu konzentrieren. «Lass nicht zu, dass sie aufhören zu suchen. Bitte, Jake.»

Er starrt sie voller Mitgefühl an. Und dann schließt sich die Tür. Sie erhascht noch einen letzten Blick aufs Meer. Da draußen herrscht Armageddon. Das Ende von allem, was sie kennt.

Lucy blinzelt und bemüht sich, die Augen offen zu halten.

Die Sirene heult zwei Mal warnend auf. Unter ihr gerät etwas in Bewegung. Und dann sind sie auf dem Weg.

Dieses weiße Loch im Meer schließt sich langsam.
Dunkelheit. Schrecken.
Totengleicher Schlaf.

DREIZEHN

Daniel Locke wird von der Notaufnahme auf die Intensivstation gebracht und von dort, Stunden später, in einen kleinen Raum auf der Lundy Station, oben im dritten Stock.

DI Abraham Rose wird benachrichtigt, als er bereits seinen dritten Kaffee in den Händen hält und sich durch Fotos von Billie Locke in den sozialen Medien scrollt. Minuten später starrt er auf das Krankenhausbett.

Lucy Locke ist unten. So, wie es sich anhört, ist sie halb erfroren. Verrückt, aber mutig, dass sie sich bei diesen Wetterverhältnissen aufs Meer hinausgewagt hat. Aber Abraham hat ihr Flehen im Drift Net gehört. Er hat ihre rohe Verzweiflung gesehen. Wie schlimm ihr körperlicher Zustand auch sein mag, er ist nichts im Vergleich zu dem Trauma, das sie erleben musste.

Schweigend sieht er zu, wie die Ärztin Daniel Locke untersucht. Dr. Hara Annapurna ist eine auffällige Frau: stahlfarbenes Haar, dünne Lippen, Wangenknochen wie Glasprismen unter der Haut. Sie beugt sich über das Bett, und Abraham konzentriert sich ebenfalls auf ihren Patienten.

Im Moment kann er nur Daniel Lockes Kopf sehen. Der Rest von ihm steckt in einem Bair Hugger – einer aufblasbaren Wärmedecke, die mit einer Wärmepumpe verbunden ist. Die Dialysemaschine, die sie benutzt haben, um sein Blut aufzuwärmen, ist fort. An ihrer Stelle steht ein schlichter Tropf, aus dem erwärmte Salzlösung in sein Blut geleitet wird. Man hat ihm eine Sauerstoffmaske auf Mund und Nase gesetzt. Verschiedene Kabel schlängeln sich aus dem Bair Hugger zu einem Monitor, der die Vitalparameter anzeigt.

Selbst jetzt noch, nachdem man ihn knapp dem Tod entrissen

hat, wirkt Locke viel jünger als seine zweiundvierzig Jahre. Er hat ein scharf geschnittenes Gesicht, schwarzes Haar, weiße Zähne – die Sorte Gesicht, die dazu dient, Sportautos, edle Uhren oder teure Designeranzüge zu verscherbeln.

Seine Augen sind geschlossen. Unter den Lidern bewegt sich nichts.

Annapurna schreibt etwas auf ein Klemmbrett und reicht es der Pflegerin. Als sie sich wieder zu Abraham umdreht, verkrampft sich dessen Zwerchfell. Er schluckt und fürchtet, einen Hustenanfall zu bekommen. «Doktor?», fragt er. «Kann ich mit Ihnen sprechen?»

Annapurna muss ihm nur einen Blick zuwerfen, um seine Funktion zu erkennen. «Wenn Sie sich kurzfassen.»

«Natürlich. Sie kennen sicher die Umstände. Keins der beiden Kinder ist gefunden worden. Es besteht die Möglichkeit, dass Daniel Locke Informationen besitzt, die zu ihrer Rettung führen könnten. Ich muss wissen, ob er sich wieder erholen wird. Und wenn, wann wir mit ihm sprechen können.»

«Er hat auf jeden Fall großes Glück, überlebt zu haben», sagt Annapurna. «Aber er ist auch ungeheuer zäh. Unter diesen Umständen habe ich nichts dagegen einzuwenden, wenn Sie ihn befragen, sobald er aufgewacht ist.»

«Wie lange wird es dauern, bis er entlassen wird?»

Sie schürzt die Lippen.

«Unter uns.»

«Patienten in seinem Zustand behalte ich immer über Nacht zur Beobachtung da. Falls es zu keinen Komplikationen kommt, gehe ich angesichts seiner guten körperlichen Verfassung nicht davon aus, dass er länger bleiben muss.» Sie hält inne und setzt dann nach: «Ich habe gehört, dass seine Frau unten auf Station liegt.»

«Das habe ich auch gehört. Und sie ist kaum besser dran.»

149

Annapurna schüttelt den Kopf. «Das ist alles sehr traurig. Gibt es sonst noch etwas?»

«Nein. Danke. Sie waren mir eine große Hilfe.»

Sie neigt den Kopf zur Seite. «Geht es Ihnen gut? Sie sehen ein wenig ... ausgelaugt aus.»

Sein Herz setzt einen Schlag aus. Zum ersten Mal hat ihm jemand direkt angesehen, dass er nicht ganz gesund ist. «Mir geht es gut.»

«Denken Sie daran, ausreichend zu schlafen.»

Diese kleine Freundlichkeit macht ihn ganz befangen. Er kann sie nicht wieder ansehen.

Als die Ärztin gegangen ist, betrachtet Abraham Daniel Locke in seinem Krankenhausbett. Es ist ganz still hier, und sie sind nur zu zweit. Friedlich. Kein Vergleich zu dem Chaos, mit dem Lucy Locke in der Notaufnahme konfrontiert ist. Kein Gedränge. Durch die doppelt verglasten Fenster hört er von dem tobenden Unwetter draußen kaum ein Murmeln.

Lockes Augen regen sich unter seinen Lidern immer noch nicht.

Abraham dreht sich zum Monitor um. Er notiert sich die Werte: Herzschlag, Blutdruck, Sauerstoffsättigung und Temperatur.

«Er hat auf jeden Fall großes Glück, überlebt zu haben», wiederholt er Annapurnas Worte. Er tritt ans Bett, sieht Locke ins Gesicht und zieht sich wieder zurück. «Sie kam mir eigentlich sehr kompetent vor. Aber in dieser Hinsicht finde ich ihre Einschätzung doch etwas fragwürdig, nicht wahr? Ich bin Detective Inspector Rose.»

In einer Ecke des Zimmers gibt es eine Tee-und-Kaffee-Station, die aus einem Wasserkocher, einigen Bechern und einer Schachtel mit Teebeuteln und Kaffeetütchen besteht. Abraham hebt den Wasserkocher hoch und schüttelt ihn. Leer.

«Offiziell besteht mein Job darin, herauszufinden, was auf der

Jacht geschehen ist. Und welches Schicksal die beiden erlitten haben, die Sie mitgenommen haben. Womöglich halten Sie das für ein Ding der Unmöglichkeit, weil Sie annehmen, dass sich die *Lazy Susan* auf dem Meeresboden befindet.» Er stellt den Kocher wieder auf seinen Sockel. «Aber die Sache ist die, Daniel, sie ist nicht gesunken.»

Keine Reaktion von dem Mann im Bett. Kein Hinweis auf Bewusstsein unter den Lidern. Abraham wirft einen Blick auf die Vitalparameter. Dann richtet er seine Aufmerksamkeit wieder auf das Bett.

«Vielleicht haben Sie den Notruf einen Hauch zu früh abgesetzt. Vielleicht haben Sie nicht gewusst, dass die Küstenwache einen UKW-Funkspruch sogar dann orten kann, wenn Sie selbst Ihre Position nicht angeben. Noch weitere zehn Minuten, und die Jacht wäre tatsächlich auf den Meeresboden gesunken. Aber diese freiwilligen Rettungskräfte – die sind ziemlich gut. Sie haben sie gerade noch rechtzeitig gefunden.»

Langsam und besonnen nähert sich Abraham dem Bett. «Ich habe mich umgesehen. Sie haben Ihren Job gründlich gemacht – haben alle Seeventile zerstört, um sie zu versenken. Zum Glück hat das Rettungsteam ein paar Leckstopfen hineingeschraubt, eine Fremdlenzpumpe aufgebaut und die Jacht zurück nach Skentel geschleppt.»

Nur das Brummen der Bair-Hugger-Pumpe ist zu hören. Abraham erinnert sich an die nasse Kabine der *Lazy Susan*, an die roten, keilförmigen TruPlugs, die Leckstopfen aus Polyurethan, die im Rumpf steckten. Ein Tatort, der ganz von Meerwasser überspült wurde, ist der Albtraum des Spurensicherers. Aber Abraham kann immerhin *beweisen*, dass der Schaden am Boot absichtlich verursacht wurde.

«Ich habe Ihnen ja gesagt, dass ich Polizist bin», sagt Abraham. «Und ich wette, Sie haben schon eine ganze Liste an Vorurteilen über mich. Aber was Sie nicht wissen, Daniel, ist, dass mir die Gesetzestreue bei meinen Ermittlungen inzwischen ziemlich egal ist.»

Herr, ich lobe dich für dein mitfühlendes Herz. Gib mir die Härte des guten Hirten, der seinen wandernden Schafen folgt und niemals aufgibt.

Er beugt sich über das Bett, bis nur noch ein paar Zentimeter sie voneinander trennen. «Ich folge etwas, was man vielleicht eine höhere Autorität nennen könnte.»

Abraham betrachtet Daniel Lockes Gesicht und fragt sich, ob das wohl noch stimmt. Folgt er *tatsächlich* noch dieser höheren Autorität? Oder sind die letzten Säulen seines Glaubens bereits eingestürzt? Wenn diese verdorbene und schmutzige Krankheit sein Leben fordert, wartet dann tatsächlich noch etwas anderes auf ihn als Würmer und kalte Erde?

Er wartet mit angehaltenem Atem.

Daniel Locke öffnet die Augen.

VIERZEHN

1

Lucy verbringt die ersten drei Stunden im Krankenhaus auf der Sanitätertrage, mit der sie hineingebracht wurde. Die Kleidung, die sie auf Jakes Boot getragen hat, ist verschwunden. Niemand kann ihr sagen, was damit geschehen ist. Oder was mit ihren Kindern passiert ist. Oder sonst irgendetwas von Wichtigkeit.

Sie schaudert unter zwei grauen Decken. Abgesehen von ihrem Ehering hat sie nur noch Snig. Snig ist nass und zerfetzt, und das Meerwasser hat ihm den Geruch ihres Jungen geraubt.

In der Notaufnahme quietschen Türen, schrillen Telefone, piepen Monitore. Leute reden, Leute schreien, Leute weinen. Eine Weile legt sich Lucy die Hände auf die Ohren, aber dann hört sie das Meer, und das ist eindeutig schlimmer. Jeder Gedanke ist wie ein Schnitt in ihrem Kopf, eine Glasscherbe.

Als eine Pflegerin im Vorbeigehen einen Krankenhauskittel auf ihre Trage wirft, rappelt sich Lucy hoch. Die Decken bieten beim Umziehen kaum Schutz. Sie beißt wegen der Schmerzen in ihrer Seite die Zähne zusammen, bindet sich Snig um den Arm und stellt sich auf die Füße. Die Notaufnahme schwankt. Die Geräusche dringen nur noch verzerrt an ihr Ohr und werden schließlich zu einem dumpfen Wummern. Die Gesichter der Patienten und des Krankenhauspersonals sehen aus, als wären sie flüssig. Sie taumelt und fürchtet, zusammenzubrechen. Sie hält sich an der Trage fest und zieht sich wieder hoch.

Daniel.

Er ist hier. In diesem Krankenhaus.

Sie muss ihn finden.

2

Lucy bewegt sich langsam wie ein Gletscher durch ein Meer von Menschen, die wie im Zeitraffer agieren. Sie flitzen in alle Richtungen an ihr vorbei und ziehen Leuchtspuren hinter sich her. Das dunkel wummernde Geräusch wird jetzt zu einem blechernen Kreischen. Sie muss sich so sehr darauf konzentrieren, senkrecht zu bleiben, dass sich das Chaos in ihrem Kopf lichtet. Sie denkt nur noch an ihr Gleichgewicht, an ihren Atem, daran, was die bunten Wirbel vor ihr bedeuten.

Niemand achtet auf sie. Niemand versucht sie aufzuhalten. Irgendwie findet sie die Rezeption und stellt sich in eine Schlange leidender Menschen, die behandelt werden wollen. Sie hofft, dass Daniel das nicht auch tun musste. Dass er mehr Glück dabei hatte, Hilfe zu bekommen.

Daniel.

An ihn zu denken, ist ein Fehler. Denn dann denkt sie sofort an Billie und Fin im Meer, an haushohe Wellen und die Kälte, die tödliche Kälte.

Sie konzentriert sich wieder auf das Atmen und das Halten des Gleichgewichts. Und dann steht sie plötzlich ganz vorn in der Schlange und strengt sich an, die Gestalt vor ihr zu erkennen.

Atmen, sagt sie sich.

Langsam ein, langsam aus.

Die Gestalt vor ihr ist eine Frau. Graues Haar und Strickjacke, die Lippen zu einer dünnen Linie zusammengepresst.

«Ich suche meinen Ehemann», sagt Lucy. «Daniel Locke.»

Ihre Worte ziehen sich in die Länge und schnappen dann zurück, als hingen sie an einem Gummiband. Plötzlich klärt sich ihr Blick. Sie sieht die Frau an der Rezeption ganz klar. Sieht, wie sie zusammenzuckt, als sie Daniels Namen hört. Als wäre er ein Messer. Oder ein scharfer, lockerer Stein.

Die Frau tippt etwas auf ihrer Tastatur. «Das ist ... Er ist derjenige, der ...»

«Daniel», sagt Lucy. «Er heißt Daniel.»

Die Lippen der Frau schrumpfen noch weiter. «Sieht aus, als hätten sie ihn auf die Lundy Station gebracht. Einzelzimmer.»

«Er lebt.»

«Das hat Ihnen niemand gesagt?»

Sie schüttelt den Kopf. «Lundy Station?»

«Folgen Sie einfach den Schildern. Dritter Stock.»

Lucy dreht sich um und stößt beinahe mit dem Mann hinter sich zusammen. Murmelt eine Entschuldigung und stolpert weiter. Folgt einem Korridor zu einem Treppenhaus. Humpelt hoch zur Intensivstation. Die Lundy Station liegt gegenüber. Sie geht an dem Polizisten vorbei, der vor einer Tür steht. Sucht nach einer Stationsschwester, nach irgendwem, der helfen kann.

«Mrs Locke?» Lucy fährt herum. Wartet darauf, dass der Korridor aufhört, sich zu drehen.

«Ich bin Sergeant Hurst. Wir dachten, Sie wären unten.»

«Wo ist er?»

«Hat man Sie ...»

«Wo ist Daniel?»

Hursts Blick wird ganz ausdruckslos. «Warten Sie hier», sagt er. «Ich schaue, ob Sie hineinkönnen.»

FÜNFZEHN

1

Abraham schiebt sein Gesicht nur ein paar Zentimeter vor das von Daniel Locke und sagt: «Ich sehe, ich habe Ihre Aufmerksamkeit. Das ist gut.»

Lockes blaue Augen blicken erstaunlich durchdringend, kalt und auf wilde Art schön.

Wolf, denkt Abraham. Und weiß, dass er ganz vorsichtig vorgehen muss. «In Zukunft rate ich davon ab, so zu tun, als schliefen Sie, solange Sie an einen Monitor angeschlossen sind. Sie können die Ärzte damit vielleicht aufs Glatteis führen, aber die stellen auch keine schwierigen Fragen. Was ist mit den Kindern passiert, Daniel? Wo sind Billie und Fin?»

Lockes Augen leuchten auf wie angestrichene Streichhölzer. Der Herz-Kreislauf-Monitor neben ihm registriert einen Ausschlag.

«Waren sie noch am Leben, als Sie sie zuletzt gesehen haben?»

Der Kiefer des Mannes beginnt zu arbeiten, als versuchte er, seine Zunge zu befeuchten.

Abraham streckt die Hand aus und nimmt ihm die Maske ab. «Sie stinken nach Alkohol. Hat Ihnen das den Mut gegeben? Ich weiß nicht, ob Sie vorhatten, sich da draußen umzubringen. Wenn ja, hatten Sie wohl Pech. Ihr Fenster hat sich wieder geschlossen. Wenn ich gehe, wird hier zu jeder Tages- und Nachtzeit ein Polizist stehen. Später, wenn wir Sie zum Polizeirevier bringen, werden Sie wegen Selbstmordgefährdung unter Beobachtung stehen. Was auch immer Sie getan haben, welches Verbrechen Sie auch immer begangen haben, ich werde es herausfinden.

Wie ich bereits sagte – und Sie müssen mir ganz genau zuhören, denn ich garantiere Ihnen, dass Sie so jemanden wie mich noch nie kennengelernt haben –, *ich folge einer höheren Autorität.*»

Als Locke das hört, bleckt er die Zähne.

In Wahrheit ist es selbst in Haft schwierig, entschlossene Gefangene davon abzuhalten, Selbstmord zu begehen. Aber Abraham wird herausfinden, was mit diesen Kindern geschehen ist. Und Daniel Locke wird ihm so oder so helfen.

Er spürt, dass er husten muss, diesmal mit Blut und Schleim und allem. Halb ist er versucht, den Husten einfach fliegen zu lassen und Locke mit dem Auswurf einer kranken Lunge zu besprühen. Stattdessen vergräbt er den Mund in seiner Armbeuge. Der Schmerz ist schlimm, aber er geht vorbei. Als Abraham wieder zum Bett schaut, starrt Locke ihn an.

«Ich habe eine Botschaft», zischt der Mann. Wieder flackern seine Augen auf. «Eine Botschaft für diese *Schlampe.*»

2

Der Vitalparameter-Monitor neben dem Bett piept warnend. Abraham lässt den Blick des Patienten nicht los. Er bemerkt, dass der Hugger zu beben beginnt. Daniel Locke, der darin steckt, ringt nach Atem.

Abraham beugt sich näher über ihn. Er erwartet keine Gewalt – nicht hier, nicht jetzt –, aber wenn, ist er bereit. Im Korridor hört er erhobene Stimmen. Sein Blick gleitet zur Tür. «Wie lautet Ihre Botschaft?»

Diese blauen Augen sind nicht nur kalt. Sie sind *eisig.* Türkis- und Azurit-Splitter, umschlossen von arktischem Eis. Abraham erinnert sich daran, was ihm ein Arzt einmal über einen kalten und leblosen Matrosen gesagt hat, der aus dem Meer gezogen wurde: *Man ist erst tot, wenn man warm und tot ist.* Genauso war es mit diesem Matrosen. Dreißig Minuten ohne Puls. Dann konnte das medizinische Team seine Körperkerntemperatur erhöhen und ihn mit dem Defibrillator wieder zum Leben erwecken.

So ist die Welt, in der Abraham jetzt lebt. Aber obwohl die Dialysemaschine Daniel Lockes Blut wieder aufgewärmt hat, sieht man in seinem Gesicht keinerlei Wärme.

«Sagen Sie ihr», flüstert Locke. «Sagen Sie ihr, sie verdient all das, was sie verdammt noch mal bekommt.»

Er kneift die Augen zu und beginnt zu schluchzen. Er krümmt den Rücken. Die Sehnen in seinem Hals treten hervor. Ein Geräusch entringt sich seiner Kehle – so roh, als wäre er von einem Haken herausgefischt worden.

Die Tür wird aufgerissen. Abraham weicht zurück. Er ist so überrumpelt von Lockes Worten, dass er einen Augenblick braucht, um sich wieder zu konzentrieren. Im Flur sieht er Sergeant Hurst, der die Arme um etwas völlig Durchgedrehtes geschlungen hat. Es windet sich und schreit und scheint nur noch aus Haar und Krallen und gefletschten Zähnen zu bestehen.

Ein Ruck geht durch Abraham, als er begreift, dass das Durchgedrehte Lucy Locke ist. Verschwunden ist die Frau, die er kennengelernt hat. Stattdessen ist da ein Wesen, das vor Trauer oder Hysterie rast. Verklebte Haarsträhnen hängen ihr ins Gesicht. Ihre Augen sehen aus, als hätten sie eine volle Ladung Pfefferspray abbekommen. Ihre Hände und Füße sind ganz blau. Sie trägt einen Krankenhauskittel, der schlampig zusammengebunden ist. Um ihren Arm ist der zerrissene Fetzen geschlungen, den sie in der Schule in den Händen gehalten hat.

Lucy reißt sich los. Sie packt den Türrahmen und zieht sich ins Zimmer. «Daniel!», schreit sie. *«Daniel!»*

Das Quietschen von Gummisohlen ist im Flur zu hören. Annapurna erscheint in Begleitung von zwei Pflegern. Im nächsten Augenblick befinden sich nicht mehr nur zwei Personen im Raum, sondern sieben.

Vom Monitor kommen alle möglichen Alarmtöne. Daniel Locke beginnt, im Bair Hugger um sich zu schlagen. Annapurna stürzt zu ihm und schreit die Pfleger an, sie sollen ihn ruhigstellen. Aber Locke sieht nicht so aus, als hätte er einen Anfall, sondern eher so, als drehte er durch.

«Was ist los?», heult Lucy. «Wo ist Billie? Wo ist Fin? Daniel, *SAG ES MIR!*»

Die letzten Worte schreit sie so laut, dass Abrahams Ohren klingeln. Als Lucy ans Bett tritt, zappelt Locke noch heftiger. Abraham packt ihn bei den Schultern und drückt ihn auf die Matratze. Annapurna steht mit einer Spritze neben ihm. Locke beginnt zu buckeln. Seine Kraft ist unglaublich. Er windet seine Arme aus dem Bair Hugger und packt Abrahams Handgelenke.

Lucy Locke schreit wieder. Abraham schnauzt Hurst an, er solle sie rausschaffen. Und dann hat es Annapurna irgendwie geschafft, den Inhalt der Spritze in Lockes Körper zu drücken, und eine halbe Minute später versiegt Daniel Lockes tierische Wut, und er wehrt sich nicht mehr.

«*Sag* es mir», schluchzt Lucy. Ihre Stimme ist plötzlich so gebrochen wie die ihres Mannes. Sie starrt ihn voller Schrecken und Unglauben an.

Ich habe eine Botschaft. Eine Botschaft für diese Schlampe.

Hurst hat jetzt die Arme um sie geschlungen. Falls die Knie unter ihr nachgeben, hält er sie fest. «Bitte», krächzt sie. «Wo sind sie? Das hier sollte doch nicht passieren.»

Sagen Sie ihr, sie verdient all das, was sie verdammt noch mal bekommt.

Abraham hatte sich noch kein Urteil über Daniel Locke gebildet, auch wenn er ihn provoziert hat, um eine Reaktion aus ihm herauszukitzeln. Aber der Ausbruch des Mannes hat alles verändert.

Abraham ist nicht nur Detective Inspector, sondern auch Gottes stumpfes Werkzeug, das hastig aus dem gröbsten Lehm geschaffen wurde, der gerade zur Hand war. Unelegant, unzivilisiert, aber auf derbe Weise effektiv.

Seine Kraft lässt vielleicht nach. Sein Glauben auch. Es besteht nur noch eine geringe Chance, dass Lucys Kinder noch am Leben sind, aber er wird herausfinden, was mit ihnen passiert ist, egal, welche Folgen das für ihn haben mag.

Ich bin wütend, Lucy, das gebe ich zu. Wütend und traurig und emotional. Ich mag, wenn alles perfekt ist, und auf dem Boot war es das beinahe. Wenn die Dinge nicht wie geplant laufen, rege ich mich auf.

Ich wollte nie ins Krankenhaus. Und ganz sicher wollte ich dich nicht sehen. Es gibt da eine Redensart unter Soldaten – dass kein Plan den Kontakt mit dem Feind überlebt. Aber ich kann immer noch nicht glauben, was da draußen auf dem Meer geschehen ist.

Eine Weile hätte ich beinahe den Mut verloren, so wie jetzt. Es ist so schwer, dich leiden zu sehen. Und noch schwerer, der Grund dafür zu sein. Und doch weiß ich, dass es wichtig ist, was ich tue. Ich habe mich der Sache verschrieben. Es ist zu spät zum Umkehren.

Ich dachte, ich kenne dich, aber das stimmt nicht. Der Mensch, den ich kennengelernt habe – der Mensch, der mir vor all den Jahren das Herz gestohlen hat –, ist nicht real. Er ist eine Erfindung, ein Schwindel, eine Figur aus Billies Theaterstücken.

Es ist doch so, Lucy, dass du Menschen verletzt. Vielleicht merkst du es gar nicht. Du segelst durchs Leben, bestrickst alle, berührst ihre Leben und schenkst ihnen deinen Lucy-Zauber. Und das ist in Ordnung für diejenigen, die dir nicht allzu nahekommen und die Realität unter der Fassade nicht erkennen. Aber die, die dir doch näherkommen, begreifen, was für eine dunkle Magie du ausübst, eine Magie, die nur Elend nach sich zieht.

Ich muss dir aber für die Heilung Anerkennung zollen. Erinnerst du dich an all unsere betrunkenen Unterhaltungen über Philosophie? Alles, was du mir über Aristoteles beigebracht hast? Über seine Theorie der Tragödie?

Die Tragödie transportiert uns vom Glück ins Elend. Und danach sind wir gereinigt.

161

Genau das habe ich für dich arrangiert, Lucy. Verstehst du nicht? Ich habe es aus dem Rahmen des Theaters genommen und wahr gemacht. Kein einziges tragisches Ereignis, sondern eine ganze Reihe davon, jedes schlimmer als das vorhergehende.

Ich werde die verletzende Kreatur, die du warst, verändern. Ich werde dich reinigen, dich wunderschön machen. Und wenn ich damit fertig bin, werde ich als freier Mann gehen, ebenfalls gereinigt durch die Erfahrung.

Ich spüre, wie mein Herzschlag langsamer wird. Wie mein Atem sich beruhigt. Das hier nimmt jetzt eine andere Form an. Aber vorbei ist es noch nicht. Das hier ist eine Tragödie, die nur zu deinem Besten geschrieben wurde.

Katharsis. Reinigung durch Leiden.

Zeit für den zweiten Akt.

SECHZEHN

1

Ein Polizist hilft Lucy, wieder nach unten zu gehen. Sie kann nicht begreifen, was sie da gerade gesehen hat: Daniel, der um sich schlägt, um sich zu befreien, mit diesem Blick, den sie noch nie gesehen hat; die Ärztin, die eine Nadel in seine Haut rammt, der Detective, der ihn auf die Matratze drückt.

Als Lucy zurück in der Notaufnahme ist, hört sie, dass ihr Name aufgerufen wird. Im Flur sieht sie Gesichter, die sie erkennt: Noemie, Tommo, Bee. Ihre Erleichterung ist so groß, dass sie beinahe zusammenbricht.

Noemie ist zuerst bei ihr und zieht sie an sich. «Luce. Oh mein Gott, Lucy.»

«Rippen», krächzt sie. «Ich glaube, sie sind gebrochen.»

Noemie lässt sie wieder los und tritt einen Schritt zurück. «Süße, du bist ja *barfuß*. Und *eiskalt*. Hat dich schon jemand gesehen? Bist du untersucht worden?»

«Noch nicht, ich …»

«Noch *nicht*?» Noemie dreht sich zu dem Polizisten um. «Ist Ihnen klar, dass wir schon *drei Stunden* hier warten? Und keiner uns sagt, was hier los ist?» Als der Mann zu einer Antwort ansetzt, winkt sie ab. «Vergessen Sie es, wir kriegen das schon selbst hin. Tommo, mach dich auf die Suche nach Decken. Bee, bleib bei ihr, ich versuche, Antworten zu bekommen. Mittelalterlich ist das hier. *Verdammt* noch mal.»

Bee legt ihre Jacke um Lucys Schultern und führt sie zu einem Sitz. Lucy ist so überwältigt, dass sie zu weinen beginnt. «Ich habe sie nicht gefunden», sagt sie. «Ich weiß nicht, wo sie sind.»

«Warte. Hör mir zu. Wir sind da, okay? Es ist alles ein schlimmes Durcheinander, aber wir sind da und wir haben dich lieb. Wir werden das hier zusammen durchstehen. Du hast ein ganzes Team um dich.»

«Ich weiß nicht, wen ich gerade gesehen habe. Daniel war ... Er ...»

«Du hast Daniel gesehen?»

«Nein ... Er war wie ein *Fremder*.»

Noemie kommt mit dem Assistenzarzt wieder. Tommo bringt Decken.

Danach überschlagen sich die Ereignisse. Lucy wird in die Radiologie gebracht, wo Röntgenbilder von ihrem Oberkörper angefertigt werden. Danach bestätigt ein Arzt, dass sie zwei gebrochene Rippen hat. Sie bekommt frische Kleidung und Schmerzmittel verschrieben. Bald sitzt sie eingequetscht zwischen Noemie und Bee auf dem Rücksitz von Tommos Auto.

Regen hämmert auf das Dach. An den Fenstern ziehen Bilder vorbei, die an ein Kriegsgebiet erinnern. Lucy sieht umgestürzte Bäume, überflutete Straßen, eingedrückte Schaufenster und Bürgersteige voller Glassplitter. Aber es ist nicht nur die Zerstörung, die dafür sorgt, dass sie die Landschaft kaum wiedererkennt. Dies ist eine Welt, die ihr die Kinder genommen und ihren Ehemann durch einen Betrüger ersetzt hat. Sie hat nichts mit dem Ort zu tun, den sie kannte.

Snig liegt zweimal gefaltet in ihrem Schoß. Lucy streicht wie besessen über den Stoff, glättet jede Falte. Sie legt den Kopf auf Noemies Schulter und schließt die Augen. Und dann ist sie nicht mehr im Auto. Sie ist zu Hause, oben auf Mortis Point, und es ist der Abend von Billies achtzehntem Geburtstag, als sich alles zu verändern begann.

2

Vier Wochen. Eine andere Welt. Ein anderes Leben.

Seit Weihnachten ist kaum ein Monat vergangen, und das Haus strahlt wieder in vollem Glanz. Überall verströmen Teelichte in Glasgefäßen goldenes Licht. Parfüm liegt in der Luft und vermischt sich mit dem Duft von Winterkränzen und frisch geschnittenen Blumen. Im Wohnzimmer, wo elfenbeinfarbene Kirchenkerzen in Windlichtern flackern, brennt ein Feuer.

Draußen haben sich die Wolken geteilt, und der Himmel ist voller platinglänzender Sterne. Raureif glitzert auf dem Rasen. Wenn sich das klare Wetter hält, können später alle auf der Halbinsel eine Supermondfinsternis erleben.

Erst, als sie damit anfangen, die Einladungen hinauszuschicken, begreift Lucy, wie viele Menschen Billie kennt. Erst, als die Zusagen einzutrudeln beginnen, begreift sie, wie viele Menschen Billie mögen: Von überall her kommen Freunde, aus Billies alter Schule, von ihrem College in Redlecker, ihrer Theatergruppe. Leute, die sie von ihren Ferienjobs in Skentel kennt, durch Clubs oder Vereine, obwohl sie schon seit Jahren kein Mitglied mehr ist, es kommen Freunde aus ihren verschiedenen ehrenamtlichen Netzwerken: Umweltorganisationen, Tierheimen und sogar welche von der Penleith-Beach-Müllsammelaktion.

Aber das reicht Lucy noch nicht. Sie schickt Einladungen auch an alle ihre eigenen und an Daniels Freunde, an die Stammgäste vom Drift Net, an die Künstler, die hier ihre Bilder ausgestellt haben, und an die Musiker, die hier aufgetreten sind, an die Leute aus Skentels Geschäftswelt, an die Freiwilligen der Seenotrettung und an die Fischer. Daniel lädt die Mitarbeiter von Locke-Povey Marine und viele seiner langjährigen Kunden ein. Als sie fertig sind, scheint die halbe Stadt zu kommen.

Mit diesem Fest feiern sie nicht nur Billies achtzehnten Geburtstag, sondern auch jede Hürde, die sie auf dem Weg hierhin genommen haben. Die ersten Jahre waren nicht leicht, besonders nicht Lucys dunkle Zeit in Europa. In Skentel brauchten sie eine Weile, bis ihr Leben besser wurde. Lucy arbeitete stets so lange und für so wenig Geld, dass sie ihre Tochter kaum sah.

Jetzt, da sie in ihrem goldenen Kleid mit Spaghettiträgern am Küchentresen steht und die Gemüsestäbchen auf einer Platte arrangiert, ist sie entschlossen, diese Nacht unvergesslich zu machen.

Billie steht neben ihr und tippt mit einem manikürten Finger auf ein Stück Wassermelone. «Glaubst du, es hat geklappt?»

«Natürlich.»

«Es riecht immerhin nach Wodka.»

«Dann hat es geklappt.»

Billie grinst. «Ich wette, es schmeckt eklig.»

«Bitte fühl dich nicht verpflichtet, davon zu probieren.»

«Willst du mich verarschen?»

«Wie *entzückend* du dich immer ausdrückst», versetzt Lucy und knufft ihr mit dem Ellenbogen in die Rippen. «Es lässt dich so erwachsen und cool wirken.»

«Das liegt daran, dass ich erwachsen und cool *bin*. Seh ich etwa nicht so aus?»

Sie sieht cooler aus als cool. Sie sieht geradezu gefährlich aus: schwarze Lederjacke, ein rotes Rockabilly-Kleid mit weißen Tupfen, das blonde Haar mit einem Kopftuch im Stil der 50er-Jahre hochgebunden. Billies Wimpern sind extravagant gebogen, ihre Lippen haben den gleichen kirschroten Ton wie das Kleid. Sie ist eine leuchtende Sonne, die Wärme abstrahlt.

Die Hintertür geht auf. Neuankömmlinge treten in die Küche. Lucy strahlt und begrüßt die Gäste mit Küssen und Umarmungen. Prosecco-Korken ploppen. Bierkronkorken fliegen. Alkohol sprudelt und schäumt.

Ed taucht auf, gestriegelt und gebügelt. Billie schlingt sich um ihn, und sie verschwinden im Wohnzimmer. Daniel kommt von draußen rein, seine Schürze ist rußverschmiert. Der eiskalte Abend hindert ihn nicht am Grillen. Später wird es genügend Pulled Pork geben, um alle eine Woche lang satt zu bekommen.

Normalerweise bleibt Daniel wie erstarrt stehen, wenn er sie in ihrem Goldkleid sieht; denselben Effekt hat der Guerlain-Duft, den Lucy trägt. Aber jetzt bemerkt er beides gar nicht. «Hast du Nick gesehen?», fragt er.

Sie schüttelt den Kopf und bemerkt die Falte zwischen seinen Brauen, die vor einer Stunde noch nicht da war. «Alles in Ordnung?»

«Klar. Wir hatten nur gerade ein merkwürdiges Gespräch.»

Lucy trinkt ihren Gin Tonic aus und sieht zu, wie er den Besteckkasten durchwühlt. Es ist beunruhigend, wie sein Mangel an Interesse sofort ihre alten Unsicherheiten weckt.

Als Teenager konnte sie keiner noch so kleinen Interessenbezeugung an ihrer Person widerstehen, später entwickelte sich aus ihrer Promiskuität eine serielle Monogamie, die eine Reihe von Opfern zurückließ.

Und dann, vor neun Jahren, hielt sie in einer Parkbucht vor Skentel, und alles änderte sich. Wobei – in Anbetracht ihrer plötzlichen Unsicherheit – offenbar nicht *alles*.

Daniel findet im Besteckkasten, was er braucht. Er schaut auf. Diesmal sieht er sie wirklich. Die Anspannung in seinem Gesicht löst sich. Er lächelt, und ihr Herz geht auf. «Verdammt, Luce. Du überstrahlst ja alles hier auf dem Point.»

«In einem Haushalt voller Achtzehnjähriger wohl kaum», schnaubt Lucy. Aber sie wird vor Freude über seine Worte ganz rot, und ebenso freut sie sich darüber, dass sieben Jahre Ehe ihrer Liebe nichts anhaben konnten – dass sie die Räume dieses großen alten Anwesens erfüllt und alles stärkt, was sie berührt.

Daniel tritt nah an sie heran und küsst sie. Seine Lippen fühlen sich warm an. «Du riechst sogar noch besser, als du aussiehst.»

«Ich weiß nicht recht, ob das wirklich das Kompliment ist, das du machen wolltest, Dummi.»

«Na ja, ich bin Ingenieur, kein Poet.»

«Du dagegen riechst wie ein Wölfling im Sommerzeltlager», sagt sie. «Grillrauch und Schweineblut.»

«Wuff.»

Daniel kichert und geht zurück in den Garten. Lucy grinst und schenkt sich noch einen Drink ein.

3

Der Mond geht auf. Die Temperatur draußen sinkt.

Bee kommt. Lucy lernt Tommo kennen. Er ist fasziniert von ihrer Kunstsammlung. Er fragt nach der Geschichte jedes einzelnen Stücks, und sie freut sich, ihm alles zu erklären. Bee hält dabei die ganze Zeit seine Hand und strahlt, als hätte sie im Lotto gewonnen.

Eine Stunde später taucht Nick auf. Er hat eine winzige, eingepackte Schachtel für Billie dabei. Darin liegen Schlüssel, die an einem Schlüsselanhänger in Form eines Delfins hängen. Draußen steht ein brandneuer Vespa-Roller in der Einfahrt. Ein riesiger Teddy sitzt darauf.

«Es ist ein Elektroroller», sagt er zu ihr. «Wenn du also deinen Führerschein hast, kannst du damit ohne jegliche Gewissensbisse fahren.»

«Oh mein Gott, Onkel Nick!», schreit Billie. «Du kannst doch nicht … das ist viel zu viel!»

«Wofür soll ich mein Geld denn sonst ausgeben?», lacht er. «Na los. Freu dich an dem verdammten Ding.»

Billie umarmt ihn. «Danke», sagt sie und küsst ihn auf die Wange.

Lucy starrt den Roller wie betäubt an. Nicks große Gesten sind nichts Neues. Aber das hier ist sogar für seine Verhältnisse ungewöhnlich. Sie geht wieder hinein, schenkt sich das Glas voll und flieht ins Arbeitszimmer, um für fünf Minuten zu verschnaufen. Sie steht in der Dunkelheit am Fenster, schaut zum aufgehenden Mond hinauf und hört, wie die Party langsam Fahrt aufnimmt. Hinter ihr öffnet sich die Tür, Geräusche und Licht strömen hinein. Sie schließt sich wieder, bevor sie sich umdrehen kann.

«Erwischt», sagt eine Stimme.

Lucy hört, dass Nick das Zimmer durchquert. Als sie sich doch umdreht, sieht sie nur seinen Umriss und die beiden hellen Punkte, die seine Augen sind.

«Nur ein kleines Päuschen», sagt sie. «Ich werde eben alt, das ist das Problem.»

«Du nicht, Lucy-Lou. All der Sport – du wirst für immer jung bleiben. Sieh dich nur an in diesem Kleid.»

Lucy nimmt einen Schluck von ihrem Drink. Eis schlägt gegen ihre Zähne. «Also, Mr Povey. Vor wem versteckst du dich denn?»

Nick stöhnt. «Daniel hat mir nicht gesagt, dass er auch Leute aus der Branche einladen will.»

«Hat er nicht?»

«Das da draußen ist ja fast wie eine Versammlung von Schiffsingenieuren.»

«Und genügend alleinstehende Frauen für ein ganzes Fußballteam.»

«Die sind alle nicht mein Typ.»

Lucy lacht. «Du *hast* doch gar keinen Typ.»

Nick holt ein Stück Geschenkpapier aus seiner Tasche. Er legt es in ein Dreieck aus Mondlicht, das auf den Schreibtisch fällt, und lässt ein weißes Pulver darauf rieseln. Er holt eine Kreditkarte aus seiner Brieftasche und beginnt, es zu zerreiben und zu zerhacken. Lucy sieht zu und spürt ein wenig Ärger in sich aufsteigen. Wie unhöflich, nicht um Erlaubnis zu bitten. Aber alle hatten schon ein paar Drinks – sie kann es ihm verzeihen. Nicht, dass das für Nick von Bedeutung wäre.

«Ich hoffe, du hast nichts gegen das Geschenk», sagt er.

«Ziemlich extravagant. Selbst für deine Verhältnisse.»

«Ich glaube, du wolltest großzügig sagen.»

«Okay, dann also großzügig. Aber es hat immer noch ein Vermögen gekostet. Sag mir, dass du nicht an etwas Inoperablem stirbst.»

«Tu ich nicht. Wobei ich dir schon sagen muss ...»

Die Tür öffnet sich. Bee und Tommo stehen in der Tür. Nick richtet sich auf und stellt sich so hin, dass er das Kokain verdeckt. Instinktiv tritt Lucy einen Schritt zurück.

«Oh», sagt Bee und stutzt. Sie verzieht das Gesicht und schaut zwischen Nick und Lucy hin und her. Auf ihrem T-Shirt ist eine Tafel mit orangefarbenem Text abgebildet: TRINKE WIE DIE ZWERGE, RAUCHE WIE DIE ZAUBERER, SINGE WIE DIE ELBEN UND FEIERE WIE DIE HOBBITS. Auf Tommos T-Shirt ist ein Wookiee hinter zwei Plattentellern zu sehen, und darunter steht: CHEWIE, DROP THE BASS.

«Tut mir leid, Leute», sagt Bee. «Wir wollten nicht ... meine, wir waren nur auf der Suche nach einem leeren ...»

Sie verstummt. Sie hat Schluckauf.

Alle grinsen.

«Na komm», sagt Tommo zu ihr. «Wir finden noch ein paar Hobbits für dich.» Er formt mit den Lippen eine Entschuldigung in Lucys Richtung und schiebt Bee hinaus.

«Tja», sagt Lucy, sobald sie fort sind. «Das war ja peinlich.»

«Ach was. Die haben einfach alle Spaß.»

Nick geht zur Tür. Er drückt sie zu und schließt sie ab. Nun ist es wieder dunkel im Zimmer. Aber die Dunkelheit ist jetzt dichter, fühlt sich klaustrophobischer an. Er geht zurück zum Schreibtisch und formt zwei dicke Lines aus dem Koks, von denen er eine mit einem eingerollten Zwanzig-Pfund-Schein in die Nase zieht. Dann hält er Lucy den Schein hin.

Sie verdreht die Augen. «Ich glaube kaum, Partyboy.»

Nick tritt nach rechts, sodass er zwischen ihr und der Tür steht. «Na los», sagt er. «Nur eine kleine Unartigkeit. Ich verspreche, dass ich nicht petze.»

Aus dieser Nähe kann sie ihn riechen. Kein Rauch und Schweineblut wie bei Daniel, sondern ein Aftershave, das beinahe genauso unangenehm ist. Sie fragt sich, ob er wirklich vollkommen zufällig im Arbeitszimmer aufgetaucht ist.

Lucy ist versucht, um ihn herumzugehen, aber es gibt keine Garantie, dass er sich ihr nicht wieder in den Weg stellt. *Arschloch*, denkt sie. Und spürt, wie die Dunkelheit schwer auf ihr lastet. Sie will jetzt einfach nur hier raus; will zurück zu Billie und Daniel und der Party. Aber sie weiß, wie kleinlich und rachsüchtig Nick sein kann, eine Konfrontation ist es einfach nicht wert. «Halt mal meinen Drink», sagt sie und nimmt den Zwanziger.

«Braves Mädchen.»

Lucy beugt sich über den Schreibtisch. Die Line ist viel länger, als sie dachte. Sie hält sich ein Nasenloch zu und zieht die Hälfte davon hoch. Es ist Jahre her, dass sie so etwas getan hat. Der Rausch setzt beinahe sofort ein.

Sie schüttelt den Kopf. «Was mache ich hier, Nick?»

«Du hast Spaß. Na los – zieh auch noch den Rest.»

Als sie sich diesmal vornüberbeugt, lässt er seine Hand unter ihr Kleid gleiten. Seine Finger erreichen schon beinahe ihre Unterwäsche, bis sie es schafft, zurückzuweichen. Eine glasierte Tonschale, die Fin für Daniel gemacht hat, gerät dabei über den Tisch ins Rutschen. Sie fällt zu Boden und zerbricht.

«Was zum *Teufel*, Nick?», zischt Lucy. «Was sollte *das* denn?»

«Oh, Scheiße. Scheiße, Luce, tut mir leid. Ich bin nur …»

Sie starren einander in der Dunkelheit an. Lucy spürt, wie ihr Herz hämmert. Sie weiß nicht genau, ob es das Koks oder etwas anderes ist. Sie fühlt sich beschmutzt, aufgebracht, überwältigt von Schuldgefühlen. Es ist Billies achtzehnter Geburtstag, und sie ist hier im Dunkeln im Arbeitszimmer eingeschlossen und zieht mit dem lüsternen Freund ihres Ehemannes Koks. Hat sie irgendetwas getan, was ihn ermutigt hat? Warum zum Teufel ist sie nicht gegangen, als Bee und Tommo aufgetaucht sind?

«Bitte», sagt Nick. «Lass uns so tun, als wäre es nie passiert. Ich weiß auch nicht, was ich mir dabei gedacht habe. Ich weiß nicht, was ich tun soll, wenn Daniel es herausfindet.»

Das Gefühl in seiner Stimme ist so roh und ehrlich, dass Lucy sofort beschließt, seinen Wunsch zu respektieren. Vielleicht ist er ein Arschloch, aber seine lebenslange Freundschaft mit Daniel ist wichtiger als eine einzelne Fehleinschätzung.

Aus einem Impuls heraus beugt sie sich wieder über den Schreibtisch und zieht den Rest des Kokses in die Nase. Besser, dieses schäbige kleine Zusammentreffen hinterlässt keine Spuren. Sie kneift die Nase zusammen und gibt Nick den Zwanziger zurück. Die Droge beginnt zu wirken, bevor sie die Tür des Arbeitszimmers erreicht. Sie ist nun voller Energie und total aufgedreht. Ihre Finger tasten nach dem Schlüssel.

Lucy tritt in dem Augenblick in den Flur, in dem Daniel aus der Küche kommt. Sein finsterer Blick wird noch finsterer, als er sie sieht. Sein Blick gleitet zum dunklen Arbeitszimmer. Lucys Herz schlägt schneller. Ihr Kokainrausch verwandelt sich in Panik.

«Hast du Nick gesehen?», fragt Daniel.

Lucy fährt sich mit der Zunge über die Zähne. Sie weiß, dass Nick noch im Arbeitszimmer ist, sie weiß, dass Daniel gehört haben muss, dass der Schlüssel im Schloss umgedreht wurde.

Ihre Haut fühlt sich viel zu heiß an. Die Farben im Flur sind viel zu grell.

Da kommt Billie aus dem Wohnzimmer gerannt. «Mum, es fängt an!», ruft sie. Sie nimmt Lucys Hand und zieht sie den Flur entlang.

Von Mortis Point aus blickt man auf eine ätherische nächtliche Welt. Obwohl Lucy schon tausend Mal hier gestanden hat, raubt ihr der Anblick den Atem. Der Mond über ihnen wirkt, als könnte man ihn berühren. Sein Licht zaubert milchige Lächelmünder auf die Wasseroberfläche.

Bee und Tommo stehen in ihrer Nähe und teilen sich eine Zigarette. Weitere Gäste kommen aus dem Haus, viele haben Decken dabei. Billie schnappt sich eine und legt sie Lucy und sich um die Schultern. Noemie taucht auf, gefolgt von Ed, der Billie umarmt.

«Seht mal», sagt jemand und zeigt in den Himmel. «Es *geschieht.*»

Auf dem Rasen wenden sich zweihundert Gesichter gen Himmel. Tatsächlich ist eine sichelförmige Scheibe des Mondes rosa geworden, und die rosige Färbung breitet sich aus. Es sieht aus wie Blut in einer errötenden Wange oder wie Gift, das Fleisch verfärbt. Unter Lucys Gästen kommt ein bewunderndes Murmeln auf.

Das Kokain zischt in Lucys Adern. Wie merkwürdig, denkt sie, auf einem Planeten zu sein, der sich zwischen Sonne und Mond bewegt. Innerhalb von einigen Minuten stehen alle drei Himmelskörper in einer Reihe. Der Mond wird rot, und gleichzeitig fließt all ihr Blut aus ihrem Magen.

Dort oben sehen die Berge und Krater der Mondoberfläche so aus, als hätten sie sich verwandelt, die vertrauten Schatten sind ganz verändert. Unten in Skentel beginnt ein Hund zu bellen. Zwei weitere stimmen ein. Eine Eule heult aus einer der Kiefern.

«Gruselige Scheiße», murmelt Tommo.

Lucy kann nicht länger zusehen. Stattdessen betrachtet sie ihre Gäste. Sie sieht Ehrfurcht, Neugier, Beklommenheit. Und an der Küchentür sieht sie Daniel.

Seine Augen sind verengt, der Mund zu einer schmalen Linie zusammengekniffen. Sie erkennt diesen Blick wieder, sie hat ihn auf dem Foto von ihnen gesehen, das auf Penleith Beach aufgenommen wurde – alle lachen darauf, außer ihrem Ehemann, der aufs Meer hinausstarrt. Bevor sie seinen Blick auffangen kann, zieht er sich ins Haus zurück.

Lucy wird ganz kalt. Sie löst sich von Billie und geht zur Terrassentür. Währenddessen spürt sie, wie diese riesige blutrote Kugel über ihr hängt. Sie glaubt nicht an Feen oder Dämonen, an Volkssagen oder an Religion. Aber sie wird das Gefühl nicht los, dass diese Mondfinsternis ein böses Omen ist, ein Zeichen dafür, dass schlimme Dinge auf sie zukommen.

Am Cocktailschrank im Wohnzimmer kippt sie ein Glas Sodawasser hinunter. Aus einem anderen Teil des Hauses hört sie laute Stimmen. Sie geht zur Wohnzimmertür und tritt in den Flur.

Die Haustür ist nur angelehnt. Die Stimmen kommen von draußen. Eine von ihnen gehört Daniel. Er schreit nicht, aber man hört das Gefühl in seiner Stimme – es ist mehr als Wut, das hier ist kalter Zorn. Lucy geht auf die Tür zu.

Auf der Einfahrt atmet Daniel durch zusammengebissene Zähne. Blut glänzt auf seinen Knöcheln. Nick steht nur ein paar Meter von ihm entfernt. Sein T-Shirt ist zerrissen, und sein Auge schwillt zu.

«Daniel?», fragt Lucy und tritt aus dem Haus. «Was ist los?»

Er dreht sich mit gefletschten Zähnen zu ihr um. Einen Moment lang erkennt sie ihn kaum. «Weißt du, was ich gerade herausgefunden habe?»

174

Sie macht erschüttert einen Schritt zurück. «Egal, worüber du wütend bist, es ist Billies ...»

«Sag es ihr», knurrt Daniel und wirbelt zu Nick herum. «Sag ihr, was du mir gerade erzählt hast.»

4

Lucy kommt auf dem Rücksitz von Tommos Auto wieder zu sich. Fünf verwirrte Sekunden, ein hektisches Suchen nach der Erinnerung. Dann krümmt sich ihr Rücken. Sie schiebt die Beine in den Fußraum.

Noemie berührt ihren Arm, und das ist zu viel. Lucy bäumt sich auf, windet sich. Ihre beiden Freundinnen müssen ihre gesamte Kraft aufwenden, um sie wieder in den Sitz zu drücken. Tommo schaut ängstlich nach hinten. «Soll ich ranfahren?»

«Lasst sie uns einfach nach Hause bringen», sagt Noemie. «Die Küstenstraße rauf bis nach Mortis Point.»

«Nein», schreit Lucy und rappelt sich auf. «Nicht nach Hause, noch nicht.»

«Wo willst du denn sonst hin?»

«An den Strand», sagt sie. «Penleith Beach.»

«An den *Strand?* Süße, ich glaube kaum, dass das eine gute Idee ist.»

«Bitte, ich muss nur ...»

«Luce, du hattest gerade ...»

«BITTE!»

Schmerz fährt ihr in die Seite. Es fühlt sich an, als hätten sich die gebrochenen Rippen in Speerspitzen verwandelt. «Bitte», keucht sie. «Nicht zum Haus. Hört mir zu, bitte hört zu. Ich kann da nicht hin, noch nicht. Penleith Beach – ich muss da nur eine Weile stehen. Ich muss nur ... ich muss nur sagen ...»

175

Lucy kann den Satz nicht beenden. Kann gar nichts tun, außer flach zu atmen.

Tommo schaut sich unsicher um.

Noemie nickt.

5

Penleith Beach liegt nördlich von Skentel, abgetrennt von der Halbinsel Mortis Point. Sie erreichen den Strand über einen sandigen Weg, der von der Küstenstraße abzweigt. An seinem Ende versperrt eine hohe Düne den Blick aufs Meer.

«Wenn du da lang fährst», sagt Bee, «findest du eine Stelle, von der aus du direkt auf den Sand fahren kannst.» Tommo tut, was sie sagt. Schließlich kommt der Strand in Sicht.

Hier hat Fin schwimmen gelernt; hier hat Billie den Ozean lieben gelernt; hier hat Daniel sein Geschäft gegründet. Es ist der Strand vom Foto auf seinem Schreibtisch, auf dem das Licht golden ist und das Meer türkisgrün und ruhig daliegt.

So sieht es jetzt nicht aus.

Wenn die Stadt hinter ihnen Kriegsgebiet war, ist das hier ein lebensfeindlicher Planet. Von Nord nach Süd wälzt der Atlantik ölig-schwarze Kolosse ans Ufer. Jeder neue Brecher verspritzt Gischt, die wie Rauch in die Nacht steigt. Die Wellen sind so riesig, dass sie wie in Zeitlupe zu brechen scheinen. Jedes Mal, wenn ein Brecher ans Ufer schlägt, entsteht eine Erschütterung, die Lucy in ihrer Brust spürt.

Der Strand selbst sieht aus wie ein Friedhof. Treibgut und Abfälle von Schiffen und Booten bedecken den Sand bis zum Hochstrand. Felsen vom Kaliber von Familienautos sind auf die südliche Flanke gekracht. Offenbar ist ein Teil der nördlichen Spitze von Mortis Point eingestürzt.

«Können wir näher ans Wasser?», fragt Lucy.

Als das Auto über den festen Sand von Penleith Beach fährt, fällt das Licht der Scheinwerfer auf die Haufen von Treibgut und Müll, die das Meer angeschwemmt hat. Zerrissene Netze und Plastikverpackungen liegen überall herum. Darunter sieht Lucy ausgeblichene Bojen, ein rostiges Fahrrad, eingedellte Hummertöpfe, von Seepocken übersäte Taue und tote Fische. Als sie fast schon am Wasser sind, entdeckt sie etwas, das wie das Rückgrat eines Pottwals aussieht. Seetang flattert wie Lumpen von seinen Wirbeln.

«Erinnerst du dich an dieses Containerschiff von 97, die *Tokio Express*?», fragt Tommo. «Hat die Hälfte ihrer Ladung vor Land's End verloren. Fünf Millionen Legoteilchen sind über Bord gegangen.»

Jeder in Skentel weiß über die *Tokio Express* Bescheid. Noch zwanzig Jahre später tauchen die Plastiksteinchen auf. Fin hat einen kleinen Haufen davon in seinem Zimmer.

Fin.

Lucy schließt die Augen.

Einmal flach einatmen. Und flach wieder ausatmen.

Das Meer ist jetzt ganz nah. Wellenbrecher glitzern im Licht der Scheinwerfer. Zwanzig Meter entfernt von der Wasserlinie hält Tommo an. Als er den Motor ausschaltet, wird das Dröhnen der Wellen stärker. Mehr als dreitausend Kilometer wilden Ozeans trennen sie von der nächsten Landmasse.

Der Wind drückt gegen das Auto und bringt es zum Schwanken.

«Ich muss raus», sagt Lucy.

Ihre Freunde wechseln stumme Blicke. «Okay», erwidert Noemie. «Aber nur ganz kurz, in Ordnung?»

Der Wind ist so stark, dass sie sich alle Mühe geben müssen, die Türen zu öffnen. Draußen kauern sie sich auf den nassen

Sand. Wenn sie aufs Meer schauen, ist es unvorstellbar, dass Lucy vor nur ein paar Stunden noch dort draußen war. Und vollkommen undenkbar, dass Daniel mit Billie und Fin hinausgesegelt ist.

Ein Netzknäuel wird über den Sand getrieben. Lucy sieht zu, bis es vorüber ist, dann hebt sie die Stimme gegen den heulenden Wind. «Wir haben so viel Schönes hier unten erlebt. Ich habe immer gesagt, dass das hier mein Lieblingsort auf der ganzen Welt ist. Und jetzt seht es euch an.»

Noemie streichelt ihr die Schulter. Lucy tritt einen Schritt zur Seite und weicht ihr aus. Sie erträgt es nicht, angefasst zu werden. «Sie sind nicht tot», sagt sie. «Billie und Fin. Das würde ich spüren. Wenn sie nicht mehr da wären, wüsste ich es.»

Es fällt schwer zu schlucken. Es fällt schwer, das Schweigen ihrer Freunde und dessen Bedeutung hinzunehmen.

«Das ist dann doch so, oder?», fragt sie Bee. «Das ist doch so eine Art Mutterinstinkt?»

«Ich glaube, nur du weißt, was du weißt.»

«Ich weiß es wirklich. Sie leben. Das spüre ich.»

Lucy geht weiter. Die Wellen vor ihr sehen aus wie schäumende Milch. Sie zieht Bees Jacke aus. Bevor sie jemand daran hindern kann, rennt sie ins Wasser. Es ist so kalt, dass es sich anfühlt, als watete sie durch Glasscherben.

Noch ein Brecher explodiert. Plötzlich steht Lucy bis zur Taille im Wasser. Die nächste Welle stößt sie um. Sie wird sofort mitgerissen und gleitet mit den Füßen voran in den offenen Schlund des Meeres.

Jetzt schreit Noemie. Bee ebenfalls. Es sind aufgeregte Schreie, die sich im sprudelnd weißen Wasser verlieren.

Vor ihr baut sich eine Monsterwelle auf. Gischt löst sich von ihrem Kamm. Lucy treibt im schaumigen Wasser, zu überrascht, um zu atmen. Die Welle bricht direkt über ihr. Die Welt wird schwarz. Sie rollt einmal um die eigene Achse, wird zurückgeworfen und holpert über den Grund.

Sie öffnet die Arme und formt ihre Hände zu Klauen, die sie in den harten Sand krallt. Aber der Sog ist zu stark. Sie kann sich nicht halten. Das Wasser ändert die Richtung, und sie gleitet diesmal sogar noch schneller hinaus aufs Meer.

Auf der Oberfläche bricht erneut eine Welle. Der Druck in ihren Ohren nimmt zu. Luftblasen kommen aus Lucys Mund. Sie tritt mit den Beinen und achtet nicht auf den Schmerz in ihren Seiten. Sie streckt sich und versucht zu schwimmen. Ihr Kopf schlägt gegen etwas Hartes. Sie schafft es, danach zu greifen.

Dann ist da ein Arm, der sich um ihren Rumpf schlingt. Ihr Gesicht ist wieder über Wasser. Sie hört Stimmen – Noemies und Tommos und Bees. Sie sieht, dass sie bis zur Taille im Wasser stehen. Sie rufen und zerren Lucy durch die Brandung. Wieder baut sich eine Welle auf, sie ist sogar noch größer als die letzte. Sie haben keine Chance, ihr zu entkommen oder dem Rückstrom standzuhalten.

6

Aber irgendwie schaffen sie es dennoch.

Keuchend und schwer atmend ziehen ihre Freunde Lucy auf den Strand. Sobald sie außer Gefahr sind, sacken sie auf dem Sand zusammen.

Noemie spuckt hustend Meerwasser. Bee würgt, ohne dass etwas herauskommt. Tommo starrt ungläubig ins Nichts.

«Es tut mir leid», stöhnt Lucy. «Ich musste mich nur daran erinnern. Ich musste wieder wissen, wie es war.»

Sie helfen ihr ins Auto. Tommo startet den Motor und stellt die Heizung hoch.

«So kalt ist es gar nicht», flüstert Lucy. «Eigentlich nicht. Im Krankenhaus habe ich gehört, wie die Leute redeten. Über Billie und Fin. Bei dieser Wassertemperatur eine Stunde, höchstens drei. Und kleinere Kinder wie Fin ...»

Sie schluckt. «Daniel hatte einen Überlebensanzug an, einen wirklich guten. Wir haben für die Kinder auch welche gekauft. Diese Regel mit den drei Stunden gilt nur für Leute ohne jeden Schutz. Überlebensanzüge wie unsere schützen einen mindestens doppelt so lange. *Mindestens*. Der Notruf kam gegen Mittag. Was bedeutet, dass sie jetzt ...» Sie schüttelt den Kopf. «Ist es nicht unglaublich, dass ich nicht einmal weiß, wie spät es ist?»

«Es ist kurz nach Mitternacht», sagt Tommo.

Lucy schaudert und zittert. Spürt, wie kaltes Wasser ihr Rückgrat hinunterrinnt.

«Was ist passiert?», fragt Bee leise. «Im Krankenhaus. Was hat er gesagt, als du ihn gesehen hast?»

Lucy lehnt sich gegen die Kopfstütze. Sie erinnert sich an ihren Ehemann in diesem aufblasbaren Wärmeanzug, an den Detective, der seine ganze Kraft brauchte, um ihn auf die Matratze zu drücken. Sie weiß, dass ihr Besuch Daniels Reaktion hervorgerufen hat, aber sie kann sie sich nicht erklären. Sie kann sich gar nichts erklären. «Sie sind nicht tot», sagt sie erneut. «Billie und Fin. Sie leben.»

Tommo schaltet die Scheinwerfer ein. Das Meer zeigt sich, eine klaffende Wunde. Sie fahren über den Sand zurück. Dann biegen sie in Richtung Mortis Point ab. Auf der gewundenen Küstenstraße müssen sie zwei Mal anhalten und Müll von der Fahrbahn schieben. Als sie in die Einfahrt von Wild Ridge einbiegen, erleuchten die Scheinwerfer eine Gestalt, die auf den Stufen vor der Tür hockt.

SIEBZEHN

1

Als Daniel Locke sediert ist und Polizisten vor seiner Zimmertür postiert sind, hat Abraham keinen Grund mehr, im Krankenhaus zu bleiben. Bevor er geht, ruft er Mike Kowalski an, seinen stellvertretenden Sicherheitsoffizier.

«Langsam haben wir das Gefühl, dass du uns aus dem Weg gehst», sagt Mike.

«Was ist denn mit dem Kontaktbeamten?»

«Wir versuchen noch, jemanden zu finden, der Kapazitäten hat. Ist Lucy Locke noch im Krankenhaus?»

«Sie wartet darauf, geröntgt zu werden.»

«Sie ist jetzt *verletzt?*»

«Sie hat ihren Ex dazu überredet, mit ihr in das Suchgebiet zu segeln. Sie hatten viel Glück, es zurückzuschaffen.»

«Herrgott noch mal. Was soll man dazu sagen?»

Sagen Sie ihr, sie verdient all das, was sie verdammt noch mal bekommt.

«Gibt es denn Neuigkeiten von der Küstenwache?», fragt Abraham.

«Dieser Sturm bricht alle Rekorde. Wir haben alle Häfen an der Küste geschlossen. Selbst die Seenotrettung hat Schwierigkeiten.»

«Was ist mit dem Hubschrauber?»

«Das Letzte, was ich weiß, ist, dass er nach St. Athan zurückgeflogen ist, um aufzutanken. Sie wollen später anrufen und mitteilen, ob sie ihn wieder hinausschicken können. Ich habe da keine großen Hoffnungen. Die Mannschaft möchte, aber sie kann das nicht entscheiden.»

«Sie hat mir ein Video gezeigt», sagt Abraham. «Von dem Jungen.»

«Dem Siebenjährigen?»

«Fin Locke. Ich habe noch nie ...»

Abraham ist fast dreißig Jahre im Polizeidienst, und Mike ist derjenige, den er noch am ehesten einen Freund nennen kann. Sie gehen nach der Arbeit nicht in den Pub, um einen zu trinken, weil Abraham nicht trinkt, aber sie haben eine gewisse Verbindung zueinander aufgebaut. Es ist in Ordnung, wenn Abraham nicht gleich weiterreden kann.

Er weiß nicht, warum dieses kleine Filmchen von Fin Locke ihn so tief berührt hat. Er kann sich nicht einmal an die genauen Worte des Jungen erinnern, aber den Kern der Geschichte hat er behalten: Es ging um einen einsamen, alten und buckligen Mann, der Gesellschaft hätte haben können, wenn er seine Mitmenschen nicht immer weggeekelt hätte. In gewisser Weise schien die Figur zu gut beobachtet zu sein, als dass ein Siebenjähriger sie sich hätte ausdenken können. Aber Abraham hat keine Erfahrung mit Kindern und wird sie auch nie haben.

Er denkt an Lucys Qualen, als ihr klar wurde, dass ihre Tochter ebenfalls verschwunden war. *Sie sind nicht allein*, hat er ihr gesagt. *Ich bin bei Ihnen. Bei jedem Schritt. Bis wir sie finden.*

Worte, die nichts kosteten. Weil er nämlich nicht bei ihr gewesen ist. Nicht, als sie aufs Meer hinausgesegelt ist. Oder als sie zurückkam, gebrochen, nur um vom Krankenhauspersonal ignoriert zu werden, das sich auf Daniel Locke konzentrierte. «Wie viele Leute suchen die Küste ab?»

«So viele, wie wir bekommen konnten», sagt Kowalski. «Ungefähr dreißig Polizisten, ungefähr hundert Zivilisten. Aber sie haben heute alles getan, was sie konnten. Die Wetterbedingungen sind so übel, dass es gut möglich ist, dass sie Hinweise übersehen haben. Beim ersten Tageslicht schicken wir sie wieder hinaus. Hoffentlich ist dann das Schlimmste vorbei. Im Inland gibt es so viele Überflutungen, dass wir einige Leute vom Rettungsteam dafür abzweigen mussten.»

Abraham erinnert sich an sein Gespräch mit den Leuten von der Küstenwache in Skentel. Kaltes Wasser, sagten sie, senkt die Körpertemperatur dreißig Mal schneller als kalte Luft. Um diese Jahreszeit hat das Meer vor der Küste ungefähr neun Grad Celsius. Daniel Locke ist nach fünf Stunden gefunden worden, halb tot trotz seines Überlebensanzugs. Seitdem sind weitere sechs Stunden vergangen. Wenn die Kinder noch im Wasser sind, müssen sie bereits tot sein. Seine größte Hoffnung besteht darin, dass sie irgendwo südlich von Mortis Point an die Küste geschwemmt worden sind. Die Möglichkeit ist die unwahrscheinlichste – und setzt voraus, dass sie südlich von der Stelle über Bord gegangen sind, von der der Notruf abgesetzt wurde. Sonst müssen sie nach den Berechnungen von SARIS weiter nordöstlich in Richtung des Bristolkanals getrieben sein. Und selbst *wenn* sie hier irgendwo an die Küste geschwemmt wurden, welche Chance haben zwei durchgefrorene und erschöpfte Kinder, dort die Nacht zu überleben?

«Wie lautet denn die neueste Wettervorhersage?», fragt er.

«In den nächsten paar Stunden sollte der Wind ein wenig nachlassen. Der Regen ebenfalls. Wird auch Zeit. Wir haben zwei Tote bei einem Verkehrsunfall außerhalb von Redlecker. Und einen umgekippten Baum in Soundsett, der auf einen parkenden Wagen gestürzt ist, in dem ein fummelndes Teenagerpärchen saß. Scheußliche Sache. Der Baum hat dem Fahrer den Kopf in den Brustkorb gerammt, während er die Hand noch auf den Brüsten seiner Freundin hatte. Viel Vergnügen mit diesem Bild.»

Abraham legt auf. Als er auf den Krankenhauseingang zugeht, löst sich eine violette Gestalt von der Wand und schließt sich ihm an. Er muss gar nicht hinsehen, um zu wissen, wer das ist.

183

Sie stinkt nach Parfüm und Zigaretten. Wenn der Teufel einen Geruch hat, ist es zweifellos dieser. «Detective Inspector Rose?»

Heiter und selbstbewusst. Er kann keinen Akzent ausmachen.

Abraham verlangsamt seine Schritte nicht. «Wenn Sie die Hauptstraße von Skentel mit Ihrem Übertragungswagen noch mal blockieren, machen Sie sich bei den Einwohnern ziemlich unbeliebt.»

«Ich bin Einwohner. Eine von ihnen wenigstens. Und ich habe Max gesagt, dass er die Straße nicht hinunterfahren soll. Ein Blinder konnte sehen, dass unser Truck da stecken bleibt. Sie sehen aus, als hätten Sie einen höllischen Tag hinter sich. Kann ich Ihnen einen Kaffee ausgeben?»

«Danke, nein.»

«Ist Daniel Locke außer Gefahr?»

«Morgen früh gibt es eine Pressekonferenz.»

«Hat er die Kinder umgebracht?»

«Sie können Ihre Fragen morgen früh stellen.»

Die Eingangstüren gleiten auf und entlassen ihn ins Chaos. Der Wind peitscht den Regen horizontal über den Parkplatz. Schwarze Wasserfluten strömen über den Asphalt zum Eingang. Abraham bleibt unter dem Vordach stehen. Als die Türen hinter ihm zugleiten, erinnert er sich daran, dass Cooper mit dem Streifenwagen weggefahren ist.

Er hört das Klicken eines Piezofeuerzeugs. Das Zischen einer winzigen Gasflamme. Zigarettenrauch schwebt an seinem Gesicht vorbei und wird sofort vom Wind vertrieben.

«Soll ich Sie mitnehmen?»

Abraham dreht sich zu ihr um und sieht den ausgeprägten Kiefer, der ihm schon auf der Hauptstraße von Skentel aufgefallen ist, die nüchterne Frisur. Aber ihr Blick ist weiser, als er erwartet hat, nachdenklicher. Plötzlich fällt es ihm schwer, ihr all die Vorurteile anzuhängen, die ihr Beruf mit sich bringt.

Sie hält seinem Blick stand und zieht so heftig an ihrer Zigarette, dass ihre Wangen ganz hohl werden. «Wollen Sie eine?»

Sie hält ihm das Päckchen hin, aber Abraham schüttelt den Kopf. Als sie sie gerade wieder wegstecken will, greift er danach und zieht dann doch wieder die Hand zurück.

Sie grinst. Es verwandelt ihr Gesicht. Das Päckchen tanzt vor und zurück. «Die Spannung steigt, Leute. Wie wird er sich entscheiden?»

Es ist nur ein kurzer Moment, aber er entwaffnet ihn vollkommen. Er nimmt sich eine Zigarette und zündet sie im blauen Flämmchen ihres Feuerzeugs an. Der erste Zug rammt seine Lunge wie eine Wand. Der zweite ist weicher. Er fühlt, wie sich die Verspannung in seinen Schultern löst.

«Böser Junge», sagt sie. «Böse, böse. Ich bin Emma Douglas, übrigens. Für den Fall, dass Sie mich nicht von meinen *zahlreichen* journalistischen Preisen her kennen.»

Auf ihre selbstironische Tiefstapelei fällt er nicht herein, dennoch spürt er, wie er auftaut. Er hatte für heute genügend Elend. Sie stehen nebeneinander, und der Wind reißt an ihrer Kleidung. Abraham schaut dem Regen zu.

«Er hat einen Namen, wissen Sie», sagt Emma.

«Wer hat einen Namen?»

«Dieser Sturm. Früher haben das nur die Amis gemacht. 1953 haben sie damit angefangen, Orkanen Namen zu geben. Nur Frauennamen in den ersten fünfundzwanzig Jahren. Unser Wetterdienst hat das dann seit 2015 nachgemacht. Wissen Sie, wie wir unseren ersten genannt haben?»

Er schüttelt den Kopf.

«Abigail. Klingt nicht gerade nach einem Sturm, oder?»

«Wie heißt dieser denn?»

«Delilah.»

Er wirft ihr einen Blick zu. «Wirklich?»

185

«Why-why-why, Delilah?», singt Emma den Tom-Jones-Song. Sie hat eine hübsche Stimme.

«Buch der Richter 16», erwidert Abraham.

«Was?»

«Haben Sie schon mal von Samson gehört?»

Emma zieht eine Augenbraue hoch. «Nasiräischer Kraftprotz mit Wallemähne. Hat sich mit dem Kieferknochen eines Esels bewaffnet und damit eine ganze Philister-Armee niedergemäht. Delilah war seine Geliebte. Sie fand sein Geheimnis heraus, brachte eine Sklavin dazu, ihm das Haar abzuschneiden. Dann warfen ihn seine Feinde in Gaza ins Gefängnis, blendeten ihn und ließen ihn fürderhin Getreide mahlen.»

«Bis sein Haar nachwuchs.»

«Worauf er die Mauern ihres Tempels niederriss und sich selbst und alle anderen darin umbrachte. Mic Drop», fügt sie hinzu und macht eine Geste, die Abraham nicht versteht. «Sie haben immer gesagt, dass es seine Vorteile hat, auf eine Klosterschule gegangen zu sein.»

«Samson ist mein zweiter Vorname», sagt er und wünscht sich sofort, er hätte es nicht getan.

Emmas Lachen kommt tief aus ihrer Kehle und klingt ehrlich. «Erzählen Sie keinen Scheiß.»

«Es stimmt.»

«Wie groß sind Sie eigentlich genau?»

«1,95.»

«Soll ich Sie nun mitnehmen?»

«Ich sollte Nein sagen.»

«Ach, pffhh. Glauben Sie wirklich, dass Sie sich bei diesem Wetter ein Uber rufen können?» Sie nimmt einen letzten Zug und wirft ihre Kippe gegen das Rauchverbotsschild. «Na los, Samson. Jetzt aber flott.»

2

Emma geht los, ohne sich umzusehen. Innerhalb von Sekunden klebt ihr das Haar am Kopf.

Abraham weiß, dass er manipuliert wird, er *weiß* es. Und doch gefällt ihm ihre Unterhaltung so, dass er sich mehr davon wünscht. Die Abteilung für Interne Kommunikation würde es sicher nicht gutheißen, dass er sich von ihr mitnehmen lässt, aber er ist auf Emmas Fragen nach Daniel Locke nicht eingegangen. Er atmet tief durch und tritt unter dem Vordach hervor.

Emmas Auto ist ein kleiner Viertürer. Abraham schiebt den Beifahrersitz so weit nach hinten, wie es geht.

Sie schnallt sich an und wischt sich den Regen aus dem Gesicht. «Polizeikommissariat? Pub? Curryrestaurant? Kebab-Imbiss? Nach Hause? Nicht unbedingt in dieser Reihenfolge.»

Abraham runzelt die Stirn. Er weiß, dass sie scherzt, aber nicht, wie er darauf reagieren soll.

Emma startet den Motor und schaltet den Scheibenwischer und das Gebläse ein. «Entspannen Sie sich, Samson. Die Pubs sind geschlossen, das Curryrestaurant ebenfalls. Und Sie wirken mir nicht wie jemand, der sich gern einen Lamm-Döner reinschiebt.»

«Kennen Sie das Kommissariat?»

«Das scheußliche graue Gebäude am Fluss?»

«Genau das.»

«Wenn der Taw über die Ufer tritt, seid ihr die Ersten, die mitgerissen werdet.»

Sie fahren vom Parkplatz und um den Kreisel herum, wobei der Regen aufs Autodach prasselt. Die Straßenlaternen funktionieren alle nicht. Die North Road ist ein Friedhof umgekippter Bäume. Emma schaltet das Aufblendlicht ein. «Ich weiß, dass Sie nicht über den Fall sprechen wollen.»

187

«Ganz genau.»

«Aber mal rein aus menschlicher Perspektive betrachtet ...» Sie windet sich etwas und schüttelt den Kopf. «Uh, das war scheiße. Hör dir mal selber zu, Emma. Hab ein bisschen Selbstachtung, verdammt noch mal.»

«Sie fluchen wirklich eine Menge.»

Sie dreht sich zu ihm um. Es ist zu dunkel, als dass er ihre Augen erkennen könnte. «Zum Teufel, ich versuche es.»

Abraham runzelt die Stirn und sagt nichts.

Emma steuert um eine Mülltonne herum, die mitten auf die Straße gerollt ist. «Glauben Sie, Sie können diese Kinder finden?»

«Ich muss sie finden.»

«Glauben Sie, Sie finden sie lebendig?»

«Ich bete darum.»

Es muss seiner Stimme anzuhören sein, wie sehr ihn der Fall aufwühlt, denn er hört, wie Emma scharf den Atem einzieht. Eine Weile fahren sie schweigend weiter, während der Sturm um sie herum wütet.

«Wenn sie nicht ...» Sie zögert, und er weiß, dass sie über die richtige Wortwahl nachdenkt. «Wenn Sie sie nicht finden, können Sie dann trotzdem eine Verurteilung wegen Mordes erreichen?» Wieder eine längere Pause, in der der Regen auf das Auto trommelt. «Ich habe das Material der Kameras gesichtet. Falls Sie sich fragen, woher ich Bescheid weiß.»

Er muss seine gesamte Selbstdisziplin aufbieten, um nicht zu reagieren.

«Und?», fragt sie.

«Sie wissen, dass ich darüber nicht sprechen darf.»

«So etwas zu beweisen, ohne die Leichen gefunden zu haben, ist schwierig, oder? Selbst mit dem Material der Überwachungskamera. Denn darauf ist ja keine Absicht zu erkennen.»

Abraham schaut aus dem Beifahrerfenster. Sie fahren jetzt

durch das Zentrum von Barnstaple. Eine riesige Eiche ist umgestürzt und blockiert eine Seitenstraße. Ein Feuerwehrauto parkt mit blinkendem Blaulicht in der Nähe. Drei Feuerwehrmänner bearbeiten die Eiche mit einer Kettensäge.

Den Blick auf die Fahrbahn gerichtet, fragt Emma: «Hatten die Lockes für solche Fälle eigentlich eine private Unfallversicherung?»

Eva, denkt er. Und tadelt sich gleich selbst dafür. Sie macht einfach ihren Job, genau wie er. Vermutlich stochert sie nur im Trüben, aber das hier hat sich trotzdem nach mehr als einer zufälligen Frage angehört.

Das Auto hält. «Da wären wir, Samson.»

3

Er steigt sofort in sein Auto um und fährt weiter, ohne die Einsatzzentrale zu betreten. Einige seiner Mitarbeiter werden das nachlässig finden, aber Abraham folgt einer höheren Autorität.

Seit er diese schwarze Wand gesehen hat, die sich vom Atlantik her an die Küste geschoben hat, weiß er, dass eine große Veränderung bevorsteht. Es ist nicht nur das Unwetter. Nicht nur die Zerstörung von Lucy Locke in Zeitlupe. Auch nicht die wölfische List in Daniel Lockes Blick.

In der Schule hat Abraham das Böse in den Fluren gespürt, so deutlich, dass es ihm beinahe greifbar erschien. Im Krankenhaus hat er dasselbe gefühlt. Seine eigene Abrechnung, das weiß er, nähert sich immer schneller. Vielleicht ist dies eine letzte Gelegenheit zur Wiedergutmachung.

Er braucht eine halbe Stunde für die dreißig Kilometer nach Hause. Das Haus steht im Exmoor National Park in einer kleinen Senke, sodass man es von der nächsten Straße aus nicht sehen kann. Keine Straßenlaternen, keine Nachbarn. Heute Nacht noch nicht einmal Sterne. Als er eintritt, begrüßt ihn der Geruch nach Mottenpulver und Staub und das stetige Ticken der Standuhr. Abraham zieht sich die nassen Schuhe aus und steigt die Treppe hinauf.

Jahrelang waren sie zu zweit in diesem Haus. Inzwischen ist er allein. Im Schlafzimmer setzt er sich aufs Bett seiner Mutter und glättet die Daunendecke. Ihr Nachttisch, auf dem früher zahllose gerahmte Fotos gestanden haben, ist leer, abgesehen von einer Staubschicht.

Abraham schaut sich um: ihre Hutschachtel oben auf dem Schrank; der verblichene Caravaggio-Druck an der Wand gegenüber. Er holt sein Handy heraus und wählt eine eingespeicherte Nummer. Beim vierzehnten Klingeln meldet sich eine schläfrige Stimme.

«Hier ist Abraham Rose», sagt er zur Nachtschicht. «Ich dachte, sie wäre vielleicht zufällig noch wach?»

Schweigen, dann ein Seufzen. «Mr Rose, es ist zwei Uhr morgens. Ihre Mutter ist vor Stunden ins Bett gegangen. Ich kann sie nicht wecken. Und selbst wenn ich es täte, wüsste sie nicht, wer …»

«Sie haben recht», sagt Abraham schnell. «Tut mir leid. Ich habe nicht gemerkt, dass es schon so spät ist.» Er legt auf, bevor er sich noch weiter blamieren kann. Er wirft einen Blick auf den Nachttisch und sieht ein vertrautes Motiv, das dort in den Staub gezeichnet ist: seine Initialen und sein Geburtsdatum, beides unter einer Kuppel. Er verwischt es und zieht sich in sein eigenes Zimmer zurück.

Es ist klein und karg. Flaschengrüne Wände, die Dielen so dunkel wie Schiffsplanken. Ein hölzernes Kreuz hängt über dem Einzelbett.

Auf der Kommode steht die Schachtel mit seinen Erinnerun-

gen. Er nimmt den Deckel ab. Die meisten Gegenstände darin
hat seine Mutter hineingelegt: eine Locke seines Haares in einem
winzigen, vergilbten Umschlag; eine Münze und ein Stempel aus
seinem Geburtsjahr; ein Foto von ihm auf dem Schoß seines Va-
ters; eine Medaille von seinem ersten Sportfest. Wie schade, dass
er es nicht geschafft hat, mehr Erinnerungen hineinzulegen. So
ziemlich das Einzige, was er hinzugefügt hat, ist ein Dienstausweis von vor dreißig Jahren.

Abgesehen natürlich von dem Brief.

Es ist Jahre her, dass er ihn zum letzten Mal gelesen hat. Allein
beim Anblick der Schrift wird ihm ganz flau im Magen. Mit zit-
ternden Händen entfaltet er das Papier.

Liebster Abe,

*ich hoffe, dieser Brief erreicht dich sicher. Pater Cuomo hat verspro-
chen, ihn an den Priester in deiner neuen Stadt zu schicken. (Er hat
übrigens den Wunsch deiner Mutter respektiert und mir nicht gesagt,
wohin ihr beide gezogen seid – nur, dass es weit weg ist.)*

*Ich habe mir geschworen, dass ich dich auf diese Weise nur ein
einziges Mal kontaktieren will. Ich hoffe, du schreibst mir zurück
und gibst mir deine Adresse. Ich hoffe mehr als alles andere in der
Welt, dass du dir überlegst, in wessen Interesse deine Mutter wirklich
handelt. Eines Tages wird sie tot sein, Abe, und was bleibt dir dann?*

*So – jetzt habe ich es ausgesprochen. Es tut mir leid, wenn ich
dir wehgetan habe, aber ich kann es nicht länger für mich behalten.
Ich vermisse es, im Chor mit dir zusammen zu singen. Ich vermisse
unsere Gespräche nach dem Gottesdienst. Bitte schreib mir doch
zurück, wenn du das Gefühl hast, dazu in der Lage zu sein.*

*Alles Liebe und Gottes Segen
Sarah*

Abraham legt den Brief in die Schachtel zurück und verschließt sie wieder. In seinem Kopf hört er die Stimme seiner Mutter: *Gott hat deinen Weg vorbestimmt. Und dieses Mädchen war nicht Teil davon.*

Sie hatte zweifellos recht – ihr Umzug nach Exmoor und das Ausmerzen der zart aufkeimenden Beziehung war ein notwendiges Opfer. Immerhin ist er Gottes stumpfes Werkzeug.

Was für ein einsamer Weg das war.

Abraham zieht sich bis auf die Unterwäsche aus und legt seine Kleider zusammen. Im Wandspiegel mit den bräunlichen Flecken betrachtet er sich.

Er verfällt schnell. Das lässt sich nicht leugnen. Seine Muskeln hängen verwelkt und schlaff an ihm herunter. Seine Fettreserven sind beinahe vollkommen geschrumpft. An seinen Armen und am Bauch sehen die Leberflecke aus wie eine Sternenkarte auf weißer Haut.

Abraham fällt auf die Knie und faltet die Hände. Er betet für Billie und Fin Locke. Er fleht um Vergebung, um Führung, um Stärke und einen festeren Glauben.

Als er die Augen zwanzig Minuten später wieder öffnet, fühlt er sich ängstlicher und einsamer, als er es je für möglich gehalten hätte.

ACHTZEHN

1

Die Gestalt auf Lucys Eingangstreppe ist von Kopf bis Fuß in Regenkleidung gehüllt: schwarze Jacke und Regenkapuze, orangefarbene Regenhosen und Stiefel.

«Wer ist das?», murmelt Noemie.

Lucy starrt durch die Windschutzscheibe. Sie ist so erschöpft, dass sie sich kaum konzentrieren kann. Die Gestalt ist zu groß, als dass sie Billie sein könnte. Einen Moment lang glaubt sie, es wäre Daniel, bis ihr wieder einfällt, dass er ja im Krankenhaus ist.

Der Regen fällt jetzt stärker, sodass die Scheibenwischer nicht mehr dagegen ankommen. Noemie und Bee öffnen die Autotüren und steigen aus.

«Weißt du, wer das ist?», fragt Tommo und runzelt die Stirn.

«Wir werden es gleich herausfinden», sagt Lucy und rutscht über den Sitz. «Komm lieber mit rein und wärm dich auf.»

2

Sie folgt ihren Freunden zur Veranda. In dem Moment, in dem Tommo die Scheinwerfer ausschaltet, steht die Gestalt auf und hebt den Kopf.

So fertig hat Lucy Jake Farrell noch nie gesehen. Sie schaut ihm ins Gesicht und muss an ihren Verrat denken – an ihre Bereitschaft, sein Leben gegen das ihrer Familie einzutauschen. Sie hat ihn außerdem geküsst. Auch wenn sie dabei die besten Absichten hatte, war es dennoch ein schlimmer Missbrauch ihrer Freundschaft.

«Dein Handy», sagt er und gibt es ihr. «Du hast es im Boot vergessen.»

«Oh, Jake. Du hättest doch dafür nicht hier rauskommen müssen, so mitten in der Nacht.»

Er schweigt befangen. Dann sagt er: «Ich muss dir ein paar Dinge sagen.»

Noemie greift in ihre Tasche und holt Lucys Schlüssel heraus. «Lasst uns reingehen», sagt sie. «Und die nassen Klamotten ausziehen.»

Sie versammeln sich in der Küche. Noemie verschwindet nach oben und kehrt mit Handtüchern und trockener Kleidung zurück. Einer nach dem anderen gehen sie aus dem Zimmer, um sich die merkwürdigen Klamotten anzuziehen, die sie gefunden hat.

Jake macht im Wohnzimmerkamin Feuer. «Weswegen ich gekommen bin», sagt er zu Lucy. «Dieser Sturm hat jeden Notdienst aufs Äußerste belastet. Da dachte ich, sie halten dich vielleicht nicht so auf dem Laufenden wie sonst üblich.» Er verzieht das Gesicht. «Wir mussten die Suche abbrechen. Nur bis morgen früh, aber im Moment sind die Bedingungen einfach zu gefährlich. Es ist ein Ereignis, wie man es nur einmal im Leben mitbekommt. Einmal im Jahrhundert sogar. Wir konnten das Boot aus Skentel nicht noch einmal hinausschicken. Die Stationen in Padstow und Appledore haben ihre Boote auch zurückgerufen. Und die Suche an der Küste ist bis zum ersten Morgenlicht ausgesetzt. Es ist einfach zu schwierig, überhaupt etwas zu erkennen. Es tut mir leid, Lucy. Ich denke ...» Sein Gesicht verzerrt sich noch mehr. «Es ist brutal, das weiß ich. Ich hätte mir nie vorstellen können, dir so etwas sagen zu müssen. Aber ich glaube, es ist wichtig, dass du dich darauf einstellst.»

Stille. Langsam dringen Jakes Worte in ihr Bewusstsein. Ein Scheit im Kamin platzt auf und lässt Funken in die Höhe stieben. Lucy hört auf den Atem, der ihre Brust füllt und wieder verlässt. Wie der Luftzug in einer Gruft. Nichts, was zum Leben gehört. Sie steht auf und tritt ans Fenster. Jetzt, da die Lichter ausgeschaltet sind, hat sie den Überblick über den Tumult hinter der Scheibe: schwarze Bäume, die vom Wind gebogen werden; das schwarze Meer, weiß geädert. Weit unter dem Haus klingt das Donnern der Wellen gegen die Klippen von Mortis Point wie ein Mörserbeschuss. «Ihre Überlebensanzüge», sagt sie. «Ihre Anzüge werden sie bis zum Morgen am Leben erhalten.»

Lucy kann ihre Freunde nicht ansehen. Sie hält den Blick aufs Unwetter gerichtet.

«Süße», sagt Noemie leise. «Du musst es uns sagen. Was ist geschehen, als du ihn im Krankenhaus gesehen hast? Was hat Daniel gesagt?»

Sie schließt die Augen – denkt wieder daran, wie er um sich geschlagen und gekämpft hat, als er sie sah. Wie der Detective ihn auf die Matratze drücken musste.

Sie erinnert sich an Billies Party, daran, dass all ihre Probleme ihren Ursprung in jener Nacht zu haben scheinen. Plötzlich fühlt sie sich zurückversetzt. Nicht in das dunkle Arbeitszimmer zu ihrem rüden Erlebnis mit Nick. Stattdessen ist sie wieder draußen und sieht, wie Blut von den Knöcheln ihres Mannes tropft und er seinen Kindheitsfreund böse anstarrt.

«Sag es ihr», knurrt Daniel. «Sag ihr, was du mir gerade gesagt hast.» Nick steht ihm gegenüber und versucht, sein zerrissenes T-Shirt zu reparieren. Als er merkt, dass es keinen Sinn hat, verfinstert sich seine Miene. «In meiner Lage hättest du ganz genau dasselbe getan.»

Daniel fletscht die Zähne. Lucy erkennt, was gleich passieren wird, und hängt sich an seinen Arm.

195

«Du hättest es nicht einmal mir gesagt», zischt er. Erschrocken öffnet sie den Mund. Und begreift, dass er mit Nick spricht. «Du bist nur gekommen, weil du dachtest, dies sei bloß ein Familienfest, ohne Leute aus der Branche. Ein fröhlicher kleiner Aufschub für dein Gewissen, bevor du deinen Schnitt machst.»

«Daniel?», fragt Lucy. «Was ist los?»

«Er hat uns verraten, das ist los. Irgendein Finanzhai hat ihm eine Schiffsladung Geld geboten, damit er seinen Anteil verkauft, und er hat das Angebot angenommen. Aber er wusste nicht – oder jedenfalls hat er sich nicht die Mühe gemacht, es herauszufinden –, dass es sich um eine Falle gehandelt hat. Wie sich herausstellt, ist der Käufer Hartland, und die sind jetzt stolze Besitzer von Nicks fünfzig Prozent.»

Lucy starrt ihn ungläubig an. Jahrelang hat sich Locke-Povey Marine einen beinharten Konkurrenzkampf mit dem weitaus größeren Unternehmen Hartland International geliefert. Trotz des starken Widerstands haben sie ihren Marktanteil durch Daniels geniale Kreativität und Nicks aggressive Vermarktung vergrößern können.

«Aber er kann doch seine Anteile nicht einfach so verkaufen», sagt Lucy. «Du hast doch ein Vorkaufsrecht, oder?»

«Herrgott noch mal, Luce. Unsere Partnerschaftsvereinbarung war so ein wertloses Ding, das wir uns vor Jahren mal aus dem Internet ausgedruckt haben. Wir brauchten keine Absicherungen, als wir nur zu zweit waren. Und jetzt ist es passiert. Hartland werden ihre Anteilseigner-Rechte durchsetzen und das ganze Business in den Schwitzkasten nehmen. Den ganzen Abend schon kommen Kunden auf mich zu und sagen mir, sie müssten jetzt zu Hartland wechseln.»

Lucy hört ihm zu, und ihr ist klar, dass sie sich die Folgen nicht im Mindesten vorstellen kann. Daniel hat eine schlimmere Kindheit überlebt, als sich die meisten Menschen überhaupt vorstellen können. Mit zehn Jahren konnte er weder lesen noch schreiben. Selbst jetzt hat er noch Schwierigkeiten mit der Rechtschreibung. Und doch hat er es dank seiner Vorliebe für Zahlen und seines unersättlichen Lernwillens irgendwie geschafft, sich hochzuarbeiten. Er hat sich selbst Physik beigebracht, technische Planung und CAD-Programme. Er hat aus dem Nichts ein Unternehmen aufgebaut, das Jahr für Jahr expandiert. Und auch wenn Nick ebenfalls einen gewissen Anteil am Erfolg hat, war Daniel immer die treibende Kraft.

Sie hat dem Kindheitsfreund ihres Mannes niemals voll und ganz über den Weg getraut. Viel zu oft ist ihr sein um Daniels Schultern gelegter Arm – der auch auf dem Polaroid-Schnappschuss von ihnen zu sehen ist – oberflächlich vorgekommen, weniger wie ehrliche Unterstützung, mehr wie der Schutz einer Investition. Aber sie konnte das niemals aussprechen. Nicks Loyalität ist vielleicht fragwürdig, die von Daniel ist jedoch eisern.

Welche Auswirkungen wird das hier auf ihn haben? Der Zusammenbruch all dessen, was er aufgebaut hat? Daniels Kontrollbedürfnis erstreckt sich nicht auf seine Lieben, aber es beherrscht jeden anderen Teil seines Lebens, zeigt sich in seiner Konzentration noch auf die unwichtigsten Einzelheiten seiner Designs bis hin zu seinem Beharren auf die allerbeste Lebensrettungsausrüstung für die *Lazy Susan*.

Und welche Auswirkungen wird es auf *sie* haben? Das Haus ist mit einem großen Geschäftskredit belastet. Sie könnten Wild Ridge verlieren.

Es pocht in ihren Schläfen. Das Kokain hinten in ihrer betäubten Kehle lässt sie würgen. Billie taucht mit Tommo und Bee neben sich in der Tür auf. Lucy schüttelt den Kopf, aber keiner von ihnen reagiert.

«Du hattest vor sechs Monaten die Gelegenheit zu verkaufen», sagt Nick. «Sie haben zwei Mal angeboten, uns abzufinden. Ich habe dir damals schon gesagt, dass das eine gute Idee ist. Aber das ist eben das Problem mit dir, Daniel. Du krallst dich viel länger an Dingen fest, als es gut für dich ist.»

Er wirft Lucy einen Blick zu, und sie wappnet sich. Aber als er weiterspricht, macht er nur Daniel Vorwürfe. «Es ist etwas mit dir passiert», sagt er. «Früher hast du zugehört. Inzwischen tust du es nicht mehr.»

Daniel will sich auf ihn stürzen. Lucy zieht ihn zurück. «*Das ist deine Rechtfertigung? Dass ich nicht zuhöre? Das ist dein Grund dafür, mich übers Ohr zu hauen?»

Nicks Gesicht ist jetzt ganz angespannt. Er dreht sich um und geht die Einfahrt zur Straße hinunter.

«Deshalb hast du auch den Roller gekauft, oder?», schreit Daniel ihm hinterher. «Damit wir keine allzu schlechte Meinung von dir haben. Du bist ein Witz, Nick. Es ist im Grunde verdammt traurig, wie dein Hirn funktioniert.»

«Süße?», fragt Noemie.

Lucy zuckt zusammen und kommt wieder zu sich. Sie ist jetzt nicht mehr auf Billies Party, sondern sitzt auf dem Sofa vor vier besorgten Gesichtern.

Draußen trifft eine weitere Mörsersalve auf die Halbinsel. Es scheint, als wäre die gesamte Küste unter Beschuss.

NEUNZEHN

1

Abraham Rose kommt kurz vor sechs Uhr morgens zurück ins Kommissariat. Über siebzehn Stunden sind seit Daniel Lockes Notruf vergangen. Die Operation, die nach Sonnenaufgang fortgesetzt wird, ist keine Rettungsaktion mehr, sondern eine Suche nach Leichen.

Als Erstes spricht er mit Mike Kowalski. «Wo stehen wir, was Lucy Lockes Kontaktbeamten angeht?»

«Jesse Arnold fährt heute Morgen zu ihr. Ich weiß, dass das beschissen ist, aber so ist es nun mal.»

«Ist ja nicht deine Schuld. Aber wir hätten schon gestern Nacht jemanden zu ihr schicken sollen. Was gibt es Neues aus dem Krankenhaus?»

«Locke ist wach und angezogen. Trinkt eine Tasse Tee, das ist das Neueste, was ich gehört habe. Es heißt, sie wollen ihn später entlassen.»

«Ich muss vorher hin.»

«Nehmen wir ihn fest?»

«Ich will ihn hierherbringen und hören, was er zu sagen hat.»

«Da bist du nicht der Einzige.»

«Weißt du, was er im Krankenhaus zu mir gesagt hat? ‹Sagen Sie der Schlampe, sie verdient all das, was sie verdammt noch mal bekommt.› Und als seine Frau auftauchte, ist er völlig durchgedreht.»

«Was sagt dir dein Bauchgefühl?»

«Irgendetwas Merkwürdiges läuft da zwischen den beiden. Ich weiß nur noch nicht, was.»

Weil seine Nachtschicht endet, geht Kowalski zum Schlafen

nach Hause. Um sieben Uhr morgens ruft Abraham sein Team zusammen. Es ist eine jämmerlich kleine Gruppe. Er verteilt die Aufgaben: Anruflisten von Daniel und Billie Lockes Handys; jedes Geschäft in Skentel abtelefonieren, das vielleicht ein Videoüberwachungssystem besitzt; die Daten der automatischen Nummernschilderkennung für Daniels Volvo. Er will außerdem, dass Polizisten die rund zwanzig Adressen an der Küstenstraße zwischen Skentel und Redlecker aufsuchen. Womöglich hat jemand etwas Ungewöhnliches beobachtet.

Bisher ist noch keiner der Mitarbeiter von Locke-Povey Marine befragt worden. Der Streifenwagen, der dorthin geschickt wurde, ist zu einem anderen Vorfall umgeleitet worden und hat es nicht mehr geschafft. Es bringt nichts, sich darüber zu ärgern – unmittelbare Gefahrensituationen haben Vorrang. In den letzten vierundzwanzig Stunden hat immerhin ein Orkan gewütet.

Er muss diese Kinder finden. Denn was hat er ohne Leichen schon in der Hand? Daniel Locke hat seinen Sohn aus der Schule abgeholt, das ist unstrittig. Die Videoaufnahmen beweisen, dass er Fin mit aufs Boot genommen hat. Es gibt Indizien, die darauf hinweisen, dass Billie Locke ebenfalls dort war.

Das reicht für einen Haftbefehl, aber auch für eine Anklage? Selbst wenn die Leichen von Fin und Billie gefunden werden, ist es immer noch eine riesige Herausforderung zu beweisen, dass Locke ihren Tod *absichtlich* herbeigeführt hat. Bisher hat Abraham nur die zerstörten Seeventile als Beweis – die Ventile, die den Fluss des Meerwassers ins Boot und aus dem Boot kontrollieren.

Um acht ruft er Patrick Beckett vom Team für Finanzkriminalität South West an. Gestern hat er Beckett gebrieft, damit der alles herausfindet, was es über Daniel Locke zu erfahren gibt. Wie vorauszusehen war, hat Beckett noch nicht einmal damit angefangen.

Um halb neun ruft er die Presseabteilung in Middlemoor an. Um neun hält er auf den Stufen des Kommissariats seine erste Pressekonferenz ab. Weil hier ein Verbrechen vermutet wird, ist das Rudel der teilnehmenden Pressevertreter riesig. Die Journalisten halten ihre digitalen Aufnahmegeräte hoch. Abraham zählt sechs verschiedene Kamerateams.

Obwohl es draußen kalt ist, bilden sich auf seiner Stirn Schweißtröpfchen. Er hofft, dass niemand sieht, was Dr. Annapurna gestern bemerkt hat: dass der Tod seine Schatten vorauswirft. Beim Sprechen versucht er, den violetten Mantel in seinem Augenwinkel zu ignorieren. Stattdessen konzentriert er sich auf seine Botschaft, darauf, dass alle das volle Ausmaß dessen verstehen, was passiert ist.

Daniel Locke ist gestern gegen Mittag mit seinem siebenjährigen Sohn von Skentel aus aufs Meer gesegelt. Es wird davon ausgegangen, dass Lockes achtzehnjährige Stieftochter ebenfalls an Bord war. Ein Rettungsteam fand das leere Boot. Daniel wurde fünf Stunden später aus dem Meer geborgen. Fin und Billie werden immer noch vermisst. Die Suche, die in der Nacht unterbrochen wurde, ist am Morgen fortgesetzt worden.

Er verschweigt die zerstörten Seeventile der *Lazy Susan*, hebt aber hervor, dass seine Beamten immer noch versuchen zu verstehen, was geschehen ist. Er schließt mit der Bitte um einschlägiges Material von Überwachungskameras oder Dashcams.

«Ist das hier immer noch eine Rettungsaktion?», fragt einer von den Journalisten. «Hoffen Sie, die Kinder noch lebend zu bergen?»

Abraham denkt an Lucy Locke. «Ja», lügt er. «Das hoffen wir sehr.»

«Wird sich Daniel Locke vollständig erholen?»

«Kein Kommentar.»

«Werden Sie ihn festnehmen?»

Diese Frage kommt von Emma Douglas. Sie zwingt ihn dazu, sich ihr zuzuwenden. «Derzeit», sagt er, «sind unsere Bemühungen allein darauf gerichtet, Fin und Billie Locke zu finden.»

Emma öffnet den Mund, um eine weitere Frage zu stellen. Er kommt ihr zuvor, indem er die Hände hebt und sagt: «Das wär's fürs Erste. Danke, dass Sie hergekommen sind. Bitte fahren Sie vorsichtig, solange die Aufräumarbeiten auf den Straßen noch im Gange sind.»

Abraham dreht sich um. Emma wiederholt ihre Frage dennoch. «Hat Daniel Locke seine Kinder für Geld getötet, oder gab es noch einen anderen Grund?»

2

Abraham erkennt den Polizisten vor Daniel Lockes Zimmer nicht. Er stellt sich vor und zeigt seinen Dienstausweis. «Schon lange hier?»

«Ungefähr vier Stunden, Sir.»

«Schon gefrühstückt?»

«Noch nicht.»

«Sobald Sie die Gelegenheit dazu haben, essen Sie. Und setzen Sie sich dabei hin – auf keinen Fall im Gehen essen. Hat das Krankenhaus für Locke Entwarnung gegeben?»

«Gerade eben.»

Abraham wirft einen Blick zu Cooper und den uniformierten Beamten, die er mitgebracht hat. «Dann los.»

202

3

Es ist siebzehn Stunden her, seit er Daniel Locke zum letzten Mal gesehen hat. Die Veränderung ist unglaublich. Der Bair Hugger, der Salzlösungstropf und der Vitalparameter-Monitor sind verschwunden. Locke sitzt auf einem Stuhl am Fenster und trägt Kleidung, die ihm das Krankenhaus gestellt hat. Sein Blick ist auf seinen Schoß gerichtet. Sein Bein zuckt zu einem unhörbaren Rhythmus. In der einen Hand hält er einen Notizblock, in der anderen einen angespitzten Bleistift. Seine Haut sieht gerötet aus, beinahe, als hätte er einen Sonnenbrand. Er schaut sich nicht zu seinem Besucher um. Das Bein zuckt jetzt schneller. Dann hört es auf zu zucken.

«Daniel Locke», sagt Abraham. «Ich verhafte Sie wegen des Verdachts des Mordes an Fin und Billie Locke.» Er sagt den Standardtext auf.

Als er fertig ist, hebt Locke den Kopf. Sein Blick ist beängstigend, das mineralische Blau wirkt wild und unnachgiebig – als hätte es all die Heftigkeit des Orkans von letzter Nacht absorbiert. Seine Augen sind feucht von all den ungeweinten Tränen.

«Hat auch lange genug gedauert», sagt er.

Abraham lässt die Erwiderung auf sich wirken. Locke reißt das oberste Blatt vom Notizblock. Er knüllt es zusammen und lässt es in den mit einer Plastiktüte ausgelegten Eimer neben seinem Stuhl fallen. Dann steht er langsam auf. Weil sie Ärger befürchten, weichen die uniformierten Beamten zurück und geben ihm Raum. Sie tragen Elektroschocker, Pfeffersspraydosen und Klappknüppel bei sich – aber sie werden all das nicht brauchen, weil Locke jetzt den Notizblock und den Stift in seine Tasche schiebt und ihnen die Handgelenke hinhält, damit sie ihm Handschellen anlegen.

«Das hier ist ein Krankenhaus, Daniel. Hier liegen viele Menschen. Wenn Sie nicht vorhaben, Ärger zu machen, würde ich gern davon absehen, Sie in Handschellen an ihnen vorbeizuführen.»

Locke rollt die Schultern zurück. «Ich mache keinen Ärger.»

«Ich muss Ihnen den Bleistift abnehmen.»

«Aha.»

Ihre Blicke treffen sich.

Keiner von ihnen rührt sich.

Schließlich schaut Locke zum Fenster und hebt die Hände über den Kopf. Abraham holt den Bleistift aus der Jogginghose des Mannes. Aus dem Augenwinkel sieht er, wie sich Cooper über den Papierkorb beugt und die Plastiktüte herausholt.

Draußen blickt Locke in den Himmel. Dann mustert er Abraham. «Fin», sagt er. «Mein Sohn. Haben Sie ihn gefunden?»

«Steigen Sie ins Auto.»

4

Fünf Minuten später sind sie im Kommissariat. Locke wird in den Haftzellenblock gebracht, wo ihm eine Zelle zugewiesen wird.

Vor dem Verhör bespricht sich Abraham mit seinem Team. Obwohl sie ungefähr wissen, wie die Ereignisse des vergangenen Tages abgelaufen sein müssen, bleiben noch immer große Lücken. Zumindest sind jetzt die Mitarbeiter von Locke-Povey Marine befragt worden. Gestern Morgen kam Daniel Locke kurz nach acht in die Werkhalle und fuhr zwischen halb elf und elf wieder davon. Die Angestellten der Headlands Junior School sagen, er sei gegen elf dort gewesen, also kann er spätestens um zehn vor elf die Werkhalle verlassen haben. Die Aufnahmen der Überwachungskameras zeigen ihn eine Viertelstunde nach seinem Aufbruch von der Schule am Hafenkai. Fünf Minuten später ist er aus dem Hafen gesegelt.

Ansonsten gibt es nichts, was beweist, dass er zu einer bestimmten Zeit an einem bestimmten Ort gewesen ist. An der Küstenstraße zwischen Skentel und Redlecker befinden sich keine Kameras, die automatisch Nummernschilder erfassen. Die Mobilfunkdaten für Lockes Handy liegen ebenfalls vor, aber da es in dieser Gegend zu wenige Funkmasten gibt, sind sie praktisch nutzlos. Sein Handy hat sich nur an einem Mast eingewählt, was bedeutet, dass man es nicht triangulieren oder per GPS orten kann. Abgesehen davon wird aus der angenommenen Abfolge der Ereignisse klar, dass er nie mehr als fünfzehn Minuten von allen vier Orten entfernt war, an denen er sich sicher aufgehalten hat. Gestern hat er drei Mal angerufen, jedes Mal auf Lucys Handy – der letzte Anruf erfolgte zwei Minuten nach dem Zeitpunkt, an dem die Küstenwache seinen Notruf empfing. Fin Lockes Stimme – «Daddy, nicht» – ist deutlich zu hören.

Billies Bewegungen sind schwieriger nachzuvollziehen. Lucy sagt, ihre Tochter sei noch zu Hause gewesen, als sie Fin um halb neun zur Schule fuhr. Was das Mädchen danach getan hat, ist unklar. Sie hat ihr Handy gestern Morgen einige Male benutzt. Aber ebenso wie Daniel Lockes Handy hat es sich nur an einem Mobilfunkmast angemeldet. Der größte Teil der Aktivitäten besteht aus WhatsApp-Nachrichten in verschiedenen Gruppen.

Ist Locke nach Hause zurückgekehrt, um seine Stieftochter zu holen, bevor er Fin aus der Schule mitnahm? Das Zeitfenster wäre groß genug dafür. Und es würde erklären, warum ihr Handy in seinem Auto lag.

Billies Freunde sind befragt worden, aber niemand hat etwas Substanzielles gesagt. Sie war beliebt, leidenschaftlich, mochte das Meer und seine Tiere. Ihre Beziehung zu ihrem Stiefvater schien gut zu sein. In ihren Textnachrichten und Mails ist nichts Merkwürdiges zu finden.

Das Material der Überwachungskameras beweist zwar nicht,

dass sie auf dem Boot war, dennoch gibt es keinen Grund zu glauben, dass sie woanders gewesen ist. Was bedeutet, dass Billie tragischerweise vermutlich Fins Schicksal teilt.

Die Suche an der Küste hat bei Tagesanbruch erneut begonnen. Bisher gibt es keine Neuigkeiten. Jetzt, da das schlimmste Unwetter vorbei ist, hat eine zweite Bootsflotte Skentel verlassen, unterstützt von Seenotrettungsmannschaften von den Stationen an der Küste. Das Such-und-Rettungs-Programm SARIS hat ein anderes Suchmuster ausgespuckt, aber dessen Gebiet ist weit größer als das gestrige, und der starke Sturm hat die Verlässlichkeit des Systems reduziert. Selbst wenn Billie oder Fin *tatsächlich* gefunden werden, ist die Chance gleich null, dass sie noch am Leben sind.

Es ist unfassbar und herzzerreißend. Für Lucy Locke. Für ganz Skentel.

Er bricht das Meeting ab und ruft Cooper herbei. «Was stand auf dem Zettel, den du aus dem Papierkorb gefischt hast?»

«Nur der Name seiner Frau, immer und immer wieder, und jedes Mal durchgestrichen.»

Abraham verzieht das Gesicht und denkt an das Logo, das er selbst dauernd in seinen Aufzeichnungen findet. Dann geht er voran zum Verhörraum, wo Daniel Locke wartet. Cooper folgt ihm.

ZWANZIG

1

Lucy wacht von ihren Schmerzen auf.

Ein paar gnädige Sekunden lang spürt sie nur körperlichen Schmerz. Schmerz in der Brust, Schmerz an ihrer Seite. Schmerz in den Knien, in den Händen und Füßen; in ihrem Hals, ihrer Kehle und ihren Wangen.

Sie liegt auf dem Rücken im Bett und trägt immer noch die Kleidung von letzter Nacht. Durch das Fenster sieht sie den bewölkten Himmel. Der Wind vom Atlantik braust heulend über die westliche Seite von Mortis Point heran und wirbelt über den Gipfel, wobei er gegen das Haus hämmert wie eine vorrückende Schildmauer.

Lucy sieht aus den Augenwinkeln etwas Dunkles. Dann, plötzlich und schockierend – eisige Klarheit. Ihr Hirn füllt sich wieder. Erinnerungen, die keinen Sinn ergeben, stürzen auf sie ein wie einzelne Bilder von einer Filmrolle.

Bee an der Haustür. Die *Lazy Susan*, tief im Wasser liegend. Der Schulhof der Headlands Junior School. Miss Clay. Der Detective.

Und dann ... und dann ...

Der Küstenwachenhubschrauber, das weiße Loch im Meer. Daniel, der sie von seinem Krankenhausbett aus anschreit. Jake in ihrem Wohnzimmer, das Kaminfeuer in den Augen: *Wir mussten die Suche abbrechen. Es tut mir leid, Lucy.*

Ihr tut der Rücken weh. Ein Klagelaut dringt aus ihrer Kehle. Sie packt das Bettzeug und richtet sich mühsam auf. Neben ihr blinzelt Noemie müde.

Lucy starrt ihre Freundin an, sieht, wie auch ihre Erinnerung allmählich zurückkehrt. Sie wälzt sich vom Bett und steht auf. Ihr Körper knackt und klickt wie die Rhythmusgruppe einer Big Band. Sie hinkt mit quietschenden Knien zu ihrem Schrank. Als sie davor stehen bleibt, braucht das Zimmer einen Moment, bis es ebenfalls stoppt.

«Lucy», murmelt Noemie. «Oh Gott, Lucy.»

Lucy öffnet den Schrank, zerrt einen Kapuzenpulli vom Kleiderbügel und zieht ihn an. Hinter ihr sagt Noemie: «Ich mache mal Kaffee.»

«Keine Zeit.»

«Keine Zeit wofür?»

«Ich muss los.»

«Wohin?»

«Billie und Fin finden.»

Noemie verzieht das Gesicht. «Süße, nach allem, was du gestern durchgemacht hast, würde ich ...»

Lucy hört es schon nicht mehr. Sie ist bereits aus dem Zimmer.

2

Unten wirft sie sich den Parka über und humpelt ins Wohnzimmer. Die Asche von letzter Nacht glüht noch im Kamin. Sie tritt an die Samtvorhänge und reißt sie auf.

Kaltes Zwielicht dringt herein. Lucy muss blinzeln.

Dieser Himmel. Dieses Meer.

In der Nacht ist die Flut gekommen. Penleith Beach weiter nördlich ist zu einem schmalen Streifen Sand geschrumpft. Treibgut schwimmt auf den Wellen. Das Wasser klatscht gegen die Steine und Felsbrocken, die von den Klippen von Mortis Point abgebrochen sind.

Südlich der Halbinsel sieht Skentel aus, als hätte es einen

Luftangriff hinter sich. Mindestens drei Gebäude sind abgedeckt worden. Vielleicht ein Viertel der Bäume auf der Anhöhe sind umgestürzt. Ein Telefonmast in der Nähe der Kirche ist abgeknickt. Schutt und Trümmer liegen auf den Straßen: zerbrochene Satellitenschüsseln, zersplitterte Zaunteile, Äste, Steine. Im Hafen treibt eine Jacht kieloben.

Die Wolkendecke ist so dicht, dass man nicht sagen kann, wie spät es ist. Lucys innere Uhr sagt ihr, dass gleich die Morgendämmerung anbrechen muss. Sie nimmt ihr Fernglas und richtet es auf den Teil der Küstenlinie, den sie von hier aus sehen kann.

Sie kann da draußen niemanden erkennen. Ein paar Kilometer weit draußen auf dem Meer zieht ein winziges orangefarbenes Boot eine weiße Linie gischtiges Kielwasser hinter sich her. Ist es das Tamar-Rettungsboot? Oder das D-Klasse-Boot? Sie hält das Fernglas jetzt Richtung Süden und sucht nach dem Bootshaus der Seenotrettung. Von hier aus kann sie nicht erkennen, ob das Stahlgestell leer ist, in dem die Boote hängen, wenn sie nicht auf dem Wasser sind. Durch die Fenster dringt Licht. Immerhin scheint dort jemand zu sein.

Lucy steckt das Fernglas in die Tasche. Im Flur trifft sie auf Noemie, die gerade die Treppe herunterkommt.

«Du hast einen Plan», sagt ihre Freundin. «Das ist gut. Ich möchte dir helfen.»

«Dann beeil dich besser», sagt Lucy. «Wir haben nicht viel Zeit.» In der Küche schaut sie zur Wanduhr: Viertel vor sieben. «Eins weiß ich ganz genau: Daniel wird alles getan haben, um sie am Leben zu erhalten. Ich weiß, was die Leute denken. Aber er ist nicht so ein Mann, der ...»

Ein Kloß in ihrer Kehle. Sie kann den Satz nicht beenden. In einer Schublade findet sie eine Schachtel Paracetamol und drückt zwei Tabletten aus dem Blister. Am Hahn füllt sie ein Glas mit Wasser und spült sie hinunter.

Ihre Schlüssel liegen auf der Arbeitsplatte.

«Auto», sagt Lucy und bleibt plötzlich stehen. Sie ist mit dem Krankenwagen ins Krankenhaus gefahren worden. Und Tommo hat sie nach Hause gebracht.

«Scheiße», erwidert Noemie. «Es steht noch in Skentel.»

«Schon okay, wir fahren mit dem Motorrad.»

Sie geht zurück in den Flur und nimmt zwei Helme vom Regal. Draußen lässt sie das Garagentor hochfahren. Dahinter steht Daniels altes Triumph-Motorrad.

Es erwacht beim ersten Treten des Anlassers. Als Noemie aufgestiegen ist, fahren sie aus der Garage.

3

Die Straße, die von der Halbinsel hinunterführt, ist übersät mit Ästen und Laub. Als sie die Küstenstraße erreichen, wird es nur noch schlimmer.

Lucy hat Penleith Beach zwar von ihrem Fenster aus gesehen, aber sie möchte sich die Lage dennoch aus der Nähe anschauen. Überall ist Sand – die Bäume wirken wie mit Rost bedeckt. Jede Windbö trägt wie ein Schneesturm winzige Körnchen mit sich; sie zischen auf Lucys Helm herunter und knistern auf ihrem Visier.

Sie klettert auf eine Düne, zieht sich an Büscheln von Strandhafer hoch. Das Meer ist schmutzig grau. Immer noch wild und dunkel.

Von den Felsen von Mortis Point aus beobachten sie drei Seehunde. Sofort muss sie an Billie denken. Es ist keine allgemeine Erinnerung, sondern eine ganz spezielle: vor zwei Tagen in ihrem Zimmer, das Mädchen beugt sich über ihr Chromebook. Als Lucy mit der frischen Wäsche hereinkommt, schafft es Billie nicht rechtzeitig, sich umzudrehen, um ihre Tränen zu verbergen.

Auf dem Bildschirm läuft ein Video. Mit Haken und Messern bewaffnete Männer stehen in einer Bucht bis zur Taille im Wasser und grinsen. Eine riesige Delfinschule schwimmt auf der Flucht vor einer Flotte kleiner Schiffe auf sie zu. Bald geraten die Tiere ins seichte Wasser. Und in diesem Moment begreifen sie, dass der Tod auf sie zuwatet. Die Männer suchen sich unter den näher kommenden Delfinen ihre Opfer aus. Sie stürzen sich auf die panischen Tiere und stechen mit den Messern und Haken zu. Ihre Tötungsmethode besteht darin, dass sie die Delfine nach den ersten Stichen hinter dem Kopf aufsägen. Das geht nicht schnell, aber es ist schmutzig – das Blut sprudelt nur so ins Wasser. Und seltsamerweise scheinen die Männer es unterhaltsam zu finden. Sie gehen in Konkurrenz zueinander, werden immer unvorsichtiger mit ihren Messern. Verletzte Delfine zucken und wehren sich, bis sie in blutiger Erschöpfung aufgeben. Andere werden nur teilweise aufgehackt, dann lässt man sie treiben. Mütter schwimmen in Kreisen und versuchen, ihre Kälber zu schützen, aber die Kleinen sind am leichtesten zu fangen und am schnellsten zu töten. Danach werden die Mütter ganz leise.

Das *grindadráp*, begreift Lucy. Sie hat all die Gegenargumente gehört. Jetzt hat sie die Realität gesehen.

Billie liegt auf dem Bett und wischt sich die Tränen aus dem Gesicht. «Weißseitendelfine. Es sind soziale Tiere, die werden bis zu fünfundzwanzig Jahre alt. Die Mütter säugen ihre Kälber bis zu einem Jahr lang. Danach bleiben sie bis zu fünf Jahre zusammen. O Mann, da ist so viel Blut. Ich weiß nicht, ob ich das kann, Mum. Ich weiß nicht, ob ich dafür stark genug bin.»

«Du bist achtzehn», sagt Lucy. «Niemand wird dir irgendwelche Vorhaltungen machen, wenn du es dir anders überlegst.»

Aber Billie schüttelt bereits den Kopf. «*Ich* würde mir Vorhaltungen machen. Ich rede seit Jahren davon. Es ist meine Chance, etwas zu tun – endlich etwas zu verändern.»

«Du kannst auf ganz viele verschiedene Arten etwas verändern.»

Billie schaut auf den Bildschirm. «Ich will nicht eine von denen sein, die nur aus der Ferne helfen. Ich kann sie nicht bloß kritisieren. So bin ich nicht.»

Heute wie damals weiß Lucy, dass diese Worte wahr sind. «Passt auf sie auf», sagt sie zu den drei Seehunden, die gleichzeitig untertauchen.

4

Sie fahren von Penleith Beach nach Redlecker. Sie fahren jede Landzunge hinunter, auf der es zumindest einen Pfad gibt, und zu jeder Bucht, die sie von weiter oben nicht sehen können. In nur einer Nacht ist die gesamte Küste verwüstet worden. Es ist kaum vorstellbar, dass Wind und Regen allein daran schuld sein sollen, wenn man sich das Ausmaß der Zerstörung ansieht.

Auf ihrem Weg zurück nach Skentel stoßen sie auf die ersten Suchtrupps: Gruppen in Allwetterkleidung, einige mit Hunden, schwärmen zu den Meeresarmen und kleinen Buchten aus.

Wenn der Sturm Billie und Fin lebend an die Küste geschwemmt hat, sind sie vielleicht weiter nach oben gekrochen. In ihren Überlebensanzügen sind sie vor dem schlimmsten Wetter geschützt und könnten einander am Leben halten, wenn sie sich aneinanderschmiegen. Die Straße verschwimmt, als Lucy sich das vorstellt. Sie fährt langsamer, bis sie wieder sehen kann.

Ihr letzter Halt ist Smuggler's Tumble. Die bewaldeten Kurven haben viel abbekommen, aber es muss bereits jemand mit einer Kettensäge hier gewesen sein. Auf dem Parkplatz drängen sich die Autos. Unter den Zivilfahrzeugen sieht sie auch einen Land Rover der Küstenwache und einen Streifenwagen.

Etwa dreißig Freiwillige stehen als Gruppe auf dem Pfad und hören einem Beamten der Küstenwache zu. Lucy steigt vom Motorrad, und einige Freiwillige schauen zu ihr herüber. Als sie den Helm absetzt, geht ein Murmeln durch die Menge. Die Gesichter sehen nicht alle mitfühlend aus.

Das verärgert sie einen Moment lang. Verwirrt sie. Und dann beschließt sie, dass es in Ordnung ist. Wichtig ist nur, dass sie wegen Billie und Fin da sind.

Niemand regt sich oder sagt ein Wort. Lucy begreift, dass sie von ihr erwarten, etwas zu sagen. Darauf ist sie nicht vorbereitet und auch nicht dazu in der Stimmung. Aber sie kann die Gelegenheit nicht ungenutzt verstreichen lassen.

Sie tritt auf die Gruppe zu und erkennt einzelne Gesichter: Luke Creese, den Pastor von St. Peter; Gordon und Jane Watson, das Paar, das die Apotheke betreibt; Ravinder Turkish, Besitzer des «Lorbeers», und drei seiner Kellner.

«Ich bin so dankbar, euch alle zu sehen», fängt Lucy an. Der Wind weht ihre Worte davon. Sie versucht es erneut und zwingt sich, eine Stärke in ihre Worte zu legen, die sie nicht besitzt. «Ich weiß, dass Billie und Fin ebenfalls dankbar sein werden. Und Daniel.»

Ein paar verstohlene Blicke werden gewechselt. Lucy ignoriert sie, bemerkt aber, dass sie die Tonart wechseln muss. «Das hier ist immer noch eine Such-und-Rettungs-Aktion. Ich weiß, wie sich das nach dem Sturm von gestern anhört. Aber Billie und Fin haben vermutlich Überlebensanzüge getragen. Daniel hat bestimmt dafür gesorgt ...»

Sie kann nicht mehr atmen.

Sie braucht einige Augenblicke, um ihre Lunge zu füllen. Jane Watson laufen die Tränen übers Gesicht. Es fällt ihr schwer, das mit anzusehen.

«Die Überlebensanzüge haben sie warm gehalten. Trotzdem

müssen wir sie schnell finden, wenn sie an die Küste gespült worden sind. Billie ist fitnessverrückt und ziemlich kräftig. Aber Fin ...» Es fühlt sich an, als stieße man ihr einen Pfeil durch das Brustbein, als sie den Namen ihres Sohnes ausspricht. «Fin ist sieben Jahre alt.»

Der Wind fährt in die Bäume. Dreißig Augenpaare sind auf sie gerichtet.

«Einige von euch wissen, dass mir das Drift Net gehört. Wenn ihr Hunger habt, kommt bitte rein, wir geben euch dann etwas zu essen. Wenn euch kalt ist, geht ihr hin, wir wärmen euch auf. Aber bitte – *bitte* sucht weiter. Die nächsten zwölf Stunden ...»

Sie muss es nicht aussprechen. Alle wissen, wie dieser Satz endet. «Ich weiß, dass ihr nicht aufgebt. Ich weiß, dass ihr alles tut, was getan werden muss. Ich will euch nur Danke sagen. In meinem Namen, in dem meiner ganzen Familie.»

In der folgenden Stille kommt es ihr nicht richtig vor, sich einfach abzuwenden und zu gehen. Plötzlich ist da eine Betretenheit. Das Gefühl, als fehlte etwas.

Dann beginnt Gordon Watson zu klatschen. Sofort tun es ihm die Mitarbeiter des «Lorbeers» nach. Der Applaus wird immer lauter. Lucy schaut zu und bemerkt etwas Wichtiges. Die wenigen harten Gesichtsausdrücke von eben sind weich geworden.

Noemie hakt sich bei ihr ein. Sie gehen zusammen zurück zur Triumph. Lucy schwingt das Bein über den Sitz und verzieht das Gesicht, weil ihre Rippen wehtun. Sie schaut auf und sieht Matt Guinness, ihren alten Klassenkameraden, auf das Motorrad zukommen.

Matt hat sich den Fusselbart abrasiert, den er beim letzten Mal noch trug, aber seine Haare sind immer noch nicht gewaschen. Es hängt wie eine schmierige Schlange über eine Schulter seiner limettengrünen Regenjacke. «Luce. Hey, hör mal. Ich wollte nur sagen – tut mir leid wegen gestern auf dem Kai. Da war ich ein

ziemlicher Arsch.» Er wischt sich die Nase am Ärmel der Regenjacke ab und reicht ihr die Hand. «Da habe ich noch gedacht, es
wäre Blödheit gewesen – dass dein Mann seine Festmacher nicht
überprüft hätte oder so.»

Matts Fingernägel sehen aus wie die Krallen eines Maulwurfs,
lang und gebogen und glatt. Das Letzte, was Lucy will, ist, ihn zu
berühren, aber immerhin ist er hier, so früh an einem Samstag-
morgen. Ein weiteres Augenpaar, das Ausschau hält.

«Danke, dass du hier bist», sagt sie und schüttelt ihm die
Hand. Lucy setzt sich den Helm auf und schließt die Schnalle.
Noemie klettert auf den Soziussitz.

«Kein Problem», sagt Matt. «Wir sind in Skentel geboren, du
und ich. Wie ich schon zu Mum gesagt habe, es ist das Mindeste,
was ich tun kann, hier rauszukommen. Das Letzte, was wir erwartet haben, ist, dass dein Mann durchknallt. Wir werden die
Kinder finden, Luce, wenn dich das irgendwie tröstet. Ob nun
heute oder nächste Woche, ich weiß einfach, dass sie wieder auftauchen werden.»

Lucy starrt ihn entsetzt an. Sie wischt sich die Hand an der
Jeans ab und startet die Triumph. Sie gibt Gas und fährt los.

5

Auf das, was sie beim Drift Net vorfindet, ist sie nicht vorbereitet.
Das gesamte Fenster links von der Tür ist von einem riesigen Bild
von Fin ausgefüllt. Es ist aus vielen A4-Seiten zusammengesetzt.
Darunter steht in großen schwarzen Buchstaben der Name ihres
Sohnes und sein Geburtsdatum. Im Fenster rechts neben der Tür
hängt ein ebensolches Bild von Billie.

Jetzt, da sie ihre Kinder sieht, beginnt Lucy zu zittern. Sie sitzt
auf dem Motorrad, die Füße am Boden, und kann nichts weiter

tun, als diese überlebensgroßen Stücke ihres Herzens anzustarren.

Fin lacht, Billie ebenfalls. Aber ihre Blicke flehen mit einer Intensität um ihr Leben, die beinahe greifbar ist. In Lucys Brust öffnet sich ein Hohlraum.

«Mist, ich hätte dich warnen müssen», sagt Noemie und klettert vom Motorrad. «Bee hat gesagt, dass sie ganz früh mit Tommo herkommen und das Lokal zu einer Zentrale machen möchte, wie du es wolltest.»

Lucy schaut nach links, dann nach rechts.

Fin, dann Billie.

Sie schluckt. «Ist in Ordnung. Es ist sogar gut. Mehr als das – es ist genau, was wir brauchen. Es ist nur … ich habe einfach nicht …»

«Ich weiß, Süße. Das ist alles nicht leicht. In der nächsten Zeit musst du stahlhart sein.»

Das Drift Net ist gerammelt voll. Alle, die Lucy hier sehen wollte, sind da: die Fischer, die Jachtbesitzer, die hiesigen Unternehmenseigner, die Freiwilligen von der Küstenwache und uniformierte Polizisten. Die Unterhaltungen sind aufgeregt und laut.

In der Nähe der Bar sind drei Tische zusammengeschoben. Eine riesige Karte der Küste ist darauf gepinnt, die mit violettem Filzstift in acht Bereiche von A bis H eingeteilt ist. Ebenso viele Listen hängen an der Wand. Auf jeder steht eine Reihe von Namen und Telefonnummern.

Hinter dem Tisch steht Sean Rowland von der Station der Küstenwache in Redlecker. Er schraffiert einen Bereich der Karte mit grünem Stift. Bill Shetland, Skentels Hafenmeister, und eine Polizistin schauen ihm dabei zu.

Die Gespräche ersterben, als die Gäste Lucy entdecken. Auf ihrem Weg zur Bar drückt eine Hand ihre Schulter. Jemand anders berührt ihren Arm. Sie zuckt zurück – sie will ihr Mitgefühl nicht, schon gar nicht ihr Beileid.

Aber etwas Merkwürdiges passiert, als sie durch die Menge geht: Sie saugt die Berührungen und Umarmungen und Hilfsangebote förmlich in sich auf, und sie sammeln sich in ihr an. Als sie an der Bar ankommt, ist der Hohlraum in ihrer Brust wieder aufgefüllt.

Bee steht mit Tommo an der Kasse. Ihr rosa Haar ist der leuchtendste Fleck im Raum. Sie trägt ein neues schwarzes T-Shirt: DENK WIE EIN PROTON – SEI POSITIV. Auf Tommos T-Shirt steht: IN ALLEM LIEGT SCHÖNHEIT, ABER NICHT JEDER ERKENNT SIE.

«Du bist hier, das ist gut», sagt Bee. «Sie brauchen eine Galionsfigur.»

«Du hast all das gemacht? Du hast das alles organisiert?»

«Nicht allein. Tommo hat mir geholfen. Und ich sag dir eins – wir fangen gerade erst an. Wir werden sie finden, auf jeden Fall. Dieser Sean organisiert die Suche an der Küstenlinie. Viele Boote sind schon wieder ausgelaufen. Ich habe eben auch Jake gesehen. Die Küstenwache hat ihn gebeten, das Tamar-Rettungsboot in das neue Suchgebiet zu schicken, das sie auf der Karte eingezeichnet haben. Er lässt das Boot an der Küste entlangpatrouillieren. Nach allem, was die Funk-Heinis mir sagen, kreuzt da draußen sogar eine Fregatte der Marine und hält Ausschau. Außerdem sind da alle möglichen Schiffe auf dem Bristolkanal.»

Bee verstummt. Ihr Blick huscht zwischen Lucy und ihrem Freund hin und her.

«Was ist?», fragt Lucy.

«Die Leute fragen ständig nach Daniel», sagt Tommo leise. «Ein paar scheußliche Gerüchte sind in Umlauf. Ein, zwei Journalisten laufen hier herum. Wir wollten es dir nur erzählen, damit du dich wappnen kannst. Hast du mit ihm gesprochen?»

«Die Besuchszeit im Krankenhaus beginnt um zwei. Ich dachte, ich komme erst hierher und organisiere ein paar Dinge. Offenbar brauche ich das gar nicht zu tun. Ihr beide macht das alles großartig. Ich werde ein paar weitere Fotos holen. Aufpassen, dass wir keine Zeit verlieren.»

«Brauchst du Hilfe?», fragt Bee.

Lucy schüttelt den Kopf. «Ihr habt hier alle Hände voll zu tun. Denk dran – die Kasse bleibt geschlossen. Wir geben diesen Leuten zu essen, sorg dafür, dass alle das wissen. Wir machen Billie und Fin bekannt, bis sie gefunden werden.»

Sie entschuldigt sich und geht in ihr Büro. Es ist ein enger, fensterloser Raum. Ein Regal biegt sich unter dem Gewicht der Aktenordner, Getränkereklamen und anderem Müll. Auf dem Schreibtisch steht ihr iMac. Ein Bildschirmschoner-Wurm kriecht kreuz und quer darüber.

Lucy setzt sich und wischt einen Haufen Papierkram zu Boden. Sie schüttelt die Computermaus und tippt ihr Passwort ein. Der Bildschirm verändert sich: Ein Bild von Billie erscheint. Es ist dasselbe, das jetzt auch im Fenster hängt, eingefügt in ein Fotobearbeitungsprogramm. Lucy zuckt zusammen, als wäre sie gestochen worden.

Sie zieht das Bild auf die richtige Größe und fügt das von Fin hinzu. Dann öffnet sie den Browser. Sie braucht eine Weile, bis sie Bilder von den Überlebensanzügen auf der *Lazy Susan* findet. Die besten zieht sie in das Fotobearbeitungsprogramm unter die Fotos ihrer Kinder. Ein paar weitere Klicks, und der Drucker spuckt Blätter aus.

Währenddessen öffnet Lucy ihre Mailbox und findet darin zweiundneunzig neue Nachrichten. Sie scrollt hindurch: Marketing-Newsletter, Lieferanten-Rechnungen, Nachrichten von Freunden, von Journalisten, und dazwischen, völlig fehl am Platz, ist auch eine E-Mail von Daniel.

6

Krallen in ihren Schultern. Haken in ihrer Haut. Lucy dreht sich um und erwartet halb, etwas hinter ihrem Stuhl zu finden, aber das Büro und der Flur sind leer. Sie lehnt sich zurück, wirft die Tür zu und richtet ihre Aufmerksamkeit wieder auf den Bildschirm.

>> Daniel (privat)　　　Ende der Durchsage　　　3. März

Das Blut in Lucys Ohren hört sich an wie weißes Rauschen. Erst gestern hat sie gesehen, wie ein Schatten seine Fäuste gegen ihre Haustür schlug. Sie hat gezögert. Etwas daran hat sich so falsch angefühlt, unheilvoll. Als müsste man es meiden, koste es, was es wolle.

Jetzt fühlt es sich genauso an.

Und doch kann sie es nicht ignorieren.

Ende der Durchsage.

Es kann nicht sein, dass Daniel Billie und Fin ohne guten Grund mit hinaus in diesen Sturm genommen hat. Er hätte ihnen niemals wehgetan. Sie weiß das, selbst wenn alle anderen es nicht wissen.

Ende der Durchsage.

Ihre Finger schweben über der Maus.

3. März. Gestern.

Ende der Durchsage.

Oh Gott, oh Gott, oh Gott.

Klick.

EINUNDZWANZIG

1

Der Raum ist klein und wenig einladend. Weiße Wände, Neonlicht, ein Tisch, ein Aufnahmegerät, drei Stühle.

Abraham nimmt Daniel Locke gegenüber Platz, Cooper setzt sich neben ihn. Abraham schaltet das Aufnahmegerät ein, zählt auf, wer anwesend ist, sagt die Zeit und den Ort an. Dann stellt er fest, dass Locke versteht, dass er verhört wird, und über seine Rechte belehrt worden ist.

«Ich muss außerdem fragen, ob Sie einen Anwalt wollen, Daniel. Oder ob Sie auch ohne bereit sind, mit uns zu sprechen.»

Diese kobaltblauen Augen, jetzt rot gerändert, sind ebenso nervtötend wie gestern. «Ich brauche keinen Anwalt.»

Abrahams Puls beschleunigt sich etwas, als er das hört. «Okay», sagt er mit neutralem Gesichtsausdruck. «Natürlich können Sie es sich jederzeit anders überlegen.»

Schweigen auf der anderen Tischseite.

«Haben Sie gestern Vormittag um elf Uhr die Headlands Junior School in Skentel aufgesucht?»

«Ja.»

«Haben Sie dort Ihren Sohn Fin Locke abgeholt und sind mit ihm in Ihrem Auto fortgefahren?»

«Ja.»

«Warum haben Sie das getan, Daniel?»

«Ich will mit Lucy sprechen.»

«Sie werden noch Gelegenheit haben, mit ihr ...»

Locke beißt die Zähne zusammen. «Ich will jetzt mit ihr sprechen.»

«Daniel, wir verhören Sie, weil Sie verhaftet worden sind. Sie werden nicht mit Ihrer Frau oder sonst jemandem sprechen – abgesehen von einem Anwalt –, bis wir entweder Klage erheben oder Sie auf freien Fuß setzen. Ich frage daher erneut: Wollen Sie einen Anwalt?»

«Ich will Lucy sehen.»

«Und ich habe Ihnen gesagt, dass das nicht geschehen wird.»

«Dann will ich jemanden anrufen.»

«Sie können später anrufen, wenn wir hier fertig sind.»

«Ich habe das Recht auf …»

«Sie haben das Recht, jemandem mitzuteilen, wo Sie sich befinden. Aber das kann auch der Vollzugsbeamte für Sie tun. Ich zerstöre diesen Mythos nur ungern, aber Sie haben kein Recht auf einen Anruf.»

Daniel Lockes Gesicht verfinstert sich. Sein Blick fällt auf die Kamera.

«Möchten Sie, dass wir jemanden wissen lassen, wo Sie sich befinden?»

Lockes Blick gleitet von der Kamera zur Tür.

«Daniel?»

«Ich will, dass Sie es Lucy sagen.»

«Der Vollzugsbeamte wird es ihr ausrichten. Warum haben Sie gestern Vormittag Ihren Sohn von der Schule abgeholt?»

«Kein Kommentar.»

«Haben Sie am Empfang der Schule gesagt, Fin hätte einen Zahnarzttermin?»

«Kein Kommentar.»

«Sie haben ins Besucherbuch der Schule geschrieben, dass Sie Fin wegen eines Zahnarzttermins abholen. Erinnern Sie sich daran?»

«Kein Kommentar.»

«Wir haben den Eintrag, Daniel.»

221

Der Mann lehnt sich zurück und verschränkt die Arme.

«Hatte Fin gestern einen Zahnarzttermin?»

«Ich kann den ganzen Tag lang ‹Kein Kommentar› sagen.»

«Und ich kann den ganzen Tag Fragen stellen. Und auch die ganze Nacht, wenn es sein muss. Wir können die nächsten vierundzwanzig Stunden in diesem scheußlichen kleinen Zimmer Pingpong spielen, wenn Sie wollen, aber Sie kennen die Antworten auf diese Fragen, und Sie wissen, dass wir sie auch kennen. Wir haben einige Zeugen und die Aufnahmen der Überwachungskameras. Es hat wirklich überhaupt keinen Sinn, das hier unnötig in die Länge zu ziehen. Also, nachdem Sie die Schule verlassen haben, sind Sie da mit Fin zum Hafen von Skentel gefahren?»

Locke bewegt den Kopf, um seinen Nacken zu entspannen, und schaut zur Decke. «Ich nehme an, Sie wissen, dass ich das getan habe.»

«Es wäre sehr nützlich, wenn Sie einfach auf die Frage antworten könnten.»

«Ja», sagt er durch zusammengebissene Zähne.

«Haben Sie Ihren Volvo XC90» – Abraham hält inne, um das Kennzeichen vorzulesen – «auf dem Parkplatz neben dem Hafenkai von Skentel geparkt?»

«Ja.»

«Besitzen Sie eine Jacht mit dem Namen *Lazy Susan*?»

«Soweit ich weiß.»

«Könnten Sie bitte …»

«Es ist meine Jacht.»

«Und wo ist die Jacht normalerweise vertäut?»

«Im Hafen von Skentel.»

«War sie auch gestern dort?»

«Ja.»

«Nachdem Sie das Auto abgestellt hatten, sind Sie da mit Fin an Bord der *Lazy Susan* gegangen?»

Locke leckt sich über die Lippen. Er schließt die Augen und öffnet sie wieder. «Ja.»

«Danke. Ich bin Ihnen für Ihre Ehrlichkeit dankbar. Sie werden noch sehen, dass sie Ihnen zugutekommen wird. Haben Sie auch Ihre Stieftochter Billie Locke mit aufs Boot genommen?»

Daniel Locke lacht, es ist ein wildes Prusten. Er schüttelt den Kopf, saugt Luft ein und bläht die Wangen, um die Luft dann wieder auszustoßen. Dann schaut er hoch und nickt.

Abraham spürt, wie sich etwas in seiner Brust verschiebt. «Für das Band, bitte.»

«Ja.»

2

Plötzlich ist es eiskalt in diesem fensterlosen Raum.

«Wo sind sie jetzt, Daniel?»

Auf diese Frage wird Locke so still, dass es den Anschein hat, als atmete er nicht mehr. Abraham hat das Gefühl, ein Raubtier kurz vor dem Angriff zu sehen. Nur der Tisch trennt sie voneinander. Nichts käme ihm gelegener, als einen versuchten Angriff auf Band zu haben.

Endlich faltet Locke die Hände. «Ich habe sie ertränkt», sagt er. «Ich habe sie beide ertränkt.»

Abraham spürt ein Jucken in den Fingerknöcheln und in den Augen. Er denkt an alles, was er über Billie Locke erfahren hat, über ihre Leidenschaft und ihr Engagement, ihre Sehnsucht nach einer besseren Welt. Er denkt an Fin, den kleinen Geschichtenerzähler. Selbst jetzt noch muss er beinahe lächeln, wenn er an die kleinen runden Schimpansenöhrchen und die schief sitzende Brille denkt. Aber er kann nicht lächeln, weil er dann brüllen würde, und dann würde er vielleicht etwas tun, was jede Chance auf Gerechtigkeit zunichtemachen würde. Also schluckt er seine Wut hinunter, wartet, bis seine Stimme wieder fest klingt, und fragt: «Wie haben Sie sie ertränkt?»

Daniel Locke seufzt, als genösse er die Hitze in einer Sauna. «Ich habe sie gefesselt und ins Wasser geworfen. Und als sie ... als sie untergegangen waren, bin ich hinterhergesprungen.»

Es fällt schwer, sich diese Worte anzuhören. Um etwas dagegenzusetzen, ruft sich Abraham einen Abschnitt von Psalm sieben ins Gedächtnis: *Siehe, er hat Böses im Sinn, mit Unheil ist er schwanger und wird Lüge gebären. Er hat eine Grube gegraben und ausgehöhlt – und ist in die Grube gefallen, die er gemacht hat.* «Warum haben Sie sie ertränkt?»

«Erinnern Sie sich an das, was ich Ihnen gesagt habe? Im Krankenhaus?»

Abraham schaut in seine Notizen. «Im Krankenhaus, gestern, haben Sie zu mir gesagt: ‹Ich habe eine Botschaft. Eine Botschaft für diese Schlampe. Sagen Sie ihr, sie verdient all das, was sie verdammt noch mal bekommt.› Meinen Sie das?»

«Ich werde es nicht noch einmal sagen.»

«Ich bitte Sie auch nicht darum, es zu wiederholen. Ich will nur wissen, ob Sie das meinen.»

«Ganz genau.»

«Und das ist der Grund dafür, dass Sie Fin und Billie Locke ertränkt haben? Ihren Sohn und Ihre Stieftochter?»

Daniel hebt das Kinn. Er starrt erneut zur Videokamera an der Decke hinauf. «Wird das hier in den Nachrichten gesendet?»

«Wollen Sie berühmt werden? Geht es darum?»

«Wissen Sie was? Ich will doch einen Anwalt. Das will ich. Diese Unterhaltung ist beendet. Ich will einen Anwalt, und ich will mit meiner Frau sprechen.»

Nun ist es ein Geduldsspiel.

Ich bin viel, viel ruhiger jetzt. Zu Beginn konnte ich mir nicht vorstellen, wie nahe es mir gehen würde. Wie viele Gefühle es hochkommen lassen würde. Wie traumatisch es sein würde.

Die Polizei wird glauben, was sie hört, oder auch nicht. Es ist nicht wichtig. Wichtig bist nur du, Lucy. Deine Reinigung, deine Erneuerung – die Auslöschung der verletzenden Kreatur, die du warst; das Schaffen von etwas Wunderschönem.

Ich weiß, dass du herumplanschen und verzweifelt versuchen wirst, den Kopf über Wasser zu halten. Welche Lügen hast du dir selbst erzählt? Wie lange wirst du der Wahrheit aus dem Weg gehen?

Niemand, den ich kenne, hat ein größeres Talent zum Selbstbetrug. Aber je länger du die Hoffnung aufrechterhältst, desto schwerer wird das hier werden. Was du bisher erlebt hast, ist erst der Anfang.

Du hast diese Stadt verhext, Lucy. Das ist mir klar. Du wirst von allen hier geliebt. Aber bald wirst du erkennen, wie leicht die Wahrnehmung von dir kippen kann. Besonders, wenn die weniger bekannten Aspekte von Lucy Lockes Leben ans Licht kommen.

Denn du bist nicht unschuldig, nicht wahr? Du bist nicht die tugendhafte, Kuchen backende, Kinder erziehende und lebensbejahende, kreative «Unternehmerin des Jahres» von Skentel, als die du dich nach außen darstellst.

Du lügst. Und du betrügst. Du dachtest wohl, das wüsste ich nicht, aber ich weiß es doch.

Hast du schon meine E-Mail bekommen? Ich muss mich für ihren Ton entschuldigen. Meine Gefühle waren doch recht aufgewühlt. In letzter Zeit kann ich nicht mehr so klar denken, wie ich gern würde.

Aber vergiss nicht, das hier geschieht nicht aus Bitterkeit oder aus Missgunst. Diese Tragödie ist nur zu deinem Besten geschrieben worden. Es ist deine Gelegenheit zur Wiedergutmachung, falls du sie ergreifen willst.

ZWEIUNDZWANZIG

1

Lucy sitzt an ihrem Schreibtisch, starrt auf die Betreffzeile von Daniels E-Mail – Ende der Durchsage –, und eine Erinnerung kommt in ihr hoch.

Samstagabend vor einer Woche. Sie hätte zu Hause sein und Billie bei ihren Schularbeiten helfen sollen. Stattdessen steht sie in der Dunkelheit auf halber Höhe der bewaldeten Anhöhe, auf der Skentel steht. Es regnet, und sie hat die Kapuze ihres Sweatshirts aufgesetzt. Das Wasser hat sie durchnässt, und das Haar klebt ihr am Kopf.

Durch die Bäume sieht sie Lichter.

Lucy blickt sich zu der dunklen Straße hinter ihr um. Sie darf es auf keinen Fall riskieren, gesehen zu werden. Sie schaudert und geht weiter.

Welten trennen das Haus von den weiß getünchten Katen an der Hauptstraße von Skentel. Es ist ultramodern: Glas, Aluminium und silbriges Holz.

Die Eingangstür – eine einzige Glasscheibe – wird von zwei in Form geschnittenen Buchsbäumchen in schwarzen Töpfen flankiert. Lucy drückt auf die Klingel. Sekunden später wird es in der Eingangshalle hell. Nick Povey erscheint, in der Hand ein Whiskyglas.

Er stockt, als er sie sieht, nur für die Dauer eines Herzschlags. Dann tritt er zur Tür und öffnet sie. Warme Luft quillt heraus, die nach Zigarrenrauch und Nicks zitronigem Gesichtswasser riecht.

Einige lange Sekunden mustern sie einander. Dann sagt Lucy: «Ich weiß nicht, ob das hier so schlau war.»

Nick nimmt einen Schluck von seinem Whisky. «Vermutlich nicht.»

Er macht einen Schritt zurück, und sie tritt ein. Als die Tür geschlossen ist, steigt die Anspannung zwischen ihnen. Regenwasser tropft von Lucys Kleidern. «Ich hole dir ein Handtuch», sagt er. «Und ein trockenes Oberteil.»

Sie nickt und streift ihre durchnässten Turnschuhe ab. Sie sieht die Pfützen, die sie auf den Dielen hinterlassen, und zieht auch noch die Socken aus. Nick kommt zurück und führt sie ins Wohnzimmer.

Es ist ein beeindruckender Raum, der auffällig maskulin wirkt. Holzscheite knistern hell in einer runden, steinernen Feuerstelle in der Mitte, ihr Rauch steigt in einen abgesenkten Kamin aus Kupfer. Nur ein riesiger Fernseher an der einen Wand spendet ebenfalls Licht. Sein Bildschirm ist eingefroren und zeigt einen Boxkampf. Ein schwarzes Ledersofa steht dem Fernseher gegenüber. Kuhhäute und Rentierfelle liegen auf dem Boden.

Lucy zieht ihr nasses Kapuzenshirt aus. Sie nimmt das angebotene Handtuch und trocknet sich das Haar. Nick tritt an einen Barschrank und schenkt ihr einen Cognac ein.

Sie steht am Kamin und streckt die Hände in die Wärme. Plötzlich wird ihr das feuchte Hemdchen bewusst und was es entblößt. Sie bekommt eine Gänsehaut.

Nick bringt ihr den Drink. Er stellt ihn auf die steinerne Abgrenzung der Feuerstelle.

Sie sieht ihn an. Er sieht sie an.

«Lucy», fängt er an. «Ich habe immer ...»

«Daniel weiß nicht, dass ich hier bin.»

Er nickt, sein Blick gleitet über ihre nackte Haut. Sein Adamsapfel hüpft. «Ich hätte mir auch nicht vorstellen können, dass er es weiß.»

Wieder Schweigen, während sie einander abschätzen.

«Es ist schon eine Weile her, seit ich hier war», sagt Lucy. «Du hast hier viel gemacht. Es sieht ... toll aus.»

Nick scheint durch das Lob einige Zentimeter zu wachsen. Er nimmt noch einen Schluck Whisky. Die Eiswürfel klimpern in seinem Glas. «Manche finden, es müsste alles etwas weicher aussehen. Es bräuchte einen weiblichen Touch.»

Die Wärme vom Kamin hat Lucys Hemdchen getrocknet. Sie zieht an, was Nick von oben mitgebracht hat – ein altes Rugby-Shirt mit seinem Namen auf dem Rücken. Ganz sicher hat er seine helle Freude daran, sie darin zu sehen.

Wenn sie daran denkt, spürt Lucy, wie ihr Herz lauter schlägt. Sie kippt den Cognac mit einem Schluck. «Muss ein kleines Vermögen gekostet haben.»

«Gut angelegtes Geld, jetzt, da es fertig ist.»

«Nett, wenn man sich so etwas leisten kann.»

Nick mustert sie. Dann lächelt er und zeigt dabei seine Zähne. «Ich frage mich langsam, warum du gekommen bist.»

«Was glaubst du denn?»

Er nimmt ihr leeres Glas, geht zum Barschrank und füllt es erneut. «Du weißt, was ich für dich empfinde. Du weißt es schon sehr lange. Und wir wissen beide, dass du von mir etwas bekommen wirst, was Daniel dir nicht bieten kann. Wenn du dich hier umsiehst, gibt es einen Teil von dir, der sich vorstellt, hier zu leben. Einen Teil von dir, der weiß, dass du hierher passt.»

Lucys Magen zieht sich zusammen. Sie versucht, ihre Atmung unter Kontrolle zu bringen; sie spürt, wie ihre Brust sich hebt und senkt, wie ihr das Blut in den Hals steigt. «Ich bin Daniels Frau.»

Nick reicht ihr das aufgefüllte Glas. Sie nimmt es und hält den Augenkontakt mit ihm. «Warum tust du das, Nick? Wenn du so dringend aus dem Unternehmen rauswolltest, hättest du deine Anteile an Daniel verkaufen können. Wir hätten das Geld schon irgendwie aufgebracht. Und nichts wäre dabei zerstört worden, auch keine Jobs. Alles, was du mit aufgebaut hast, hätte überlebt.»

«Ihr hättet niemals das bezahlen können, was sie angeboten haben. Hartland wollte uns aus dem Weg schaffen. Sie wollten Daniel kaltstellen. Sie waren bereit, dafür eine Riesensumme auszugeben.» Sein Mund zuckt. «Eine riesige Riesensumme, wie sich herausgestellt hat.»

«Und mehr hast du dazu nicht zu sagen? Es hätte ohne Daniel überhaupt kein Unternehmen *gegeben*.» Sie macht eine weit ausgreifende Armbewegung. «All das hier gäbe es nicht. Es war alles seine Idee, sein Design. Er hat sogar die Expansion finanziert. Wir haben noch Kredite auf unserem Haus, die wir abzahlen müssen.»

«Das Leben ist hart. Daniel wusste, worauf er sich einlässt.»

Lucy starrt ihn an. Sie ist nicht überrascht über das, was sie von ihm zu hören bekommt. Sie kennt seine Einstellung – weiß, warum er sie hat. Es ist sinnlos, an Nicks Gewissen zu appellieren. Für ihn ist das Leben ein Nullsummenspiel. Was er will, nimmt er sich – er ist lieber der Gewinner als der Verlierer, weil es mehr Möglichkeiten nicht gibt. Trotz ihrer Verachtung für das, was er getan hat, ist sie zumindest in der Lage, seine Motivation zu erkennen.

«Ich kenne dich, Nick», sagt sie schließlich. «Du planst immer sechs Züge im Voraus. Egal welchen Deal du mit Hartland abgeschlossen hast, du hast dir noch eine Hintertür gesichert. Du genießt das Spiel zu sehr, als dass du all deine Jetons einlösen und einfach weggehen würdest.»

Nick betrachtet sie. «Verhandeln wir, Luce? Ist es das, was hier gerade passiert?»

Sie nimmt einen Schluck Cognac. «Du weißt genau, dass wir verhandeln.»

«Das dachte ich mir.»

Er trinkt seinen Whisky aus und bewegt den Schluck genießerisch im Mund, bevor er schluckt. Dann gleitet sein Blick träge über ihre Gestalt. «Und was hast du mir anzubieten?»

2

Lucy keucht auf, und die Erinnerung löst sich auf. Sie sitzt wieder im vollgestopften Büro des Drift Net. Sie beugt sich zum Bildschirm ihres iMacs vor, bewegt die Maus und klickt. Die E-Mail von Daniel öffnet sich.

>> Daniel (privat)   Ende der Durchsage   3. März

> Du dachtest, ich wüsste es nicht, aber ich weiß es. Und du glaubst vielleicht auch, mich zu kennen, aber du kennst mich nicht. Du hast nicht den blassesten Schimmer. Nick ebenfalls nicht.
> Hast du überhaupt eine Ahnung, wie es sich anfühlt, von seiner Frau und dem besten Freund betrogen zu werden? Man erntet, was man sät.

Lucy liest die Nachricht fünf Mal, bevor sie wieder atmen kann. Ihr Blut rauscht wie das Meer in ihren Ohren. Jake sagte, Daniel hätte seinen Notruf um 12.37 Uhr abgesetzt. Auf der Zeitmarke der E-Mail sieht sie, dass sie zwei Minuten später geschickt wurde. Zwei Minuten, in denen Daniel Billie und Fin vielleicht in ihre Überlebensanzüge gesteckt hat.

Daddy, nicht ...

Lucy schließt die Augen. Wenn sie sich konzentriert, kann sie die Stimme ihres Sohnes unterdrücken. In anderen Augenblicken, so wie jetzt, kommt sie zurück.

Ein Foto der *Lazy Susan* ist an die Wand gepinnt. Daniel hockt auf dem Vordeck und hat die Arme um Billie und Fin geschlungen.

Eine Ray-Ban verbirgt seine Augen.

Lucy kontrolliert ihren Atem, langsam ein, langsam aus. Sie weiß, dass er sie liebt. Sie *weiß* es. Aber diese E-Mail ändert alles.

Sie hört Stimmen aus dem Flur, der in den Gastraum führt. Sie schaut zur Tür, die noch geschlossen ist, und liest die Nachricht noch ein letztes Mal. Jetzt hört sie Schritte vor der Tür. Lucy löscht die E-Mail, öffnet den Papierkorb auf dem Bildschirm und löscht alles, was darin ist.

«Luce?»

Sie springt auf. Das Blut steigt ihr in die Wangen.

Tommo steht in der Tür. «Wollte dich nicht erschrecken. Aber das hier willst du vielleicht sehen.»

3

Ein Fernseher hängt an der Wand hinter dem Billardtisch. Alle Gesichter im Drift Net sind ihm zugewandt. Auf dem Bildschirm spricht der Detective mit dem zerklüfteten Gesicht.

Abraham Rose.

Es ist eindeutig, dass er die Kameras hasst. Ebenso die Mikrofone, die man ihm ins Gesicht hält. Das schroffe Selbstbewusstsein von ihrer Autofahrt ist fort. Er berichtet von den Geschehnissen des gestrigen Tages und bittet um das Material von Überwachungskameras und Dashcams. Er bestätigt, dass die Such-und-Rettungs-Aktion weitergeht. Dann fragt eine Reporterin, ob Daniel Locke verhaftet werden wird.

Abraham Locke zögert, bevor er antwortet. Lucy spürt, dass sich die Atmosphäre im Drift Net ändert – es ist, als wäre der ganze Sauerstoff aus dem Raum gewichen.

«Derzeit», sagt der Detective, «sind unsere Bemühungen allein darauf gerichtet, Fin und Billie Locke zu finden.» Er hebt die Hände, um zu bedeuten, dass die Pressekonferenz beendet ist.

Aus dem Hintergrund ruft eine Reporterin: «Hat Daniel Locke seine Kinder für Geld getötet, oder gab es noch einen anderen Grund?»

Mit hochgezogenen Schultern geht Abraham zurück ins Kommissariat. Der Sender schaltet zurück ins Studio.

Stille. Alle im Drift Net schweigen.

Lucy hat das Gefühl, als hätte man ihr gerade einen Tritt in den Unterleib versetzt. Langsam, schmerzhaft zögerlich, setzen die Unterhaltungen wieder ein, aber leiser, befangener. Sie wechselt Blicke mit Noemie, Tommo, Bee. Die anderen – wie Matt Guinness und Wayland Rawlings – weichen ihrem Blick aus.

Lucy beißt die Zähne zusammen. Sie spürt Ärger in sich aufwallen, der ihren Puls beschleunigt. Aber sie kann es sich nicht leisten, das hier persönlich zu nehmen. Sie muss sich auf das einzig Wichtige konzentrieren: Billie und Fin.

Sie denkt an die E-Mail, die sie gerade von ihrem Computer gelöscht hat.

Man erntet, was man sät.

«Ist schon okay», flüstert Noemie neben ihr.

Im Fernsehen reden sie wieder übers Wetter. Eine Karte Großbritanniens erscheint, geteilt durch den riesigen Streifen eines Tiefdruckgebiets.

«Lucy Locke?»

Eine Frau steht an der Bar, prägnantes Gesicht, kastanienfarbenes kurzes Haar, harte Augen, in denen dennoch Mitgefühl zu lesen ist. Sie öffnet eine Hülle mit Polizeiwappen darauf. «Mein Name ist Sergeant Jesse Arnold. Ich bin Ihre Kontaktbeamtin. Ich kann mir kaum vorstellen, wie schlimm die letzten vierundzwanzig Stunden gewesen sein müssen. Aber ich bin gekommen, um Sie bei allem zu unterstützen, was als Nächstes passiert, und zu helfen, wo ich kann.»

«Warum hat das so lange gedauert?», fragt Noemie.

«Es ist nicht ideal gelaufen, und ich kann mich nur dafür entschuldigen. Um die Wahrheit zu sagen, hat der Sturm alle Rekorde gebrochen – wir sind mit unserer Manpower am Anschlag. Ich weiß, dass Sie sich dadurch kein bisschen besser fühlen, aber so ist es.» An Lucy gewandt, fügt sie hinzu: «Können wir irgendwo miteinander sprechen?»

Lucy starrt sie an und sagt dann: «Wir gehen ins Büro.»

4

Es ist eng mit zwei Leuten – und ein wenig unangenehm. Es gibt nur einen Stuhl, und Lucy will sich nicht setzen.

«Ich habe gehört, dass Sie gestern hinausgesegelt sind», sagt Arnold. «Als der Sturm am schlimmsten war. Ganz schön mutig, würden viele Leute sagen. Und ein bisschen verrückt. Aber ich bin Mutter. Was soll man sonst tun?»

Einen Moment überwältigt Lucy die Erschöpfung, und sie weiß nicht recht, ob die Frage rhetorisch ist. Aber als ihr Blick den von Arnold trifft, ist ihre Müdigkeit wie weggeblasen. Weil da etwas Schreckliches im Blick der Polizistin lauert.

«Sie sind nicht tot», sagt sie sofort. Und hasst die Verzweiflung, die in ihrer Stimme liegt.

«Meine Kollegen sagen, dass Sie letzte Nacht verletzt wurden. Ein paar gebrochene Rippen. Anscheinend haben Sie sich auch den Kopf angeschlagen. Wie geht es Ihnen jetzt? Irgendwelche Anzeichen für eine Gehirnerschütterung?»

«Sie sind nicht tot», wiederholt Lucy. «Billie und Fin. Sie sind nicht tot.»

«Hunderte von Leuten sind da draußen und suchen», sagt Arnold. «Gestern waren die Bemühungen noch durch die Bedingungen gebremst, aber die Beteiligung heute Morgen ist riesig: nicht nur Küstenwache und Polizei, sondern auch die ganze Einwohnerschaft. Trotzdem: Daniel hat seinen Notruf gestern gegen Mittag abgesetzt. In derart kaltem Wasser beträgt die Überlebenszeit ohne weiteren Schutz *maximal* drei Stunden. Das gilt für einen Erwachsenen bei ruhiger See. Nicht für die Bedingungen von gestern, bei denen man jedes bisschen Kraft braucht, um überhaupt den Kopf über Wasser zu halten. Daniel ist nach fünf Stunden geborgen worden und hätte kaum länger durchgehalten. Das ist die schlimmste Nachricht der Welt, Lucy. Das Schlimmste, was überhaupt passieren konnte. Es tut mir so, so leid, aber ich glaube, Sie müssen sich mit der Tatsache auseinandersetzen, dass es höchst unwahrscheinlich ist, Billie und Fin noch lebend wiederzufinden.»

Lucy schüttelt den Kopf. Ihre Wut von vorhin kehrt zurück, ein Vulkan, der auszubrechen droht. Wie kann es diese Polizistin wagen – diese sogenannte *Mutter* –, solche Gedanken auszusprechen? «Das ist vollkommener Blödsinn», fährt sie sie an. Sie wendet sich ab und nimmt die Flyer, die sie gerade ausgedruckt hat.

«Lucy, ich ...»

«Sie leben! Diese Überlebensanzüge, die wir gekauft haben, sind für die *Arktis* geeignet. Hier, sehen Sie selbst. Lesen Sie die Beschreibung.»

«Lucy, hören Sie ...»

«Daniel hätte Billie und Fin irgendwie in ihre Anzüge gesteckt, okay? Er hätte die Kinder immer vor seine eigenen Bedürfnisse gestellt. Deshalb ist er zuerst gefunden worden. Verstehen Sie nicht? Weil er dem Boot am nächsten war, weil er der Letzte war, der es verlassen hat. Das Meer gestern war unglaublich. Ich war ...»

«Lucy, letzte Nacht haben unsere Spurensicherer das ganze ...»

«... da draußen mittendrin ...»

«... Inventar der *Lazy Susan* durchsucht, und sie haben an Bord drei unbenutzte Überlebensanzüge gefunden.»

«Aber das bedeutet doch nicht ... es bedeutet nicht ...» Lucy verstummt und schluckt, blinzelt. Sie atmet und versucht sich zu fangen. «Sehen Sie sich das Foto an», fährt sie fort, und die Ausdrucke zittern in ihrer Hand. «Wir hatten einen für jeden von uns.»

«Lucy», sagt Sergeant Arnold sanft. «Hören Sie mir zu. Dieses Bild zeigt exakt den Überlebensanzug, den Daniel getragen hat, und es sieht haargenau so aus wie die drei, die wir an Bord gefunden haben. Es tut mir so leid. Wir glauben nicht, dass Ihre Kinder überlebt haben. Die Suchoperation wird weitergehen, aber es ist nicht länger eine aktive Rettungsaktion.»

Alles bleibt stehen. Alles.

Dann, ohne Vorwarnung, bricht der Vulkan aus.

Lucy lässt die rechte Hand vorschnellen und wirft den Drucker vom Schreibtisch. Sie packt den iMac und schleudert ihn gegen die Wand, packt ihn erneut, als er abprallt, und schleudert ihn durchs Büro. Dabei kippt ein Regal um, und Aktenordner fallen zu Boden.

Aber ihre Wut ist noch nicht verraucht. Sie hat noch nicht einmal richtig begonnen. Sie dreht sich schwer atmend und mit vor Rippenschmerzen zusammengebissenen Zähnen zu Arnold um.

Es ist jetzt klar, dass sie ganz allein ist, bis sie mit Daniel sprechen kann.

Sie bückt sich mühevoll und atmet dabei zischend aus. Sie hebt ihren Sturzhelm auf.

«Lucy, wo wollen Sie ...»

«Weg von *hier*!»

In der Bar sind die Unterhaltungen erneut erstorben. Diesmal weicht sie den Blicken der Leute aus. Erst als sie draußen ist, merkt sie, dass sie schluchzt. Sie steigt auf die Triumph, lässt den Schlüssel in die Zündung gleiten und tritt den Anlasser.

Der Motor reagiert. Ein dunkles Brüllen. Genau das braucht sie jetzt.

Keine Worte, nur Taten. Bewegung.

Billie und Fin starren sie aus den Fenstern an.

Man erntet, was man sät.

Sie hat keine Rettungsinsel mehr, keine Überlebensanzüge, nichts, was sie aufrecht hält, außer ihren blinden Glauben. Diese E-Mail hat alles verändert. Aber sie weiß, dass es richtig war, sie zu löschen. Weil sie nicht sicher ist, wo sie hinwill, dreht Lucy am Lenkergriff, um Gas zu geben, und fährt vom Hafenkai.

5

Lucy rast die Küstenstraße entlang, legt sich in die Kurven und reist in der Zeit zurück. Sie ist wieder in jener Nacht vor einer Woche. Sie steht barfuß neben Nicks Kamin. Der Cognac brennt in ihrer Kehle, sein Blick gleitet über ihren Körper.

«Und was hast du mir anzubieten?»

Sie antwortet ihm nicht sofort. Stattdessen nimmt sie ihren Drink mit zum Sofa. Ihre Füße hinterlassen nasse Fußspuren, Brotkrumen, denen Nick folgen kann. Und er folgt ihnen tatsächlich – wie ein Welpe oder ein Wolfsjunges, oder wie eine Schlange, die hinter ihrer Beute hergleitet.

Auf dem Sofa zieht Lucy ein Bein hoch und balanciert ihr Glas auf dem Knie. Aus dieser Nähe riecht sie mehr als nur Nicks Aftershave. Sie kann ihn riechen – seine mühsam aufrechterhaltene Zurückhaltung. Er nimmt einen Schluck Whisky. Sie tut es ihm nach, indem sie einen Schluck von ihrem Cognac nimmt.

«Was glaubt denn Daniel, wo du bist?»

«Im Drift Net. Er denkt, dass ich für eine Mitarbeiterin einspringe, die sich krankgemeldet hat.»

Ein Muskel an seinem Kiefer zuckt. «Samstagabend. Da schließt der Laden spät.»

«Sehr spät.»

Er grinst. «Viel Zeit zum Verhandeln.»

Sie lächelt ebenfalls. Sie hat das Gefühl, sich übergeben zu müssen. Aber wenn es einen Weg aus dieser Sache gibt – und sie *weiß*, dass es ihn gibt –, dann führt er über Nick.

Lucy schwenkt ihren Cognac. Er spielt dieses Spiel vielleicht besser als alle anderen, aber sie ist auch keine Anfängerin mehr. Nicks Gier nach dem, was er nicht hat, ist seine Schwäche. Wenn sie eine Information aus ihm herausholen kann, wenn es eine Chance gibt zu retten, was Daniel aufgebaut hat, dann wird sie sie finden.

Denn Lucy glaubt inzwischen, dass Nicks Betrug sich nicht nur darauf beschränkt, dass er seine Anteile an Hartland International verkauft hat. Sie hat in der letzten Nacht die Buchhaltung von Locke-Povey Marine überprüft. Geld ist von den Konten abgeflossen – in den letzten Wochen eine riesige Summe. Bisher konnte sie nicht herausfinden, wohin sie gegangen ist.

Vielleicht gibt es einen Weg, Nicks Anteile von Hartland zurückzugewinnen, vielleicht auch nicht. Aber Lucy wird das gestohlene Geld finden. Und sie wird Nick zwar nicht geben, was er im Gegenzug will, aber sie wird so tun, als ob.

Er rückt näher und lässt seinen Finger über ihren Arm gleiten. Es ist schwer zu sagen, ob er sein altes Rugby-Shirt bewundert oder das, was darunter ist. «Weißt du, ich hatte immer eine …», fängt er an, und dann explodiert etwas in der Eingangshalle.

6

Lucy reagiert zuerst. Vielleicht, weil sie mehr zu verlieren hat. Sie springt auf und lässt dabei ihr Glas fallen. Sie hört das Geräusch zerspringenden Glases auf dem Dielenboden kaum.

Nick ist einen Augenblick später auf den Beinen. Er stürzt zur Wohnzimmertür und reißt sie auf. Lucy folgt ihm, sie hört ihren Herzschlag in den Ohren dröhnen. Sie braucht einen Augenblick, um zu begreifen, was sie da sieht. Denn da scheint ein *Baum* in der Eingangshalle zu liegen. Um ihn herum liegen Glasscherben, Teile von schwarzem Ton und Erde.

«Soll das ein *Scherz* sein?», brüllt Nick.

Aber Lucy versteht, was passiert ist.

Es ist der in Form geschnittene Buchsbaum, der mit seinem Zwilling rechts und links der Eingangstür stand. Jemand muss ihn durch Nick Poveys Glastür geschleudert haben. Sie hebt den Blick von den Scherben und sieht Daniel auf der Schwelle stehen.

Ein Schreckenslaut kommt aus Lucys Kehle. Nick folgt ihrem Blick. Kalter Wind weht ins Haus. Regentropfen klatschen auf den Boden der Eingangshalle.

Daniel sagt kein Wort. Er starrt nur. Auf Lucys nackte Füße. Auf ihr feuchtes Haar. Auf das aufgeknöpfte Rugby-Shirt mit dem Namen seines besten Freundes darauf.

Das sieht nicht nur schlimm aus. Sondern katastrophal.

Sie senkt den Blick und sieht Blut an ihrem rechten Fuß. *Viel* Blut.

Lucy runzelt verwirrt die Stirn. Sie blickt sich um und sieht rote Fußspuren. Sie führen durch Glasscherben bis hin zu Nicks Sofa.

DREIUNDZWANZIG

1

Während Abraham auf den Rechtsanwalt wartet, spricht er mit dem Südwest-Büro des Strafverfolgungsdienstes der Krone in Exeter. Er bekommt einen Termin für später am Tag. Daniel Lockes Geständnis hat alles verändert, aber es ist noch eine Menge zu tun. Die Strafverfolgungsbehörde befürchtet einen Hinterhalt bei der gerichtlichen Anhörung. Unterdessen kann Locke ohne Anklage vierundzwanzig Stunden lang festgehalten werden – wobei kein Richter etwas gegen einen Verlängerungsantrag einzuwenden haben wird.

Abraham sitzt an seinem Schreibtisch und geht durch, was er über Daniel Locke erfahren hat. Er ist zweiundvierzig Jahre alt, in Skentel geboren. Er ist ausgebildeter Schiffsingenieur und Geschäftsführer und Teilhaber von Locke-Povey Marine. Abgesehen von ein paar Verkehrsordnungswidrigkeiten, die recht zahlreich sind, hat sich der Mann als Erwachsener nichts zuschulden kommen lassen. Wenn man weiter zurückgeht, sieht es schon etwas anders aus.

Im Alter von vierzehn Jahren musste er für den brutalen Überfall auf zwei schlafende Jungen in seinem Wohnheim sechs Monate Haft absitzen. Locke drosch mit einem Kricketschläger auf sie ein, um dann wieder ins Bett zu gehen. Am nächsten Morgen weigerte er sich, der Polizei irgendetwas zu sagen. Vor der Hauptverhandlung gestand er seine Schuld nur, um eine leichtere Strafe zu bekommen. Die Gewalttat, behauptete er, sei die Rache für Kränkungen gewesen, die beide Opfer leugneten.

Aber das ist nicht der einzige Eintrag in Lockes Akte. Ein Jahr zuvor hatte er gemeinsam mit seinem Freund Nick Povey eine Jugendstrafe absitzen müssen. Sie hatten über einen Zeitraum von sechs Wochen Alkohol aus Spirituosengeschäften in Plymouth gestohlen.

Abraham fragt sich, ob Lucy Locke all diese Einzelheiten aus Daniel Lockes Vergangenheit wohl kennt. Er muss immer daran denken, was ihr Ehemann im Krankenhaus gesagt hat – dass seine Frau alles verdiene, was sie bekomme. Und an seine Reaktion auf ihren Besuch.

Lucy hat gesagt, sie seien seit neun Jahren ein Paar und hätten nach zwei Jahren geheiratet.

Nur ein besonders perfides Ungeheuer kann zehn Jahre lang mit seiner Partnerin zusammenleben, um dann ihre beiden Kinder umzubringen. Und doch hat Abraham in seiner dreißig Jahre dauernden Karriere bereits eine Menge ähnlicher Gräueltaten gesehen. Gott hat der Menschheit den freien Willen geschenkt, und die Menschheit muss jetzt mit den Folgen leben.

Oder vielleicht hatte Gott da auch gar nicht seine Hände im Spiel.

Ohne Vorwarnung durchzuckt ein Schmerz seinen Rücken. Es ist ein schlimmer Schmerz. Der schlimmste bisher – als wollten sich Flügel mit scharfen Klingen unter seiner Haut ausbreiten. Er öffnet den Deckel seines Tablettenfläschchens und schluckt eine Oxycodon. Fünf Minuten lang konzentriert er sich ausschließlich auf seine Atmung, seinen Schmerz und seinen bröckelnden Glauben.

Hat sich Daniel Locke zusammen mit seinen Kindern umbringen wollen? War das der Grund für seine Wut im Krankenhaus? Und wenn es so war, warum hat er dann einen Überlebensanzug getragen? Abraham fragt sich, ob Daniel wohl findet, Glück gehabt zu haben.

Er schaut auf seinen Computerbildschirm. Die Gesichter von

241

Billie und Fin sehen ihn an. Ihr prüfender Blick ist schrecklich; ihre Unschuld zerreißt ihm das Herz. Er wird niemals eigene Kinder haben, aber wenn, dann würde er welche wollen, die genauso sind wie diese hier.

«Gott, mein Herr», flüstert er, «beschütze sie vor allen Gefahren der Seele und des Leibes; und sorge dafür, dass sie und ich, der ich dir näher rücke, in deiner Liebe und im Heiligen Geiste eins sind, und in der Gemeinschaft deiner Heiligen.»

Das Telefon auf dem Schreibtisch beginnt zu klingeln.

2

Dasselbe Zimmer. Dasselbe Aufnahmegerät. Eine andere Befragte.

Ihm gegenüber sitzt Beth McKaylin. Jahre der körperlichen Arbeit und der Sommersonne haben bei McKaylin ihre Spuren hinterlassen, aber unter dem Arbeitshemd aus Flanell ist ihr Körper muskulös und hart. Sie hat vor Kurzem aufgehört, sich das Haar zu färben, wie Abraham bemerkt. Sieben Zentimeter Grau sind am Ansatz ihrer kastanienbraunen Mähne zu sehen.

«Sie wohnen nicht in Skentel.»

McKaylin schüttelt den Kopf. «Nein, ich nicht. Ziehe ein einfacheres Leben vor. Habe einen festen Wohnwagen auf dem Penny Moon, oben beim alten Leuchtturm. Mir gehört der Platz.»

«Viel los?»

«In der Hochsaison kriege ich nicht mehr als vier Stunden Schlaf. Jetzt ist es stiller. Nur die paar Durchreisenden bis Weihnachten.»

«Haben Sie da oben Hilfe?»

«Aushilfen, meistens Kinder. Einige kommen vom Frauenhaus in Redlecker. Einen *Mann* hab ich nicht.»

Die Betonung ist wie ein hingeworfener Fehdehandschuh.
Abraham beschließt, ihn zu ignorieren. «Sie arbeiten freiwillig
für die Seenotrettung in Skentel?»

«Bin seit fünfzehn Jahren dabei.»

«Und Sie waren auch nach Daniel Lockes Notruf draußen?»

«Jawohl. Falls es einer war.»

«Soll heißen?»

«Hören Sie», sagt McKaylin. «Als die Küstenwache meinen
Pager anrief, war ich schon Minuten später am Bootshaus. Wir
sind sofort raus. Der Peiler hat eine Position für den Notruf ermittelt, aber als wir die *Lazy Susan* fanden, war sie nicht einmal
in der Nähe davon. Erzählen Sie mir nicht, dass das an der Strömung lag. Nach dem Notruf ist das Boot noch davongeflitzt, bevor sie leckschlug. Daniel Locke wollte vielleicht gerettet werden,
aber offenbar wollte er dasselbe nicht für seine Jacht. Oder die
Kinder.»

«Könnten Sie mir noch einmal der Reihe nach erklären, was
passiert ist, als Sie die Jacht fanden?»

«Als wir längsseits kamen, lag sie so tief im Wasser, dass ich
schon dachte, es ist hoffnungslos. Aber wir haben dann eine
Fremdlenzpumpe aufgestellt und konnten die Lecks mit ein paar
Leckstopfen reparieren.»

Abraham nickt. Das hat er selbst gesehen. «Sie waren die Erste
an Bord?»

«Nein. Das war Donny – Donahue O'Hare. Alter Seebär. Wenn
Sie in Skentel wohnten, würden Sie ihn gut kennen. Läuft immer
mit drei großen Dobermännern durch die Stadt, immer ohne Leine. Die sind total gehorsam, die Hunde. Sie schnüffeln oder lecken nicht, es sei denn, Donny erlaubt es ihnen. Jedenfalls war er
als Erster an Bord. Ich bin mit der Pumpe hinterhergekommen.»

«Haben Sie an Deck irgendetwas Ungewöhnliches bemerkt?»

«Außer, dass niemand an Bord war? Ich habe nichts Besonde-

243

res gesehen. Aber eins sag ich Ihnen – vermutlich halten Sie mich jetzt für eine Art Hexe –, aber ich habe auf dem Boot gespürt, wie ein *Schatten* auf mich fiel. So was habe ich noch nie erlebt. Schreckliches Gefühl, direkt in der Magengrube. Etwas wirklich Böses muss auf dieser Jacht passiert sein. Etwas so Schlimmes, dass sich die Erinnerung daran ins Deck eingebrannt hat. Wir wussten da noch gar nichts von den Kindern, aber ich kann nun mal nicht so tun, als hätte ich das nicht gefühlt.» Sie hält inne und kratzt sich die Achsel. «Sehen Sie? Wie ich schon sagte. Eine Art Hexe. Irres Gerede.»

In Abrahams Ohren klingt sie nicht verrückt. Er weiß besser als die meisten anderen, dass das Böse einen festen Platz in dieser Welt hat. Gestern erst hat er gespürt, wie der Teufel in den Fluren der Headlands Junior School herumstrich. Später, auf der *Lazy Susan*, hatte er exakt das Gefühl, das McKaylin beschreibt. Gestern Abend in Daniel Lockes Krankenhauszimmer hatte er es auch. Und dann wieder, als er ihn heute Morgen besuchte. «Wer war zuerst unter Deck? Sie oder O'Hare?»

«Muggins hier hat alles durchsucht, während Donny die Pumpe aufgebaut hat.»

«Die Luke war unverschlossen?»

«Unverschlossen. Sie stand weit offen. Dieses Boot war eine echte *Mary Celeste*, ein Geisterschiff. Ich hatte wirklich keine große Lust, nach unten in die Kabine zu steigen. Wie gesagt, da wusste ich noch nicht mal von den Kindern. Aber dieses Gefühl, das war unten noch schlimmer. So wie das, was man vermutlich fühlt, wenn man eins dieser polnischen Todeslager besucht. Natürlich standen wir bis zur Taille im Wasser. Man sah das Wasser durch den Rumpf dringen.»

«Durch die zerstörten Seeventile.»

«Genau.»

«Haben Sie sonst noch etwas bemerkt? Irgendwelche Anzeichen für einen Kampf? Etwas anderes, das irgendwie ... merkwürdig wirkte?»

«In dem Moment war ich mehr damit beschäftigt, die Lecks zuzustopfen, als damit, mich so richtig umzusehen. Hinterher habe ich etwas genauer hingesehen, aber da war nichts – wie nennt man das? – *Greifbares*. Nur, wie gesagt, dieses Gefühl, als lauere da etwas.»

Sie atmet tief durch und hält die Luft an, um sie dann langsam auszustoßen. Abraham wirft einen Blick auf das Logo, das sich auf ihrem T-Shirt dehnt, und fängt dann ihren Blick auf.

Beth McKaylin neigt den Kopf zur Seite. Mustert ihn. Blinzelt langsam, wie eine Katze.

«Als wir die Pumpe in Gang gesetzt und diese Lecks zugestopft hatten, war schnell klar, dass das Boot nicht sinken würde. Mann über Bord hat Priorität, daher ist unser Tamar gleich wieder wegbeordert worden. Unser Steuermann wollte die *Lazy Susan* aber trotzdem nicht einfach so treiben lassen. Nicht bei dem angekündigten Unwetter. Das Funkgerät funktionierte noch, also bin ich an Bord geblieben. Ein Tamar von unserer benachbarten Rettungsstation hat mich zurück in den Hafen gezogen.»

«Also waren Sie nicht auf dem Boot aus Skentel, als Daniel Locke gefunden wurde?»

Sie schüttelt den Kopf. «Sobald ich am Kai fertig war, bin ich sofort hoch zu St. Peter. Seit ich ein Kind war, bin ich nicht mehr dort gewesen, aber dieser *Schatten* – ich wollte ihn loswerden. Und in die Kirche zu gehen, schien mir der beste Weg. Von dort aus bin ich zurück ins Bootshaus. Ich habe Ihre Leute in den weißen Anzügen später auf der *Lazy Susan* gesehen, aber ich nehme mal an, dass sie nichts gefunden haben. Das Meerwasser hat ja alles fein sauber gewaschen.»

Abraham schürzt die Lippen, ohne etwas preiszugeben. «Ich

muss das hier zu einer Aussage zusammenfassen. Dann kann ich es Ihnen noch einmal vorlesen, bevor Sie es unterschreiben.»

«Kein Problem. Haben Sie schon mit ihr gesprochen?»

«Verzeihung?»

«Lucy Locke. Der Mann ist ja das eine, aber die Frau – *die* ist echt eine ganz andere Nummer.»

Abraham starrt sie an. «Reden Sie weiter.»

3

Beth McKaylin verzieht das Gesicht. «Ich plaudere hier aus dem Nähkästchen, das sollte ich wirklich nicht – noch dazu über eine Einheimische, was es doppelt schlimm macht, aber ...»

Sie verstummt. Er weiß, dass es am besten ist, jetzt nichts zu sagen. Nur lose Zungen müssen jede Gesprächspause füllen.

«Irgendwas an diesem Paar ist komisch, das habe ich immer gefunden.» McKaylin bläst die Backen auf. «So, jetzt ist es raus. Aber wenn Sie mich fragen, ist *sie* die treibende Kraft – diejenige mit den Ideen, mit der *Macht* in dieser Beziehung. Ich glaube kaum, dass in Daniel Lockes Kopf jemals etwas vorgegangen ist, von dem Lucy Locke nichts wusste. Und wenn da etwas war, was sie nicht mochte, hat sie dafür gesorgt, dass es verschwindet. Dieses Haus, das sie besitzen? Da oben auf Mortis Point? Herrje. Sie wissen, was ‹Mortis› bedeutet, oder? Vor ein paar hundert Jahren haben sie da Leute aufgehängt. Schmuggler und Diebe, Vergewaltiger und Mörder – sie wurden hoch zum Point geschafft und baumelten dann an einem riesigen Gerüst über dem Meer. Nicht nur die aus Skentel, sondern von überall her. Sie haben sie da oben auch begraben, oder ihre Leichen einfach von den Klippen geworfen. Man muss sich mal vorstellen, wie viel böses Karma man aufsaugt, wenn man an einem solchen Ort wohnt. Und

Lucy Locke …» McKaylin leckt sich über die Lippen, und ihr Blick verfinstert sich, als hätte sie etwas Verdorbenes geschmeckt. «Skentels Unternehmerin des Jahres. Was ist ihr Geheimnis, he? Anscheinend weiß das niemand. Hat hier gewohnt, bis sie achtzehn war, und in der Zeit mit der halben Stadt gevögelt. Ist nach London abgehauen und sechs Jahre später mit einem Kind wieder aufgetaucht. Und jetzt lebt sie anscheinend dieses perfekte Leben, aber ich sage Ihnen: Mannomann, die Schnecke ist *jähzornig*. Ich habe eine Seite von ihr gesehen, die sie verborgen hält. Und die ist hässlich. Beängstigend. Ich will nicht sagen, dass sie ihre Kinder umgebracht hat. Und ich sage auch nicht, dass sie *ihn* dazu gebracht hat. *Was* ich sage, weiß ich nicht genau – ich habe nur so ein Gefühl. Wie, als ich unten in der Kabine war.»

McKaylin grinst freudlos und verdreht die Augen. «Ich sollte vermutlich aufpassen, was ich sage.»

Ihr fehlen ein paar Zähne, bemerkt Abraham.

Seine Zunge befühlt die entsprechenden Zähne in seinem eigenen Mund. «Kümmern wir uns um Ihre Aussage.»

VIERUNDZWANZIG

1

Lucy parkt vor dem Krankenhaus und geht direkt zur Lundy Station. Am Empfang sagt man ihr, dass Daniel entlassen worden ist.

«Wohin entlassen?»

«Einfach nur ... äh ... entlassen. Ich weiß nicht, was er danach gemacht hat.»

Draußen schaut sie auf ihr Handy. So weit im Inland hat sie immerhin vier Empfangsbalken, aber keine Anrufe oder Textnachrichten. Als sie Daniel anruft, geht der Anruf direkt auf die Mailbox. «Ich bin's», sagt sie. «Ich bin im Krankenhaus. Sie haben gesagt, du seist entlassen worden. Ich weiß nicht, ob du dein Handy noch hast, aber wenn du das hier hörst, ruf mich bitte an.»

Lucy will noch mehr sagen, fängt sich dann aber. Es kann gut sein, dass Daniels Nachrichten abgehört werden. Sie legt auf und steigt wieder aufs Motorrad. Fünf Minuten später ist sie im Kommissariat, weist sich aus und fragt nach DI Abraham Rose.

Lucy weiß nicht, was sie ihm sagen soll. Sie kann sich nicht entscheiden, was sie verschweigen soll und was nicht. Ihr Hirn ist wie ein Wespennest, es summt und sticht. Sie sucht sich einen Stuhl und setzt sich darauf. Als sie die Augen schließt, sieht sie Billie und Fin, die großen Fotos in den Fenstern des Drift Net.

Ihre Hände liegen ruhelos im Schoß. Sie merkt, dass sie vor und zurück schaukelt. Zwingt sich, damit aufzuhören. Dann schweifen ihre Gedanken ab – und als sie wieder zu sich kommt, schaukelt sie sogar noch heftiger.

Zwanzig Minuten sitzt sie so da, als Beth McKaylin an ihr

248

vorbeigeht, das Handy ans Ohr gedrückt. Das Summen in Lucys Kopf wird stärker. Wenn Beth hier ausgesagt hat, dann ist das keine gute Nachricht. Sie schaut sich im Wartebereich um. Wie viele andere Einwohner von Skentel haben wohl ausgesagt? Wie viele haben eine Geschichte zu erzählen?

Sie denkt an Billies Party, an die Nacht des Blutmondes. An das, was im Arbeitszimmer passiert ist und einige Tage später in Nicks Haus. An all das, was die Polizei vermutlich über ihren Mann herausgefunden hat.

An all das, was sie vermutlich über sie herausgefunden haben.

«Lucy?»

Abraham Rose ist genauso imponierend, wie sie ihn in Erinnerung hat. Als sie aufsteht, streckt er ihr nicht die Hand hin.

«Tut mir leid, dass Sie warten mussten», sagt er. «Würden Sie mir bitte folgen?»

Er führt sie in einen fensterlosen Raum, in dem es stark nach Desinfektionsmittel riecht.

«Sie reden mit Beth McKaylin?», platzt sie heraus und verzieht das Gesicht, als sie seinen Blick sieht. «Tut mir leid. Ich weiß natürlich, dass Sie nicht darüber sprechen dürfen. Sie hat zu der Crew gehört, die die *Lazy Susan* gefunden hat. Es ist vermutlich völlig logisch, dass Sie mit ihr sprechen.»

Er beobachtet sie eine Weile, dann antwortet er. «Wie kommen Sie zurecht, Lucy?»

«Eine Polizistin ist zu mir in die Bar gekommen. Kontaktbeamtin. Sagte, es sei völlig unmöglich, dass Fin oder Billie überlebt haben könnten. Aber das ... Das stimmt nicht.»

«Ich habe gerade mit Sergeant Arnold gesprochen. Es tut mir sehr leid, wenn sie Sie aus der Fassung gebracht hat. Mir ist klar, dass dies eine schreckliche Situation ist. Aber ich bin froh, dass Sie hier sind. Ich wollte Sie gerade anrufen. Ich muss mit Ihnen über Daniel sprechen.»

«Ich muss mit *Ihnen* über Daniel sprechen. Ich komme gerade aus dem Krankenhaus. Er ist nicht mehr dort. Haben Sie ...» Sie findet nicht die richtigen Worte, und Luft bekommt sie auch nicht. «Ist er hier? Wenn ja, muss ich ihn unbedingt sehen.»

«Ich fürchte, das ist nicht möglich, Lucy. Im Moment noch nicht, weil ...»

«Also ist er hier?»

«Ja, aber ...»

«Bitte», sagt sie. «*Bitte* hören Sie mir einfach zu. Alle lassen mich reden, aber niemand hört richtig zu. Ich brauche Antworten, von Daniel. Er ist mein Mann, es sind unsere Kinder. All das hier ist ... Es wirbelt alles in meinem Kopf herum, und nichts davon ergibt Sinn. Was hat er Ihnen erzählt? Was sagt er?»

Lucy verstummt und denkt über ihre Worte nach. Ihre Gefühle sind derart außer Kontrolle, dass sie redet, ohne nachzudenken. Im Moment ist das nicht nur gefährlich. Sondern tödlich.

Abraham Rose beugt sich vor und stützt die Ellenbogen auf die Knie. «Lucy», sagt er. Seine Stimme hat sich verändert; sie ist jetzt feierlicher. «Wir haben Daniel heute Morgen unter Rechtsmittelbelehrung befragt. Es fällt mir schwer, es Ihnen zu sagen, und es wird Ihnen schwerfallen, es zu begreifen, aber Daniel hat während dieser Befragung den Mord an Billie und Fin zugegeben.»

Sie blinzelt. Seine Worte hallen lange in ihrem Schädel wider, bis sie sich endlich setzen. Und selbst dann muss sie sie innerlich wiederholen, um ihnen irgendeinen Sinn zu entlocken. Schließlich schüttelt sie den Kopf. «Nein, das stimmt nicht. Das kann nicht sein.»

Man erntet, was man sät.

Sie drückt sich die Hand in die Seite und steht mühsam auf. Hier kann sie nicht auf und ab gehen. Sie wendet sich in die eine Richtung, dann in die andere. «Das ... das ergibt überhaupt keinen Sinn. Hören Sie, lassen Sie mich mit ihm sprechen. Lassen Sie mich ...»

«Wie ich Ihnen schon sagte, wir können das zurzeit nicht zulassen. Nach einem Gespräch mit dem Strafverfolgungsdienst wird Daniel des zweifachen Mordes beschuldigt. In einer Stunde gibt es eine Pressekonferenz, in der das verkündet wird.»

Lucys linkes Bein gibt nach. Sie sinkt auf ein Knie. Abraham Rose greift nach ihr, aber sie winkt ab.

«Wenn Sie wollen», sagt er, «kann ich Jesse sagen, dass sie Sie nach Hause fahren soll.»

Sergeant Jesse Arnold ist der letzte Mensch, den sie sehen will. Lucy schüttelt den Kopf und scheucht damit das Wespennest auf. Sie hält sich an einem Stuhl fest und versucht, sich daran hochzuziehen. «Er kann nicht *gestanden* haben.»

«Lucy ...»

«Er kann nicht gestanden haben, weil sie nicht tot sind. Sie leben, alle beide. Ich *sage* es Ihnen.» Sie fühlt wieder diesen Schmerz in den Rippen. Glaubt einen Moment lang, dass sie sich übergeben muss. «Was passiert jetzt?»

«Jetzt, da er angeklagt wird, bleibt er hier in Gewahrsam bis zu seiner Anhörung vor Gericht – vermutlich gleich Montagmorgen. Danach wird er in ein Gefängnis gebracht, in dem noch Platz ist. Exeter vermutlich, wobei auch Dartmoor möglich ist. Es besteht auch die etwas unwahrscheinlichere Möglichkeit, dass er weiter weggebracht wird. Lucy, wenn Sie nicht von Jesse Arnold nach Hause gebracht werden wollen, soll ich Ihnen dann einen anderen Beamten suchen, der Sie fährt? Wenn Sie ein vertrautes Gesicht brauchen, mache ich das gern ...»

«Wann kann ich ihn sehen?»

Abraham drückt die Handflächen gegeneinander. «Das hängt vom Gefängnis ab. Es wird ungefähr einen Tag dauern, bis er in ihrem System ist. Und dann wird Daniel Sie auf seine Besucherliste setzen müssen. Falls er das tut – und das ist absolut *seine* Entscheidung –, können Sie einen Besuch anmelden. Normalerweise geht das bis zu achtundvierzig Stunden im Voraus. *Wollen Sie ihn denn sehen?*»

«Er ist mein Ehemann. Natürlich will ich das.»

Man erntet, was man sät.

Sie kann nicht mit der Polizei sprechen. Und sie weiß, dass Daniel es auch nicht tun wird. Was bedeutet: Bis sie sie zu ihm lassen, ist sie Billies und Fins einzige Hoffnung.

2

Eine Stunde später ist sie wieder zu Hause. Nur dass Wild Ridge kein Zuhause mehr ist. Es ist ein Museum. Wenn sie hindurchgeht, kommt sie sich vor wie einer der Kunstgegenstände. Egal, wohin sie schaut, überall sieht sie Spuren einer Familie, die jetzt verloren ist.

Im Wohnzimmer findet sie Fins Spiderman-Hausschuhe, die zwischen die Zimmerpflanzen geworfen sind. Eine Strickjacke von Billie hängt über einem Stuhl.

Lucy tritt ans Fenster. Draußen ist das Schlimmste vorbei. Das Meer sieht jetzt viel ruhiger aus. Es regnet nicht mehr, und selbst der Wind hat nachgelassen. Im Wasser sieht sie Fischerboote und Jachten. Skentels Rettungsboote kommen zurück in den Hafen. Wie viele von ihnen suchen noch? Wie viele sind bereits mit anderen Dingen beschäftigt?

Ihre Kinder können unmöglich so lange im Meer überlebt haben. Was bedeutet, wenn sie noch leben – *was sie tun, es muss einfach so sein* –, sind sie an Land gespült worden.

Es gibt viele mögliche Gründe dafür, dass die Teilnehmer an der Suchaktion sie nicht gefunden haben: schreckliche Wetterbe-

252

dingungen, begrenzte Manpower, eine kilometerlange wilde und unzugängliche Küste. Und auch ohne Überlebensanzüge oder andere Schutzmaßnahmen gibt es *dennoch* eine winzige Chance, dass sie so lange überlebt haben.

Was bedeutet das also für sie? Worauf kann sie ihre letzte Hoffnung setzen?

Billies Zimmer im oberen Stockwerk ist eine Kathedrale der Stille. Lucy zwingt sich dazu, die Schwelle zu übertreten, und atmet den Geist des Jimmy-Choo-Parfüms ihrer Tochter ein. Auf Billies Schminktisch liegen ein Haufen Armreifen und Kettchen, Ohrringe und Make-up-Fläschchen, Handy-Ladegeräte, leere Becher und Zeitschriften. Aber keine Spuren. Keine hastig hingekritzelten Nachrichten. Keine Hinweise auf das, was geschehen ist, oder wohin sie gegangen sein könnte.

Auf dem Fensterbrett liegt ein Armkettchen mit kleinen Anhängern: ein winziger Seestern, winzige Surfboards, winzige Muscheln. Billie hat es sich vor ein paar Jahren in einer Boutique in Cornwall gekauft. Lucy trägt Snig immer noch um den Arm gebunden. Jetzt legt sie sich das Armband ihrer Tochter ums Handgelenk.

Fins Zimmer ist noch schwerer. Alles darin ist so klein. Kleine Möbel, kleine Spielsachen, kleine Kleider. Auf seinem Kissen liegt ordentlich gefaltet sein Dinosaurier-Pyjama. Sein Iron-Man-Anzug hängt an der Tür.

Der Schreibtisch ihres Sohnes ist voller gefährlich hoher Stapel, die seine Interessen widerspiegeln: Comics, Legosets, ein halb auseinandergenommenes Telefon, ein halb zusammengebauter Detektorenempfänger, die eingetrockneten Reste alter Chemieexperimente, Sammlungen von Muscheln, Steinen und Fossilien. Wie ein gelber Wald sprießen überall Post-its, auf denen Fins schiefe Schrift zu sehen ist.

Miss Clay am Montag von tecktonischen Platten zerzählen.

Nach der Schule umbedingt Bogwort für mein Buch zeichnen.

Mummy fragen, ob wir Wikinger in der Familie haben.

Rausfinden, wann die nächste Montfinsterniss ist, und ob ich dann lange aufbleiben darf.

Daddy dran erinnern, über eine Playstäischen 5 nachzudenken.

Plötzlich kann Lucy nicht mehr atmen, ohne dass ihre gebrochenen Rippen sie stechen. Sie setzt sich auf Fins Bett und versucht, Luft zu bekommen. Auf einem Regalbrett steht eine Reihe von Modellen aus Metall: ein Volvo XC90, eine blaue Segelschaluppe, eine graue Jolle, ein Tamar-Rettungsboot, ein AgustaWestland-Hubschrauber, ein Sikorsky-S-92-Hubschrauber und eine Triumph Rocket.

Lucy betrachtet jedes Modell genau. Dann stemmt sie sich vom Bett hoch. Sie beißt gegen den Schmerz die Zähne zusammen und rennt aus dem Zimmer und die Treppe hinunter.

3

Draußen öffnet sie das Garagentor und schaltet die Neonbeleuchtung ein. Der Raum ist vollgestopft, aber nicht unordentlich: Tischlerwerkzeug, Gartenausrüstung, Kisten mit Dingen, die verschenkt werden sollen. Ganz hinten, mit Planen abgedeckt, liegt alles, was Daniel für die Restaurierung der *Lazy Susan* gebraucht hat, außerdem all ihre Jachtkleidung.

Lucy zieht eine Plane fort, und eine feine Staubwolke hebt sich. Sie riecht Benzin und Motoröl, Lack und Holz. Sie zieht weitere Planen fort. Bei jedem Fund schlägt ihr Herz schneller.

Sie holt ihr Handy hervor und wählt Abraham Roses Nummer. Als der Detective nicht rangeht, hinterlässt Lucy eine Nachricht. Hinter sich hört sie das Knallen und Knirschen von Kies – ein Fahrzeug fährt auf die Einfahrt. Sie tritt heraus und sieht, wie Noemie und Bee aus Tommos Wagen klettern.

«Süße», sagt Noemie, nachdem sie sie umarmt hat. «Wir haben es gerade von Jake erfahren. Bee und ich wollten, dass du es lieber von Freunden als von Fremden hörst. Die Suchaktion an der Küste ist noch in vollem Gang. Die meisten Leute aus Skentel sind draußen und suchen. Sie werden auch nicht aufhören, bis jeder Quadratzentimeter Küste abgesucht worden ist. Aber – das ist das Problem –, Jake sagt, dass die Küstenwache die Suche im Meer aufgibt. Die Medien haben es noch nicht gemeldet, aber das werden sie. Die Küstenwache sagt, dass es bei dieser Wassertemperatur, den Wetterbedingungen und der seit dem Notruf vergangenen Zeit absolut unmöglich ist, dass, na ja …»

Lucy nickt. Noemie muss es nicht aussprechen.

«Also hatten wir eine Idee», sagt Bee. «Etwas, was wieder Mut macht, wenn die Nachrichten kommen. Du hast gesagt, du wolltest Billie und Fin berühmt machen, damit sie gefunden werden. Wir dachten, wir halten heute Abend auf Penleith Beach eine Mahnwache ab. In Skentel wimmelt es gerade vor Medien. Ich bin mir ziemlich sicher, dass das Fernsehen darüber berichten wird. Wir wollten dich nur vorher fragen.»

«Ich finde … ich finde, das ist eine tolle Idee.»

«Da ist noch etwas», fügt Noemie hinzu. «Auch da ist es besser, wenn du es zuerst von uns hörst. Ein paar Journalisten da draußen versuchen, Leichen im Keller zu finden. Wir sind alle schon angesprochen worden. Natürlich sagt keiner was, aber wir wollten trotzdem, dass du es weißt.» Sie verstummt und wirft Bee einen kurzen Blick zu. Dann fragt sie: «Hast du noch mehr von der Polizei gehört? Einer von den Schmierfinken behauptet, Daniel sei aus dem Krankenhaus entlassen worden. Ist er hier?»

Lucy schüttelt den Kopf. «Er ist noch im Kommissariat.»

«Ist er ... hast du ihn gesehen?»

«Noch nicht.»

«Was sagt die Polizei denn?»

Es fällt mir schwer, es Ihnen zu sagen, aber Daniel hat während der Befragung den Mord an Billie und Fin zugegeben.

Lucy strafft die Schultern. Sie denkt daran, was sie gerade in der Garage entdeckt hat. Die Nachricht, die sie auf Abraham Roses Mailbox hinterlassen hat. «Kommt mal lieber mit rein.»

FÜNFUNDZWANZIG

1

Zwanzig Minuten später sitzt Abraham an seinem Schreibtisch und schaut auf eine lange Liste von Leuten, die er zurückrufen soll. Ein paar Augenblicke lang denkt er an sein Gespräch mit Lucy Locke. Erstaunlich, dass sie ihren Mann so verzweifelt sehen möchte, trotz Daniels Geständnis.

Ist Lucy wirklich so ahnungslos, was die Feindseligkeit ihres Ehemannes ihr gegenüber angeht? Sie war da, als er im Krankenhausbett durchgedreht ist. Gibt es einen Grund, einen anderen Grund als den, der auf der Hand liegt, dass sie so sehr auf ein Treffen besteht? Oder hat sie einfach Wahnvorstellungen?

Abraham denkt an Billie und Fin. Er fragt sich, wie es wohl war, in diesem Haus aufzuwachsen. Er weiß, dass Billie Locke sich bei Sea Shepherd, der Organisation zur Rettung der Meere, um eine Stelle beworben hat. Gab es abgesehen von ihrer Leidenschaft für Umweltthemen noch einen anderen Grund, von zu Hause wegzulaufen?

Er erinnert sich an sein Gespräch mit Sergeant Jesse Arnold, Lucy Lockes Kontaktbeamtin. Bedauerlich, dass das Wetterchaos den ersten Kontakt der beiden verhindert hat. Jetzt besteht nur noch eine geringe Chance, dass die beiden eine Vertrauensbeziehung aufbauen.

Arnold hat Lucy gesagt, dass die drei Überlebensanzüge an Bord der Jacht gefunden worden sind. «An diesem Punkt», berichtete Arnold, «ist sie praktisch durchgedreht. Und ich meine nicht, dass sie sich kurz aufgeregt hat. Das war ein ausgewachsener Wutanfall. Und er hat *lange* gedauert. Sie hat ihren Computer zerschlagen, Aktenordner vom Regal gefegt und eine Menge anderer Gegenstände zerstört. Aber was wirklich schlimm war, war ihr Blick. Einen Moment lang habe ich wirklich geglaubt, sie würde mich auch angreifen.»

«Aber das ist doch verständlich, oder nicht?»

«Um ganz ehrlich zu sein, bin ich mir da nicht so sicher. Das hier kam mir vor wie etwas anderes als Trauer. Ich bin kein ängstliches Mäuschen, aber ich war *wirklich* ungern mit ihr allein in dem Zimmer.»

«Was ist danach passiert?»

«Sie hat ihren Sturzhelm genommen und ist abgehauen. Es war alles … Ich weiß nicht, Sir. Es ist schwierig zu erklären, wie intensiv das war.»

Abraham erinnert sich an Lucys Verhalten im Krankenhaus. Wie sie schreiend in Daniels Zimmer in der Lundy Station gerannt kam. Er denkt an ihr Gespräch: dass sie ihren Mann immer noch sehen wollte, obwohl sie von dem Mordvorwurf gegen ihn wusste.

«Er kann nicht *gestanden* haben», hat sie gesagt.

Arnold ist nicht die einzige Polizistin, die Lucys Zorn zu spüren bekommen hat. Die Police Constables Noakes und Lamb – Ersthelfer im Hafen – haben mit ihr im Drift Net gesprochen. Zu der Zeit wusste noch niemand, dass Daniel Fin mit an Bord genommen hatte. Da war es verständlich, dass Lucy sich aufregte. Und doch fanden Noakes und Lamb ihr Verhalten merkwürdig. Lucy reagierte verärgert darauf, als man sie als Mrs Locke ansprach, und verlangte, bei ihrem Vornamen genannt zu werden. Und das schrie sie so laut, dass die halbe Bar verstummte.

Abraham erinnert sich an etwas, das sie ihm auf der Fahrt nach Skentel gesagt hat: *Ich war weg. Eine Weile. Dann bin ich zurückgekommen.*

Abraham schaut noch einmal in die Notizen. Dann tut er

258

etwas, das er nicht tun sollte: Er beginnt zu recherchieren. Der Computer der Nationalen Polizei hat keinen Eintrag über Lucy Locke, daher bittet er Cooper, in ECRIS nachzuschauen, dem Europäischen Strafregister. Die Daten darin sollten eigentlich ins Nationale Polizeicomputer-System eingespeist werden, aber das klappt nicht immer fehlerfrei. Danach ruft er Patrick Beckett aus dem Team für Finanzkriminalität an und bittet ihn, seine Ermittlungen auszuweiten.

Abraham wendet sich wieder seinem Laptop zu. Seine Hände schweben über der Tastatur. Er warnt sich selbst, nicht zu tun, was er gleich tun wird. Es wird nur wehtun. Es tut immer weh. Aber er tippt bereits. Und dann erscheint ihre Facebook-Seite auf seinem Bildschirm.

Noch keine Privatsphären-Einstellungen. Er kann alles ansehen, was sie postet, ohne mit ihr befreundet zu sein. Manchmal glaubt er fast, dass sie das absichtlich macht – ein Fenster offen lassen, durch das sie sehen kann. Aber das ist natürlich lächerlich. So viele Jahrzehnte sind vergangen. Vermutlich erinnert sie sich nicht einmal mehr an seinen Namen.

Sechs Monate ist es her, seit er das letzte Mal nachgesehen hat. Seither hat Sarah acht Mal etwas gepostet. Der letzte Post ist ein Selfie mit ihrem Ehemann und zwei erwachsenen Töchtern. Sie stehen auf einem Hügel in den Walliser Alpen, vom Regen durchnässt und vom Wind durchgepustet: *Sie haben mir für später ein knisterndes Feuer, Hackbraten und Rotwein versprochen. Wehe, wenn sie gelogen haben!!!!*

Abraham scrollt sich durch ihre weiteren Posts: Schnappschüsse einer Frau, die ihr Lebensglück genießt. *Was bist du doch für ein Trottel,* denkt er. *Was für einen Mist hast du aus deinem Leben gemacht.*

Zehn Minuten später hält er seine Pressekonferenz. Er sagt den versammelten Journalisten, dass Daniel Locke gestanden hat und daher der Morde an Billie und Fin angeklagt wird. Er beantwortet ungefähr ein Dutzend Fragen und geht dann zu seinem Auto.

2

Bibi Trixibelle Carter ist ganz anders, als Abraham sie sich nach ihrem Telefongespräch vorgestellt hat. Er hat eine alte Frau mit Perlenkette und staubigem Hauskleid erwartet, vermutlich umgeben von Katzen. Aber was er zu sehen bekommt, sind Gummistiefel, eine dornenzerkratzte Barbour-Jacke und ein Rudel kläffender Hunde. Bibi selbst hat weiße Haare und ist spindeldürr. Abraham kann ihr Alter nicht einschätzen. Sie könnte genauso gut siebzig Jahre alt sein wie hundert.

Ihr Haus steht an der Küstenstraße, drei Kilometer von Skentel entfernt, kein anderes Haus weit und breit. Sie wartet bei seiner Ankunft schon draußen und wirft ihren Hunden Kadaverklumpen zu, die aussehen, als wären sie selbst geschlachtet. Als Abraham durch das Tor tritt, legen zwei gefleckte Jagdhunde ihre Pfoten auf seinen Bauch und beschnüffeln eifrig seinen Schritt.

«Nero! Trajan! Lasst den armen Mann in Ruhe», ruft Bibi. Sie wirft einen ekligen Fleischbrocken vor Abrahams Füße. Die Tiere stürzen sich bellend darauf. «Ins Haus mit Ihnen», sagt sie zu ihm. «Ich koche eine Kanne Tee.»

Drinnen sieht es so aus, als wären die Räume seit fünfzig Jahren nicht mehr renoviert worden: abgenutzte Teppiche, von den Hunden zerkratzte Möbel und Risse im Putz an den Wänden. Bibi räumt einen Haufen Zeitungen weg, damit er sich auf das Ledersofa setzen kann. Sie serviert den Earl Grey in allerfeinsten Porzellantassen. Dann schürt sie das Feuer und setzt sich in einen Ohrensessel. «Sagen Sie mir bitte noch einmal Ihren Dienstgrad.»

«Detective Inspector Abraham Rose.»

«Detective Inspector, das ist gut. Und Abraham ist ein schöner Name.»

«Danke. Tut mir leid, dass ich am Telefon so kurz angebunden war. Vielleicht könnten Sie mir noch einmal sagen, was genau Sie gesehen zu haben glauben.»

Bibi schüttelt den Kopf. «Ich sage Ihnen, was ich gesehen habe, Detective Inspector. Nicht, was ich *glaube*, gesehen zu haben.» Damit stellt sie ihre Tasse ab. «Es war am Freitagmorgen, zehn nach elf. Ich bin mit Marjorie nach Soundsett gefahren.»

«Marjorie?»

«Ihre Analdrüsen mussten ausgedrückt werden, und das ist kein Job, den ich besonders gerne mache.»

«Marjorie ist ein Hund?»

«Na ja, sie ist ganz sicher kein Gemeindemitglied. Wenn Sie über Skentel hierhergefahren sind, dann sind Sie an der Haltebucht vorbeigekommen, von der ich Ihnen erzählt habe. Da habe ich sie gesehen. Ein großer grauer Volvo – sah aus wie ein Geländewagen –, und dahinter stand ein schwarzes Auto, viel kleiner. Neben dem Volvo stand ein Mädchen und redete durchs Fenster mit dem Fahrer. Blonde Haare, schwarze Shorts. Ich erinnere mich daran, wie ich dachte, es ist doch ein viel zu kalter Tag für nackte Beine. Auf der anderen Seite des Volvos saß jemand mit einem grauen Oberteil mit Kapuze, die er sich ins Gesicht gezogen hatte. Als ich eine Stunde später wieder vorbeifuhr, stand das schwarze Auto allein da, und es war niemand mehr zu sehen.»

«Verzeihung», sagt Abraham. «Das sind aber bemerkenswert viele Einzelheiten.»

«Sie sind Detective.»

«Ja.»

«Ich bin mir sicher, dass Sie deswegen Ihrer Umgebung und dem, was um Sie herum passiert, immer viel Aufmerksamkeit schenken.»

«Natürlich. Aber die meisten Leute tun das nicht.»

«Ich», sagt Bibi Trixibelle Carter, «gehöre nicht zu diesen Leuten.»

Abraham nickt gehorsam. Er nimmt einen Schluck Tee. Er ist hervorragend, genau, wie er es erwartet hat.

«Wir hatten in letzter Zeit schreckliche Probleme mit illegalen Mülldeponien», fährt Bibi fort. «Ich bin langsam an ihnen vorbeigefahren, weil ich sehen wollte, was sie vorhatten. Der mit dem grauen Kapuzenpulli hat sich geduckt, als ich vorbeifuhr, aber sie schienen nichts abladen zu wollen, und ich konnte ja kaum aussteigen und fragen. Ich bin ja keine Wichtigtuerin. Stattdessen habe ich getan, was ich immer tue, und mir einen Teil des Volvo-Kennzeichens gemerkt: BLK.»

«BLK? Daran erinnern Sie sich?»

Bibi sieht ihn unverwandt an und verengt die Augen zu Schlitzen.

«Verstehe. Haben Sie sich vielleicht auch die Marke oder das Modell des zweiten Autos gemerkt?»

«Darauf habe ich nicht ganz so sehr geachtet. Wenn sie illegal Müll hätten abladen wollen, hätten sie es vermutlich mit dem Volvo getan. Aber ich kann Ihnen sagen, dass es ein Kombi war. Kein Ford – vermutlich eher ein Japaner.»

«Und der Wagen war ganz sicher ...» *Schwarz?*, fragt Abraham beinahe, hält sich aber gerade noch zurück. Er räuspert sich. «Diese Gestalt in Grau, auf der anderen Seite des Volvos. Was können Sie mir über sie noch sagen?»

«Nicht viel mehr. Wie ich schon erwähnte, er hat sich sofort geduckt, als ich vorbeifuhr.»

«Sie haben ein Gesicht gesehen?»

«Nein. Wie gesagt – er hatte sich die Kapuze tief ins Gesicht gezogen.»

«Ich frage mich nur, warum Sie ‹er› sagen.»

Bibi blinzelt und schaut zur Wand. Dann sieht sie Abraham wieder an. «Sie haben völlig recht, das zu hinterfragen. Rückblickend muss ich gestehen, es hat nichts darauf hingewiesen, dass es ein Mann war.»

«Es hätte auch eine Frau sein können?»

«Es hätte leicht auch eine Frau sein können.»

Abraham nimmt noch einen Schluck Tee. Er sitzt schweigend da und denkt darüber nach, was er da gehört hat. BLK ist ein Teil von Daniel Lockes Kennzeichen. Die Zeit passt ebenfalls – Locke hat die Schule um elf verlassen und ist zwanzig Minuten später in Skentel angekommen.

Er öffnet die mitgebrachte Akte, holt ein Foto heraus und reicht es Bibi.

Sie nimmt es und blinzelt. «Das sieht ... Ja. Das sieht sehr aus wie das Mädchen, das mit dem Fahrer gesprochen hat. Und tatsächlich erinnere ich mich an eine Stelle auf ihrem Bein, die leicht ein Tattoo hätte sein können. Ist das ...»

«Billie Locke, ja.» Irgendwo im Haus tickt eine Standuhr, tief und sonor. Unter dem Kaminsims fällt ein Scheit ins Feuer. «Der Volvo stand in Ihre Richtung, als Sie vorbeigefahren sind?»

«Von Skentel abgewandt. In Richtung Redlecker.»

«Nur noch eine Frage: Sie haben die Zeit sehr präzise angegeben. Zehn nach elf, haben Sie gesagt.»

Bibi hebt eine Augenbraue. «Das ist eine Aussage, keine Frage.»

«Ich versuche nur zu verstehen, warum Sie sich da so sicher sind.»

«Direkt, nachdem ich vorbeigefahren bin, habe ich auf die Uhr am Armaturenbrett gesehen und Marjorie die Uhrzeit gesagt.» Bibi tippt sich mit ihrem dünnen Zeigefinger gegen die Schläfe. «Und dann habe ich sie mir gemerkt.»

Abraham nickt. Unter anderen Umständen hätte er in Bibi Trixibelle Carter vielleicht eine Freundin gefunden. Er trinkt seinen Tee aus und schaut sich um. Über einem viel zu vollen Bücherregal hängt ein Kreuz. In einer Ecke bildet eine Gruppe staubiger Schnitzfiguren eine Krippenszene, die seit Weihnachten nicht weggepackt wurde.

Er verspürt hier Frieden. Fühlt sich weniger verlassen, weniger allein. Seit seiner Ankunft hat er absolut keine Schmerzen gehabt.

«Möchten Sie vielleicht noch ein Tässchen Tee, Detective Inspector Rose?»

Sag Ja.

Bleib ein Weilchen.

Unterhalt dich mit ihr über etwas. Über irgendwas.

«Abraham?»

Er stellt die Tasse ab und bringt von irgendwo aus den Tiefen seiner Seele ein Lächeln zustande. «Ich fürchte, ich werde anderweitig gebraucht.»

SECHSUNDZWANZIG

1

Früher Abend. Endlich ändert sich das Wetter.

Der Wind erstirbt. Das Meer ist jetzt seit Tagen zum ersten Mal wieder ruhig. Die letzten Wolken segeln Richtung Osten und hinterlassen einen schwarzen Himmel, übersät mit Sternen. Über Mortis Point steht ein runder Mond, der sein Licht verströmt. Und unten im Sand von Penleith Beach haben sich die Einwohner versammelt, weil zwei der Ihren vermisst werden.

Lucy und Noemie kommen gegen acht an. Sie parken am Ende einer langen Reihe von Fahrzeugen und steigen die Düne hinunter. Unter ihnen erstreckt sich Penleiths flacher Sand sanft bis zum Meer. Die Flut ist gekommen und wieder gegangen. Abgesehen von den Felsbrocken und Steinen an der südlichen Flanke sieht der Strand aus wie vor dem Sturm. Bis auf die Menschenmenge natürlich.

Lucy sieht viele vertraute Gesichter: Jake Farrell spricht mit seinen Seenotrettungskollegen, darunter Beth McKaylin. Wayland Rawlings vom Modellbauladen unterhält sich angeregt mit Ravinder Turkish vom «Lorbeer» und Jane Watson von der Apotheke. Matt Guinness, Lucys alter Klassenkamerad, steht bei seiner Mutter und einigen ihrer Freundinnen.

Der Aufruf hat nicht nur Leute aus Skentel auf den Plan gerufen, sondern auch Familien aus Fins Schule, die viel weiter entfernt wohnen. Marjorie Knox, die Schuldirektorin, spricht zu einer Gruppe, in der auch Miss Clay steht, die Fin unterrichtet. Sie sieht Ed, der aussieht, als hätte er kaum geschlafen, außerdem Billies Freunde vom College, von ihrer Theatergruppe und ihren verschiedenen Ehrenämtern. Dann sind da Leute, die Lucy schon mal gesehen hat, aber kaum kennt, und eine noch größere Gruppe von Menschen, die sie noch nie gesehen hat – Leute aus Redlecker vielleicht oder von weiter her aus dem Inland. Es sind schon Hunderte von Menschen da. Und ein stetiger Strom von Fahrzeugen holpert den Weg von der Küstenstraße hier herunter.

Petroleumfackeln aus Bambus sind in den Sand gesteckt worden. Ihre gelben Flammen rauchen. Zwei Männer halten bei Tischen auf Böcken ein Treibgut-Lagerfeuer in Gang; Bee und Tommo stehen dahinter und arbeiten hart, servieren Tee und Kaffee aus sechs riesigen Kaffeekannen. Viele in der Menge halten Marmeladengläser an Drahtgriffen, in denen Teelichte brennen. Einige tragen Leuchtstäbe um den Hals oder die Handgelenke, manche haben Taschenlampen dabei.

Lucys Kehle schnürt sich sofort zu, als sie die Namen von Billie und Fin erkennt, gebildet in riesigen Buchstaben aus Hunderten, vielleicht Tausenden Kerzen, die in Gläsern flackern. Es sieht magisch aus; unaussprechlich stark. Lucy spürt beinahe die Hitze, die von den Namen ihrer Kinder aufsteigt.

BILLIE   FIN

«Alles okay mit dir?», fragt Noemie und schimpft sich dann selbst. «Tut mir leid. Ich frage das dauernd. Saudumme Frage.»

«Diese Pressekonferenz», erwidert Lucy und betrachtet die Menge. «Alle müssen sie gesehen haben. Inzwischen weiß jeder, dass Daniel Mord zur Last gelegt wird. Das stimmt nicht, weil Billie und Fin noch am Leben sind. Aber auch wenn *ich* das weiß, wissen sie es nicht – was bedeutet, dass dies hier für die meisten keine Mahnwache mehr ist, oder? Sondern eine Totenwache.»

«Ach, Süße.» Noemie sieht aus, als müsste sie die Tränen

zurückhalten. «Wir müssen das nicht tun. Wir können einfach umdrehen, wenn du möchtest. Ich kann dich zum Haus hochfahren.»

«Nein, es geht schon.» Irgendwo in sich findet Lucy ein Lächeln. «Sieh nur die ganzen Menschen. Ihr ... Das hier war *ganz genau* das, was wir tun mussten – alle zusammentrommeln und uns auf Billie und Fin konzentrieren. Wir müssen sie nur davon überzeugen, weiterzusuchen, Vertrauen zu haben.» Sie rollt die Schultern. «Lass uns da runtergehen.»

2

Minuten später hat sie ebenfalls ein Marmeladenglas mit Drahtgriff in der Hand. Luke Creese, der Pastor von St. Peter, zündet sein Teelicht an.

«Lucy», sagt er und berührt ihren Arm. «Keiner von uns kann sich vorstellen, was Sie gerade durchmachen. Ich weiß, dass Sie nicht regelmäßig in unsere Kirche kommen, aber ich habe so viele Geschichten über Sie und Daniel, Billie und Fin gehört. Ich habe das Gefühl, Sie alle vier kennenzulernen. Eins kann ich voller Überzeugung sagen – in Skentel gibt es so viel Zuneigung für Sie. So viel Zuneigung auch hier heute Abend. Wenn ich Sie praktisch oder spirituell irgendwie unterstützen kann – Sie müssen nur fragen.»

Lucy nickt. Als sich ihre Augen mit Tränen zu füllen beginnen, schiebt sie das Kinn vor.

Creeses Gesicht legt sich in mitfühlende Falten. «Bei Gelegenheiten wie diesen, wenn die Menschen sich solidarisch zusammenschließen, hilft es manchmal, eine Struktur zu haben – einen Punkt, auf den man sich konzentrieren kann, wenn Sie so wollen. Vielleicht haben Sie schon etwas geplant, aber wenn Sie möchten, sage ich ein paar Worte. Fragen Sie unbedingt, das Angebot steht. Es muss ja keine parteipolitische Sendung an Gott sein. Ich hoffe, Sie finden das nicht unpassend.»

«Erlaubt Ihr Gott das hier?», fragt Lucy. Sie mustert Creeses Gesicht. «Ich bin nicht … ich möchte es wirklich wissen.»

Der Pastor schaut hinaus aufs Meer, bevor er sie wieder ansieht. «Ja. Das tut er. Und manchmal ist das unglaublich schwierig zu verstehen. Gott bietet uns nicht immer Antworten, Lucy. In diesem Leben verstehen wir vielleicht niemals ganz, warum manche Dinge geschehen. Aber Gott bietet uns *immer* sich selbst an. Egal, welche Härten wir erleiden, wir können uns entscheiden, sie mit Gott zu ertragen oder ohne ihn.»

Lucys Hände ballen sich zu Fäusten. Sie will wütend werden auf Creese, aber sie erkennt sein Mitgefühl. Sie weiß, dass seine Worte von Herzen kommen. Vor nur einigen Momenten hat sie selbst noch betont, wie wichtig Vertrauen, Glauben ist. Plötzlich möchte sie mehr als alles andere auf der Welt an Creeses Gott glauben können.

«Ich glaube, das fände ich schön», sagt sie schließlich. «Wenn Sie etwas sagen würden, meine ich. Aber was Sie sagen, muss sich um Billie und Fin drehen. Darum, sie nach Hause zu bringen.»

3

Der Mond zieht über den Himmel und wirft blasses Licht aufs Meer. Noch mehr Fahrzeuge kommen an. Weitere Menschen klettern über die Dünen. Mehr Teelichte und Kerzen werden zu Billies und Fins Ehren gestellt. Kinder sammeln Muscheln und legen Muster und Bilder.

Lucy erfährt eine Unterstützung, mit der sie nie gerechnet

hätte. Aber abgesehen vom Pastor erwähnt niemand Daniel. In den Gesprächen geht es immer nur um Billie und Fin. Die Leute tauschen Anekdoten aus. Lucy hört Geschichten von anderen, die man schon im Meer ertrunken wähnte und die doch zurückgekehrt sind.

Ein Lautsprechersystem wird im Sand aufgebaut. Als Creese spricht, sagt er genau die richtigen Worte. Er klettert auf eine Milchkiste, um zu der Menge zu sprechen, er feiert Billie und Fin, lobt die Reaktion der Gemeinde und dankt den Anwesenden für ihre Bemühungen. In seiner Rede gibt es nicht den kleinsten Hauch von Schwarzseherei oder resignierter Ergebenheit ins Schicksal. Er endet mit einem schlichten Gebet. Zu ihrer Überraschung ertappt sich Lucy dabei, wie sie ebenfalls den Kopf senkt. Als sie aufschaut, bietet Creese ihr das Mikrofon an.

Sie nimmt es und schaut über die vom Kerzenlicht erhellten Gesichter vor ihr. Vor nur vierundzwanzig Stunden hätte sie allein der Gedanke, zu einer solchen Menge zu sprechen, mit Angst und Schrecken erfüllt. Jetzt fühlt sie sich seltsam ruhig.

Sie wiederholt Creeses Dank. Dann beginnt sie mit ihrer eigenen Botschaft. «Sie leben noch», sagt sie. «Ich weiß, dass es so ist. Und ich weiß auch, dass einige von euch das für unmöglich halten. Die Polizei hat es in ihrer Pressekonferenz nicht erwähnt, aber ihr werdet bald hören, dass Billies und Fins Überlebensanzüge auf der Jacht gefunden wurden.»

Ein bestürztes Murmeln geht durch die Menge. Lucy versucht es zu ignorieren. «Aber ihr werdet auch noch etwas anderes erfahren. Wir haben nicht nur unser Rettungsboot, sondern auch ein kleines Beiboot: hellgrau, faltbar, abnehmbarer Außenbordmotor. Wir haben es ein paar Jahre nicht mehr benutzt, aber als ich vor ein paar Stunden in unserer Garage nachgesehen habe, war es nicht mehr da. Es kann nur wieder auf dem Boot gewesen sein. Aber die Polizei sagte, sie habe es nicht gefunden. Daniel war elf Kilometer weit draußen auf dem Meer, als er seinen Notruf abgesetzt hat. Billie wusste, wie man mit dem Außenborder umgeht, aber unter den Wetterbedingungen hat sie vermutlich das Land nicht sehen können. Wenn sie auch nur ein bisschen vom richtigen Kurs abgekommen ist, können sie und Fin buchstäblich überall an dieser Küste an Land geschwemmt worden sein. Und wenn sie nicht so lange im Wasser waren, wie wir bisher geglaubt haben, sind ihre Überlebenschancen deutlich höher.»

Sie hält inne und schaut denen, die in der Nähe stehen, direkt in die Augen. «Das Wichtigste – das, was ich euch bitte, immer im Kopf zu behalten – ist das, was ich zu Beginn gesagt habe. Ich weiß tief in meinem Herzen, dass Billie und Fin am Leben sind. Ich *weiß* es. Also glaubt bitte an sie. Bitte sucht weiter. Danke.»

Sie schaltet das Mikro aus. Der Klang ihrer Stimme wird durch das Brausen der Dünung und durch das Knacken und Prasseln des Lagerfeuers ersetzt.

Dann erhebt sich aus der Mitte der Menge ein goldenes Licht. Lucy blinzelt und kann einen Moment lang nicht begreifen, was sie da sieht. Ein weiteres Licht steigt empor. Aus den zweien werden fünf, dann zwanzig, dann fünfzig. Jedes Licht ist ein kleiner Feuerball unter einer Papierlaterne. Sie erleuchten den Himmel in allen Pastellfarben. Lucy schaut zu, wie sie aufsteigen, und fühlt sich leichter als Luft, als könnte sie ihnen beim kleinsten Windhauch folgen.

Schwarzer Himmel, gesprenkelt mit Sternen. Hundert leuchtende Laternen, die zu ihm hinaufsteigen. Sie sieht zu, wie sie Richtung Süden nach Mortis Point schweben. Schließlich treiben sie auseinander, eine träge Farbprozession. Das Spektakel hat etwas Himmlisches. Etwas, das jeden berührt, der ihm zusieht.

Unten auf dem Strand lässt eine Brise die Kerzen blaken, die Billies und Fins Namen bilden. Sie flackern, aber keine von ihnen erlischt.

SIEBENUNDZWANZIG

1

An der Texaco-Tankstelle in Barnstaple kauft sich Abraham Zigaretten und raucht zwei davon auf der Fahrt nach Skentel. Er hat ein schlechtes Gefühl, und es wird immer schlechter – nicht nur, was Daniel und Lucy Locke angeht, sondern den gesamten Fall und das, was mit diesen Kindern passiert ist.

Daniel Locke hat vielleicht gestanden, aber er hat sich inzwischen mit einem Anwalt bewaffnet. Wenn die Aussage zurückgezogen wird, was dann? Einige von Abrahams Vorgesetzten murren bereits, dass es vielleicht nicht besonders weise war, Locke so schnell nach seiner Entlassung aus dem Krankenhaus zu verhören. Wenn die Aussage zurückgezogen wird, dann wird man zweifellos seinen geistigen Zustand zum Vorwand nehmen. Abraham kann zwar beweisen, dass die *Lazy Susan* versenkt wurde, aber nicht das, was an Bord geschehen ist. Und das Boot ist als Tatort buchstäblich ein Schlag ins Wasser.

Lucy Lockes Anruf heute Nachmittag macht das Wasser, in dem er fischt, noch trüber. Plötzlich fehlt ein Beiboot – offensichtlich ein Fluchtmittel für Billie und Fin, aber noch offensichtlicher der Rettungsring für eine Verteidigung, die versuchen wird, eine Mordanklage abzuwehren. Lucy hat keinen Beweis dafür geliefert, dass es das Beiboot überhaupt gibt, aber Abraham kann auch nicht beweisen, dass es nicht so ist. Vielleicht sagt sie die Wahrheit. Vielleicht auch nicht. Es gibt keine amtliche Registrierung für ein Boot dieser Größe.

Daniel Locke bereut sein Geständnis vielleicht schon. Die Geschehnisse allerdings entwickeln sich zu seinen Gunsten. Wenn

Abraham an das Gespräch mit dem Mann im Verhörraum und an seine ungezügelte Wut im Krankenhaus denkt, packt er das Lenkrad fester.

Ich habe eine Botschaft. Eine Botschaft für diese Schlampe. Sagen Sie ihr, sie verdient all das, was sie verdammt noch mal bekommt.

Unerklärlich, wirklich. Denn *diese Schlampe* hat Daniel gerade einen Rettungsring zugeworfen, und er wäre dumm, wenn er nicht mit beiden Händen danach greifen würde.

Nördlich von Skentel folgt er dem Weg hinunter nach Penleith Beach und parkt am Ende einer endlos langen Reihe von Fahrzeugen. Als er auf der Düne steht, sieht er die Menge, die sich für die Wache versammelt hat. Ein Pastor aus der örtlichen Kirche spricht zu den Leuten.

Die Worte des Mannes sollen tröstlich sein, aber Abraham findet sie nichtssagend. Luke Creese, so scheint es, ist die Sorte Prediger, die sich fast vollständig von dem Gott Elias und Jesajas abgewandt hat.

Abraham schließt beim Gebet nicht die Augen. Er behält Lucy Locke im Blick. Er ist überrascht, dass sie den Kopf senkt, und noch überraschter, als sie die Hände faltet. Spielt sie das nur vor? War sie schon immer religiös?

Das Gebet endet. Der Priester reicht Lucy das Mikro. Sie blickt über die Menge hinweg, als wäre sie nicht sicher, was sie sagen soll, aber als sie spricht, ist alle Unsicherheit verflogen. Sie dankt allen für die Unterstützung. Dann erzählt sie dieselbe Geschichte, die sie auch Abraham erzählt hat: das Beiboot, das nicht mehr in der Garage steht; ihre Überzeugung, dass Billie und Fin es benutzt haben müssen, um ans Ufer zu gelangen. Einige in der Menge scheint diese Nachricht aufzurütteln. Andere beäugen Lucy nur noch misstrauischer.

Abraham spürt, wie sich die öffentliche Meinung wie das Wetter der letzten Tage langsam verschiebt. Das Beiboot, sei es nun real oder nur eingebildet, wird die wichtigste Tatsache im Kopf der Leute nicht verändern – Daniel Locke hat bereits gestanden.

Lucy hört auf zu sprechen. Eine chinesische Papierlaterne steigt aus der Menge auf. Andere schweben hinterher, eine stille Flotte auf dem Weg in den Himmel. Abraham schaut eine Weile zu. Dann wendet er seine Aufmerksamkeit wieder Lucy zu, die den Blick auf die Teelichte gerichtet hat, die die Namen ihrer Kinder bilden. Nur Augenblicke später hebt sie den Blick zur Düne, auf der Abraham steht. Er ertappt sich dabei, wie er in ihre Augen starrt. Die messerscharfen Flügel unter seiner Haut spannen sich an und drohen, sein Fleisch aufplatzen zu lassen. Er beißt vor Schmerzen die Zähne zusammen.

Daniel Locke weiß mehr, als er sagt. Und es hat immer mehr den Anschein, als wüsste Lucy Locke ebenfalls etwas. Abraham muss jetzt bald handeln. Nicht als Vertreter des Gesetzes vielleicht, sondern als Gottes stumpfes Werkzeug. Er folgt einer höheren Autorität. Er …

«Samson», sagt eine Stimme.

Er wirbelt herum. Emma Douglas steht neben ihm, eine Zigarette im Mund. Sie schaut über die Menge hinweg und atmet Rauch in die Nachtluft. «Dieses Beiboot. Ist das Blödsinn?»

«Ich darf nicht über den Fall sprechen.»

Sie zieht an ihrer Zigarette. «Ich höre interessante Dinge über die Lockes.»

«Wenn Sie etwas wissen …»

«Entspannen Sie sich, Samson. Wenn es wichtig ist, erfahren Sie es noch früh genug. Sie ist ziemlich überzeugend – die Mutter. Glauben Sie, dass das, was sie gesagt hat, wahr sein könnte? Dass die beiden Kinder überlebt haben?»

«Es gibt immer …» Er verstummt und ärgert sich über sich selbst.

«Es gibt immer was?»

«Sie waren auf der Pressekonferenz. Daniel Locke hat gestanden. Wir werden ihn der Morde an den Kindern anklagen.»

«Aber was – haben Sie Zweifel?»

«Überhaupt nicht. Ich ...»

«Sie glauben, sie könnten noch am Leben sein?»

«Diese Unterhaltung», sagt er, «ist beendet.»

2

Abraham fährt zurück ins Kommissariat und muss dabei die ganze Zeit an Lucy Locke denken. Ihre Rede bei der Mahnwache war die perfekte Mischung aus Leid und Hoffnung, ein mitreißender Handlungsaufruf. Sie hat nicht jeden damit überzeugt, aber sie hätte nicht besser reden können. Wenn er daran denkt, wie sich ihre Blicke am Ende getroffen haben, wird es in seiner Magengegend ganz kalt. War das ein Zufall? Oder wusste sie die ganze Zeit, dass er da stand?

Er kann die Aussagen über Lucys aufbrausendes Temperament nicht vergessen. Er denkt daran, wie sie auf der Lundy Station ins Krankenzimmer ihres Mannes gestürmt ist. Da fand er ihr Verhalten noch verständlich. Jetzt ist er sich nicht mehr so sicher.

Auf seinem Schreibtisch liegt ein Zettel. Es ist eine Zusammenfassung dessen, was Cooper im Europäischen Strafregister gefunden hat. Abraham liest es sich einmal durch, und dann noch einmal genauer. Lucy Locke ist zwar in ihrem Heimatland noch nicht straffällig geworden, international jedoch durchaus.

3

Zwanzig Minuten später hat er einen Kaffee aus der Maschine vor sich und telefoniert mit Epifanio de Santos, der für Portugals Polícia Judiciária arbeitet.

De Santos sagt, dass Lucy in Spaniens südöstlicher Provinz Almería ankam, als Billie fünf Monate alt war. Ihr Ziel war Alto Paraíso, eine kaum auffindbare Kommune in der Wüste von Tabernas. Dort lernte sie einen Mann namens Zacarías Echevarria kennen. Bald schlief Lucy mit ihm.

Ihre Beziehung dauerte achtzehn Monate. Dann, eines Nachts, bediente sich Lucy an Echevarrias Ersparnissen, setzte Billie in sein Auto und fuhr davon. An Portugals Westküste mietete sie eine Wohnung und fand Arbeit in einer Strandbar. Bald zog sie in die Wohnung des Barbesitzers.

Echevarria in Alto Paraíso war untröstlich. Nicht so sehr wegen des gestohlenen Geldes oder des Autos – er hatte sich sehr in Lucy verliebt. Er brauchte drei Monate, bis er sie gefunden hatte. Er besuchte sie in ihrem neuen Zuhause und flehte um eine zweite Chance. Lucy lehnte ab. Als er nicht nachgab, stach sie drei Mal mit einem Küchenmesser auf ihn ein.

Echevarria überlebte, verbrachte aber Monate im Krankenhaus. Bei der Verhandlung stellte Lucys Team von Verteidigern – für viel Geld vom Barbesitzer angeheuert – sie als Opfer da. Echevarria, behaupteten sie, sei keineswegs der freundliche, Hasch rauchende Hippie, der er vorgebe zu sein. Der Mann herrsche über Alto Paraíso wie ein Feudalherr. Mit der Zeit habe sich sein Narzissmus zu einem Gotteskomplex ausgewachsen. Zunächst sei Lucy seinem Bann erlegen. Doch als seine Maske gefallen sei, habe sie das einzig Vernünftige getan und sei geflohen. Es sei Echevarria gewesen, der Monate später den Gewaltausbruch provoziert habe. Lucy habe sich lediglich gewehrt.

Keiner der anderen Kommunarden bestätigte ihre Geschichte. Lucy verführte im Zeugenstand das gesamte Gericht. Die Jury entlastete sie vom Vorwurf des versuchten Mordes. Obwohl sie wegen kleinerer Körperverletzungsdelikte verurteilt worden war, setzte das Gericht – sehr zum Erstaunen der Polizei und der örtlichen Medien – ihr Urteil zur Bewährung aus. Lucy kehrte mit dem Barbesitzer nach Hause zurück, der ihre Prozesskosten bezahlte. Zwei Tage später stieg sie mit Billie in einen Bus und wurde nie wieder gesehen.

Insgesamt zeichnet de Santos ein wenig schmeichelhaftes Bild: Lucy als rücksichtslosen, manipulativen Charakter, der Billie benutzte, um sich selbst als verfolgte Unschuld darzustellen – eine Frau, die ganz klein begonnen hatte, aber mit jeder ihrer Eroberungen zu mehr Wohlstand gelangte, wobei sie eine Spur der Zerstörung und der gebrochenen Herzen hinterließ.

Abraham hört aus de Santos' Darstellung mehr als nur einen Hauch von Frauenhass heraus, aber die Fakten sind dennoch klar: Lucy Locke hat eine Vorstrafe wegen Körperverletzung mit einer tödlichen Waffe.

Auch die Tatsache, dass ihre Partnerwahl sie finanziell in höhere Gefilde versetzt hat, kann man kaum in Abrede stellen. Von einem Kommunarden über einen Barbesitzer und einen Rettungsboot-Steuermann bis zu einem Unternehmer. Gibt es noch eine Sprosse in dieser Leiter, die er nicht kennt?

Abraham denkt darüber nach, als nach Mitternacht Patrick Beckett vom Finanzermittlungsteam vor seinem Schreibtisch auftaucht.

4

Sie holen sich noch mehr Kaffee, und Beckett erzählt alles, was er weiß. Die Finanzen der Familie Locke sind ein einziges Chaos. Die Steuerrückzahlungen der letzten drei Jahre für Locke-Povey Marine zeigen einen anständigen Gewinn, aber das war, bevor Daniels Unternehmenspartner seine Anteile verkauft hat. In der Branchenpresse wird spekuliert, dass eine feindliche Übernahme geplant war, die vom Unternehmen nur noch eine Hülle übrig lassen sollte. Viele Kunden von Locke-Povey Marine sind bereits abgesprungen. Dem größten Teil der Mitarbeiter wurde gekündigt.

Das ist verhängnisvoll für die Lockes. Das Haus auf Mortis Point ist schuldenfrei, dient aber als Sicherheit für einen großen Unternehmenskredit, den Daniel erst neulich nicht bedienen konnte. Das Paar zahlt außerdem einen weiteren großen Kredit ab, mit dem sie das Drift Net entwickeln wollten.

Was Abrahams Interesse jedoch wirklich weckt, ist das, was Beckett an Versicherungen ausgegraben hat. Daniel hat eine vor langer Zeit abgeschlossene Lebensversicherung über 500 000 Pfund, in der Lucy als Begünstigte genannt ist. Es ist nicht lange her, dass Lucy eine Unfallversicherung abgeschlossen hat, die nicht nur in ihrem eigenen und Daniels Todesfall zahlt, sondern auch beim Tod oder bei einer schweren Verletzung von Billie und Fin, wenn auch eine geringere Summe. Wenn Daniel mit beiden Kindern im Sturm ertrunken wäre, hätte Lucy zusätzlich zu der halben Million aus Daniels Lebensversicherung noch 120 000 Pfund bekommen. Was noch interessanter ist: Vor zwei Monaten hat auch Billie Locke eine Lebensversicherung abgeschlossen, und zwar über 200 000 Pfund, mit Lucy als einziger Begünstigter. Es gibt kein Gesetz, das 18 Jahre alten Studierenden verbietet, eine Lebensversicherung abzuschließen, aber merkwürdig ist es doch. Von Billie ist niemand abhängig, sie hat nicht einmal ein echtes Einkommen. Zusätzlich zu den Lebensversicherungen ist die Familienjacht für eine deutlich höhere Summe versichert, als sie wert ist.

«Was schließen Sie daraus?», fragt Abraham.

«Ich will es mal so sagen», sagt Beckett. «Wenn das Boot mitsamt allen, die an Bord waren, gesunken wäre, hätte Lucy Locke über eine Million Pfund bekommen. Dass Daniel Locke überlebt hat und die Jacht gefunden wurde, senkt diese Summe erheblich, aber wenn feststeht, dass Fin Locke mit seiner Schwester ertrunken ist, bekommt sie immer noch zweihunderttausend aus Billies Versicherung und dazu weitere zwanzigtausend aus der Unfallversicherung.»

«Die beide erst in den letzten Monaten abgeschlossen wurden.»

«Korrekt.»

«Was für ein glückliches Zusammentreffen», sagt Abraham.

«Genau.»

«Es sei denn, Daniel und Lucy werden *beide* verurteilt – in diesem Fall wird gar nichts ausgezahlt?»

«Korrekt.»

«Graben Sie weiter», sagt Abraham zu ihm.

Das hier kommt ihm langsam wie ein skrupelloses Spiel zwischen Eheleuten vor, in dem die Kinder als Pfand benutzt werden. Er erinnert sich, wie Jesse Arnold, die Kontaktbeamtin, Lucy Lockes Wutanfall beschrieben hat, bei dem sie den Computer zerstört hat.

Blinde Wut? Oder eine durchdachte List, um Spuren zu beseitigen?

ACHTUNDZWANZIG

1

Bee und Tommo setzen Lucy zu Hause ab. Es ist eine Erleichterung, Gute Nacht zu sagen und die Haustür hinter sich schließen zu können. In der Küche macht sie sich einen Kaffee und geht damit nach draußen. Vom Rasen hinter dem Haus aus kann sie direkt auf das Meer schauen. Unten auf Penleith Beach flackern die Namen ihrer Kinder noch im Sand.

Sie muss endlich wieder klar denken.

Im Kommissariat heute Morgen hat sie bemerkt, wie anders Abraham Rose sie angesehen hat. Heute Abend, als sie seinen Blick bei der Mahnwache aufgefangen hat, war die Veränderung sogar noch auffälliger. Lag das an Daniels Geständnis? Oder an Beth McKaylin? Es dauert bestimmt nicht mehr lange, bis jemand beschließt, gegen Lucy zu ermitteln. Was soll sie dann tun? Der Detective muss unbedingt unbesehen glauben, was sie über das Beiboot gesagt hat. Aber das – und ihre Glaubwürdigkeit – hängt an dem, was er zuerst erfährt.

Du dachtest, ich wüsste es nicht, aber ich weiß es. Und du glaubst vielleicht auch mich zu kennen, aber du kennst mich nicht. Du hast nicht den blassesten Schimmer. Nick ebenfalls nicht.

Sie weiß, dass das Geständnis ihres Mannes eine Lüge war. Daniel hat die Kinder nicht auf dem Boot getötet, und auch sonst nirgends. Nicht nur, weil er seinen Sohn und seine Stieftochter liebt und sie auch, sondern weil Billie und Fin *leben*; sie lässt einfach keine andere Möglichkeit zu.

Hast du überhaupt eine Ahnung, wie es sich anfühlt, von seiner Frau und dem besten Freund betrogen zu werden?

In den Stunden, seit sie diese Worte gelesen hat, war sie im Krankenhaus und im Kommissariat, hat mit Sergeant Arnold und Abraham Rose gesprochen, das Haus und die Garage durchsucht und bei der Mahnwache gesprochen. Und während all dieser Zeit hat sie nachgedacht, beobachtet, analysiert und stetig an einem Plan gearbeitet.

Daniel hat seinen schlechten Start ins Leben überwunden, indem er sich all die Fähigkeiten selbst angeeignet hat, die nötig waren, um seinen Traum wahr zu machen. Aber seine Vergangenheit hat Spuren hinterlassen. Bis heute hat Daniel Schwierigkeiten mit der Rechtschreibung und Grammatik. Lucy kann gar nicht mehr zählen, wie oft sie seine geschäftliche Korrespondenz oder seine Marketingentwürfe durchgesehen hat. Aber anders als jede E-Mail, die ihr Ehemann ihr im Laufe ihrer gemeinsamen Jahre geschickt hat, enthielt die, die sie vor ein paar Stunden gelesen hat, weder einen einzigen Zeichensetzungsfehler noch auch nur ein falsch geschriebenes Wort.

Was bedeutet, dass die Wahrscheinlichkeit, dass Daniel sie geschrieben hat, gen null geht.

2

Seitdem dies hier anfing, hat sie zu keiner Zeit geglaubt, dass er fähig wäre, seinen Kindern etwas anzutun. Und doch war die scharfe Bombe in ihrer Mailbox der erste Hinweis auf eine Einmischung von außen. Auf böse Absichten.

Die Erkenntnis, dass jemand absichtlich ihre Familie ins Visier genommen hat, ist beinahe zu traumatisch, als dass sie sich ihr stellen könnte. Aber sie muss sich ihr stellen, wenn sie Billie und Fin retten will – und zwar ganz allein.

Sie kann diese E-Mail auf keinen Fall der Polizei zeigen. Sie würde für Jesse Arnold und Abraham Rose nicht das beweisen, was sie für sie beweist, sondern das Gegenteil. Daher hat sie entschieden, sie zu löschen und gleich danach den Computer zu zerstören. Selbst wenn die E-Mail nichts mit Daniel zu tun hätte, würde sie den Behörden nicht zutrauen, damit kompetent umzugehen. Nicht nach dem, was in Portugal geschehen ist.

Sie kann sich auch niemandem anvertrauen, den sie kennt. Es kann dem Inhalt der E-Mail zufolge unmöglich sein, dass der Schuldige ein Fremder ist. Was bedeutet, dass jeder in ihrer Nähe verdächtig ist. Selbst ihre engsten Freunde.

Lucy holt sich den Sturzhelm aus der Küche. Minuten später ist sie in Skentel. Nicht auf der Hochstraße oder auf dem Hafenkai, sondern auf einer der Waldstraßen. Wie damals geht sie zu Fuß auf das Haus zu.

Die Eingangstür ist neu. Undurchsichtiges Glas diesmal, sodass sie nicht hineinsehen kann. In der Einfahrt steht kein Auto, und alle Fenster sind dunkel, aber das bedeutet nicht, dass sie in Sicherheit ist. Sie hält sich dicht bei den Bäumen und geht um das Haus herum. Der hintere Rasen ist durch Bäume begrenzt. Abgesehen von dem Ruf einer Eule und einem Kratzgeräusch, das von einem Vogelhäuschen am Schuppen kommt, ist es hier ganz still.

Lucy schleicht auf die Veranda. Sie duckt sich hinter einen abgedeckten Grill. Die Doppelflügel der Tür zum Wohnzimmer sind wie eine schwarze Mauer. Hinter den Fensterscheiben sind die Vorhänge offen. Die Feuerstelle unter dem Kaminschacht aus Kupfer ist kalt. Der Fernseher an der Wand ist schwarz.

Irgendwo in der Nähe schreit ein Fuchs. Aus den Bäumen flattern Vögel auf. Lucy dreht den Kopf und sieht, dass das Tier am Vogelhäuschen geflohen ist.

Sie schaut jetzt zum Schuppen, der im sanften Mondlicht badet.

Er hat keine Fenster und sieht ganz neu aus. Die Tür ist mit einem Riegel verschlossen.

Lucy steigt von der Veranda herunter und überquert den Rasen. An der Tür des Schuppens schaltet sie ihre Taschenlampe ein. Das Schloss ist von weit besserer Qualität als die Haspe und die Krampe, an denen es befestigt ist. Ein paar gut platzierte Tritte sollten die Schrauben lösen können.

Lucy tritt mit dem Fuß gegen das Holz. Das Geräusch ist grauenvoll laut. Aus den Baumkronen über ihr flattern noch mehr Vögel auf. Sie tritt noch einmal gegen die Tür, dann ein drittes Mal. Das Holz splittert bereits. Ihr vierter Tritt löst eine Seite der Haspe. Sie steckt den Finger darunter und hebelt den ganzen Mechanismus mitsamt dem Riegel heraus. Dann reißt sie die Tür auf.

«Billie!», ruft sie. «Fin!»

Aber sie muss die Taschenlampe nur einmal herumschwenken, um zu erkennen, dass es sinnlos ist. Abgesehen von einem Rasenmäher und ein paar Werkzeugen ist der Schuppen leer.

Lucy sieht einen Hammer und nimmt ihn mit. Ihre Gedanken wirbeln durcheinander. Sie muss langsamer vorgehen. Sie überquert erneut den Rasen und konzentriert sich auf ihre Atmung: langsam ein, langsam aus. Auf der Veranda geht sie auf die doppelflügelige Tür zu. Mit einer einzigen weichen Bewegung lässt sie den Hammer auf die Scheibe prallen. Das Glas erzittert. Der Hammer fällt ihr aus der Hand.

Lucys Finger kribbeln, als sie ihn aufhebt. Sie untersucht die Fensterscheibe genauer, packt den Hammer ganz fest und zielt auf eine Stelle an der Ecke.

Diesmal prallt der Hammer nicht ab, es gibt nur ein scharfes Knallgeräusch. Lucy schlägt weiter auf die Stelle ein. Die ersten Risse erscheinen in der Scheibe, winzige Glasstückchen platzen ab. Bald hat sie es durch die innere Scheibe geschafft. Jetzt wird es leichter. Eine Minute später steht sie in Nicks dunklem Wohnzimmer.

«Billie!», schreit sie. «Fin! Seid ihr hier?»

Von allen Menschen, die sie kennt, ist nur Nick Povey imstande, die Frau seines besten Freundes zu begrapschen. Nur Nick Povey würde die Party einer Familie besuchen, die er gerade betrogen hat, oder Billie ein extravagantes Geschenk machen, direkt nachdem er das Leben ihres Stiefvaters zerstört hat. Von allen Menschen, die Lucy in Skentel kennt, war Nick Povey der einzige, der nicht an der Mahnwache teilgenommen hat.

Sein Verhalten in den letzten Wochen war noch abscheulicher, als sie es ihm je zugetraut hätte. Das bedeutet nicht, dass er für die Ereignisse gestern verantwortlich sein muss. Aber es lässt ihn auf ihrer Liste ganz nach oben rücken.

Eine Tür in der Wand gegenüber führt in Nicks Büro. Sie schaut zuerst dort nach – ein Schreibtisch, ein Stuhl, ein paar Schränke. Dort kann er Billie oder Fin nicht versteckt halten.

Aus dem Büro geht sie in die Küche, wo sie ebenfalls nichts Verdächtiges entdecken kann. Sie schaut in den Kühlschrank, findet eine Packung Salami, ein paar Bierdosen. Falls Nick hier Gefangene versteckt, gibt er ihnen nichts Frisches zu essen.

Oben geht sie von Zimmer zu Zimmer und ruft die Namen ihrer Kinder. Sie sieht in Schränke, schaut unter Betten. Zwischendurch ist sie ganz still und lauscht auf leises Klopfen, auf irgendein Lebenszeichen.

Als sie aus Nicks begehbarem Kleiderschrank in seinem Schlafzimmer tritt, hört sie das Knirschen von Reifen auf Kies und sieht das Licht von Scheinwerfern über die Fassade gleiten.

Sie hat noch dreißig Sekunden, dann ist er drinnen. Kürzer, wenn er ihre Taschenlampe bereits entdeckt hat. Lucy hält die Hand vor ihren Lichtstrahl, um ihn abzuschirmen, und schnappt sich drei dicke Armbanduhren von einem Nachttisch. Von einem

283

kleinen Tellerchen nimmt sie ein Bündel Scheine und wirft Münzen auf den Teppich. Es ist wichtig, dass das hier wie ein gewöhnlicher Einbruch aussieht.

Draußen wird eine Autotür zugeschlagen. Schritte knirschen auf der Einfahrt.

Lucy flieht in den Flur und von dort aus die Treppe hinunter. Sie kommt in dem Moment im Wohnzimmer an, als die Eingangstür geöffnet wird. Glas knirscht unter ihren Füßen. Sie hört etwas hinter sich im Flur.

Keine Zeit, sich noch zu verstecken. Lucy zwängt sich durch die zerschmetterte Fensterscheibe und saugt scharf die Luft ein, als ein Schmerz in ihrem Handgelenk aufflammt. Sekunden später rennt sie zwischen den Bäumen davon.

3

Zu Hause setzt sie sich an den Frühstückstisch und verbindet sorgfältig ihre Wunde. Sich an der Fensterscheibe zu schneiden, war unvorsichtig, aber sie wird keine Energie darauf verschwenden, sich deswegen Sorgen zu machen. Es ist besser, sich auf das zu konzentrieren, was als Nächstes kommt.

Sie schließt den Erste-Hilfe-Kasten und nimmt sich den Notizblock.

Man erntet, was man sät.

Wütend blinzelt Lucy ihre Tränen fort. Sie weiß, dass diese E-Mail nicht von Daniel gekommen sein kann, ebenso, wie sie weiß, dass ihre Kinder nicht tot sind. Auf der Fahrt nach Skentel hat sie sich eingeredet, sie würde sie bei Nick finden. Sie muss sich schnell wieder erholen. Sich dazu zwingen, weiterzumachen.

Lucy nimmt einen Stift und beginnt, Namen aufzulisten: Leute aus Skentel, die sie kennt, die Daniel kennen. Sie fügt jeden hinzu, den sie heute bei der Mahnwache gesehen hat, alle, die auf Billies Party waren. Ihr fällt keine logische Methode ein, die Namen in eine Ordnung zu bringen. Jede Einteilung kommt ihr absurd vor. Niemand in ihrem näheren oder weiteren Bekanntenkreis wäre in der Lage, ihr die Kinder zu stehlen.

Sie schaut auf den letzten Namen, den sie aufgeschrieben hat: Beth McKaylin, die Freiwillige bei der Seenotrettung. Vor fünf Wochen begann McKaylins Sohn in der Headlands Junior School eine Abneigung gegen Fin zu entwickeln. Das Mobben begann kurz danach. Eines Morgens ging Fin zur Schule und musste erleben, dass niemand aus der Magenta-Klasse mehr mit ihm sprach. Schlimmer noch, es schien, als könnten sie ihn nicht einmal mehr sehen.

Lucy rief die Direktorin Marjorie Knox an. Die Frau reagierte, als hätte Lucy sie persönlich kritisiert. Einige Tage später, als Fin Eliot auf dem Schulhof umschubste, kreischte Knox, es sei kein Wunder, dass die anderen Kinder nichts mit Fin zu tun haben wollten.

Lucy änderte die Strategie und trat an Beth McKaylin heran. Hinterher war ihr klar, woher Eliot seine Gemeinheit hatte. Stunden nach ihrem Gespräch organisierte Beth ihre eigene Kampagne, und zwar gegen Lucy, obwohl sie damit nicht ganz so erfolgreich war wie ihr Sohn.

Oder doch?

Es ist beinahe lächerlich anzunehmen, dass ein eskalierter Streit auf dem Schulhof zu den Ereignissen von gestern geführt haben soll. Aber *irgendetwas* muss diesem Albtraum ja zugrunde liegen. McKaylin ist eine Rettungsdienstveteranin, die viel über das Meer weiß. Und auf ihrem Penny-Moon-Campingplatz leben außerhalb der Hochsaison eine Menge Herumtreiber, die in der Vergangenheit einige Probleme verursacht haben. Vielleicht hat sie einen von ihnen angeheuert, ebenso, wie ihr Sohn seine Klassenkameraden aufgehetzt hat?

Lucy schaut sich die anderen Namen an, die sie aufgeschrieben hat: Ex-Partner und lebenslange Freunde wie Jake und Noemie Farrell, neuere Freundinnen wie Bee Tavistock. Allein diese Liste kommt ihr vor wie ein Verrat.

Sie sieht Matt Guinness' Namen, denkt an sein fettiges Haar und die penibel sauberen Fingernägel. Freitagmittag hat Matt sie auf dem Kai begrüßt und voller Häme die schlechten Nachrichten überbracht. Heute Morgen, unten am Smuggler's Tumble, hat er auf dem Parkplatz zu ihr gesagt: «Wir werden die Kinder finden, Luce, wenn dich das irgendwie tröstet. Ob nun heute oder nächste Woche, ich weiß einfach, dass sie wieder auftauchen werden.»

Ihr Blick fällt auf den Namen Wayland Rawlings, Besitzer des Modellbauladens am Hafenkai. Rawlings ist Skentels versponnener Exzentriker, ein Hobby-Philosoph und langjähriger Teilnehmer an Lucys Kunstkurs im Drift Net. Eines Abends im letzten Jahr hat er versucht, sich an sie ranzumachen, als sie gerade dabei war abzuschließen. Ihre sanfte Abfuhr hat ihre Beziehung wieder auf die Spur gebracht.

Lucy legt den Stift auf den Tisch und massiert sich die Schläfen. Es ist natürlich nicht richtig, ihre Liste der Verdächtigen auf die jüngere Vergangenheit zu beschränken. Sie hat zwar die meiste Zeit ihres Lebens in Skentel verbracht, aber sie hat auch lange woanders gelebt, beginnend mit ihrem Jahr in London und endend mit dem, was in Portugal passiert ist.

Einen Namen, den sie *nicht* auf die Liste setzen kann, ist der von Billies leiblichem Vater, weil sie einfach nicht weiß, wer er ist. Sie würde keinen der Kandidaten in ihrem Leben haben wollen. Rückblickend kann sie sich nicht einmal mehr an alle Namen erinnern.

Aber sie erinnert sich an Lucian Terrell, den Studenten, der sie nach Billies Geburt im Krankenhaus besucht hat. Als sie Lucian kennenlernte, war sie von ihm ganz eingeschüchtert. Obwohl sie sich nicht von ihm angezogen fühlte, schlief sie sogar ein-, zweimal mit ihm – weil ihr alter Dämon auf die paar Krümel Anerkennung reagierte, die er ihr vor die Füße warf. Nach Billies Geburt, bevor sie London für immer verließ, trat Lucian noch einmal in ihr Leben.

Vielleicht hätte sie bleiben sollen, denn danach begann ihre Beziehung zu Zacarías Echevarria in Spanien.

Dass Lucy mit Billie auf die Alto-Paraíso-Kommune stieß, war vollkommen dem Zufall geschuldet. Nachdem der Motor ihres Autos in der Wüste von Almería seinen Geist aufgegeben hatte, hielten zwei Frauen an, um ihr Hilfe anzubieten. Weil sie Lucys Auto nicht reparieren konnten, schleppten sie es zu der Kommune ab, in der sie lebten.

Zacarías trat aus seinem Wohnwagen, um sie zu begrüßen. Bevor Lucy es sich versah, war aus dem Nachmittag Abend geworden, und aus einer Übernachtung ein dauerhafter Wohnsitz.

Alto Paraíso war keine religiöse Kommune, dafür hätte Lucy auch gar keine Geduld gehabt. Es war einfach ein Zufluchtsort, an dem man an harte Arbeit, Zusammenwirken und humanistische Werte glaubte. Zum ersten Mal, seitdem sie das Haus ihrer Großtante in Skentel verlassen hatte, fühlte Lucy sich zu Hause.

Zacarías war der Leim, der die Gemeinschaft zusammenhielt. Eine Stunde mit ihm allein fühlte sich an wie eine Sitzung mit Gottes Therapeuten. In kürzester Zeit wurde er von ihrem Mentor zum Liebhaber. Im Laufe der Monate begriff Lucy, dass Alto Paraíso doch eine Religion hatte und dass sie mit ihr schlief.

In diesem Jahr und dem danach zog ein steter Strom von Reisenden durchs Camp. Sie beanspruchten immer mehr von Zacarías' Zeit; die Schlangen vor seinem Wohnwagen wurden immer länger. Aber mit der Kommune wuchs auch seine Hybris. Lucy argwöhnte, dass ihre Beziehung nicht mehr so exklusiv war, wie sie es sich vorgestellt hatte. Als sie ihn mit zwei weiblichen Neuankömmlingen im Bett erwischte, schnallte sie Billie in ihren Kindersitz, setzte sich in sein Auto und fuhr Richtung Westen.

Monate später, in Portugal, spürte Zacarías sie auf. Er flehte um eine zweite Chance. Als Lucy ablehnte, nutze er jeden seiner rhetorischen Tricks, um sie umzustimmen. Als das ebenfalls nichts fruchtete, versuchte er, Billie zu schnappen. Lucy stellte sich zwischen sie. Ein Handgemenge begann. Zacarías stieß Todesdrohungen aus, folgte Lucy in die Küche, wo sie ein Messer packte und sich verteidigte. In dem Prozess, der folgte, war jedes Wort ihrer Aussage wahr.

Würde sie Zacarías nach all den Jahren auf der Straße wiedererkennen? Vermutlich, aber eine Garantie dafür gibt es nicht.

Du glaubst vielleicht, mich zu kennen, aber du kennst mich nicht.

Lucy schließt die Augen, und in diesem Moment überfällt sie der Gedanke, schlüpft in ihren Kopf, bevor sie ihn abwehren kann. Er schwillt an wie ein Geschwür. Und dann platzt er, und ein Schwall Gift quillt aus ihm heraus.

Was, wenn diese E-Mail *doch* von Daniel stammt?

Was, wenn sie ihn *wirklich* nicht kennt?

Sie hatte immer schon ein Talent für Selbstbetrug. Was, wenn sie sich all diese Zeit nur auf monumentale Art und Weise selbst betrogen hat?

Lucy stemmt sich vom Tisch hoch und stolpert zum Ausguss. Sie würgt so heftig und so lange, dass sie spürt, wie die Gefäße in ihrem Gesicht platzen. Sie dreht das kalte Wasser auf und hält den Kopf darunter, bis sie völlig durchnässt ist und zittert.

Als sie es nicht mehr aushält, spült sie sich den Mund aus. Dann dreht sie den Wasserhahn wieder zu und versucht, ihren Herzschlag zu beruhigen. Langsam ebbt ihre Panik ab. Sie darf einen Moment lang schwach sein. Einen Moment lang Zweifel haben.

Sie setzt sich wieder an den Tisch und schreibt Zacarías' Namen auf. Mit dem Notizblock geht sie ins Arbeitszimmer und fährt Daniels Laptop hoch.

Erinnerst du dich noch an diese Gastaufführung von Ödipus? Als wir alle zusammen in diesem winzigen Theater saßen? Du saßt da und warst völlig hin und weg, Lucy. Ich war eher amüsiert. Danach hast du es mir bei einem Glas Wein erklärt. Ich glaube, ich habe deine Augen noch nie so glänzen sehen.

Du hast mir damals erläutert, was all die großen Tragödien gemeinsam haben: einen Helden, den ein einziger Fehler zerstört. Hamartie hast du es genannt. Einen Charakterfehler, der zum Niedergang führt.

Das sei aber ein wenig harsch Ödipus gegenüber, sagte ich. Sein einziger Fehler schien zu sein, seine Eltern nicht zu kennen. Aber Ödipus' wahrer Fehler, sagtest du, sei seine Hybris: der Glaube daran, dem durch die Götter vorbestimmten Schicksal entgehen zu können.

Ich frage mich, wie du wohl deinen eigenen tragischen Fehler bezeichnen würdest. Ist es dein Unglaube? Deine Treulosigkeit? Deine Fähigkeit zum Selbstbetrug?

Rückblickend ist es lustig, wie du aus diesem Theater kamst, ganz erneuert. Wie deine Augen glänzten und deine Wangen glühten, trotz allem, was du gesehen hattest. Katharsis: ein reinigender Einlauf für die Seele.

Jetzt, da wir uns dem dritten Akt dieser Tragödie nähern, die für dich geschrieben wurde, kann ich kaum noch essen oder schlafen. Nur ein Besessener würde diese Ereignisse lostreten, ohne je zu zweifeln. Aber ich habe uns diesem Weg überantwortet. Ich muss es zu Ende führen. Denn nur, indem ich dir alles wegnehme, was dir wichtig ist, kann ich dich wieder heil machen.

NEUNUNDZWANZIG

1

Lucy wacht auf, und es hat sich etwas verändert. An diesem Morgen bekommt sie nicht einmal eine halbe Minute Trost. Keinen kurzen Moment der Verwirrung, bis die Realität mit voller Wucht einsetzt. Sie öffnet die Augen und weiß sofort Bescheid. Es ist kaum zu glauben, dass sich ihr Körper sogar noch schlechter anfühlen kann als gestern, und doch tut er es irgendwie. Als sie sich auf die Seite rollt, schießt Schmerz durch ihre Rippen. Aber das ist nur Schmerz.

Sinneszellen, die feuern, Nerven, die Reize übertragen, das Gehirn, das sie entschlüsselt.

Es bedeutet nichts.

Durch das Fenster sieht sie, dass der frühmorgendliche Himmel die Farbe von Holzrauch hat. Sie hört keinen Wind hinter der Scheibe, nicht einmal das Klatschen der Wellen gegen die Felsen von Mortis Point. Etwas hat sich verändert. Aber sie weiß nicht, was.

Lucy schaudert und steht auf. Im Badezimmer duscht sie und putzt sich die Zähne. Zurück im Schlafzimmer schnürt sie gerade ihre Laufschuhe, als sie Geräusche am Fenster hört. Sie dreht sich gerade noch rechtzeitig um, um eine Silbermöwe auf dem Fenstersims landen zu sehen. Sie neigt den Kopf und tippt mit dem Schnabel gegen das Glas.

Lucy zuckt zusammen, sie erinnert sich an Freitagmittag. An den Vogel, der vor dem Fenster des Arbeitszimmers auftauchte und Bees Besuch ankündigte, die Nachricht, dass die *Lazy Susan* gefunden worden sei und all die Katastrophen, die folgten.

Sie schreit und klatscht in die Hände. Die Silbermöwe flattert in den Holzrauch-Himmel.

Mit knackenden Knien steht Lucy auf. An der Haustür zögert sie. Es hat sich *wirklich* etwas verändert – etwas Ungreifbares. Die Welt um sie herum fühlt sich anders an. Wenn sie atmet, fühlt sich selbst die Luft in ihrer Lunge anders an. Sie bekommt eine Gänsehaut.

Draußen im Flur hört sie etwas Erschreckendes – eine Stimme, völlig unverwechselbar ihr eigener Tonfall. Dann ertönt ein silbrig schallendes Lachen.

Ihr stockt der Atem. Sie macht noch einen Schritt. Zu ihrer Linken gewährt ein Flügelfenster einen Blick auf die Einfahrt vor dem Haus. Direkt gegenüber ist die Tür zu Billies Zimmer angelehnt. Gesprächsfetzen dringen von dort drin zu ihr.

Lucy kann jetzt gar nicht mehr atmen. Sie hat das Gefühl, als wäre sie in eine andere Realität hinübergeglitten. Als sie an den Fenstern im Flur vorbeigeht, sieht sie, dass sich dahinter etwas bewegt – eine Silbermöwe, die hoch über der Halbinsel direkt auf das Haus zusteuert.

Sie erinnert sich an eine Geschichte, die Daniel einmal Fin erzählt hat. Darin ging es um ein Wesen in Menschengestalt, das der Mobiginion hieß und ganz aus Wasser bestand. In mondlosen Nächten tauchte der Mobiginion aus dem Meer auf und wanderte durch die Straßen, um sich ein Haus auszusuchen. Keine Tür konnte ihn aufhalten, kein Fenster, keine Wand. Wenn er im Haus war, suchte er sich einen der Schlafenden darin als Beute aus. Am nächsten Morgen fanden die Bewohner Meerwasserpfützen im Haus. Innerhalb weniger Tage verlor die Familie den vom Mobiginion Auserwählten ans Meer. Ein Vater fiel von seinem Fischkutter über Bord. Ein Kaventsmann von einer Welle riss ein Kind vom Strand in die Fluten. Nichts konnte den Besuch eines Mobiginion verhindern. Nichts konnte verhindern, dass er sein Opfer mit sich nahm. Fin hat so viel Angst bekommen, dass Lucy Daniel verbot, die Geschichte noch einmal zu erzählen.

Sie schaut auf den Boden, aber die Dielen hier oben im Flur sind trocken. Als sie vor zwei Tagen an der Eingangstür stand und mit Bee sprach, hat sie sich umgesehen und nasse Fußspuren gesehen, die aus dem Arbeitszimmer kamen. In *der* Realität hat es keinen Mobiginion gegeben. Aber in *dieser*, die kaum noch etwas gemein hat mit der, die sie kennt ...

In dieser hört sie das Lachen eines Kindes.

2

Noch ein Schritt, dann steht sie vor Billies Tür.

Lucy öffnet sie und lehnt sich gegen den Rahmen. Wie das möglich ist, weiß sie nicht. Auf dem Bett, mit einem Handtuch um den Leib und nassem Haar, das sich auf ihrem Rücken schlängelt, liegt Billie.

Die Füße mit den knallgelb lackierten Nägeln wackeln wie Farnwedel. Auf ihrem Kissen liegt aufgeschlagen eine Ausgabe des *National Geographic*. Billie hat beim Lesen den Kopf auf die Hände gestützt. Auf ihrem Rücken sitzt rittlings ihr Bruder.

Fin trägt sein *Incredibles*-Kostüm: einen rot-schwarzen Einteiler, eine schwarze Augenmaske und einen orangefarbenen Gürtel. «Er heißt *Bogwort*, nicht *Dogwort*», sagt der Junge und hopst auf Billies Rücken auf und ab.

«Du hast eine Geschichte über etwas geschrieben, das *Bogwort* heißt?», fragt Billie.

«Er ist kein *Ding*, er ist ein *alter Mann!*», ruft Fin und hüpft noch heftiger. «Mit grüner Haut und silbernen Haaren ...»

«Und violetten Stacheln auf dem Rücken?»

«Das ist der *Grüffelo*! Für *Babys*! Bogwort ist *viel* schrecklicher. Er hat ...»

«Eine giftige Warze auf der Nasenspitze?»

Fin prustet in seiner Aufregung. Billie kichert und schaut sich nach ihm um. «Du bist so *ein Dussel*, Finny. Aber die Geschichte klingt echt cool.»

Endlich hat sich der Junge wieder gefangen. «Dussel-PUS-SEL!», schreit er und reitet noch wilder auf Billies Rücken. «Wu-HUUU!»

«Wie kann das sein?», flüstert Lucy. Die Luft im Zimmer riecht nach Billies Jimmy-Choo-Parfüm. Aber Lucy riecht noch etwas anderes: Meersalz und verwesenden Seetang.

Ihre Kinder achten nicht auf sie, vielleicht hören sie sie auch nicht.

Lucy betastet ihr nacktes Handgelenk. Gestern hat sie Billies Armband darum befestigt. Hat sie es letzte Nacht abgestreift? Hat es sich im Schlaf geöffnet? Snig ist ebenfalls verschwunden. Sie erinnert sich vage daran, ihn abgelegt zu haben.

«Billie», bittet sie. «Fin.»

Als Reaktion beugt sich der Junge vor und klatscht seiner Schwester auf die Schulter.

«Au, Dussel! Runter von mir!»

Lucy sieht, dass sich ein Fleck auf Billies Handtuch ausbreitet. Fins *Incredibles*-Kostüm wird pitschnass. Er hört auf zu lachen. Blut tropft ihm vom Gesicht. «Mir ist k...kalt», stammelt er. «Billie, was ist los? Billie, *bitte* ...»

Aber das Mädchen kann nicht antworten. Ihre Augen treten hervor. Die Adern an ihrem Hals schwellen an.

Dann eine Explosion der Bewegung am Fenster – eine Silber-möwe, die auf dem Fensterbrett landet. Lucy schreit und stürzt ins Zimmer. Mit einem Schrei flattert die Möwe auf. Als sie sich zum Bett umwendet, sind ihre Kinder verschwunden.

Sie blinzelt und hört, wie sich die andere Realität entfaltet. Der Fußboden neigt sich und gibt nach. Er fliegt auf sie zu, und der Aufprall ist schockierend. Knie, Brust, Gesicht. Ihre Rippen fühlen sich an, als wären sie in winzige Teilchen zersplittert. Sie schmeckt Blut und hofft, dass es nicht aus ihrer Lunge kommt.

Irgendwie schafft es Lucy, sich auf die Knie zu wuchten. Sie zieht sich am Bett hoch. Die Bettdecke, die noch vor ein paar Augenblicken völlig durchnässt war, ist jetzt völlig trocken.

Der Mobiginion, denkt sie. Und stöhnt bestürzt über ihre eigene Verwirrung.

Vom Bett schafft sie es zur Tür, von der Tür zur Treppe. Sie hält sich am Geländer fest und stolpert die Stufen hinunter. Etwas hat sich verändert, aber sie weiß nicht, was. Silbermöwen vor den Fenstern, noch eine zieht ihre Kreise – eine Warnung vor dem Tod, der bald kommen wird.

Es ist ein alberner Aberglaube. Nur eine Geschichte, die sich die Menschen ausgedacht haben, um sich die Welt zu erklären. Wie Gott, wie die Engel, wie den Teufel. Alles nur Schwindel – alles nur eine Ablenkung von dem, was real ist.

Lucy erreicht den Fuß der Treppe. Im Wohnzimmer tritt sie ans Fenster. Über Nacht ist ein geisterhafter Nebel vom Meer heraufgestiegen. Unten in Skentel sind die Gebäude nur noch blasse Umrisse. Die Rampe des Bootshauses der Rettungsstation senkt sich in schwebenden Dunst hinab.

Nördlich von Mortis Point liegt Penleith Beach ebenfalls im Nebel, aber der flache Sandstrand ist nicht verlassen. Ein paar Meter von der Linie, an der die Wellen an Land lecken, haben sich ein paar schwarze Gestalten versammelt. Lucy tritt näher an die Glasscheibe. Es ist unmöglich, diese Gestalten im Nebel zu erkennen. Ihr Magen zieht sich zusammen, als sie sie beobachtet.

Sie nimmt ihr Fernglas und stellt es auf den Strand ein. Tief in der Milchsuppe kann sie einen Teil der Szene erkennen. Sie sieht drei Figuren, die um eine vierte herumstehen.

Lucys Lunge leert sich. Ihr Fernglas fällt zu Boden.

Aus dem Wohnzimmer. In die Küche. Durch die Hintertür und am Haus vorbei zur Einfahrt. Auf die Triumph, den Starter treten.

Das Hinterrad lässt den Kies aufspritzen, und sie rast aus der Einfahrt.

3

Nasser Asphalt. Tote Blätter. Die Räder haben kaum Halt auf der Straße. Lucy schaltet und beschleunigt, der Wind treibt ihr die Tränen in die Augen. Von der Halbinsel fährt sie auf die Küstenstraße, ohne auf den Verkehr zu achten.

Schneller jetzt. Mehr Asphalt, weniger Äste und Blätter. Lucy legt sich in die Kurven und gibt noch mehr Gas. In ihrem Kopf ist nur das Flügelflattern der Silbermöwen, das Klopfen von Schnäbeln gegen Glas.

Etwas hat sich verändert. Alles hat sich verändert.

An der Abzweigung zum Strand wird sie langsamer. Die Räder holpern den Weg hinunter. Unten ist sie schon von der Triumph gesprungen, ehe sie überhaupt angehalten hat. Wieder beißt sie die Zähne zusammen, weil ihre Seite so schmerzt, und klettert die Düne hinauf.

Oben sieht sie dieselbe Szene, die sie schon vom Haus aus beobachtet hat: undeutliche Gestalten, in nebliges Weiß gehüllt. Lucy schlittert den Abhang hinunter und läuft halb springend über den Sand.

Lieber Gott, ich weiß, dass ich nie gebetet habe, und ich weiß, dass ich schlimme Dinge getan habe, eine Menge schlimmer Dinge, aber bitte, Gott, bitte, Gott, bitte ...

296

In ihren Ohren das raue Keuchen ihres Atems. In ihrem Herzen ein Brechen, ein Reißen. Sie verliert einen Laufschuh, rennt weiter. Stolpert und fällt auf die Hände. Schluckt einen Schrei, schmeckt Blut. Steht auf. Humpelt weiter.

Die Gruppe vor ihr beginnt zu verschmelzen. Sie ist jetzt zwanzig Meter entfernt. Fünfzehn.

Vier Gestalten insgesamt. Eine steht und spricht in ein Handy. Zwei andere hocken über einer auf dem Bauch liegenden Gestalt und drehen sie auf den Rücken.

Lucys Kraft weicht aus ihr. Sie stolpert die letzten Meter und schwankt.

Die Gestalt, die dort liegt, ist ein Mädchen im Teenageralter in nassen Kleidern. Ihr Kopf ist von Lucy abgewandt, aber sie hat dasselbe helle Haar wie Billie, denselben Haarschnitt. Die beiden, die sich über sie beugen – Frauen mittleren Alters, mit vor Anstrengung roten Gesichtern –, wechseln sich bei ihren Wiederbelebungsmaßnahmen ab.

Lucy geht um sie herum, damit sie das Gesicht des Mädchens sehen kann. Sie hat überhaupt keine Kraft mehr und sackt in den Sand.

Die Frau, die auf den Brustkorb des Mädchens drückt, ist Jane Watson aus der Apotheke. Der Mann, der ins Handy spricht, ist ihr Ehemann Gordon. Lucy erkennt die Frau nicht, die Jane Watson hilft.

Der Nebel um sie herum wird jetzt dichter und verhüllt alles, außer diesem kleinen Fleckchen Sand und dem quecksilbrigen Wasser, das jedes Mal heraufkriecht, wenn eine Welle bricht.

Mortis Point hinter ihnen ist verschwunden. Penleiths Hinterland ebenso.

Aber Geräusche sind noch zu hören – glockenhell in ihrer Klarheit: das Rauschen der Dünung, die Rufe der Silbermöwen, Jane Watsons schwere Atemzüge, das Heulen einer fernen Sirene.

Merkwürdig, dass die See so ruhig ist – als hätte das enorme Spektakel sie ebenfalls erschöpft. Die sanft leckenden Wellen, die sich aus dem Nebel herauswagen und wieder zurückziehen, sind wie das Heben und Senken einer Lunge, wie Kiemen. Die grundlegenden Mechanismen des Lebens.

Das Mädchen ist tot.

Das ist ohne jeden Zweifel so. Lucy weiß nicht, warum die beiden Frauen trotzdem versuchen, sie wiederzubeleben. Dieses Herz wird nie wieder schlagen. Diese Augen werden nichts mehr sehen.

Sie denkt an die Geschichte vom Mobiginion in Menschengestalt. Wie er manchmal die Häuser in der Nähe des Meeres besucht. Sie erinnert sich an die nassen Fußspuren am Freitag, die vom Arbeitszimmer zur Eingangstür führten. Und an die blutigen Fußspuren von der Haustür durch Glasscherben zu Nick Poveys Sofa.

Die Sirene wird lauter. Jane Watson, die immer noch das tote Mädchen bearbeitet, blickt auf und sieht Lucy. Sie ruft ihren Mann, der immer noch am Handy spricht.

Das tote Mädchen ist nicht Billie.

Das ist schwieriger zu begreifen als alles andere. Jetzt, da Lucys Kraft sie verlassen hat und sie auf dem Sand zusammengebrochen ist, da sie geglaubt hat, dass ihre Welt hier am Strand endet, dass das tote Mädchen mit dem vom Meer zerzausten Haar, das Billies in Farbe und Haarschnitt so ähnlich ist, Billie ist.

Und doch ist sie es nicht.

In einer Gemeinde dieser Größe ist es beinahe unmöglich, dass innerhalb von vierundzwanzig Stunden *zwei* Familien eine derartige Tragödie trifft. Und doch scheint genau das geschehen zu sein. Und während Lucy nur Mitgefühl hat für die Mutter dieses armen Mädchens, ist sie froh, dass ihre eigene Tochter noch nach Hause kommen kann. Der Gedanke ist rücksichtslos, beinahe unmenschlich, aber sie steht dazu. Um ihre Kinder zu retten, wird sie alles opfern. Jeden.

Ein letztes Aufheulen der Sirene, dann erstirbt sie. Vermutlich ein Krankenwagen, der hinter den Dünen hält. Keine Eile. Die Diagnose ist ganz klar.

Jane Watson wischt sich die Stirn ab und pumpt weiter. Sie beginnt zu rufen. «Na los. *Komm* schon!»

Wer weiß, ob sich das an die Krankenwagenbesatzung richtet oder an das tote Mädchen. Gordon Watson steckt sein Handy weg und kommt herüber. Er legt die Hand auf Lucys Schulter und drückt sie.

Die Füße des toten Mädchens sind bloß. Ihre Nägel sind im selben Zitronengelb lackiert, das Billie so mag.

Das ist ein weiterer verstörender Zufall. Noch ein erschreckendes Detail. Lucy schaudert – merkt zum ersten Mal, wie kalt es hier unten am Strand ist. Wenn sie nur einen Mantel mitgenommen hätte, dann könnte sie ihn jetzt auf das tote Mädchen legen. Er würde sie nicht wärmen, aber es wäre immerhin eine Geste. Wenn Billie dort läge, würde sie auch wollen, dass jemand das täte.

Zwei Sanitäter tauchen aus dem Nebel auf und tragen ihre Ausrüstung auf dem Rücken. Gordon lässt sich auf die Knie sinken. Er legt die Arme um Lucys Schultern und zieht sie an sich. Zusammen sehen sie zu, wie die Sanitäter ihre Rucksäcke in den Sand fallen lassen. Einer von ihnen hockt sich neben Jane Watson und bedeutet ihr, mit den Wiederbelebungsversuchen aufzuhören. Es ist wirklich vollkommen klar, dass dieses Mädchen nicht wieder wach werden wird.

«Das ist sinnlos», krächzt Gordon.

Seit sie ihn kennt, hat sie ihn noch nie so hoffnungslos erlebt. Jane Watson sackt in sich zusammen und beginnt zu weinen.

Lucy zwingt sich, das Mädchen genauer anzusehen, das sie zu retten versucht haben. Es ist *wirklich* sinnlos. Alles.

Das tote Mädchen trägt Billies neongrünes Lieblings-T-Shirt, noch so eine merkwürdige Sache. Darunter den gleichen gemusterten BH, den Billie am Freitagmorgen getragen hat. Die Beine des Mädchens stecken in den gleichen schwarzen Turnhosen, die bis zu den Oberschenkeln reichen und genau das gleiche Tattoo halb verdecken.

Aber es ist nicht Billie. Sie ist es nicht.

Lucy hört ihren eigenen Atem wie das Rauschen in einer Muschel.

«Es tut mir so leid», sagt Gordon, und dann beginnt er ebenfalls zu weinen. Lucy schiebt seinen Arm fort und löst sich von ihm. Auf Händen und Knien krabbelt sie vorwärts. Ein Geräusch entringt sich ihrer Kehle, das sie nicht einordnen kann.

Das Meer spült kaltes Wasser über den Sand und zieht es wieder zurück. Um sie herum wird der Nebel dichter.

Lucy streckt die Hand aus. Sie muss wieder an die Mutter denken – die da draußen irgendwo ist – und an die Abrissbirne, die sich bereit macht, in ihr Leben zu krachen.

Tiefe Abdrücke um die Fußgelenke des toten Mädchens haben das Fleisch dunkelgrau verfärbt. Ist sie mit gefesselten Füßen ertrunken? So sieht es jedenfalls aus.

Es gibt keinen Gott auf dieser Welt, denkt Lucy. Keinen allwissenden Schöpfer. Nur eine Gottheit von unberechenbarer Grausamkeit kann ein Leid solchen Ausmaßes erlauben.

Ihre Hand senkt sich. Sie berührt die leblose Haut. Sie fühlt sich seifig an. Eine Kälte, so stark, dass sie ihren Arm hochsteigt. Es ist nicht Billie, sie ist es nicht. Weil Billie – wie der Sturm der letzten Tage – eine Naturgewalt ist, die zu mächtig ist, als dass man sie zähmen könnte.

Wohin geht im Tod wohl all die Liebe?, fragt sie sich. Was geschieht mit all den Träumen und Hoffnungen, Erinnerungen und Freuden? Plötzlich kommt es ihr unmöglich vor zu glauben, dass sie einfach so enden. Vielleicht gibt es keinen Gott, aber das bedeutet nicht, dass der Geist nicht bleibt.

Lucy krabbelt näher. So sanft sie kann, legt sie sich den Kopf ihrer Tochter in den Schoß. Sie berührt Billies Haar, streichelt Billies Gesicht und summt aus irgendeinem merkwürdigen Grund dasselbe Schlaflied, das sie immer gesungen hat, als sie sie noch stillte.

In diesem Sommer wollte das Mädchen zum ersten Mal in ihrem Leben zu den Färöer-Inseln segeln. Jetzt und auf ewig wird sie reisen können, wohin sie möchte.

TEIL 2

DREISSIG

1

In einer Toilettenkabine des Kommissariats von Barnstaple schüttelt Abraham Rose zwei weiße Pillen in seine Hand und zerkaut sie ohne Wasser. Er neigt den Kopf und versucht, saubere Luft in seine Lunge zu saugen. Er stellt sich seine Brust wie einen leeren Behälter vor, den er mit lebensspendendem Sauerstoff füllt. Aber die Luft in dieser Kabine stinkt nach Urin und Desinfektionsmittel. Abraham schafft nur einen halben Atemzug, dann hustet er Schleim hoch, dick und buttrig und voll von dem Zeug, das ihn umbringen wird.

Eine Weile lehnt er sich an die Trennwand und versucht, nicht zu würgen. Der Schmerz ist schlimm, aber damit kommt er zurecht. Am wichtigsten ist es, all das zu verbergen. Er wischt sich den Mund ab und steckt die Pillenschachtel wieder in seine Jackentasche.

Er ist vor einer Stunde vom Strand zurückgekommen. Er wird den Anblick von Billie Locke im Sand niemals vergessen. Der Wind trocknete ihre vom Salz ganz steifen Kleider. Sie ist noch im Tod hinreißend, erstaunlich in ihrer Schönheit, ihrem Pathos und ihrer Eleganz.

Die Obduktion wird nächste Woche stattfinden. Aber Abraham hat die Abdrücke an den Fußgelenken des Mädchens gesehen. Er hat zwar nur begrenzte Kenntnisse in Pathologie, dennoch weiß er, dass sie nicht nach dem Tod entstanden sind. Billie war gefesselt, bevor sie umgebracht wurde.

Dies ist das Ende, das alle erwartet haben, das aber keiner gewollt hat. Hunderte von Quadratkilometern Meeresober-

305

fläche und riesige Abschnitte der Küstenlinie sind durchkämmt worden. Ein Freiwilligenprogramm, das lief wie geschmiert, eine riesige Hilfsaktion der Dorfgemeinschaft. Und alles für nichts. Billie Locke ist letztlich nach Skentel zurückgekehrt, aber sie hat ihr Leben im Meer gelassen.

Ich habe sie ertränkt. Ich habe sie beide ertränkt. Ich habe sie gefesselt und ins Wasser geworfen. Und als sie untergegangen waren, bin ich hinterhergesprungen.

Diese Worte wiederholen sich immer wieder in Abrahams Kopf. Zwei Minuten später sitzt er im Verhörraum dem Mann gegenüber, der sie ausgesprochen hat.

2

Daniel Locke ist seit vierundzwanzig Stunden in polizeilichem Gewahrsam, aber er wirkt, als wäre er schon viel länger da. Die roboterhafte Arroganz von gestern ist fort. Sein Gesicht sieht schlimm aus: rote Augen und aufgesprungene Lippen. Die Ränder seiner Nasenlöcher sind so feucht wie die eines Hundes.

Abraham hat derartige Verwandlungen schon öfter erlebt, aber noch nie so drastisch, und auch nicht so schnell. Lockes Dämonen scheinen ihn aufzufressen, wenn sie mit ihrem Wirt allein in der Zelle sitzen.

Der Mann wirft seinem Anwalt einen Blick zu. Sein Mund verzieht sich. Es ist unmöglich zu sagen, ob er böse grinst oder eine Grimasse schneidet. «Haben Sie ihn schon gefunden?», fragt er. «Haben Sie Fin gefunden?»

Abraham legt seinen Stift auf den Tisch. Er spürt den Drang zu husten, unterdrückt ihn aber. «Wir haben Ihren Sohn noch nicht gefunden, aber Ihre Stieftochter. Billie ist heute Morgen an den Strand von Penleith geschwemmt worden.» Er wartet auf eine

306

Reaktion, einen Kommentar. Auf der anderen Seite des Tisches faltet Locke die Hände, die abscheuliche Parodie eines Gebets. «Aber Sie wussten, dass das passieren könnte, nicht wahr? Sagen Sie mir, warum Sie sie ins Wasser geworfen haben, Daniel.»

Einen Moment lang scheint es so, als würde Locke sich über den Tisch auf ihn werfen. Stattdessen erlangt er seine Selbstkontrolle zurück. «Ich will mit meiner Frau sprechen.»

«Wirklich? Oder wollen Sie sie nur quälen? ‹Sagen Sie ihr, sie verdient all das, was sie verdammt noch mal bekommt.› Glauben Sie das immer noch?»

«Ich will mit ihr *sprechen*.»

«Jetzt haben Sie schon zwei Mal nach Fin gefragt. Haben Sie ihn auf dieselbe Weise getötet wie Billie?»

Der Anwalt protestiert. Locke winkt ab. «Wie lange wollen Sie mich hier noch festhalten?»

«Wen haben Sie zuerst getötet, Daniel?»

«Antworten Sie auf meine Frage.»

«Sie werden gleich morgen früh vor Gericht gestellt. Dann wandern Sie ins Gefängnis, bis ein Verhandlungstermin steht.»

«Und dann kann ich sie sehen.»

«Wenn sie das möchte. Jetzt lassen Sie uns darüber reden, was Freitag geschehen ist.»

«Ist mir scheißegal», sagt Daniel. «Wir sind hier fertig.»

3

Montagnachmittag hält Abraham eine weitere Pressekonferenz ab. Darin erklärt er, dass die Leiche, die am Penleith Beach gefunden wurde, Billie Locke ist. Als er nach Fin gefragt wird, bestätigt er, dass der Junge noch immer vermisst wird. Dass sie nicht erwarten, ihn noch lebend zu finden.

Lucy Locke, das weiß er, wird bald die wechselnden Launen der öffentlichen Meinung erleben. Vor drei Tagen war sie noch die tragische Mutter von zwei verschwundenen Kindern. Inzwischen ist sie die Frau eines Kindermörders, der seine Taten gestanden hat. Meistens wird die Partnerin in derartigen Fällen noch weit mehr zur Zielscheibe der öffentlichen Empörung als der Täter. Man wird die üblichen Fragen stellen: Wie konnte sie die ganze Zeit mit ihm zusammenleben, ohne sein wahres Gesicht zu erkennen? Wie konnte sie ihm ihre Kinder anvertrauen? In den sozialen Medien, in den Klatschkolumnen der Zeitungen, in den Bars und Cafés und auf den Schulhöfen sind Einzelheiten egal. Die, die am härtesten angreifen, werden mit der größten Aufmerksamkeit belohnt.

Die Titelseite der *Sun* an diesem Morgen – EIN MONSTER SPRANG UNS IM SCHLAF AN: *Paar bricht sein Schweigen über den brutalen Angriff des Kindsmörders* – ist nur ein Vorgeschmack auf das, was noch kommt. Der Artikel enthält ein Interview mit Gethan Grierson und Adam Crowther, Daniel Lockes Opfer im Glenthorne Hostel für Jungen.

Wenn Lucy Locke bisher nichts über die Vergangenheit ihres Mannes wusste, so weiß sie es jetzt. Abraham fragt sich immer häufiger, was sie wohl außerdem noch weiß. Zehn Minuten später sitzt er wieder im Verhörraum.

4

Bee Tavistock blickt eher durch ihn hindurch, als dass sie ihn ansieht. Es kommt ihm vor, als läge das, was sie fixiert, hinter seinem Kopf.

«Ich möchte Ihnen dafür danken, dass Sie gekommen sind», sagt Abraham. «Dies ist eine schwierige Zeit. Für alle.»

Tavistock nickt teilnahmslos. Ihr Blick gleitet zu den Aufnahmegeräten. «Ich war noch nie in einem Kommissariat.»

«Sie stecken nicht in Schwierigkeiten. Aber Sie können sich hoffentlich vorstellen, dass wir verzweifelt versuchen herauszufinden, was passiert ist. Sie arbeiten für Lucy Locke?»

«Sie ist meine Freundin.»

«Wie würden Sie sie beschreiben?»

«Lucys Flamme brennt hell», sagt sie. «Sie wärmt alles, was sie berührt. Das ist jetzt kein Hippie-Scheiß, den ich mir ausgedacht habe, weil wir uns so nah sind. Sie können jeden fragen – die sagen alle dasselbe.»

Abraham muss an Zacarías Echevarria aus der Kommune in der Wüste von Tabernas in Spanien denken. Er bezweifelt, dass der Mann derselben Meinung wäre. «Können Sie mir Schritt für Schritt erzählen, was Sie am Freitag getan haben?», fragt er.

Tavistock reibt sich die nackten Arme. «Freitag fing an wie jeder andere Tag. Ich bin gegen halb fünf Uhr morgens am Hafenkai gewesen.»

«Warum so früh?»

«Wenn ein Lokal wie das Drift Net in Skentel überleben soll, muss es für viele unterschiedliche Leute etwas Unterschiedliches bedeuten. Wir öffnen gegen fünf Uhr, je nach der Tide. Man kann ordentlich Umsatz machen, wenn man den Jungs von den Fischkuttern Kaffee und ein warmes Frühstück anbietet. Am Freitag war im Hafen viel los. Einige Besatzungen sind schon früh raus, um vor dem Sturm ihre Netze auszulegen oder ihre Reusen zu leeren. Dass etwas passiert ist, habe ich begriffen, als ein Gast erzählte, da draußen würde eine Jacht steuerlos herumtreiben. Dann sagten die Leute, dass es die *Lazy Susan* sei. Ich konnte Luce am Telefon nicht erreichen, daher bin ich auf meinen Roller gesprungen und zu ihrem Haus gefahren.»

«Wann war das?»

«Ungefähr gegen Ende der Mittagszeit, also ... um zwei, nehme ich an.»

«Lucy war zu Hause?»

«Hm-hm. Kam gerade aus der Dusche. Meistens ist sie um diese Zeit unten im Drift Net und gibt Bestellungen auf und hilft aus. Aber am Freitag hat sie ihre Buchhaltung oben im Haus gemacht.»

«Woher wissen Sie das?»

«Weil überall Papierkram herumlag. Mann, ist das etwa wichtig?»

«Wahrscheinlich nicht.» Abraham spürt, dass sich tief in seiner Lunge ein Husten aufbaut. Er atmet langsam, um ihn zu unterdrücken. «Vor Freitag, hatte Lucy da irgendwelche Sorgen? Hat sie über ihre Beziehung zu Daniel gesprochen? Wie es so lief?»

«Sie hat über Billie und Fin gesprochen. Lucy war so stolz auf die beiden, so fürsorglich. Eine echte Glucke.» Tavistock schluckt hart. «Tut mir leid. Ich kann immer noch nicht glauben, dass sie fort sind. Es war, als wären sie meine Nichte und mein Neffe, diese beiden.»

Sie blinzelt ihre Tränen fort. «Es ist kein Geheimnis, dass Daniels Unternehmen ziemliche Probleme hatte. Sie hatten viele Geldsorgen, aber das hat ihre Beziehung nicht beeinflusst. Sie waren die große Lovestory von Skentel. Ein Paar, bei dem man sich an den Funken verbrennen konnte, die zwischen ihnen flogen.»

Abraham nickt. Der Husten braut sich schon wieder zusammen, ein echter Monsterhusten. Seine Lunge fühlt sich an, als füllte sie sich mit Klebstoff. Er schaut auf seine Notizen und sieht etwas, das sein Blut gefrieren lässt: das mit Tinte gezeichnete Motiv, das ihn in den letzten Wochen verfolgt. Jetzt ist es vollständig. Es sind seine Initialen und sein Geburtsdatum. Aber der Bogen darüber hat jetzt senkrechte Wände mit Moos darauf. Abraham erkennt, was es ist: ein Grabstein, solide und kahl.

Kein Spruch darauf. Nichts, was darauf hindeutet, dass man ihn vermisst.

«Machen wir eine Pause», krächzt er.

Bee Tavistock mustert ihn, als wäre er ein zum Tode Verurteilter.

5

Eine Stunde später steht er am Ufer des Taw und raucht eine Zigarette. Das Wasser im Fluss steht höher, als er es je gesehen hat, schmutzig braun und voller Zweige und Blätter, die der Sturm abgerissen hat. Er muss immer an eine von Bee Tavistock beiläufig hingeworfene Bemerkung denken: dass Lucy gerade aus der Dusche kam, als Bee am Freitag nach Mortis Point gefahren ist.

Stimmt das? Oder musste sie sich nach einer schnellen Fahrt im Beiboot der Familie zurück an die Küste abtrocknen? Ein wilder Gedanke: was, wenn Lucy Locke vor dem Notruf an Bord der *Lazy Susan* war? Was, wenn all das als Versicherungsbetrug geplant war, sich dann aber in etwas Düstereres verwandelt hat? Was, wenn Daniel verschwinden wollte, aber nicht erwartet hat, beinahe sein Leben zu verlieren? Vielleicht hatte Lucy beschlossen, dass es besser für sie wäre, wenn ihr Ehemann nicht zurückkäme. Wenn dem so war, würde das seine Wut erklären. Aber warum hätte er dann den Mord an seinen Kindern gestanden? Und wie passt Billie Lockes Tod in diese These? War das ein weiterer Unfall? Warum hätte er ihre Füße fesseln sollen?

Abraham drückt seine Zigarette aus. In diesem Augenblick ist er sich nur einer Sache sicher: Sowohl Daniel als auch Lucy Locke lügen ihn an. Er weiß nicht, was sie verbergen. Aber er hat die Möglichkeit, es herauszufinden.

Doch zuerst hat er eine Verabredung, auf die er sich weit mehr freut.

6

Klavierklänge erklingen bei seiner Ankunft. Abraham erkennt das Lied: «Abide With Me.» Das Spiel ist so wunderschön, dass er mit gesenktem Kopf vor der Eingangstür wartet, bis es vorbei ist. Fünf Minuten später sitzt er in Bibi Trixibelle Carters Wohnzimmer und trinkt noch eine Tasse von ihrem ausgezeichneten Earl Grey.

«Ich habe Sie gerade im Fernsehen gesehen», sagt Bibi. «Dieses arme Mädchen. Das sind ja schreckliche Nachrichten. Da fehlen einem die Worte. Es muss furchtbar sein, in so einem Fall zu ermitteln.»

«Wir haben Glück, dass derlei Ereignisse sehr selten sind. Aber das macht sie natürlich umso erschütternder.»

«Trotz der scheußlichen Umstände darf ich sagen, dass es schön ist, Sie wiederzusehen», sagt Bibi. «Ich dachte schon, Ihr letzter Besuch würde genau das sein: Ihr letzter.»

Abraham nickt, aber sein Herz weitet sich. Was für eine merkwürdige Wirkung diese alte Frau auf ihn hat. «Da gibt es etwas, was ich Ihnen gern zeigen würde», sagt er und öffnet eine Akte. «Sie sagten, Sie hätten am Freitagmorgen in dieser Parkbucht zwei Fahrzeuge gesehen. Einen grauen Volvo und ein kleineres schwarzes Auto.»

Er zieht einen Farbausdruck aus der Mappe. Es ist ein Standbild von der Überwachungskamera in Wayland Rawlings Modellbauladen. Gestern hat Abraham sein Team gebeten, sich alle Aufnahmen anzusehen, derer sie habhaft geworden sind. Insbesondere sollten sie auf Sichtungen von schwarzen Autos achten. Das Team hat bisher acht gefunden, aber ihn interessiert vor allem dieses – Lucy Lockes Citroën C1. «Sehen Sie sich das erst einmal eine Weile an, bevor Sie antworten», sagt er. «War dies hier das Fahrzeug, das Sie Freitagmorgen gesehen haben?»

Bibi runzelt beleidigt die Stirn. «Ich brauche keine *Weile*, Detective Inspector. Ich weiß, dass ich einen Kombi gesehen habe, aber dieser hier ist viel zu klein. Bevor Sie mich fragen, ob ich da sicher bin, sage ich Ihnen, dass ich mein Leben darauf verwetten würde – und glauben Sie mir, so etwas sage ich nicht einfach dahin.»

Abraham glaubt ihr. Die Gestalt in Grau, die Bibi neben dem Volvo gesehen hat, kann immer noch Lucy Locke sein, aber er wollte sich das eigentlich hier bestätigen lassen. Er trinkt seinen Tee und schaut sich im Zimmer um. Genau wie beim letzten Mal ist sein Schmerz verflogen. Diese schmerzende Schwere in seiner Brust ist verflogen.

Um den Augenblick zu verlängern, öffnet Abraham die Akte. Er holt sieben weitere Bilder von schwarzen Autos heraus. Alle stammen von der Überwachungskamera am Hafenkai. Es gibt nichts, was auf irgendeine Verbindung der Fahrzeuge mit dem Fall hinweist. Er weiß, dass er Bibis Gastfreundschaft ohne Rechtfertigung strapaziert, aber er will nicht gehen, noch nicht. «Wie ist es denn mit diesen hier.»

Bibi nimmt die Bilder, die er ihr hinhält. «Zu groß», sagt sie und legt die Fotos von zwei SUVs beiseite. «Dieser hier auch nicht – das ist ein Tourenwagen. Auch nicht dieser Ford.»

Nur noch drei Wagen bleiben übrig: ein Lexus, ein Toyota und ein Vauxhall. «Auf diesem hier ist ein Surfboard befestigt, und auf dem, den ich gesehen habe, war definitiv keins.» Bibi zeigt auf den Lexus. «Was ist denn das für ein kleiner grüner Fensteraufkleber?»

«Der ist zu klein, als dass man ihn richtig erkennen könnte.»

«Hmm.» Sie betrachtet den Toyota. «Sind das Plüschwürfel?»

«Sieht so aus.»

«Ich dachte, die gibt es seit den Achtzigern nicht mehr.»

«Offenbar schon.»

«Die Achtziger habe ich nicht gemocht», sagt Bibi. «Das Spaceshuttle und der Zauberwürfel waren die Höhepunkte. Und dieser Film natürlich. Mit dem kleinen Jungen und dem Außerirdischen. Ich habe bei der Geranienszene geweint.»

Abraham nickt vage. Wenn er sich doch nur mehr um Popkultur gekümmert hätte. Viel zu spät hat er ihren Wert bei der Suche nach gemeinsamen Gesprächsthemen erkannt.

Bibi neigt den Kopf zur Seite. «Gibt es sonst noch etwas, was ich für Sie tun kann, Detective Inspector?»

Frag sie.

Überrascht von seinem Gedanken schaut er sich im Zimmer um. Da steht Nippes auf dem Sideboard und Bibis Nähkiste neben ihrem Stuhl. Er hört das Knistern und Krachen des Feuers, riecht den Holzrauch, denkt an die Krankheit, die sich durch seine Lunge frisst. Eine Welle der Verzweiflung übermannt ihn, so stark, dass er kaum noch den Kopf heben kann.

Frag sie.

«Abraham?»

Er atmet tief durch. «Ich habe Sie eben gerade spielen hören.»

Sie lächelt. «Meine Finger funktionieren noch, so einigermaßen.»

«Das ist eines meiner Lieblingskirchenlieder.»

«Und eins von meinen. Henry Francis Lyte hat den Text dazu nur Wochen vor seinem Tod geschrieben. Ein Gebet an Gott, er möge ihm bleiben, weil sich der Tod näherte.»

«Das wusste ich nicht.»

«Mein Vater hat die Melodie immer gesummt, wenn er wieder nach Hause kam. Er fuhr zur See.»

Frag sie.

Er räuspert sich. «Glauben Sie, Sie könnten ... Ich meine, ich verstehe natürlich, wenn Sie ... Ich dachte nur ...»

«Möchten Sie, dass ich es für Sie spiele, Abraham?»

Es ist ihm zu peinlich, daher wagt er nicht, etwas zu antworten, aber er schafft es gerade so eben zu nicken.

Also Billie ...

Wir reden über sie, wenn wir uns sehen. Es sollte nicht so ablaufen. Und auf keinen Fall zu dem Zeitpunkt. Ich war am Boden zerstört. Jetzt nicht mehr.

Rückblickend ist es vielleicht sogar gut gelaufen. Auf diese Weise hat es eine gewisse tragische Poesie. Und es markiert tatsächlich einen Wendepunkt. Denn du kannst es nicht länger von dir weisen, Lucy. Selbstbetrug funktioniert nicht mehr.

Heute Morgen habe ich eine Zeitung gesehen. Einen Tag alt, aber ich habe das Feature über Gethan Grierson und Adam Crowther vom Glenthorne Hostel für Jungen gelesen. Wie viel die wohl bezahlt bekommen?

Es wird ganz schön rührend, aber ich freue mich auf unser Wiedersehen. Was mit Billie geschehen ist, war eine Tragödie, die viel zu früh kam. Aber der dritte Akt wird alles ändern.

EINUNDDREISSIG

1

Mittwochmorgen.

Lucy sitzt in ihrer Küche am Frühstückstisch neben einem in Zellophan eingewickelten Korb. Überall um sie herum stehen Lilien und weiße Rosen in Vasen oder in noch ungeöffneten Sträußen. Der Wind vom Atlantik weht durch ein gezacktes Loch in der Fensterscheibe. Scherben liegen auf dem Fensterbrett. Kleinere Stückchen Glas glitzern auf der Abtropffläche.

Vor fünf Tagen hat sie hier ihrem Sohn dabei zugeschaut, wie er sein Frühstück aß und mit seiner Schwester sprach. Sie erinnert sich an ihr Geplänkel und an die Frage, die Fin stellte:

«Wusstest du, dass ein Unwetter im Anmarsch ist, Billo?»

«Jawohl. Ich hab gehört, das wird ein richtiger Monstersturm. Angeblich sogar lebensbedrohlich.»

Lucy krümmt sich vor Schmerzen, wenn sie daran denkt.

Es ist besser, gar nicht zu denken, sich nicht zu erinnern. Fürs Erste ist es besser, sich bloß auf die grundlegenden Funktionen zu konzentrieren, die sie am Leben erhalten. Erst, als sie hört, wie sich die Hintertür öffnet, hebt sie den Kopf.

Als Noemie Lucy sieht, formt ihr Mund ein entsetztes O. Sie schaut sich um und kräuselt die Nase. «Oh, Süße.» Sie kommt zu ihr und nimmt Lucy in den Arm. «War dir übel?»

«Nur ein bisschen. Ich dachte, ich ... Ich dachte, ich hätte es runtergespült.»

Noemie lässt sie los und tritt an den Ausguss. Sie verzieht das Gesicht und dreht den Wasserhahn auf. «Wer hat denn den Korb geschickt?»

317

«Ed, Billies Freund. Sagte, er wolle etwas tun, fand es aber sinnlos, noch mehr Blumen zu schicken.»

«Da hatte er wohl recht. Was ist mit dem Fenster passiert?»

«Silbermöwe. Ich habe einen Topf nach ihr geworfen.»

«Aha. Hast du sie erwischt?»

«War nicht schnell genug.»

«Vielleicht nächstes Mal.»

«Vielleicht.»

«Bist du dir sicher, dass du bereit bist für heute?»

«Es ist alles organisiert. Wenn ich es heute nicht hinter mich bringe, schaffe ich es vielleicht wochenlang nicht.»

«Keinen Druck, Luce.»

«Ich weiß. Aber ich muss ihn sehen.»

Noemie nickt. «Hör mal, ich will das hier nicht noch beängstigender machen, als es schon ist. Aber du musst wissen, dass da draußen eine Menge Journalisten lauern. Ich habe versuche, ein paar von ihnen auf dem Weg hierher umzufahren, aber die sind ganz schön flink.»

«Ein bisschen wie Silbermöwen.»

«Ja. Oder Geier vielleicht.»

«Die Polizei hat Daniels Laptop mitgenommen. Außerdem einen Haufen von seinen Akten. Billies Chromebook auch.»

«Weißt du, wonach sie suchen?»

Lucy zuckt die Achseln. «Geschieht das hier, Noemie? Ich meine, geschieht es wirklich? Mein Kopf fühlt sich an wie ... ich habe das Gefühl, nichts mehr im Griff zu haben. Vor drei Tagen am Strand war ich mir ganz sicher, dass das Mädchen nicht Billie sein konnte. Selbst jetzt, wenn ich versuche, darüber nachzudenken ...» Sie verstummt und schüttelt den Kopf.

«Wenn du eine Weile neben der Spur bist, ist das vollkommen verständlich, würde ich sagen. Du musst nicht analysieren, was in deinem Kopf vorgeht. Im Moment musst du dich vermutlich einfach nur weitertreiben lassen. Wirf Töpfe nach Silbermöwen, wenn es dir hilft. Herrje, ich helfe dir sogar dabei. Diese ganze Sache ist wie ein Tsunami – kommt aus dem Nichts und reißt alles mit sich. Vielleicht ist es am besten, sich eine Weile auszuklinken.»

«Das sag ich mir auch immer», sagt Lucy, «nur, dass ich das nicht kann. Ich muss denken. Ich muss verstehen, was passiert ist. Ich kann sie nicht einfach verlassen, weil es so wehtut.»

«Und deshalb willst du Daniel sehen?»

«Genau.»

2

Die Journalisten in der Einfahrt beginnen zu schreien, als Lucy auftaucht; sie ist so schockiert vom weißen Himmel und vom kalten Wind, dass sie ihre Fragen kaum wahrnimmt. Noemie gibt sich keine Mühe, um die Leute herumzufahren, als sie mit ihrem Renault auf die Straße biegt. Sie rennen so hastig weg, dass einige von ihnen sogar umfallen.

Bald sind sie auf der Küstenstraße. Nicht lange danach fädeln sie sich auf die große Straße nach Süden ein. Die Zerstörung hier ist schockierend – der Sturm hat ganze Schneisen in den Wald geschlagen. Im Radio spricht der Moderator von einem Steinkreis auf einem Hügel östlich von Redlecker. Zwei viertausend Jahre alte Megalithen sind von einem Erdrutsch mitgerissen worden, den der Sturm verursacht hat. Als der Moderator von der Familie Locke spricht und dem, was vielleicht auf dem Meer geschehen sein könnte, schaltet Noemie ab, aber Lucy hat schon Daniels Namen gehört.

Sie schließt die Augen und sieht sich vor neun Sommern selbst am Lenkrad ihres alten Suzuki. Es ist so heiß, dass selbst Farbe

Blasen schlägt. Billie sitzt auf dem Rücksitz und schreit, weil sie mal pinkeln muss. Sie haben den ganzen Tag mit Surfen in der Sandymouth Bay verbracht und sind auf dem Weg nach Hause. Billie reißt die hintere Tür auf, springt von ihrer Sitzerhöhung und flitzt durch eine Lücke zwischen den Büschen. Lucy steigt ebenfalls aus und genießt die Sonne des späten Nachmittags.

Sie haben die Parkbucht nicht für sich allein. Vor ihnen parkt ein staubiger Hilux-Pick-up, von dessen Kühler weiße Dampfwolken aufsteigen. Eine zwölf Meter lange Jacht liegt auf dem Anhänger, der Mast ist für die Fahrt gesichert. Ein Typ mit einer Ray-Ban-Sonnenbrille starrt den Pick-up an, die eine Hand unter die Achsel geklemmt.

Billie ist immer noch im Gebüsch beschäftigt, also geht Lucy zu ihm hinüber. «Ich bin ja keine Automechanikerin», sagt sie und betrachtet den Dampf. «Aber ich würde sagen, das sieht nicht gut aus.»

«Na ja, ich bin Mechaniker. Jedenfalls so etwas Ähnliches. Was das hier ein bisschen peinlich macht.»

«Geht es Ihnen denn gut?»

«Ich glaube ... ich glaube, ich habe mich irgendwie verbrannt. Ist schon okay. Das wird schon.»

«Haben Sie versucht, den Kühlerverschluss abzuschrauben?»

«Das wäre dann wohl die dümmste Aktion überhaupt.»

«Ist es das, was Sie gemacht haben?»

«Genau.»

Er setzt seine Sonnenbrille ab. Lucy stockt der Atem. Seine Augen haben einen tieferen Kobaltton als das Meer, auf dem sie gerade gesurft ist. Noch überraschender ist, was sie in ihnen sieht: Sorge, Hoffnung und Heiterkeit. Sie spürt den unerklärlichen Drang, ihre Arme um ihn zu legen.

Das ist eine lächerliche Vorstellung. Lucy schüttelt sie ab. «Zeigen Sie mal.»

«Es ist nur eine ganz leichte Verbrennung.»

«Zeigen Sie sie einfach.»

Vorsichtig zieht er die Hand unter der Achsel hervor. Lucy zuckt zurück. «Ich hole meinen Erste-Hilfe-Kasten.» Eine Minute später behandelt sie seine Wunde, während Billie neben ihnen Rad schlägt.

«Haben Sie eine Pannenversicherung?»

«Ich wollte eine abschließen.»

«Wie lautet also Ihr Plan?»

«Warten, bis sich alles etwas abgekühlt hat.»

Sie grinst. «Und wenn es das nicht tut?»

«Ein Abendspaziergang zurück nach Skentel.»

«Skentel ist sechzehn Kilometer entfernt.»

«Dann also eine Abendwanderung.»

Lucy schaut sich um. «Wir fahren dorthin.»

«Das müssen Sie mir jetzt nicht unter die Nase reiben.»

Sie grinst breiter. «Ich überlasse eine Unschuld nur sehr ungern ihrer Bedrängnis.»

«Das ist sehr ritterlich», erwidert er. «Aber ich glaube, ich muss Ihr Angebot ausschlagen.»

Er sieht weit besser aus, als sie zu Beginn dachte. Als sie merkt, dass sie darüber nachdenkt, will sie eigentlich zurück zu ihrem Auto. Aber stattdessen neigt sie den Kopf zur Seite. «Das ist das Ego, oder? Sie wollen sich nicht von einer jungen Mutter und ihrer Tochter retten lassen.»

«Monster-Ego», erwidert er. «Ziemlich widerlich. Das hat auch dazu geführt, dass ich keine Pannenversicherung habe. Habe mir eingeredet, ich könnte alles reparieren.» Er lächelt und entblößt dabei gerade, weiße Zähne. «Danke für das Angebot. Aber ich lasse das Boot nur allein, wenn ich unbedingt muss. Sie sehen hier gerade den ersten Auftrag eines neuen Unternehmens. Vermutlich mein letzter, wenn das jemand weitererzählt.»

Zehn Minuten später ist Lucy zurück auf der Straße. Hinter ihrem Suzuki rollt der Bootsanhänger. Der Typ mit den blauen Augen und dem weißen Lächeln sitzt auf dem Beifahrersitz.

«Daniel», sagt er.

«Lucy. Und das da ist Billie.»

«Sehr erfreut», sagt Daniel. «Besonders, da Ihr eine Abschleppkupplung habt.»

«Deutlich nützlicher als eine schimmernde Rüstung.»

«Ah.» Er nickt weise. «Wieder eine Andeutung auf die Unschuld in Bedrängnis. Dann sind Sie also mein Ritter.»

«Ganz genau», sagt Lucy. «Also sagen Sie mir besser, wo Ihr Schloss steht, Dummi.»

«Dummi?»

Sie wirft einen Blick auf seine Hand.

Sein Mund zuckt. «Sie kennen die Werkstatt hinter Penleith Beach?»

«*Da* wohnen Sie?»

«Warum nicht?»

«Die stürzt doch buchstäblich in sich zusammen.»

«Danke. Ich habe sie gerade gepachtet.»

«Dann hoffe ich nur, dass Sie nicht allzu viel dafür bezahlen. Das ist der schlimmste Schandfleck in ganz Skentel.»

«Was ist mit dem alten Haus auf dem Point?», fragt Billie. «Das ist auch ziemlich schlimm.»

Daniel dreht sich in seinem Sitz um. «Eines Tages werde ich dieses baufällige Haus *kaufen*.»

«Ach? Wofür?»

«Um darin zu wohnen, natürlich.»

Sie erreichen Skentel, als die Sonne am westlichen Himmel ein Feuer entzündet. Vorsichtig holpert Lucy den Weg zum Penleith Beach hinunter. Unten fährt sie vor die Werkstatt, und sie koppeln den Anhänger ab.

«Ich habe einen Grill dadrin», sagt Daniel. «Muss gesäubert werden, aber das dauert nicht lange. Soll ich euch als Dankeschön ein paar Steaks grillen?» Er hebt die verbundene Hand. «Ich meine, ich verstehe, dass das hier nicht gerade ein Ausweis für außerordentliche Kompetenz ist, aber ich mache eine super Pfeffersoße.»

«Können wir, Mum?»

Lucy windet sich. Es war lustig – wenn sie ehrlich ist, war es sogar mehr als das – aber hier muss sie definitiv einen Schlusspunkt setzen. «Tut mir leid, mein Fräulein. Mummy geht heute mit Jake aus. Wir müssen dich dem Babysitter übergeben.»

«Erwischt», sagt Daniel.

Er grinst, kann seine Enttäuschung aber nicht verbergen. Lucys Magen zieht sich zusammen, und sie weiß nicht recht, ob sie sich freut oder Gewissensbisse hat.

Eine Woche später trennt sie sich von Jake. Ein alberner Streit wächst sich zu etwas Größerem aus und wird schließlich zum Notausgang. Es ist schrecklich und traurig und gleichzeitig unausweichlich – denn sieben Tage am Stück hat sie keine Sekunde aufgehört, an Daniel Locke zu denken.

Sie hasst sich selbst dafür. Aber Jake verdient jemanden, der ihn voll und ganz liebt, und die Tatsache, dass sie seit Neuestem gedanklich mit jemand anderem beschäftigt ist, macht sie dafür ungeeignet. Von einem egoistischeren Standpunkt aus betrachtet ist sie achtundzwanzig Jahre alt und hat eine neunjährige Tochter. Immer wieder hat sie beweisen müssen, dass sie keinen Mann braucht, um auf dieser Welt zu überleben. Also muss es für sie das volle Feuerwerk sein oder eben nichts.

Zwei Tage nach der Trennung fährt sie mit Billie zum Grillen an den Penleith Beach. Einen Monat später ist Lucy in Daniel verliebter, als sie es je für möglich gehalten hätte. Nicht bloß das volle Feuerwerk, sondern auch noch das Begleitorchester mit

Chor. Es ist beängstigend und gefährlich, und sie hat so etwas noch nie gefühlt. Zum ersten Mal seit Billies Geburt ist ihr Herz in zwei gleiche Teile geteilt. Zwei Jahre danach teilt es sich in drei.

Ein Blinzeln, und noch mehr Vergangenheit zieht an ihr vorbei. Jetzt steht sie vor Fins Zimmer in ihrem gemieteten Reihenendhaus hinter Skentels Hauptstraße. Daniel sitzt in einem Schaukelstuhl neben dem Kinderbettchen. Er hat den hochroten Fin auf der Brust. Die Atemzüge ihres Sohnes werden immer schwächer.

«Wie hoch ist sein Fieber jetzt?», fragt eine Stimme in Lucys Ohr.

«Vierzig Grad», sagt sie und packt den Telefonhörer fester. «Bitte schicken Sie einen Krankenwagen. So schnell Sie können.»

Ein Blinzeln, und weitere fünf Jahre rasen vorbei. Glücklichere Zeiten. Gesündere auch, für ihren so sehr geliebten Jungen. Sie sind alle vier im Wasser und schwimmen neben der *Lazy Susan*, die vor Mortis Point ankert. Ein Platschen, Sonnenlicht, das auf Grau schimmert, und plötzlich sind sie nicht mehr zu viert, sondern zu neunt.

«Mum!», kreischt Billie.

Aber es liegt keine Angst in der Stimme ihrer Tochter, nur Freude. Um sie herum springen fünf Tümmler auf und nieder. Sie klicken und pfeifen, und Billie lacht begeistert, und Lucy sieht sofort, was aus ihrer Tochter eines Tages werden wird – dass ihre Liebe zum Meer ihr Leben formen wird.

«Delfin!», ruft Fin. «Delfin! *Delfin!*»

Sein Meeressäuger-Publikum nickt, als verstünde es ihn.

Ein Blinzeln, und sie grillen erneut – Penleith Beach, an dem Tag, an dem das Foto auf Daniels Schreibtisch entstanden ist. Blinzeln, und Lucy schläft mit ihm, während der Wind vom Atlantik durch ihre Schlafzimmerfenster weht und den Schweiß auf ihrer Haut trocknet.

Ein Blinzeln, und es ist letzte Woche. Daniel steht am Frühstückstisch und zeigt ihr etwas auf seinem Laptop. Geld ist aus dem Unternehmen verschwunden, dazu eine große Zahl an Vermögenswerten. Es liegt völlig auf der Hand, wer dafür verantwortlich ist, aber noch können sie nichts beweisen. Schlimmer noch: Einige Rechnungen von Zulieferern sind noch nicht ins System eingespeist worden. Es ist nicht genügend Geld übrig, um sie zu begleichen.

Ein Blinzeln, und sie steht in Nick Poveys Flur und starrt auf ein Buchsbäumchen, das durch die Eingangstür geschleudert worden ist. Daniel steht in den Scherben. Er sagt kein Wort, starrt nur – auf ihre bloßen Füße, ihr feuchtes Haar, ihr aufgeknöpftes Rugby-Shirt mit dem Namen seines Freundes darauf.

Als Lucy den Kopf senkt, bemerkt sie, dass Blut im Takt ihres Herzens aus ihrem rechten Fuß pulsiert. Sie schaut sich um und sieht rote Fußspuren in Glasscherben.

Daniel steigt über den Buchsbaum und geht wortlos an Nick vorbei. Sanft hebt er Lucy auf seine Arme und trägt sie aus dem Haus.

Draußen klatscht der Regen auf ihre Köpfe. Innerhalb von Sekunden sind sie völlig durchnässt. Daniels Volvo parkt hinter ihrem Citroën. Er öffnet die Beifahrertür und setzt sie vorsichtig auf den Sitz. Aus dem Kofferraum holt er eine Taschenlampe und einen Erste-Hilfe-Kasten. Er kniet sich in das strömende Wasser auf dem Boden und zieht die Scherbe aus ihrem Fuß, um die Wunde dann vorsichtig zu verbinden.

«Wie damals, als wir uns kennengelernt haben», sagt Lucy und weint.

«Dann sind wir wohl quitt.»

Ihre Schuld ist ein kalter Stein. Daniels Zärtlichkeit macht es nur schlimmer. «Es tut mir so leid. Ich hätte nie …»

Er schüttelt den Kopf. «Ich weiß, warum du hingegangen bist. Was du versucht hast zu tun.»

Sie fahren nach Hause. Und Lucy weiß, dass sie noch immer ein Zuhause *haben*. Ob es nun in diesem Haus ist oder in irgendeinem anderen.

Ein Blinzeln, und es ist Freitagmittag. Lucy ist im Arbeitszimmer und prüft Daniels Bilanzen, überlegt, wie sie ihn retten und das zurückholen kann, was Nick gestohlen hat. Auf dem Schreibtisch liegt ein Stapel Briefe, der schon viel zu lang dort liegt. Darin findet sie etwas, das sie verwirrt: die Kommunikation zweier Versicherungsgesellschaften über Policen, die auf ihren Namen abgeschlossen sind. Sie weiß nichts davon, und als sie am Telefon nachfragt, kennt sie das Konto nicht, über das sie bezahlt wurden.

Ein Blinzeln, und sie ist auf der *Huntsman's Daughter* und schaut zu, wie der Hubschrauber Daniel aus dem Meer zieht. Ein Blinzeln, und sie hockt neben Billie am Strand von Penleith. Ihre Tochter ist keine Naturgewalt mehr, die von einem unglaublichen schlagenden Herzen angetrieben wird, sondern ein leeres Gefäß; kaltes Fleisch und graue Haut und …

Ein Blinzeln, und sie sitzt wieder mit Noemie im Auto. Ihre Kehle gibt ein Ächzen von sich, als sie versucht, Luft einzusaugen. Zu gefährlich nachzudenken. Zu schmerzhaft, die Gedanken schweifen zu lassen. Sie zählt Verkehrsschilder. Dann zählt sie Autos. Sie sind in Okehampton und biegen nach Osten ab. Eine halbe Stunde später sind sie in Exeter. Sie parken an den Bahnschienen und überqueren die Brücke.

«Ich warte auf dich», sagt Noemie.

Lucy kann nicht sprechen.

Ein Blinzeln, und sie steht vor dem Eingang des rot geklinkerten Gefängnisses. Ein Blinzeln, und sie hat ihre Habseligkeiten in eine durchsichtige Plastiktüte gestopft. Ein Blinzeln, und sie ist durch die Sicherheitsschleuse in die Besucherhalle getreten.

Ein Blinzeln, und da ist Daniel, der aufsteht.

ZWEIUNDDREISSIG

1

Der Mann, von dem Lucy glaubte, ihn zu kennen, ist verschwunden. Denn das, was da hinter dem Tisch aufsteht, ist kaum noch ein Mann. Daniel sieht aus wie schlecht präpariert, eine Wachsfigur, die zu lange in der Mittagssonne gestanden hat.

Um sie herum dreht sich die Besucherhalle wie ein Karussell. Lucy hört nur noch das Wummern ihres Herzschlags, das Rauschen ihres Blutes. Sie will schreien; sie spürt, dass sie vielleicht nie wieder damit aufhört, wenn sie damit anfängt.

Irgendwie schafft sie es weiterzugehen, einen bleiernen Fuß vor den anderen zu setzen. Und dann steht sie am Tisch. Zwei Tage lang hat sie sich eine Fantasiewelt aufgebaut und sich eingeredet, dass Billie und Fin am Leben seien. Dafür musste sie so viel Wahrheit vergraben, so viele Stimmen ignorieren. Und doch, wenn sie den Atem anhielt und nicht allzu genau hinsah, hielt das Traumgebäude.

Sonntagmorgen am Strand von Penleith stürzte alles zusammen. Sie fragt sich, ob noch irgendetwas übrig ist, das zerstört werden kann.

Ein Schritt, und Daniel ist bei ihr. Lucy hat so viel Angst davor, berührt zu werden, dass ihr eine Träne die Wange hinunterrinnt. Sein Kopf bewegt sich auf ihren zu, seine Lippen wollen zu ihrem Ohr. Sie kann ihn riechen, kann seinen Atem hören.

«Sie beobachten uns», flüstert er. «Wir haben nicht lange Zeit.»

2

Plötzlich hat Lucy das Gefühl, dass da eine Blockade in ihrer Kehle ist. Sie lässt sich auf einen Stuhl sinken. Daniel setzt sich ihr gegenüber. Er faltet die Hände und legt die Oberlippe auf die Knöchel.

«Wer ...», fängt Lucy an. Sie verstummt, als er den Kopf schüttelt.

Dass er seinen Mund verdeckt, ist Absicht, begreift sie. Er will nicht, dass sie hören, was er sagen wird.

«Du musst mir zuhören», sagt er zu ihr. «Und du darfst mich nicht unterbrechen, bis ich fertig bin, denn du musst alles hören. Was du tust, kann vielleicht Fins Leben retten.»

Ihr bleibt der Mund offen stehen. Sie atmet jetzt wieder, große Atemzüge voller Luft.

Sie schaut sich in der Besucherhalle um und sieht, dass einer der Aufseher zusieht und ein paar andere Gefangene den Kopf zu ihnen umgewandt haben. Sie wendet sich wieder zum Tisch und ahmt Daniels Haltung nach.

«Das ist ein Albtraum», sagt er. «Eine Weile dachte ich, dass ich daraus wieder aufwachen würde. Jetzt weiß ich, das wird nicht passieren. Aber es ist egal. Was mit mir geschieht, ist egal. Es ist alles meine Schuld, Lucy. Ich kann nicht garantieren ...»

Er würgt. Sein Gesicht wird rot. Irgendwie schafft er es, seine Gefühle wieder herunterzuschlucken. «Ich kann nicht garantieren, dass Fin noch am Leben ist, aber es gibt eine Chance. Wenn er noch lebt, bist du die Einzige, die ihn vielleicht finden kann.»

Die Farben in der Besucherhalle leuchten plötzlich so sehr, dass sie zu glühen scheinen.

Ich kann nicht garantieren, dass Fin noch am Leben ist, aber es gibt eine Chance.

Lucy drückt den Satz an sich wie eine scharfe Granate.

«Freitagmorgen hat Billie mich angerufen», sagt Daniel. «Sie sagte, Fin hätte einen Zahnarzttermin – du hättest im Drift Net zu tun und bräuchtest meine Hilfe. Sie klang am Telefon merkwürdig, aber ich habe nicht weiter darüber nachgedacht. Also habe ich ihn von der Schule abgeholt, und wir sind auf der Küstenstraße in Richtung Redlecker gefahren. Nach ein paar Minuten haben wir Billie in einer Parkbucht stehen sehen. Sie hat uns hektisch zu sich gewinkt. Ich bin rangefahren, und da ist es passiert.»

Er zittert. «Billie kam an mein Fenster. Die Tür hinter Fin öffnete sich, und dieser ... dieser Typ steigt ein.»

Daniel atmet aus. «Er zieht Fins Gurt fest und hält ihm ein Messer an den Hals. Er trägt Handschuhe – solche blauen Chirurgendinger. Und er sagt mir, ich müsse ganz genau tun, was er sagt, sonst würde er Fin die Kehle durchschneiden.»

Lucy starrt ihn an. Etwas summt in ihrem Kopf so laut, dass sie Daniels Worte kaum hört.

«Ich war noch angeschnallt. Egal, wie schnell ich gewesen wäre, Lucy, wie schnell ich mich bewegt hätte ...» Er schaut zur Seite. Dann sieht er sie wieder an. «Billie steigt ein, und ich frage sie, was los ist. Ich frage den Typen, was los ist. Er sagt, ich solle wenden und zurück nach Skentel fahren – und wenn ich das täte, würde er Fin nicht wehtun. Den ganzen Weg dorthin denke ich darüber nach, einfach von der Straße herunterzufahren. Aber obwohl er nicht angeschnallt ist, nimmt er das Messer keine Sekunde von Fins Hals. Dann stehen wir auf dem Parkplatz am Kai in Skentel.»

Ein Gefängniswärter geht vorbei. Daniel schweigt, bis er ein Stück weiter weg ist. «Der Typ holt eine Flasche Talisker heraus und sagt, ich solle trinken. Als ich ablehne, fragt er laut, ob das Blut wohl bis zur Windschutzscheibe spritzt, wenn er Fin gleich die Kehle durchschneidet, und ob wir wohl auch etwas davon abbekommen. Da fange ich an zu trinken. Als ich ungefähr die

Hälfte ausgetrunken habe, sagt er, ich solle die *Lazy Susan* start-
klar machen. An diesem Punkt dachte ich noch, das sei alles der
merkwürdige Versuch eines Raubüberfalls. Dass es das Beste
wäre zu tun, was er wollte. Ich gehe also an Bord, ziehe die Planen von den Segeln, als ich sehe, dass er Billie und Fin aus dem
Auto gezwungen hat. Sie gehen die Mole entlang und klettern
ins Cockpit. Er bringt sie in die Kabine und zwingt mich, aus
dem Hafen zu fahren. Und da begreife ich, dass ich oben an Deck
gar nichts habe – keine Waffe, kein Funkgerät –, und der Whisky
beginnt zu wirken. Ich denke daran, uns kentern zu lassen, eine
Welle von der Seite gegen uns prallen zu lassen. Aber keiner von
uns hat eine Rettungsweste an, und du weißt ja, wie schlecht Fin
schwimmt. Als wir auf offener See sind, bindet mir der Typ mit
einem Seil die Hände zusammen. Dann zerrt er ... er zerrt Fin
und Billie auf Deck, und ich sehe, dass sie beide mit Kabelbin-
dern gefesselt sind.»

Daniels Pupillen weiten sich.

Lucys Hände ballen sich.

«Mein Handy war noch in meiner Tasche. Ich hatte bis dahin
nicht gewagt, es zu benutzen. Als der Typ beschäftigt war, habe
ich es geschafft, deine Nummer zu wählen. Er hat es bemerkt
und sich auf mich gestürzt. Ich habe ein paar Schläge einstecken
müssen, aber ich war gefesselt – und der Whisky hatte mich langsam gemacht. Was als Nächstes passierte ...»

Daniel stöhnt. Das Geräusch ist so tief, dass es sich in der
Besucherhalle beinahe verliert. «Billie, sie ... Er hat Billie umgebracht, Luce. Ich war da, als er sie umgebracht hat, und ich habe
es nicht verhindert.»

Er zittert jetzt krampfhaft. Eine ganze Minute vergeht, bis er
die Kontrolle wiedererlangt. Er verschränkt die Arme und löst sie
wieder. Versucht, die Hand nach ihr auszustrecken, und zieht sie
wieder zurück. «Der nächste Teil – ist schwierig zu hören. Es gibt

keine gute Art, ihn zu erzählen, also sage ich es einfach, und dann musst du hier raus und versuchen, etwas damit anzustellen.»

Er verstummt erneut, diesmal, um Atem zu schöpfen. Lucy ist dankbar für die Stille. Die Welt, die er da beschreibt, ist so fremd, so anders als die, in der sie zu leben glaubte, dass sie einen Augenblick braucht, um sich zu sammeln.

Daniel atmet aus. «Dieser Typ, er ist der Teufel. Satan, Luzifer, welchen Namen auch immer du benutzen willst. Er fing dann an zu reden. Diese schreckliche priesterliche Stimme. Er sagte, er wolle dir *helfen*. Dass er dich von der hassenswerten Kreatur, zu der du geworden bist, in etwas Wunderschönes verwandeln will. Es klang alles so unsinnig. Aber er *kennt* dich, dieser Typ. Zumindest weiß er *von* dir. Er sagte, er wolle, dass du zur Besinnung kommst. Ein harter Schock und ein moralischer Kurswechsel. Wenn ich ihm dabei helfen würde, wäre meine Belohnung Fins Leben.»

Lucy löst ihre Zunge vom trockenen Gaumen. «Ich verstehe nicht. Was glaubt er denn, dass ich getan habe?»

«Ich weiß es nicht, Luce. Er hat unser Beiboot hervorgeholt und mich dazu gezwungen, ihm zu sagen, wie man es zusammensetzt. Als es fertig war, musste ich einen Notruf absetzen. Dann startete er den Motor und fuhr mit uns nach Süden. Er sagte, Fins Leben liege in meinen Händen, dass er drei Tage warten werde, und wenn ich seinen Anweisungen folge, wolle er ihn gehen lassen. Er warf mir einen Überlebensanzug zu und sagte, ich solle damit ins Wasser gehen. Zu dem Zeitpunkt war ich schon ziemlich betrunken. Ich wollte Fin nicht zurücklassen. Aber er hielt ihm die Klinge an den Hals, und ich hatte gerade gesehen ...»

Daniel hält inne und versucht sich zusammenzureißen. «Bevor ich über die Reling ging, hat mir der Typ noch letzte Anweisungen gegeben. Wenn ich gerettet werden würde, sollte ich der

Polizei erzählen, ich hätte Billie und Fin ertränkt. Und ich sollte eine ganz bestimmte Botschaft wortgetreu übermitteln: *Sie verdient all das, was sie verdammt noch mal bekommt.* Er werde zusehen, sagte er. Er werde zuhören. Wenn ich alles täte, was er wollte, würde er in drei Tagen Fin freilassen. Aber ich *habe* alles getan, was er wollte. *Haargenau.* Und trotzdem wird Fin noch vermisst.»

Eine Weile sitzen sie schweigend da. Ein Schrecken löst den nächsten ab. Es ist zu viel, um es zu verarbeiten, und doch muss Lucy es verarbeiten, denn wenn Fin noch am Leben ist ...

«Die Polizei hat gesagt, die *Lazy Susan* sei geborgen worden», sagt Daniel. «Was ist mit dem Beiboot?»

Sie schüttelt den Kopf. «Ich habe ihnen davon erzählt. Aber an dem Punkt hatten sie die Suche bereits aufgegeben.»

«Ich komme hier so schnell nicht wieder raus. Nach allem, was ich gesagt habe, vielleicht nie mehr. Ob du willst oder nicht, das hier hängt jetzt an dir. Du musst Fin finden. Bring ihn nach Hause.»

«Das werde ich.»

«Dieser Typ ist skrupellos, Lucy. Du musst auch skrupellos sein. Tu, was auch immer du tun musst.»

«Das schaffe ich.»

Daniel schaut sich in der Besucherhalle um, sieht die Gefängniswärter, die sie beobachten. «Als Erstes musst du dir überlegen, wie du dich irgendwie schützen kannst, wenn du nach Hause kommst. Bevor du irgendetwas anderes tust, tu das.» Er denkt nach. Dann sagt er: «Ich habe mich gefragt, ob ich die Wahrheit hätte sagen sollen. Vielleicht hätte ich ...»

«Nein.»

Lucy sagt es lauter als beabsichtigt. Sie atmet tief durch und lehnt sich auf ihrem Stuhl zurück. Sie weiß, wie verzweifelt er sein muss, überhaupt darüber nachzudenken; sein Misstrauen der Polizei gegenüber hat sich tief eingebrannt.

Daniel war sechs, als er zum ersten Mal vor seinen Eltern davonlief. Als er aufgegriffen und zur Polizeiwache gebracht wurde, glaubte er, seine Qualen wären vorbei. Stattdessen brachten ihn die Polizisten direkt wieder nach Hause. Trotz der Schläge, die Daniel zur Strafe aushalten musste, floh er zwei Monate später erneut. Eine andere Polizeiwache diesmal, aber dasselbe Ergebnis.

Ein weiteres Jahr verging, bevor sich Nachbarn Sorgen machten, weil sie durch die Wand Geräusche hörten. Das Jugendamt kam. Sie fanden Daniel mit so schweren Verletzungen vor, dass er drei Wochen im Krankenhaus verbringen musste.

Im Kinderheim wurde sein Leben kaum besser. Und dann, als er dreizehn war, wurde er eines Morgens von Polizisten geweckt, die ihn wegen eines tätlichen Angriffs festnahmen. Zwei Jungen waren in der Nacht angegriffen worden. Ein blutiger Kricketschläger war unter Daniels Bett gefunden worden.

Er beteuerte seine Unschuld, aber es war sinnlos. Schließlich bekannte er sich schuldig, um eine geringere Strafe zu bekommen, und saß seine Zeit still ab. Lucy ist sich ziemlich sicher, dass Daniel ihren Verdacht teilt, wer der wahre Täter war.

Ihre eigenen Erfahrungen mit der Polizei sind kein bisschen besser. Als Zacarías Echevarria sie in Portugal aufstöberte, wusste sie, dass er sie in die spanische Kommune zurückholen wollte. Erst als sie erkannte, dass er sie lieber tot wissen würde, als mit leeren Händen zurückzukehren, packte sie ein Messer und verteidigte sich.

Die portugiesische Polizei interessierte sich nicht für ihre Version der Geschichte. Beim Prozess stellte die Staatsanwaltschaft sie als gewalttätig, skrupellos und manipulativ dar. Ganz im Gegensatz zu den Vorwürfen hat sie sein Geld nicht gestohlen. Sie hat sein Auto genommen, aber ihres hatte sie verkauft, um die Reparaturen an seiner Solaranlage zu bezahlen.

«Ich glaube, es war richtig, den Mund zu halten», sagt Lucy.

333

«Ich bin nicht bereit, ihnen zu vertrauen, und ich glaube, du auch nicht. Es steht einfach zu viel auf dem Spiel. Du hattest recht – es hängt jetzt an mir. Ich weiß noch nicht, was ich tun werde, aber mir fällt etwas ein, das schwöre ich.»

«Alles, was dieser Typ bisher getan hat, war so inszeniert, dass es den größtmöglichen Effekt hatte. Es ist beinahe so, als führte er in einem kranken Theaterstück Regie. Wir haben zwar noch nicht wieder von ihm gehört, aber ich glaube kaum, dass er vorhat, still die Bühne zu verlassen.»

«Glaubst du, er hat noch etwas anderes geplant?»

«Das möchte ich wetten. Was bedeutet, dass du herausfinden musst, was er als Nächstes plant, und dann musst du eingreifen, bevor er handelt.»

«Was kannst du mir noch sagen?», fragt sie. «Du hast ihn nicht erkannt?»

«Ich bin mir ziemlich sicher, dass ich ihn in Skentel schon gesehen habe, aber ich kann nicht genau sagen, wo. Er ist glatt rasiert, hat blasse Haut. Ziemlich durchschnittliches Gesicht, das man schnell vergisst. Ungefähr in meinem Alter, vielleicht ein paar Jahre mehr oder weniger.»

«Hatte er einen Akzent? Hat er irgendwie besonders geredet?»

«Er ... Ich erinnere mich, dass er nie laut geworden ist. Dass er keine Gefühle gezeigt hat, nicht einmal, als ... als Billie über Bord ging. Ich weiß nicht, ob das hilft, aber ich erinnere mich an einen Geruch, als wir noch im Auto waren. Irgendeine Art Salbe. Vielleicht für die Haut. Ein medizinischer Geruch, kein kosmetischer.» Er verzieht das Gesicht. «Tut mir leid. Das ist wirklich nicht viel.»

Lucy denkt darüber nach, was sie gehört hat. «Wie ging es Fin, als du ihn zuletzt gesehen hast?»

Bei der Erwähnung seines Sohnes füllen sich Daniels Augen mit Tränen. «Er wird nach all dem hier verändert sein, Luce. Das lässt sich nicht ändern. Aber er wird immer noch Fin sein. Ich weiß, wie viel Liebe du ihm geben kannst. Wenn ihn irgendwer durch diese Sache hindurchbringt, dann bist du das.»

Das kann sie. Sie wird es schaffen. Aber erst muss sie ihn finden. «Billie», sagt sie schließlich. «Wusste sie es? Am Ende? Wusste sie, was passieren würde? Musste sie lange Angst haben?»

Daniels Kiefer beginnt zu beben. «Das ist hier weder der richtige Zeitpunkt noch der richtige Ort», sagt er. «Aber sie war *so* mutig, Lucy. Ich weiß gar nicht …»

Er schluckt. «Sie hat an dich gedacht. Ganz am Ende. Es war das Letzte, was sie sagte. «Sag Mum, dass ich sie lieb habe.»

Lucy starrt ihn an, sie kann kein Wort herausbringen. Daniels Worte sind wie eine Abrissbirne. Sie schließt die Augen, und ein Bild kommt ihr in den Kopf: Morgengrauen, vor drei Sommern, unten am Strand von Penleith. Ein violetter Himmel über einem milchigen Meer; kein Wind, keine Wellen, nur Möwen und Lummen, die die Stille mit ihren Schreien zerrissen; und bäuchlings auf dem Sand die glänzende schwarze Masse eines Grindwals.

Lucy und Billie sind hier unten, um wie immer am frühen Morgen zu joggen. Stattdessen erleben sie jetzt etwas Außergewöhnliches. Sie nähern sich leise dem Tier, um es nicht noch mehr aufzuregen. Billie zieht ihren Kapuzenpullover aus. Sie tränkt ihn mit Meerwasser und wischt die Flanken des Wals vorsichtig ab. Lucy holt ihr Handy heraus und ruft alle an, die sie kennt, damit sie Eimer und Handtücher mitbringen – was man braucht, um den Wal am Leben zu halten, bis die Flut kommt.

Es dauert, bis Hilfe eintrifft. Eine Weile sind sie nur zu dritt: Lucy, Billie, der Wal.

«Wird er sterben?», fragt das Mädchen.

«Vielleicht», antwortet Lucy. «An Land kann ein Wal seiner Größe an seinem eigenen Gewicht ersticken. Wir können ihn nur feucht halten und hoffen, dass die Flut bald kommt.»

«Und beten?»

«Wenn du möchtest.»

«Glaubst du, das hilft?»

«Viele Menschen glauben daran.»

«Und du?»

Lucy verzieht das Gesicht. Vierzehn Jahre lang hat sie dieses Thema vermieden. «Ich habe eigentlich immer geglaubt, dass es das Beste ist, einfach hart zu arbeiten, wenn man etwas erreichen will.»

«Und wenn er stirbt, was passiert dann? Was meinst du, wo er hingeht?»

«Wenn er stirbt, wird sein Körper verwesen. Winzige Teilchen von ihm werden zu neuen Tieren, zu neuem Leben.»

«Aber was ist mit seinem Geist?», fragt Billie. Sie legt ihre Wange an die Haut des Wals. «Was ist mit seiner Seele?»

«Ich weiß nicht genau, ob Wale Seelen haben.»

«Und Menschen? Glaubst du, *wir* haben eine Seele? Glaubst du, dass ein Teil von *uns* weiterlebt, wenn wir gestorben sind?»

Zu der Zeit fand Lucy es wichtig, ehrlich zu sein. Wenn sie doch nur gelogen hätte. Wenn sie Billie doch nur etwas Tröstliches gesagt hätte. «Ich glaube, dass wir *ein* Leben haben. Eine Gelegenheit, das Beste aus uns herauszuholen.»

«Also glaubst du nicht, dass danach etwas kommt? Dass es einen Gott gibt? Oder den Himmel?»

«Nein», gab Lucy zu. «Das glaube ich nicht.»

Hat Billie in ihren letzten Momenten an diese Unterhaltung gedacht? Unverzeihlich, wenn es so war. Noch schlimmer ist, dass Lucy nicht einmal überzeugt davon ist, dass sie wirklich immer noch glaubt, was sie ihrer Tochter gesagt hat. Denn jetzt, so grausam diese Ironie des Schicksals auch ist, beginnt sie ihren Unglauben zu hinterfragen. Dass Billie nicht mehr auf der Welt ist, kann sie so einigermaßen begreifen. Aber dass sie gänzlich fort sein soll – dass ihr ganzes Wesen ausgelöscht sein soll? Das ist plötzlich sehr schwer zu akzeptieren.

Lucy krümmt sich und kommt wieder zurück ins Hier und Jetzt. Daniel sitzt ihr gegenüber und sieht sie mit unverhohlener Sorge an.

«Nicht», sagt er leise. «Ich weiß, was du tust, und es hilft nicht.»

«Wenn ich …»

«Nein. Das hier ist nicht deine Schuld. Wenn überhaupt jemand schuld ist, dann ich. Ich hatte eine Gelegenheit, es aufzuhalten, und ich habe es nicht getan. Und jetzt sitze ich hier fest und muss dich bitten, allein damit fertigzuwerden.»

«Wir hatten ein gutes Leben.»

«Wir hatten ein *fantastisches* Leben. Und ihnen haben wir auch ein fantastisches Leben bereitet.»

Eine Träne rinnt ihm über die Wange. «Erinnerst du dich, wie wir mit ihnen nach Norwegen gesegelt sind? An den Dorsch, den Billie gefangen hat? Er hat ihr beinahe den Arm abgerissen, aber sie hat ihn an Bord gezogen, und wir haben uns die Bäuche vollgeschlagen. Oder die Reise nach Nazaré? Wo Fin sich mit dem Tümmler angefreundet hat. Er ist tagelang neben uns hergeschwommen.»

Sie nickt und schlingt die Arme um ihren Oberkörper.

Daniel schließt die Augen und öffnet sie wieder. «Das Einzige, was jetzt noch zählt, ist Fin. Und dass wir ihn retten können.»

«Du zählst», flüstert sie. «Bitte vergiss das nicht. Bist du hier in Sicherheit? Wenn die anderen Gefangenen glauben …»

«Du musst dir keine Sorgen machen. Ich war schon an solchen Orten, erinnerst du dich? Konzentriere dich einfach nur darauf, Fin zu finden. Koste es, was es wolle.»

«Ich liebe dich», sagt sie.

«Geh», sagt er zu ihr.

DREIUNDDREISSIG

1

Zurück auf Mortis Point. Zu Hause. Obwohl es sich so nicht mehr anfühlt.

Lucy stellt sich unter die Dusche und spült sich das Gefängnis ab. Hinterher zieht sie sich schnell an und fühlt sich immer noch schmutzig.

Vielleicht ist es nicht das Gefängnis. Sondern was sie darin erfahren hat.

Ein Foto von Fin steht auf der Kommode. «Ich werde dich finden», sagt sie zu ihm. Sie bemerkt Snig am Fußende des Bettes und bindet ihn sich um den Arm. «Ich weiß noch nicht wie, aber ich werde dich finden. Weil dein Leben noch nicht vorbei ist, Fin. Es fängt erst an. Und du bist mein wunderbarer Junge.»

Sie geht nach unten und durch alle Zimmer, um einen Rucksack mit allem zu packen, was sie womöglich gebrauchen kann. Aus dem Arbeitszimmer holt sie Klebeband, ein Teppichmesser, ein GPS-Gerät und ein UKW-Funkgerät. Aus der Küche nimmt sie eine Flasche Evian, eine Tüte Yoyo-Bear-Fruchtrollen mit Ananas-Geschmack, ein Filetiermesser und ein Schnitzmesser. Aus dem Wohnzimmer ihr Fernglas. Aus der Waschküche ein Seil, einen Schwimmgürtel, zwei Leuchtraketen und Fins Wintermantel.

An der Wohnzimmerwand hängt ein Pattern-Säbel von 1908, ein Erbstück von Daniels Urgroßvater. Lucy starrt ihn lange an und entscheidet sich dann dagegen. Aber das *Kukri*-Messer nimmt sie von seinem Ständer auf einem Tischchen. Es kommt aus Nepal, und seine dreißig Zentimeter lange Klinge ragt geschwungen aus dem Griff auf.

Am Tisch in der Küche schließt sie die Augen und denkt an das Gespräch mit Daniel.

Aber er kennt dich, dieser Typ. Zumindest weiß er von dir.

Kannte er auch Billie? Er hat sie eindeutig benutzt, um Daniel zu manipulieren. Hat er sie unter Druck gesetzt? Oder hat er sie getäuscht, um sie dazu zu bringen, ihm zu helfen?

Er kennt dich.

Auf der Küchenarbeitsfläche liegt ihr Notizblock mit der Namensliste. Der letzte Name, den sie darauf gekritzelt hat, ist auch der bei Weitem überzeugendste. Es ist der von Zacarías Echevarria. Aber Samstagabend hat Lucy an Daniels Laptop gesessen und ihn gegoogelt. Zacarías ist vor sechs Jahren an einem andalusischen Blackjack-Tisch an einer Herzattacke gestorben. Sie kann sich ansonsten an keinen einzigen Bewohner der Kommune in Alto Paraíso erinnern, der ihr Schlechtes wünschen würde.

Nach Zacarías kam Jesús Manzano in der portugiesischen Küstenstadt Zambujeira do Mar. Lucy arbeitete in Manzanos Bar und zog dann in eine Wohnung neben seinem Haus ein. Aber entgegen den Unterstellungen der portugiesischen Staatsanwaltschaft hatten sie nie eine Beziehung. Manzano behandelte sie wie eine Tochter. Als Lucy die Stadt verließ, hatte sie seinen Segen. Jahre später, als sie mit Daniel und den Kindern nach Portugal gesegelt ist, haben sie Manzano zusammen drei wunderbare Tage lang besucht.

Er sagte, er wolle, dass du zur Besinnung kommst. Ein harter Schock und ein moralischer Kurswechsel.

Daniels Worte beschreiben ein Monster, einen Irren. Aber welcher Name von all denen, die sie aufgeschrieben hat, ist seiner?

Das hier ist die Hölle. Schlimmer als die Hölle.

Sie starrt auf ihren Notizblock. Und begreift ganz plötzlich, dass irgendwo im Haus Musik spielt.

2

Lucy wendet den Kopf in die Richtung.

Eindeutig Musik. Blechern und weit entfernt, wie die Titelmelodie eines uralten Videospiels. Sie holt eins der Messer aus dem Rucksack und schleicht zur Tür. Im Flur ist die Musik ein wenig lauter. Sie kommt nicht aus dem Erdgeschoss. Lucy ist schon halb die Treppe hinauf, als die Musik plötzlich aufhört.

Lucy hält inne. Eine der Stufen unter ihr knarrt. Sie presst sich an die Wand und schleicht vorsichtig weiter.

Eine Brise weht durch den oberen Flur, eine Folge ihres Kampfes gegen die Silbermöwen. In ihrer Zerstörungswut hat sie keinen einzigen Vogel getötet. Aber sie hat eine Menge Einstiegsstellen ins Haus geschaffen.

Dieser Typ ist skrupellos, Lucy. Du musst auch skrupellos sein.

Sie ist jetzt oben. Verharrt. Lauscht.

Eine Tür knarrt. Billies. Oder vielleicht Fins?

Kalte Luft an ihrem Gesicht. Könnte der Wind die Tür bewegt haben? Lucy wendet den Kopf, weil sie befürchtet, dass sich jemand aus dem Elternschlafzimmer auf sie stürzen könnte. Jetzt quietscht die Badezimmertür. Sie sieht, wie sie sich zwei Zentimeter vor und einen zurück bewegt. Eindeutig der Wind.

Aber das nächste Geräusch, das sie hört, stammt nicht von einer Tür. Es ist wieder die Musik. Und sie kommt aus Fins Zimmer.

VIERUNDDREISSIG

Abrahams Handy beginnt zu klingeln, als er das Gefängnis von Exeter verlässt. Als er erfahren hat, dass Lucy Locke einen Besuch bei ihrem Mann gebucht hat, hat er beschlossen, ihre Unterhaltung zu beobachten. Was er gesehen hat, bereitet ihm große Sorgen.

Im Krankenhaus und später während der Befragung hat Daniel Locke unbändigen Hass gegenüber seiner Frau zu erkennen gegeben. Am Sonntag im Kommissariat hat sich Lucy benommen wie jemand, der die Tatsachen verleugnet. Keiner von beiden hatte sich so verhalten wie heute. Abraham konnte ihr Gespräch nicht hören, aber er hat ihre Körpersprache gesehen – und sie sahen aus wie zwei Menschen, die einander lieben und umsichtig den nächsten Schachzug planen.

Er überquert die Straße, um zu seinem Auto zu gehen, und erinnert sich an Beth McKaylins Kommentar über Lucy Locke.

Wenn Sie mich fragen, ist sie die treibende Kraft – diejenige mit den Ideen, mit der Macht in dieser Beziehung. Ich glaube kaum, dass in Daniel Lockes Kopf jemals etwas vorgegangen ist, von dem Lucy Locke nichts wusste.

Je mehr Abraham über Lucy erfährt, desto beunruhigter ist er. Freitagmittag, als die *Lazy Susan* auf dem Meer trieb, hat Bee Tavistock ihre Chefin im Drift Net erwartet. Stattdessen hat sie Lucy zu Hause angetroffen, noch nass von der Dusche und dabei, sich durch einen Riesenhaufen Papierkram zu arbeiten. Oder, das ist immerhin möglich, damit beschäftigt, belastende Dokumente zu vernichten, nachdem sie in Hochgeschwindigkeit mit dem Beiboot wieder an Land gerast ist.

Als er ans Telefon geht, meldet sich Cooper.

341

«Wir haben das Beiboot gefunden», sagt der DS zu ihm. «Oder zumindest eins, das auf Lucys Beschreibung passt. Das Suchteam hat es südlich von Smuggler's Tumble entdeckt. Sie haben gerade die Fotos geschickt. Sieht so aus, als hätte es jemand über den Strand in den Wald gezogen, die Schläuche zerstochen und zusammengefaltet. Das ist vermutlich der Grund, weswegen die Suchmannschaften an Land es nicht gefunden haben, als sie die Küste durchkämmt haben. Abgesehen von den Schäden scheint es recht gut in Schuss zu sein. Ich kann mir kaum vorstellen, dass es nicht das Boot ist, das sie erwähnt hat. Sie haben auch den Außenbordmotor. Kein Fleckchen Rost.»

«Du hast Mike Drummonds Team benachrichtigt?»

«Die sind schon auf dem Weg. Wobei ich nicht ganz sicher bin, was Salzwasser und zwei Tage Starkregen ihnen übrig gelassen haben. Wo bist du?»

Abraham steht vor seinem Auto und setzt sich hinter das Lenkrad. Er schüttelt sich eine Oxycodon in die Handfläche und schluckt sie. «Bin gerade aus dem Gefängnis raus. Wir treffen uns dort.»

Er legt auf und fährt vom Parkplatz. Er denkt an Fin Locke, den kleinen Geschichtenerzähler, an seine runden Schimpansenöhrchen und das zahnlückige Grinsen. Falls der Junge am Leben ist – *falls!* –, dann hat er es in diesem Beiboot an Land geschafft.

Abraham erinnert sich an seine Fahrt mit Lucy im Streifenwagen zurück nach Skentel. Sie war so *überzeugend* – in solcher Sorge um ihre Familie.

Diese sechs Dinge hasst der Herr, diese sieben sind ihm ein Gräuel: stolze Augen, falsche Zunge, Hände, die unschuldiges Blut vergießen, ein Herz, das arge Ränke schmiedet, Füße, die behände sind, Schaden zu tun, ein falscher Zeuge, der frech Lügen redet, und wer Hader zwischen Brüdern anrichtet ...

Abraham hat vermutet, dass dieser Fall als Versicherungsbetrug begonnen hat und dann entgleist ist. Was er im Gefäng-

342

nis gesehen hat, ändert diese Annahme. Er weiß, dass er etwas ganz Essenzielles übersieht. Er braucht eine Klammer – etwas, das die Einzelteile dieses bisher noch unzusammenhängenden Bildes verbindet.

Erschöpfung übermannt ihn, so schwer, dass er beinahe von der Straße abkommt. Abraham verzieht das Gesicht, er beugt sich vor und beschleunigt auf eine Geschwindigkeit, die über dem liegt, was erlaubt ist.

FÜNFUNDDREISSIG

1

In ihrem vorigen Leben hat sich Lucy oft erschrocken, wenn eins von Fins elektronischen Spielzeugen plötzlich ansprang. Aber diese Melodie erkennt sie nicht wieder. Sie geht auf sein Zimmer zu und hört ein rhythmisches Summen unter der Melodie.

Kein Spielzeug, begreift sie, sondern ein Handy.

Lucys Hand packt das Messer fester. Sie tritt über die Schwelle. Fins Zimmer sieht genauso aus wie beim letzten Mal: sein Schreibtisch mit dem Haufen halb fertiger Projekte; sein Teleskop, das in den Himmel gerichtet ist.

Die Musik bricht ab.

Sie schaut sich um. So viele Orte, an denen man ein Handy verstecken kann. Sie betrachtet das Regal: Taschenbücher, Comics, die Sammlung von Modellen aus Metall. Plötzlich beginnt die Musik erneut.

Lucy dreht sich zum Bett um. Auf Fins Kissen liegt sein gefalteter Pyjama. Sie zieht ihn weg. Und zuckt zurück, als hätte sie etwas gebissen.

Da ist das Handy. Ein Nokia mit Tasten, das sie noch nie gesehen hat. Es strahlt eine giftige Bösartigkeit aus. Das Display leuchtet blau auf. Darauf steht nur ein Wort: UNBEKANNT.

Lucy schnappt es sich. Ihre Finger fühlen sich ganz taub an, ihr ganzer Arm ist schwer. Sie nimmt den Anruf an und hält sich das Handy ans Ohr.

Ein statisches Knistern. Ein elektronisches Pfeifen.

Ihre Kopfhaut zieht sich zusammen. Sie denkt an die Voicemail von Freitagnachmittag: *Daddy, nicht ...*

344

Sie bekommt eine Gänsehaut. Sie hört eine Stimme, und plötzlich fühlen sich ihre Knochen an, als wären sie Wasser. Ihr Herz will aus ihrer Brust springen. Denn sie hat einen Dämon erwartet, und stattdessen hört sie einen Engel: *«Hi, Mummy, hier ist Fin.»*

2

Die Welt ist eine Fahrt auf einem Karussell und rollt langsam aus, um dann ganz anzuhalten. Lucy sagt den Namen ihres Sohnes, dann schreit sie ihn. Einen Moment lang scheint ihr Hirn zu verkrampfen. Dann: «Wo bist du? Sag mir, wo du bist, was du ...»

«Mummy, du musst mir zuhören.»

Sie streckt die Hand nach dem Regal aus, um sich abzustützen. «Okay, das tue ich. Sag mir nur ...»

«Ich sage jetzt etwas Wichtiges.»

Ihr Unterleib fühlt sich an, als hätte jemand einen Korkenzieher hineingerammt.

«Du hast das Handy gefunden.»

«Fin?»

Er spricht weiter. Als hätte er sie nicht gehört. *«Du musst nach etwas anderem suchen.»*

Plötzlich versteht Lucy. Das hier ist kein echtes Gespräch mit ihrem Jungen. Es ist eine Sendung, eine aufgenommene Botschaft.

In dem Moment, in dem sie das begreift, beginnt es von vorn.

«Hi, Mummy. Hier ist Fin.»

Taktschlag.

«Mummy, du musst mir zuhören.»

Taktschlag.

«Ich sage jetzt etwas Wichtiges.»

345

Taktschlag.

«Du hast das Handy gefunden.»

Taktschlag.

«Du musst nach etwas anderem suchen.»

Lucy dreht sich um und erwartet halb, jemanden in der Tür stehen zu sehen. Aber der Flur hinter dem Zimmer ist leer.

«Geh nach unten, Mummy.»

Mit zusammengebissenen Zähnen, das Messer vor sich ausgestreckt, tut Lucy, was man ihr sagt.

«Geh ins Wohnzimmer.»

Sie gehorcht und schaut sich dabei nach Eindringlingen um. Niemand lauert neben dem Fenster. Niemand wartet hinter der Tür. Sie achtet auf die Schatten hinter Daniels Zimmerpflanzen und die uneinsehbaren Stellen hinter den durchgesessenen Chesterfield-Sofas. Wind dringt durch die zerbrochenen Fenster und bewegt die schweren Vorhänge. Sie ist allein.

Lucys Blick gleitet über die vielen Bilder, die dicht an dicht an den Wänden hängen, eine Sammlung, die zwei Jahrzehnte ihres veränderlichen Geschmackes widerspiegelt. Sie schaut in den Kamin – sein gusseiserner Sims ist mit Kreuzblumen und einer Mauerblende geschmückt.

Ihr Blick kehrt zur Kunst zurück. Als sie die Bilder betrachtet, beginnt ihre Haut zu prickeln, und sie schaudert. Sie kann einfach nicht erkennen, was falsch daran ist, und doch …

«Mummy, im Regal sind zwei Bücher.» Fin klingt, als läse er den Text ab. *«Das eine ist* The Painted World. *Das andere ist* Das unbekannte Meisterwerk.*»*

Sie sucht in den Regalen danach.

Fin sagt: *«Mummy, ich …»*

Die Verbindung bricht ab.

Lucy reißt sich das Handy vom Ohr. Das Display ist tot, ein glattes, blaues Rechteck. Sie wendet sich wieder dem Regal zu.

Auf dem untersten Brett findet sie die beiden Titel, die Fin erwähnt hat. Zwischen ihnen steckt der Schutzumschlag eines Buches, aber ohne Buch darin. Lucy legt ihr Messer ab und zieht ihn vorsichtig heraus. Als sie den Umschlag öffnet, findet sie darin ein Samsung-Tablet.

SECHSUNDDREISSIG

Abraham erreicht das Suchgebiet südlich von Smuggler's Tumble über einen steil hinabführenden Pfad. An seinem Endpunkt liegt ein Schotterparkplatz, den hauptsächlich Forstarbeiter und Wassersportler benutzen. Über eine bröckelnde Betonrampe kann man hier Boote zu Wasser lassen. Selbst jetzt noch, fünf Tage nach dem Sturm, schlagen die langsam brechenden Wellen des Atlantiks hart dagegen.

Er parkt neben einem BMW, auf dessen Dach drei Kajaks befestigt sind. Uniformierte Beamte haben den Ort bereits umstellt. Das Beiboot liegt zwanzig Meter vom Ufer entfernt im Unterholz. Abraham holt sein Handy heraus und ruft ein Satellitenbild der Stelle auf.

Luftlinie sind es nur ein paar Kilometer von Skentel, aber hier im Süden ist die Küstenstraße sehr kurvig und führt in Schlaufen zu den Buchten und wieder zurück. Freitagmittag, ein paar Stunden, bevor der Sturm losbrach, war die Küste hier vermutlich verlassen. Hier in der Nähe gibt es keine Häuser, auch keine Geschäfte an der Straße; Bibi Trixibelle Carters Haus liegt viel weiter im Norden, ebenso alle anderen, bei denen sein Team geklingelt hat. Außerdem gibt es hier keine automatische Nummernschilderkennung.

Also gibt es hier kein Risiko, beobachtet zu werden, aber auch keinen schnellen Fluchtweg – es sei denn, hier wurde zuvor ein Fahrzeug abgestellt.

Abraham scharrt im bläulichen Schotter mit den Füßen. Er muss an etwas denken, was ihm schon seit Samstag auf der Seele liegt: den schwarzen Kombi in der Parkbucht hinter Daniels Volvo. Bibi behauptete, es sei auf keinen Fall Lucys Citroën gewesen, und er ist geneigt, ihr zu glauben. Wessen Fahrzeug war es also?

Anfang der Woche hat sein Team alle Aufnahmen der Überwachungskameras analysiert. Zu der Zeit hatte er sich noch vor allem für den Citroën interessiert. Es gab keinen Grund, irgendwelche anderen Fahrzeuge mit dem in Verbindung zu bringen, das Bibi am Freitag gesehen hat. Aber Abraham hasst ungeklärte Einzelheiten.

Drei der Fahrzeuge auf den Aufnahmen der Kameras waren kleine Kombis: ein Vauxhall, ein Lexus und ein Toyota. Der Vauxhall, registriert unter einer Adresse in Redlecker, wurde Donnerstagnachmittag mit einem Surfbrett auf dem Dach auf dem Hafenkai fotografiert. Freitagmittag hat eine Verkehrskamera ihn in der Nähe von Newquay fotografiert, womit er nicht infrage kommt. Der Lexus ist unter einer Londoner Adresse registriert, aber der Toyota gehört Barbara Guinness, einer zweiundsiebzigjährigen Witwe, die mit ihrem Sohn in Skentel wohnt. Zweimal haben sich Matt Guinness' und Abrahams Wege bereits gekreuzt. Matt arbeitet als Bartender im Goat Hotel und ist ein hervorstechendes Mitglied des freiwilligen Suchteams.

Abraham reckt den Hals und versucht, sich einen Überblick über den Parkplatz zu verschaffen. Sein Blick fällt auf den BMW mit den Kajaks.

Er runzelt die Stirn und schaut genauer hin. Etwas in seinem Bauch zieht sich zusammen. Er denkt an Beth McKaylin, die Freiwillige von der Seenotrettung, die Lockes Jacht zurück in den Hafen gefahren hat, und an den schwarzen Lexus aus den Aufnahmen der Sicherheitskameras. Ein paar Augenblicke später ist er zurück in seinem Auto und fährt den kurvigen Pfad hinauf zur Küstenstraße.

SIEBENUNDDREISSIG

1

Lucy nimmt das Samsung-Tablet mit zu einem der Sofas und setzt sich.

Sie erweckt das Gerät zum Leben, sieht das Hintergrundbild, zischt vor Abscheu. Es ist ein Bild der *Lazy Susan*, wie sie im Hafen von Skentel dümpelt.

Die vorinstallierten Apps des Tablets sind versteckt. Stattdessen sieht sie einen grauen Thumbnail. Darunter steht nur ein Wort: WAHRHEIT.

Lucy lässt ihren Finger darüber schweben und tippt schließlich darauf.

Der Thumbnail dehnt sich aus und füllt jetzt den Bildschirm. Das Bild ist scharf, aber nicht so scharf wie ein Foto. Offenbar ist es ein Einzelbild aus einem Video. Sie erkennt es: der Bug der *Lazy Susan*, vom Cockpit aus gesehen.

Das Meer ist ölig schwarz. Der Himmel hat die Farbe eines Blutergusses. Lucy weiß instinktiv, dass sie ein Foto vom Freitagmorgen sieht, kurz bevor der Sturm auf Skentel traf.

Der Videoclip beginnt. Der Bug der Jacht hebt und senkt sich in der Dünung. Dann neigt sich die Kamera, und Lucy lässt beinahe das Tablet fallen und rutscht vom Sofa auf die Knie.

«Nein», murmelt sie. «Das kann nicht sein.»

Denn das, was sie da sieht, ist nicht möglich – die Essenz der gesamten Grausamkeit der Welt in einem einzigen, schockierenden Bild.

Sie erinnert sich an die Frage, die sie Daniel im Gefängnis gestellt hat: *Billie. Wusste sie es? Am Ende? Wusste sie, was passieren würde?*

350

Musste sie lange Angst haben? Die Antwort auf diese Fragen liegt jetzt auf der Hand. Lucy *spürt*, wie ihr Herz bricht.

Am Sonntagmorgen am Strand von Penleith hat sie zum ersten Mal in ihrem Leben gebetet, hat eine Gottheit angefleht, von der sie nicht glaubte, dass es sie gab. Aber das Mädchen am Ufer ist dennoch Billie gewesen. Lucys Bitten sind nicht beantwortet worden, und sie weiß, dass sie auch jetzt nicht beantwortet werden. Und doch, obwohl es sinnlos ist, kann sie nicht anders, als die Worte zu sagen: «*Bitte Gott, bitte Gott, bitte lass es nicht zu, bitte nicht …*»

Der Clip geht weiter. Lucy will die Augen schließen und das Tablet zu Boden schleudern.

Stattdessen beugt sie sich weiter vor. Starrt das Spektakel auf dem Bildschirm an.

Das Heck der *Lazy Susan* ist wie eine Zuckerschaufel geformt. Drei eingebaute Stufen führen vom Cockpit ins Wasser. Lucy hielt das immer für den besten Teil des Bootes. Im Sommer konnte sie auf der untersten Stufe sitzen und ihre Füße ins Wasser halten. Die Kinder konnten das Treppchen als Fläche zum Abspringen benutzen. Von dort aus konnte man leicht ins Beiboot steigen.

Die Kamera schwenkt herum, und das Heck ist jetzt voll zu sehen. Auf der untersten Stufe, mit den Gesichtern zum Bug, stehen Lucys Kinder.

2

Billie trägt dieselben Kleider, in denen sie am Strand von Penleith gefunden wurde: schwarze Sporthose, neongrünes T-Shirt. Ihr Gesichtsausdruck ist unglaublich. Da ist Angst, ja. Aber darüber liegt noch etwas ganz Außergewöhnliches: Würde, Mut, eiserne Entschlossenheit. Hier steht das Mädchen, das trotz ihrer Angst das jährliche *grindadráp* gestört hätte. Hier steht das Mädchen, das Lucy in jeder Minute ihres Lebens stolz gemacht hat.

Neben Billie steht Fin. Seine grauen Shorts flattern um seine Beine. Seine Brust hebt und senkt sich wie ein winziger Blasebalg. Er schaut zu seiner älteren Schwester auf und scheint Kraft daraus zu gewinnen.

Lucy betet erneut, sie kann nicht aufhören. Sie formt nicht einmal Worte. Sondern nur erbärmliche wimmernde Geräusche.

Die Fußgelenke ihrer Kinder sind gefesselt.

Das ist für sie der schlimmste Anblick. Am Sonntagmorgen hat Lucy am Strand von Penleith die Abdrücke im Fleisch ihrer Tochter gesehen. Jetzt weiß sie, wie sie entstanden sind.

Neben Billie stehen drei zusammengeschnürte Sauerstofftanks. Ein Seil verbindet sie mit ihren gefesselten Füßen. Fins Seil schlängelt sich zu drei gusseisernen Langhantelscheiben.

Bisher war das Video stumm. Jetzt hört Lucy zum ersten Mal etwas – Wind, Wasser, das Klirren des Großfalls, das Knarren des Auslegers der *Lazy Susan*.

Hinter Billie und Fin sammelt das Meer Kraft. Die Jacht hebt und senkt sich und rollt von Seite zu Seite.

Die Kamera bleibt ein paar weitere Sekunden auf Lucys Kinder gerichtet. Zum ersten Mal erhascht sie einen Blick aufs Cockpit. Dort starrt sie Daniel durch die Linse an.

3

Er ist mit dem Handgelenk an die Steuerbordwinsch der *Lazy Susan* gefesselt. Sein Gesicht ist ganz grau, derselbe Farbton wie das Meer. Sein Blick spiegelt all seine Gefühle: Schrecken, Hilflosigkeit, Wut.

Dann hört Lucy eine Stimme: *«Wähle.»*

Daniel wird ganz steif. Er schaut zum Heck.

«*Ganz genau*», fährt die Stimme fort. «*Du kannst einen von ihnen retten. Auf gewisse Weise, Daniel, darfst du Gott spielen. Ich weiß, dass es schwierig ist. Das sind große Entscheidungen. Wenn du dich nicht entscheidest, gehen beide ins Wasser.*»

Die Kamera schwenkt nach links und wackelt ein wenig. Jetzt sind alle drei im Bild. «*Stell dir Lucys Schmerz vor, wenn du nichts sagst und sie deinetwegen beide verliert.*»

Daniel atmet ebenso schwer wie Fin. Er reißt an seinen Fesseln und verzieht das Gesicht, als ihm die Metallhandschelle ins Fleisch schneidet.

«*Wähle. Das ist deine einzige Möglichkeit. Sag mir, wen ich ins Wasser schicken soll. Billie? Oder deinen Sohn?*»

Lucy klammert sich so sehr an den Tisch, dass ihre Unterarme zu zittern beginnen. «Oh Scheiße, Daniel», stöhnt sie. «Oh nein, bitte.»

Sie will es nicht wissen. Will nicht wissen, wie das hier weitergeht. Und doch kann sie nicht wegsehen, sie muss in den letzten Augenblicken ihrer Tochter bei ihr sein, selbst, wenn ihre Tochter bereits tot ist.

Der Bildschirm wird schwarz.

Lucy schreit.

Zuerst glaubt sie, der Akku sei leer, aber als sie auf den Homebutton drückt, leuchtet der Bildschirm wieder auf. Da ist die *Lazy Susan* im Hafen von Skentel. Der graue Thumbnail – WAHRHEIT – ist verschwunden.

Lucy lässt das Tablet fallen. Gleitet vom Sofa auf den Boden. Sie atmet viel zu schnell – als hätte sie Wehen. Sie beißt die Zähne zusammen und versucht, zwischen ihren Atemzügen Unflätigkeiten auszustoßen.

Die Flüche kommen zunächst zögernd. Dann schneller, aggressiver. Stück für Stück verwandelt sie ihr Elend in Zorn.

Sie kriecht zum Regal, wo sie das Messer liegen gelassen hat. Schließt die Finger darum. Einen Augenblick lang ist ihr einziger Gedanke, die Kreatur hinter dieser Stimme zum Schweigen zu bringen. Aber zuerst muss sie ihren Sohn retten.

Lucy schaut sich im Zimmer um und erkennt kaum, was sie da sieht. Früher glaubte sie, die Gegenstände in diesem Haus hätten mit der Zeit an Wert gewonnen: das abgeschabte Mobiliar, das angestoßene Geschirr, die Kunst an den Wänden.

Aber jetzt nicht mehr. Die angesammelten Bilder sind nicht nur wertlos, sondern etwas viel Schlimmeres – eine Quelle des Leidens, eine Erinnerung an das, was war.

Ihr Blick gleitet über die gerahmten Bilder, und dieses Gefühl, dass irgendetwas falsch ist, kehrt wieder. Ihr Leben – das Leben von ihnen allen – ist vollkommen zerstört worden von diesem Dämon, der beschlossen hat, sie aufs Korn zu nehmen.

Und doch bleibt dieses Gefühl der Falschheit. Lucy atmet durch, um sich wieder zu sammeln. Sie riecht Holzrauch, feuchte Erde, den fleischigen Geruch der Sukkulenten. Sie hat nie an ihrem Bauchgefühl gezweifelt. Und sie wird jetzt nicht damit anfangen.

Ihr Gesichtsfeld neigt sich jetzt, die Folge von zu viel Adrenalin in ihrem Kreislauf. Sie blinzelt, schüttelt den Kopf, versucht, es abzuschütteln. Die Grausamkeit dessen, was sie gerade gesehen hat, lässt sich nicht beiseiteschieben. Und doch, wenn sie irgendeine Chance haben will, Fin zu retten, muss sie genau das tun.

Lucy ballt die Fäuste und schreit erneut.

Es hilft. Nimmt ein wenig vom Druck. Ihr Blick gleitet erneut über die Wand. Es hängen viel zu viele Bilder dort, aber dieses Zimmer war nie eine Galerie. In ihrem alten Leben hat sie das zufällige Sammelsurium von Bildern glücklich gemacht.

Wenn du dich nicht entscheidest, gehen beide ins Wasser.

Sie zuckt beim Gedanken an diese Worte zusammen, als wären

sie Stacheldraht. Und doch öffnet sich irgendwo in ihrem Kopf eine Tür. Sie hat diese Stimme schon einmal gehört. Und das ist gar nicht so lange her. Sie weiß nur nicht mehr genau, wo. Sie klingt anders. Als versuchte sie ihren wahren Klang zu verbergen.

Sag mir, wen ich ins Wasser schicken soll. Billie? Oder deinen Sohn?

Irgendwo in ihrem Kopf ist die Antwort. Sie muss sie nur finden.

Lucy schließt die Augen, öffnet sie wieder, schaut sich die Bilder an.

Und entdeckt etwas Seltsames.

Dich diese letzten paar Tage zu beobachten, war erschütternder, als ich es mir je hätte vorstellen können. Du bist ein Vogel mit gebrochenen Flügeln, der immer noch versucht zu singen, sich immer noch einredet, er könne Fin wieder nach Hause bringen, wenn er nur stark genug ist.

Das ist eine trügerische Hoffnung, Lucy. Das Einzige, was noch tragischer ist als die Zukunft, die ich dir zugedacht habe, ist deine Annahme, dass du es aufhalten kannst, dass du mich aufhalten kannst. Das fügt der ganzen Sache eine Grausamkeit hinzu, die ich nicht beabsichtigt hatte.

Es kann nicht leicht gewesen sein, das Video anzusehen. Hast du um Billie geweint? Hast du für Daniel aufgeschrien? Oder hast du ihn angeschrien, weil er gewählt hat? Wolltest du das Video bis zu Ende ansehen? Oder bist du froh, dass ich dir ihre letzten Augenblicke vorenthalten habe?

Wir nähern uns der Auflösung. Ich weiß, dass sie für uns beide niederschmetternd sein wird. Zu Beginn hätte ich niemals gedacht, dass ich emotional so sehr beteiligt sein würde. Diese Tragödie ist ausschließlich für dich geschrieben. Und doch finde ich meine eigene Erlösung darin, ihr Zeuge zu sein.

ACHTUNDDREISSIG

1

Südlich von Skentel liegt der Penny-Moon-Campingplatz auf einer felsigen Landzunge, von der aus sich ein erstaunlicher Blick aufs Meer eröffnet. Ein Leuchtturm im georgianischen Stil markiert die nördliche Grenze des Platzes.

Abraham parkt in einem Bereich, der für Neuankömmlinge reserviert ist. Gegenüber dient ein einstöckiges Gebäude als Büro, Toilettenblock und Laden. Eine Schranke kontrolliert den Zugang zum Platz.

Hinter dem Tresen der Rezeption ist niemand. Es gibt eine Klingel, auf die Abraham drückt. Ein paar Augenblicke später taucht Beth McKaylin aus einem Hinterzimmer auf.

«Oh», sagt sie und bleibt plötzlich stehen. «Sie.»

Die Frau ist genauso selbstsicher, wie er sie in Erinnerung hat. Sie trägt Wanderschuhe, Jeansshorts und ein kariertes Arbeitshemd. Sie schiebt die Hüfte zu einer Seite und mustert ihn. «Also, es ist Nebensaison, daher kann ich Ihnen einen guten Preis machen. Es sei denn, Sie sind hinter etwas anderem her.»

2

Seit Abrahams zweitem Besuch bei Bibi Trixibelle Carter, bei dem er ihr die schwarzen Kombis gezeigt hat, die die Überwachungskameras am Kai aufgenommen haben, lässt ihn eine Kleinigkeit nicht mehr los: der kleine grüne Aufkleber an der Windschutzscheibe des Lexus.

Am Fundort des Beiboots hat er neben einem BMW geparkt, der Kajaks auf dem Dach hatte. An dessen Windschutzscheibe hat er einen ebensolchen Aufkleber entdeckt. Aus der Nähe konnte er das Bild darauf erkennen: einen schwarzen Halbmond, der aus schwarzen Wolken hervorragt.

Sofort erinnerte er sich an Samstag und sein Verhör von Beth McKaylin. Auf ihrem Shirt war dasselbe Logo zu sehen gewesen. Und jetzt sieht er es auf den Flaggen, die an den Masten des Campingplatzes flattern.

McKaylin bückt sich hinter den Empfangstresen und taucht mit einer Handvoll Vinylaufklebern wieder auf. «Ich lasse jedes Jahr welche drucken», sagt sie. «Diese Saison sind sie grün, letzte waren sie violett. So erkennen wir unsere Gäste und können die Schranke öffnen, ohne rauszumüssen.»

«Sie notieren sich die Fahrzeuge der Gäste?»

«Marke, Modell und Kennzeichen.»

«Könnten Sie …», fängt Abraham an. Und dann stöhnt er auf und spreizt die Finger. Schmerz breitet sich in seinem Rücken aus, tief und übelkeitserregend.

McKaylin neigt den Kopf zur Seite. «Alles okay mit Ihnen?»

Abraham kann nicht sprechen. Er lehnt sich gegen den Empfangstresen und atmet abgehackt. Das ist schlimm. Richtig schlimm. Er beißt die Zähne zusammen, schmeckt Blut, versucht, die Welle auszureiten. Endlich sagt er: «Ich suche nach einem Auto.»

Das ist zunächst alles, was er sagen kann. Irgendwie bringt er es fertig, hinzuzufügen: «Bevor Sie ‹Datenschutz› sagen …»

«Datenschutz am Arsch. Was brauchen Sie? Abgesehen von einem Krankenwagen.»

Abraham kann wieder nicht sprechen. Auf dem Empfangstresen liegt ein Notizblock. Er kritzelt das Kennzeichen des Lexus darauf.

McKaylin reißt den Zettel ab. «Im Ernst – soll ich Ihnen einen Arzt rufen?»

Er schüttelt den Kopf und deutet auf den Zettel.

Sie verschwindet wieder hinter dem Tresen, öffnet ihre Mappe und geht sie durch. «Oh, *der* Typ. Der ist schon eine ganze Weile hier. Sagte, er wolle hier malen.»

«Name?»

«Manning. Richard Manning.»

Das ist nicht der Name, unter dem der Wagen registriert ist. Abraham schaut aus dem Fenster und zählt zwei Zelte und einen Wohnwagen. «Wo finde ich ihn?»

«In denen da nicht», sagt McKaylin. «Ich habe ihm das hier vermietet.»

Abraham folgt mit dem Blick der Richtung, in die ihr Finger zeigt, und sieht den georgianischen Leuchtturm, der auf den Klippen über dem Meer steht.

NEUNUNDDREISSIG

1

Lucy hat jedes einzelne Bild an diesen Wänden selbst ausgewählt. Die Sammlung steht für ihre Leidenschaft, die sie bereits als junge Erwachsene hatte, noch vor Billie und lange vor Daniel oder Fin. In den letzten Jahren ist diese Leidenschaft aus diesem Raum gequollen, hat sich in den Flur und ins Treppenhaus ausgebreitet bis in andere Teile dieses riesigen, alten Hauses. Aber die Gemälde hier im Wohnzimmer haben die längste Geschichte.

Und jetzt sieht sie, dass eins davon neu ist.

Es hängt an der Wand, die am weitesten von den Sprossenfenstern entfernt ist, neben dem Regal, in dem sie das Samsung-Tablet gefunden hat. Es ist ein trostloses Aquarell, das den Hafen von Skentel zeigt – die Sorte Bild, die in zahllosen Secondhand- und Souvenirläden hängt.

Lucy tritt näher und entdeckt etwas, das ganz sicher nicht Teil des Originalbildes war. Es ist winzig, aber gut gemacht. Draußen vor der Mole von Skentel liegt die *Lazy Susan*. Der Bug ist unter Wasser, das Heck ragt in die Höhe. Neben dem Boot treiben zwei verlassene Rettungswesten.

Lucy reißt das Bild von der Wand. Sie dreht es um und erwartet halb, eine Botschaft auf der Rückseite zu finden, irgendeine Anweisung oder eine höhnische Bemerkung. Aber sie sieht nur den Holzrahmen hinter der Leinwand.

Und dann hört sie Musik.

Das Handy vibriert in ihrer Hosentasche an ihrem Bein.

2

Kein Anruf diesmal, sondern eine Textnachricht.

WILLST DU FIN SEHEN? J/N

Lucy blinzelt. Ihr Hirn arbeitet wieder nur ganz langsam. Sie zwingt mehr Sauerstoff in ihre Lunge und schreibt zurück: Ja.

Beinahe sofort summt das Handy wieder, weil eine Antwort eingegangen ist.

BEREIT, EIN OPFER ZU BRINGEN? J/N

Lucy schreibt Ja. Sie hält inne und tippt dann: Sag mir, warum. Sie tippt auf Senden und wartet. Eine halbe Minute verstreicht, bevor die Reaktion kommt.

KATHARSIS.

Ich verstehe nicht.

ERNEUERUNG.

Was bedeutet das?

Eine längere Pause. Dann:

DU VERLETZT MENSCHEN. DU MERKST ES NICHT, ABER
DU TUST ES.

Lucy sackt ein wenig in sich zusammen, als sie das liest. Weil es der unumstößliche Beweis dafür ist, dass dieser Albtraum eine sehr persönliche Form der Rache ist. Sie denkt an Billie, die kalt am Strand von Penleith liegt; Daniel, der gebrochen in der Besucherhalle des Gefängnisses sitzt; Fin, der nur noch eine aufgenommene Stimme auf einem Wegwerf-Handy ist.

Womit hat sie das hier in ihr Leben geholt? Was hat sie getan?

Das Telefon summt. Mehr Text diesmal – eine Liste von Anweisungen. Lucy scrollt sich hindurch. Ihr Magen fühlt sich ganz flau an. Sie hat keine Wahl, sie muss tun, was von ihr verlangt wird. Jetzt ist ganz klar, dass von Anfang an beabsichtigt war, jede einzelne Säule ihrer Existenz zu zerstören. Ihre einzige Hoffnung ist es, mitzumachen und zu beten, dass sie eine Chance bekommt, sich zu wehren. Dennoch ist es vollkommen verrückt, diese Forderungen fraglos zu erfüllen. Sie beugt sich über das Handy und drückt die kleinen Plastiktasten.

Ich will mit Fin sprechen. Keine Aufnahme diesmal. Bevor ich das hier tue, will ich sicher wissen, dass er noch lebt.

Lucy schickt die Nachricht ab, bevor sie es sich anders überlegen kann. Dann atmet sie alles aus. Noch immer ist viel zu viel Adrenalin in ihrem Kreislauf. Sie steckt das Messer zurück in den Rucksack und schaut aufs Handy: keine Antwort.

Sie geht zur Ecke und nimmt das Bild in die Hand. Sieht sich erneut das Bild ihres gekenterten Bootes an. Betrachtet den hellen Fleck an der Wand, den das vorige Bild hinterlassen hat.

Ihre Finger prickeln. Sie untersucht erneut das billige Bild, dann die Wand. Sie ist ganz nah dran. So nah. Die Erkenntnis ist in Reichweite, aber sie bekommt sie nicht zu fassen.

Noch immer keine Reaktion auf ihre Forderung. Ist sie zu weit gegangen? Um sich abzulenken, tritt sie ans Fenster und schaut durch das Fernglas aufs Wasser.

Katharsis, denkt sie. Ein altgriechisches Wort für Läuterung.

Es erinnert sie an die Philosophiekurse in ihrem alten Leben. Aristoteles war der Erste, der Katharsis mit der Dramentheorie verband. Er behauptete, dass das Erlebnis tragischer Ereignisse reinigend sei und Körper und Seele läutere. Aber Aristoteles beschäftigte sich mit den dramatischen Werken des antiken Theaters, nicht mit dem wirklichen Leben.

Lucy schaut aufs Handy. Keine Nachricht.

Wo hat sie diese Stimme schon einmal gehört? Denn sie *hat* sie schon gehört, auch wenn sie anders geklungen hat. Dessen ist sie sich absolut sicher.

Sie wirft einen Blick auf ihre Armbanduhr. Nicht einmal mehr zwei Stunden bis Sonnenuntergang. Lucy stellt das Fernglas so ein, dass sie Skentel sehen kann.

Die Stadt erholt sich langsam vom Sturm. Der umgestürzte Telefonmast ist wieder aufgerichtet worden. Männer in Leuchtjacken arbeiten an den Gebäuden, die der Sturm abgedeckt hat. Im Hafen liegt die Jacht, die kieloben getrieben ist, wieder am Kai.

Katharsis, denkt sie.

Und dann beginnt das Telefon zu klingeln.

VIERZIG

Lucy betet erneut. Sie betet und fingert am Handy herum. Ihre Finger tun nicht mehr, was sie sollen. Das Gerät rutscht ihr beinahe aus den Händen. Das Beten verwandelt sich in Fluchen und in Panik.

Und dann ist irgendwie das Nokia an ihrem Ohr, und sie hört statisches Rauschen und ein elektronisches Quietschen. Der Empfang in Skentel war schon immer schlecht. Sie fürchtet, die Verbindung könnte abbrechen.

«Mummy?»

Die Stimme ist wie ein Schlag mit dem Hammer.

«Fin?»

«Mummy, Billie ist ins Wasser gefallen. Und Daddy ist auch ins Wasser gefallen.»

Ihr kleiner Junge hört sich gebrochen an, vollkommen verändert. Fort ist seine melodramatische Betonung, seine theatralische Intonation. Stattdessen hört sie eine Müdigkeit aus seiner Stimme, die sich wie Steine auf ihr Herz legt. «Fin», sagt sie. «Oh mein Schatz. Mummy ist hier, okay? Ich tue alles, was ich kann, um dich zu holen. Bist du verletzt? Hat er ...»

«Sie sind gestorben, Mummy. Und dann hat der Mann unser Wasserzuhause versenkt.»

Sie schließt die Augen. Fin trauert nicht nur um seine Schwester. Er trauert auch um Daniel.

«Daddy lebt», sagt Lucy. «Ein Hubschrauber hat ihn gerettet. Er lebt und ist in Sicherheit, und er wird sich *so freuen*, dich wiederzusehen.»

Eine Pause. «Echt?»

«Echt, Fin. Ich schwöre es.»

364

«Ist er hier?»

«Jetzt gerade nicht. Aber du wirst ihn bald wiedersehen. Okay, mein Liebling?»

Eine Pause. Ein Schniefen. «Ich habe Snig verloren.»

«Ich habe ihn gefunden.»

«Wirklich?»

«Ich habe ihn hier. Er lag hinten in meinem Auto. Da musst du ihn liegen gelassen haben, als du zur Schule gefahren wurdest.»

«Das ist gut.» Er schluckt geräuschvoll. «Mummy?»

«Ja, Liebling?»

«Bitte mach schnell.»

Lucy hat jetzt körperliche Schmerzen. Ihre Brust fühlt sich an wie in einem Schraubstock. «Fin, ich werde so schnell sein wie ...»

Die Verbindung bricht ab.

Sie schreit. Zum dritten Mal in einer Stunde.

Eine Bewegung hinter dem zerbrochenen Fenster. Sie schaut auf und sieht, dass drei Silbermöwen auf dem Rasen hinter dem Haus landen.

EINUNDVIERZIG

1

Im Büro dreht sich Beth McKaylin wieder zu Abraham um. «Hat das etwas mit Freitag zu tun? Billie Lockes Tod?»

«Vermutlich, ja.»

Sie nickt und nimmt einen Schlüssel mit Anhänger von einem Bord. «Ich sehe sein Auto nicht. Wollen Sie einen Blick hineinwerfen?»

Der Leuchtturm hat fünf Stockwerke. Oben krönt das rot gestrichene Lampenhaus das spitz zulaufende weiße Gebäude. Sie benutzen einen Golfwagen, um dorthin zu fahren. Davor sieht Abraham statt eines Lexus einen roten Renault Clio stehen, der so alt ist, dass sich der Lack schon abhebt.

McKaylin hämmert gegen die Tür des Leuchtturms. Als keine Reaktion kommt, schließt sie ihnen beiden auf. Eine L-förmige Küche öffnet sich zu einem geschmackvollen Essbereich. Dahinter sind ein Sofa und zwei Lesesessel um einen Holzofen arrangiert. Die Fenster gehen nach Westen hinaus und geben den Blick auf den kalten Atlantik frei.

Das Wohnzimmer sieht makellos aus. Verlassen.

Oben sind die Betten in beiden Zimmern ordentlich gemacht. Im Hauptschlafzimmer ist ein einziger gepackter Koffer der einzige Hinweis darauf, dass es hier einen Bewohner gibt. Abraham achtet zunächst nicht darauf. «Können wir zum Turm hinauf?»

McKaylin führt ihn durch eine Tür, die in eine gebogene Wand aus blanken Ziegeln eingelassen ist.

Es ist ein bemerkenswerter Raum, absolut rund. Handgeschliffene Dielen, weiß getünchte Wände. Über eine spiralförmige Treppe kann man zu den oberen Stockwerken hinaufsteigen. Durch das Westfenster sieht man einen ovalen Ausschnitt von Himmel und Meer.

Mitten im Raum steht eine Staffelei. Abraham hat diese Sorte in Wayland Rawlings Modellbauladen gesehen. Drei große Pakete, eingewickelt in graues Plastik, lehnen an der Wand.

Er hustet in seine Faust und schluckt seinen Schmerz hinunter.

«Sie sollten das untersuchen lassen», sagt McKaylin zu ihm. Ohne weitere Umstände nimmt sie das größte Paket und legt es auf die Staffelei. Dann hält sie ihm ein Taschenmesser hin. «Sollen wir?»

Abraham überlegt. Dann nimmt er das Messer und schneidet die Verpackung herunter. Sie treten beide einen Schritt zurück.

«Heilige Scheiße.»

Das Bild zeigt eine kitschige Ansicht von Skentel. Alle wichtigen Gebäude der Stadt sind darauf zu sehen, die modernen wie die historischen. Abraham erkennt die Rettungsstation, das Goat Hotel, die normannische Kirche, das Drift Net und den Modellbauladen.

Aber in einem unterscheidet sich das Bild von der Realität: Ein Strom aus dunklem Blut fließt die Hauptstraße hinunter und in den Hafen.

Ein übler Geruch steigt von der Leinwand auf. McKaylin sagt: «Ich habe das ungute Gefühl, dass das hier echtes Blut ist.»

2

Draußen geht Abraham zum Renault Clio und späht durch das Fahrerfenster. Im Inneren herrscht Chaos: zerbrochene CD-Hüllen, Einkaufstüten mit Müll, Tankquittungen, zerknüllte T-Shirts, leere Coladosen. Abraham zieht sich Latexhandschuhe über und versucht, die Tür zu öffnen. Als sie aufgeht, zieht er den Kopf zwischen die Schultern.

Wer auch immer das Beiboot südlich von Smuggler's Tumble versteckt hat, brauchte ein Fluchtfahrzeug. Daniels Volvo, der verlassen am Kai gefunden wurde, konnte es nicht sein. Auch nicht der schwarze Kombi, den Bibi in der Parkbucht vor und nach ihrem Besuch beim Tierarzt gesehen hat.

Im Inneren des Clio riecht es nach Schimmel und irgendeiner medizinischen Salbe. Im Fußraum des Fahrers bemerkt Abraham fünf bläuliche Schottersteine. Sie erinnern ihn an diejenigen, die den Parkplatz bedecken, in dessen Umgebung das Beiboot gefunden wurde.

Das ist noch kein Volltreffer, in keinerlei Hinsicht. Nicht, bis die Spurensicherer es sich angeschaut haben.

Schmerzen strahlen von seiner Brust aus. Abraham ignoriert sie. Er muss Lucy Locke finden, und zwar schnell.

ZWEIUNDVIERZIG

1

Lucy hält sich nicht mit dem Sturzhelm auf. Sie steckt das Nokia ein und wirft sich den Rucksack auf die Schultern, dann steigt sie auf die Triumph und tritt den Anlasser. Das Motorrad lässt Schotter aufspritzen, als es auf die Straße einbiegt.

Mit jeder Minute wächst die Vorahnung, dass sie in ihren Tod fährt. Die Aussicht macht ihr weniger Angst, als sie es sich vorgestellt hat. Wenn sie Fin retten und Daniels Unschuld beweisen kann, haben die beiden immerhin einander. Sie schaltet hoch und staunt über ihre neue Gelassenheit.

Katharsis, denkt sie. *Reinigung durch Tragödie.*

Und dann fällt es ihr plötzlich ein.

2

Lucy denkt an das billige Bild mit den nachträglich hinzugefügten makabren Einzelheiten. Sie sieht den hellen Fleck an der Wand ihres Wohnzimmers, die Spur des Bildes, das zuvor dort hing. Vor Jahren hat ihr ein Kunstlehrer einmal gesagt, sie müsse nach dem schauen, was sie *nicht* sehen könne, nicht nur nach dem, was sie sehe. Jetzt fällt ihr das Bild wieder ein, das den blassen Fleck hinterlassen hat.

Die Triumph rast über eine Stelle mit nassen Blättern und rutscht beinahe unter ihr weg. Aber Lucy kann sich Vorsicht nicht leisten, sie kann es sich nicht leisten, auch nur einen Stundenkilometer langsamer zu fahren.

Im Laufe der Jahre entwickelte sich mit ihrem Geschmack auch ihre Kunstsammlung. Stücke, die ihr keine Freude mehr machten, gab sie weiter – mit nur zwei Ausnahmen: Bilder, die sie selbst in Auftrag gegeben und welche, die sie geschenkt bekommen hat.

Das verschwundene Bild, daran erinnert sie sich jetzt, ist ein Porträt.

Nicht von Lucy jetzt mit siebenunddreißig Jahren. Auch nicht von ihr, wie sie damals aussah. Stattdessen versuchte der Künstler sie zu malen, wie sie als alte Frau aussehen würde.

Das Resultat ist nicht besonders schmeichelhaft. Vermutlich, weil der Künstler nicht besonders talentiert war. Vielleicht, weil er nicht verstand, wie sich das Leben in ein Gesicht einschreibt oder dass das Alter mehr ist als reiner Verschleiß.

Einige Gesichtszüge sind zugegebenermaßen eindeutig die von Lucy. Aber ihre Augen in diesem Bild wirken nicht menschlich. Insgesamt strahlt das Gesicht so viel Leben aus wie eine Leiche. Lucy war schon immer der Ansicht, dass gute Kunst Gefühle hervorrufen soll – aber nicht unbedingt gute Gefühle. Bildende Kunst kann so schwer zu ertragen sein wie eine Tragödie im Theater. Sie kann eine Tragödie *abbilden* und die Essenz eines dramatischen Moments einfangen.

Aber *dieses* Bild ist etwas anderes. Lucys Beklommenheit rührt nicht vom Bild selbst, sondern von dem, was es womöglich über den Künstler und die Gefühle des Künstlers ihr gegenüber aussagt. Sollte es eine Botschaft sein? Eine Warnung, die sie nicht beachtet hat?

Am Ende der Straße biegt Lucy auf die Küstenstraße ein und gibt Gas. Zu ihrer Rechten liegt der Atlantik. Sie wagt es nicht, den Blick von der Straße zu wenden, aber sie spürt das Meer dennoch. Es hat ihr Billie genommen. Es hat Billie wieder nach Hause gebracht. Es nimmt ihr vielleicht Fin. Es wird ziemlich sicher auch sie mitnehmen. Ihr Kiefer knackt, als sie die Zähne zusammenbeißt.

Schwer zu glauben, was sie da hinter sich lässt. Noch schwerer zu begreifen, wohin das hier führt. Unmöglich zu erahnen, wie es endet.

Hier kommt der Abzweiger nach Skentel. Als sie die Serpentinen hinter sich hat, beginnt die Stadt aufzutauchen. Die Bewohner gehen hastig aus dem Weg, als sie die Hauptstraße entlangrast. Ohne ihren Sturzhelm ist sie leicht zu erkennen. Sie sieht erschrockene Gesichter, schockierte Blicke.

Lucy fährt am Goat Hotel vorbei, am «Lorbeer», an der winzigen normannischen Kirche St. Peter. Sie denkt an ihren Pastor Luke Creese und seine Worte bei der Mahnwache: *Gott bietet uns nicht immer Antworten, Lucy. In diesem Leben verstehen wir vielleicht niemals ganz, warum manche Dinge geschehen.*

Sie wird niemals verstehen, warum *dies* geschehen ist. Aber sie weiß, dass es ein Ende nehmen muss. Und es *wird* enden, und zwar heute. Allerdings vermutlich nicht so, wie sie es sich erhofft.

Lucy sieht jetzt den Hafen; die Rettungsstation und die Wand der Mole. Immerhin muss sie die *Lazy Susan* nicht sehen – eine Einheit der Hafenpolizei hat sie in einen anderen Hafen geschleppt.

Auf dem Kai fährt sie an Gordon und Jane Watsons Apotheke und dem Modellbauladen von Wayland Rawlings vorbei. Und dann hält sie vor dem Drift Net.

Lucy stöhnt, als sie die Fenster sieht. Die übergroßen Bilder von Billie und Fin sind wie zwei Tritte in den Magen. Sie steigt vom Motorrad und öffnet die Tür.

Drinnen spielt Musik. Eine Gruppe von Fischern steht um den Billardtisch herum. An drei weiteren Tischen sitzen einzelne Gäste und trinken. Ein vierter Gast steht an die Bar gelehnt.

Es ist schon recht spät, und an Bees Stelle steht Tyler hinter dem Tresen, der die Abendschicht hat. Lucy sieht, wie er mit dem Gast an der Bar plaudert. Tyler ist Ende dreißig, ein entspannter Surfer. Sie hat ihn immer gemocht. Eine Schande, dass er sie so in Erinnerung behalten wird.

Lucy holt tief Luft. «Alle raus hier!», schreit sie. «Raus aus meiner Bar, *sofort!*»

3

Die Gespräche verstummen. Die Musik spielt weiter.

Die Gäste des Drift Net starren sie an, als wäre sie verrückt. Emil Potts, der Steuermann der *Tandem Tackle*, legt seinen Billardqueue hin und hebt die Hände. «Ganz ruhig, Luce», sagt er. «Du bist hier unter Freunden. Ich weiß, was du alles mitmachen musstest.»

Das Mitgefühl, das sie in Emils Blick sieht, ist fast zu viel, aber sie hat keine Zeit für Nettigkeiten. «Hau verdammt noch mal ab, Emil. Tyler, du auch. JETZT!»

Zur Bekräftigung tritt Lucy den Getränketisch der Fischer um. Dann packt sie den Queue und reißt die Tür auf. «Ich schwöre bei Gott, wenn ihr in den nächsten zehn Sekunden nicht draußen seid …»

«Okay, wir gehen ja schon», sagt Emil. «Was immer du willst, okay? Wir lassen dich in Ruhe.»

Tyler geht um die Bar herum und schiebt die anderen Gäste vor sich her. «Luce, gibt es irgendetwas, was ich …»

«*Hau ab*», zischt sie, knallt die Tür zu und verriegelt sie. Sie dreht das Schild um, sodass von außen «Geschlossen» zu lesen ist. Dann zerrt sie einen Tisch vor die Tür.

Jetzt ist nur noch sie hier, zusammen mit der Musik.

372

Der Song ist zu Ende, stattdessen läuft jetzt «A Change Is Gonna Come» von Sam Cooke. Es ist einer von Daniels Lieblingssongs – und auch einer der ihren. Durch die Fenster kann sie sehen, wie Tyler, Emil und die anderen zu ihr hineinspähen. Lucy neigt den Kopf zur Seite und schaut an ihnen vorbei zum Bootshaus der Seenotrettung oben über dem Kai. Die Fenster sind erleuchtet wie an jedem Tag des Jahres.

Dann schaut sie hinüber zum Hafen, sieht die Boote auf dem Wasser dümpeln. Sie weiß, dass sie diesen Anblick zum letzten Mal sieht. Sie nimmt ihn ein paar Sekunden lang in sich auf. Dann tritt sie an die Fenster und lässt die Rollos herunter.

Sie hat dieses Lokal aufgebaut, wie Daniel Locke-Povey Marine aufgebaut hat – aus einer verfallenen Ruine. Im Laufe der Jahre hat sie so viel Arbeit hineingesteckt, so viel Aufmerksamkeit und Liebe.

Lucy schaut auf das Nokia. Keine neuen Nachrichten. Dann geht sie in ihr Büro.

Jemand hat aufgeräumt, seit sie zum letzten Mal hier war. Ihr zerstörter iMac ist fort. Die verstreuten Aktenordner sind wieder ins Regal gestellt worden. Sie legt das Nokia auf den Schreibtisch und setzt sich. An der Wand hängt ein Foto ihrer Familie: der Schnappschuss vom Bord der *Lazy Susan*. Daniel hat die Kinder im Arm. Billie lächelt. Fin beugt sich vor Lachen vornüber. Lucy kann sich nicht mehr erinnern, was ihren Sohn so zum Lachen gebracht hat. Bis seine Klassenkameraden so taten, als wäre er unsichtbar, fand er das meiste in seinem Leben urkomisch.

Lucy hebt den Hörer des Bürotelefons ab. Sie wirft einen Blick auf die Liste mit Telefonnummern an der Wand und wählt. Schon beim zweiten Klingeln geht jemand ran.

«Hallo», sagt sie. «Ich bin's.»

Schweigen in der Leitung. Dann: «Geht es dir gut?»

Lucy lacht. Sie streckt die Hand aus und berührt Fins Gesicht.

«Eigentlich nicht. Hör mal, ich habe nicht viel Zeit. Ich wollte nur ... Ich wollte mich entschuldigen. Ich weiß, dass ich dir viel Schmerz bereitet habe.»

Wieder Schweigen. Schließlich sagt Jake Farrell: «Das ist lange her, Lucy. Uralte Geschichten.»

«Vielleicht. Aber ich wollte es trotzdem sagen.»

«Bist du in Schwierigkeiten?», fragt er. «Rufst du mich deshalb an? Denn wenn das so ist, weißt du ja, dass ich dir helfe.»

Lucy schließt die Augen. Sie hat kein Recht, Jake um irgendetwas zu bitten, nicht, nachdem sie ihn so schlecht behandelt hat. «Ich kann nicht ...»

«Du kannst», sagt er. «Du kannst mich eher bitten als jeden anderen. Billie war nicht meine Tochter, aber ich habe sie geliebt, als wäre sie es. Das tue ich noch immer.»

Lucy hört ihn reden und erinnert sich an die Kabine der *Huntsman's Daughter*: an den wollenen Pompom, den ihre Tochter gebastelt hat und der am Messingbarometer am Schott hängt; die verblassten Spuren der Buntstifte ihres Mädchens, die noch immer auf dem Kartentisch zu sehen sind. Im Moment sind ihr noch die kleinsten Belege für Billies Einfluss auf die Welt heilig.

«Ich glaube nicht, dass Daniel schuldig ist», fährt Jake fort. «Wenn ich recht habe, und ich glaube, das habe ich, wirst du Hilfe brauchen bei dem, was du zu erledigen hast.»

Manipuliert sie ihn selbst jetzt noch? Hat sie Jake angerufen, weil sie wusste, dass er ihr seine Hilfe anbieten und wissen würde, dass sie sie annehmen würde? Sie öffnet die Augen wieder und beginnt zu reden.

4

Hinterher geht sie mit dem Nokia zur Bar. Zehn Minuten sind vergangen, seit sie das Haus verlassen hat. Sie nimmt ein Glas und füllt es mit Sprudelwasser aus der Zapfanlage. Sie trinkt es aus und schaut aufs Handy.

Nichts.

Lucy streicht mit den Fingern über den Tresen, der aus einem einzigen Stück Eiche von einer Schaluppe besteht. Sie hat es auf einer Auktion in Okehampton ersteigert und mit Daniels Pick-up hergeschafft. Sie hat es selbst abgeschliffen und lackiert, ebenso, wie sie die Dielen unter ihren Füßen abgeschliffen und lackiert hat.

Sam Cooke singt nicht mehr, jetzt erklingt Amy Winehouse: «You Know I'm No Good.»

Lucy nimmt ihr leeres Glas. Diesmal schenkt sie sich den Herradura Añejo ein.

Sie schaut wieder auf das Nokia: nichts.

Sie hebt das Glas an die Lippen und trinkt den Tequila in großen Schlucken.

Das Handy summt. Lucy reißt es hoch.

ICH HABE ES GESEHEN.

Sie tippt mit zitternder Hand.

Ich habe getan, was du wolltest. Ich tue auch jetzt, was du willst.

ICH WEISS.

Tu ihm nicht weh.

Bitte.

Keine Reaktion darauf. Sechzig Sekunden Qual, bis das Nokia

erneut summt. Wieder eine Liste mit Anweisungen. Sie liest sie schnell durch.

Sie nimmt den Rucksack vom Boden und hört, wie die Messer darin klimpern und gegeneinanderschaben. In der Küche des Drift Net gibt es schärfere Gegenstände. Vielleicht sollte sie sich dort etwas suchen. Stattdessen nimmt sie das Nokia in die Hand und beginnt zu tippen.

Bevor ich es tue, will ich einen Beweis. Ein Foto von Fin.

EIN FOTO BEWEIST GAR NICHTS.

Es beweist, dass du dort bist, wo du behauptest zu sein.

Sie legt das Handy wieder hin. Jetzt sind nur noch sie und Amy Winehouse da. Sie hat das Gefühl, als spielte sie Schach, mit Fin als ihrer letzten Figur auf dem Brett.

Das Telefon summt. Es ist eine Fotodatei. Lucy fingert am Nokia herum, lässt es beinahe fallen und öffnet sie. Ihr Herz wummert. Wenn das Nokia kaputtgeht, ist jede Chance dahin, Fin zu retten.

Der Tequila brennt in ihrem Magen. Lucy fürchtet, sich übergeben zu müssen.

Die Auflösung des Handys ist schrecklich, aber die Gestalt auf dem Foto ist eindeutig ihr Junge. Er trägt immer noch seine Brille. Dafür ist sie dankbar. Aber er hat sein typisches Lächeln verloren.

Lucy will ihn an sich drücken. Und da sie das nicht tun kann, will sie irgendwie dafür sorgen, dass es jemand anders tut. Sie öffnet den Rucksack und holt den Notizblock und den Stift hervor. Auf dem obersten Blatt steht ihre Namensliste – sinnlos, jetzt weiß sie, wer dahintersteckt. Sie reißt den Zettel ab und beginnt zu schreiben. Als sie fertig ist, macht sie sich an die Arbeit.

DREIUNDVIERZIG

Als der Penny-Moon-Campingplatz im Rückspiegel verschwindet, ruft Abraham mit der Kurzwahltaste Barnstaple an. Er erreicht eine Beamtin und blafft eine Reihe von Anweisungen ins Handy. «Ich brauche außerdem eine Hintergrundprüfung», fügt er hinzu. «Alles, was Sie in fünfzehn Minuten finden können, länger darf es nicht dauern.»

«Wie lautet der Name?»

Abraham sagt es ihr. Dann wirft er das Handy auf den Beifahrersitz. Er überschreitet bereits die erlaubte Geschwindigkeit. Es ist schon eine Herausforderung, das Auto überhaupt auf der Straße zu halten. Hinter jeder Kurve tauchen neue Gefahren auf: umgekippte Bäume oder Verkehrszeichen, ausgedehnte Pfützen.

In seinem Kopf nimmt eine Theorie Gestalt an. Sie gefällt ihm nicht besonders, aber er hält sie für zutreffend. Damit wäre klar, dass Daniel Locke ihn angelogen hat – Lucy Locke ebenfalls. Aber es würde nicht ihre Beteiligung am Mord an Billie bedeuten, und auch nicht an Fins Verschwinden. Ganz im Gegenteil.

Zwei Mal ist Daniel aus seinem gewalttätigen Zuhause geflohen, nur um von denselben Polizisten wieder zurückgebracht zu werden, die er um Schutz gebeten hat. In Portugal ermittelte die Polícia Judiciária gegen Lucy wegen versuchten Mordes, bis das Gericht sie für unschuldig befand.

Kein Wunder, dass das Paar sich in seiner Not nicht gerade Abraham anvertraut.

Schweiß tritt auf seine Stirn und rollt ihm aus den Achseln den Körper hinunter. Wenn er atmet, riecht er seinen eigenen Gestank – wie rohes Huhn nach dem Verfallsdatum. Er fährt mit der Zunge durch seine Mundhöhle und schmeckt Blut.

Zum ersten Mal muss Abraham sich selbst eingestehen, dass er Angst hat. Er hat Angst vor dieser Krankheit. Angst nicht so sehr vor dem Tod an sich, sondern vor dem Prozess des Sterbens.

Er hat es oft genug gesehen. Er hat Menschen in ihren letzten Augenblicken gesehen, war Zeuge, wie in ihren Blicken die existenzielle Panik anschwoll, von ihrem ganzen Sein Besitz ergriff, und die Körper blieben zurück wie angehaltene Uhren. Das hat ihn immer wieder erschreckt. In der Vergangenheit hat er sich immer damit getröstet, dass die Verstorbenen an einen anderen Ort aufgebrochen waren.

Was, wenn das nicht stimmt? Was, wenn er all die Jahre falschgelegen hat?

Abraham würgt und hustet. Ein Nebel aus rosafarbenen Tröpfchen benetzt die Windschutzscheibe. Er schaltet die Scheibenwischer ein, aber sie entfernen das Zeug natürlich nicht von der Scheibe. Er schaut auf die Tempoanzeige und sieht, dass er schon fast 130 Stundenkilometer fährt.

Es beginnt zu regnen. Schwerfällige, dicke Tropfen zuerst, als testeten die Wolken noch ihre Stärke aus. Durch das Fahrerfenster sieht er immer wieder das Meer aufblitzen. Das Wasser da draußen ist ölig dunkel, wie eine schwarze Haut, die sich über einen flüssigen Muskel spannt. Es erinnert ihn an die Wetterfront vom Freitag – die Wolkenwalze, die vom Atlantik hereingerast kam. Wenn er daran denkt, kommt ihm die Beschreibung der Endzeit in den Sinn:

Und es werden Zeichen geschehen an Sonne und Mond und Sternen; und auf Erden wird den Leuten bange sein, und sie werden zagen, und das Meer und die Wassermengen werden brausen, und Menschen werden verschmachten vor Furcht und vor Warten der Dinge, die kommen sollen auf Erden.

Er braucht eine Zigarette.

Er nimmt das Päckchen aus dem Türfach und zieht mit den Zähnen eine Zigarette heraus. Er zündet sie an, nimmt einen

Zug, prustet eine Lungenladung Blut und kranken Schleim über das Lenkrad.

Rauchen ist eine ekelhafte Angewohnheit. Er wünschte, er hätte nie damit begonnen.

Ein Verkehrszeichen rast vorbei: SKENTEL, 3 KILOMETER.

Abraham nimmt noch einen Zug. Diesen kann er im Brustkorb behalten.

Vielleicht hätte er nicht so viel Angst vor dem Tod, wenn er davon ausgehen könnte, dass sich jemand an ihn erinnern wird. Er fragt sich, ob sich Bibi Trixibelle Carter wohl an ihn erinnern wird.

Die Straße wird enger und schlängelt sich näher an die Klippen über dem Meer heran. Abraham schaut in Richtung Nordwesten. Er runzelt die Stirn und drückt die Zigarette aus. Als sein Telefon zu klingeln beginnt, reißt er es ans Ohr.

«Ich bin unten am Meer», sagt Cooper. «Du wirst es nicht glauben, aber ...»

«Ich sehe es», sagt Abraham. «Hast du ...»

«Ich habe alle angerufen.»

«Gut. Ich bin nur zwei Minuten entfernt.»

VIERUNDVIERZIG

Es ist Zeit.

Lucy fischt eine Baseball-Kappe hinter der Bar hervor und schraubt sie sich auf den Kopf. Sie nimmt den Rucksack und schaut sich ein letztes Mal um.

Das Drift Net.

So viele Erinnerungen.

Wieder berührt sie das Eichenholz der Theke, fühlt die Maserung und den Lack. Dann zieht sie die Nase hoch. Es ist nur ein Stück Holz. Dies ist nur eine Bar, eine Galerie, ein Ort, an dem Musiker auftreten. Teil eines Lebens, das es nicht mehr gibt. Schnee von gestern.

Aber eine Sache kann sie nicht zurücklassen.

Als das Drift Net eröffnete, war Billie zwölf Jahre alt. Für den Eröffnungsabend hat sie Lucy ein Bild vom Lokal gemalt. Billies Drift Net ist nicht von Menschen, sondern von Meereswesen bevölkert. Darin trinken Kugelfische und Mantarochen Meerwasser-Pints. Am Billardtisch hantieren zwei violette Tintenfische mit ihren Queues, während zwei Weiße Haie hinter der Theke Getränke ausgeben. Auf der Bühne steht eine Band mit einem Seestern am Schlagzeug, zwei Hummern mit Gitarren, einer Meeresschildkröte am Keyboard und einem singenden Seehund. Seeigel, Clownfische und Einsiedlerkrebse stehen im Publikum.

Daniel hat das Bild mit Treibholz vom Strand von Penleith gerahmt. Lucy hat es über der Bar aufgehängt, wo es seither geblieben ist.

Jetzt nimmt sie es ab und stopft es in ihren Rucksack. Dann geht sie durch den Notausgang hinaus.

Die Gasse, auf die sie tritt, ist verlassen – nur ein paar Gewerbemülltonnen und ein Stapel zerbrochener Paletten. Auf der Hälfte der Strecke führt ein kleiner Gang zwischen der Apotheke der Watsons und Wayland Rawlings' Modellbauladen hindurch zurück zum Meer.

Lucy tritt mitten in eine Menschenmenge. Nicht nur Tyler und Emil und die anderen, die sie aus dem Drift Net geworfen hat, sind da, ungefähr dreißig Leute stehen auf dem Hafenkai, und immer mehr kommen von der Hauptstraße dazu. Alle starren zu Mortis Point hinauf.

Die Granitklippen der Halbinsel ragen Hunderte Meter in die Höhe und bilden eine natürliche Grenze zwischen Skentel im Süden und dem Strand von Penleith im Norden. Dort oben, wo die Küstenbäume den Gipfel krönen, quillt eine Säule schwarzen Rauches in den Himmel.

Wild Ridge brennt mit einer Heftigkeit, die schwer zu begreifen ist. Die Flammen sind nicht orangefarben, sondern von einem tiefen, rußigen Rot. Das halbe Gebäude brennt bereits. Feuer schlägt aus jedem Fenster auf der südlichen Seite.

Obwohl sie mit diesem Anblick gerechnet hat, kann Lucy den Blick nicht abwenden. Das Feuer, das sie im Flur gelegt hat, hat sich viel schneller ausgebreitet, als sie erwartet hatte. Sie denkt an all die Dinge im Haus – die abgenutzten Möbel, das abgestoßene Geschirr, die Kunst an den Wänden. Sie denkt an all das Leben, das in diesen Wänden gelebt wurde, an all das Lachen und die Musik und die Liebe.

Merkwürdigerweise nimmt es sie dennoch nicht so mit. Vielleicht ist sie innerlich schon zu abgestumpft, um noch mehr Trauer empfinden zu können. Bevor die anderen auf dem Hafenkai sie bemerken, nimmt sie Tyler beiseite.

«Ich weiß, dass du mich für verrückt hältst», sagt sie zu ihm und ignoriert seinen erschrockenen Blick. «Vielleicht kommt die

Wahrheit ans Licht. Vielleicht auch nicht. Aber Daniel hat Billie nicht ertränkt, und Fin ist nicht tot.»

«Luce, bist du …»

«Keine Zeit. Hier, nimm das hier.» Sie drückt ihm den Brief in die Hand, den sie gerade im Drift Net geschrieben hat. «Das hier musst du Detective Inspector Abraham Rose geben. Großer Kerl, zerfurchtes Gesicht. Er ist sicher bald hier.»

«Den kenne ich», sagt Tyler. «Er war vor ein paar Tagen da und hat Fragen gestellt. Luce, du hast …»

Sie schüttelt den Kopf. «Eine Sache muss ich noch erledigen. Und bitte, Ty – Fins Leben hängt vielleicht davon ab. Sag niemandem, wohin ich gegangen bin, okay? Wenn irgendwer fragt, hast du nichts gesehen.»

Lucy sieht an seinem Blick, dass sie ihm vertrauen kann. Sie gibt ihm einen Kuss auf die Wange und springt vom Kai auf das Schwimmdock. Als sie an Bord von Jakes Jacht klettert, sieht sie, dass die Luke bereits aufgeschlossen ist. Ein Schlüssel steckt in der Zündung.

Lucy wirft ihren Rucksack ab und löst die Vertäuung. Sie dreht den Zündschlüssel nach links, um die Glühkerzen anzuwärmen. Dann dreht sie ihn nach rechts.

Bei ihren ersten zwei Versuchen passiert nichts. Beim dritten dröhnt der Motor unter ihr. Sie gibt Gas und dreht das Steuerrad. Das Boot reagiert und löst sich vom Dock. Sie wirft einen Blick zurück zum Kai. Die Menge ist zu abgelenkt vom Feuer auf Mortis Point, als dass sie der *Huntsman's Daughter* Aufmerksamkeit schenken würde. Vom Wind angefacht, lodern die roten Flammen immer höher. Das ganze Dach brennt inzwischen. Fettiger schwarzer Rauch wirbelt in den Himmel.

Sobald der Bug herumgerissen ist, gibt Lucy mehr Gas. Jakes Jacht fährt die Molenwand entlang hinaus aufs offene Meer.

FÜNFUNDVIERZIG

Abraham Rose braust die Straße entlang, die sich über Mortis Point windet. Der Rauch des brennenden Hauses weht nach Osten, auf ihn zu. Augenblicklich dringt er auch ins Auto. Er schmeckt ihn bei jedem Atemzug und spürt das Kratzen im Hals. Als er um eine Kurve biegt, kann er kaum glauben, was er da sieht.

Wild Ridge ist ein ehrwürdiges altes Haus, ursprünglich georgianisch. Zwei Jahrzehnte voller Umbauten haben zu einem Stilmischmasch geführt. Ein viktorianisches Turmzimmer trägt ein Dach, das an einen Hexenhut erinnert. Ein handwerklich kunstvoll wirkender Flügel geht von einer Seite ab.

Das Gebäude ist ein wahres Inferno. Rauch wälzt sich wie kochender Teer über das Dach. Abraham öffnet die Autotür und spürt sofort die Hitze auf seinem Gesicht. Er hört Holz krachen und Glas splittern. Das Gebälk im Haus beginnt einzustürzen. Während er hinsieht, kracht ein Teil des Daches in sich zusammen. Ein Flammenmeer erhebt sich daraus.

Zweifellos hat Cooper die Feuerwehr gerufen, aber Abraham hört keine Sirenen. Die Feuerwehr in Bude ist fünfundzwanzig Kilometer weiter südlich, Barnstaple ist sogar noch weiter entfernt. Auf diesen Straßen werden sie selbst mit Blaulicht nur noch rechzeitig ankommen, um die Asche auszutreten.

Abraham wendet und beschleunigt die Straße hinunter. Sein Fleisch riecht nach totem Geflügel, seine Lunge klebt halb an der Windschutzscheibe. Und doch fühlt er sich erstaunlich belebt. *Lucy Locke*, denkt er. *Sie ist dein Auftrag. Sie ist der Grund, aus dem du noch lebst. Wie auch immer die Wahrheit lauten mag, Lucy Locke braucht deine Hilfe.*

In seinem Rückspiegel sieht er, wie sich die gesamte Südwand von Wild Ridge vorwölbt und einstürzt, wobei Wolken von Funken und Asche aufstieben.

SECHSUNDVIERZIG

1

Zurück dorthin, wo alles begann. Zurück aufs Meer.

Lucy hält die *Huntsman's Daughter* auf Kurs in Richtung Westen. Das Wasser ist rastlos, aber nicht wild, die Wellen heben sich, ohne zu brechen. Sie löst Snig von ihrem Arm und bindet ihn ans Steuerrad. Dann zieht sie den Reißverschluss des Rucksacks auf, nimmt das Filetiermesser heraus und lässt es in ihre Hosentasche gleiten. Sie holt den Schwimmgürtel und legt ihn sich um die Taille.

Das Nokia vibriert an ihrem Bein. Sie schaut aufs Display. Keine Botschaft diesmal, nur Ziffern.

50.9407

−4.7734

Durch das Fernglas sucht sie das Meer nach anderen Booten ab. Einige Kutter fahren in Richtung Süden. In nordöstlicher Richtung bewegt sich ein Öltanker langsam auf den Bristolkanal zu; dahinter ist gerade so eben der fröstelig graue Umriss eines Frachtschiffes zu erkennen. Sie sieht keine Jachten oder Motorboote. Das schlechte Wetter der letzten Tage hat all die Wochenendsegler zurück in die Häfen getrieben.

Lucy hängt sich das Fernglas um den Hals. Sie schaltet das GPS ein und tippt die Koordinaten ein. Während sich das Gerät mit den Satelliten verbindet, schaut sie über das Heck zu dem Inferno zurück, das Wild Ridge verschlingt.

Sie ist schon fast anderthalb Kilometer vom Ufer entfernt.

Dem GPS zufolge liegt ihr Ziel viel weiter westlich. Sie hebt erneut das Fernglas an die Augen und sucht den Horizont ab. Da draußen ist nichts, nur Meer und Himmel.

Keine Überraschung. In ihrer jetzigen Position begrenzt die Krümmung der Erde ihre Sicht. Sie hat mindestens noch drei weitere Kilometer vor sich, bis sie weiß, ob sie getäuscht wurde. Mit sieben Knoten pro Stunde dauert das etwas über fünfzehn Minuten.

Lucy merkt plötzlich, dass sie weint. Und dass es hier draußen erstaunlicherweise egal ist. Das Meer kümmert sich nicht um ihre Tränen. Es reagiert nicht auf ihren Schmerz.

Wenn sie schon sterben soll, ist sie immerhin auf dem Wasser und atmet Seeluft. Sie denkt an Daniel im Gefängnis. Wie viel schlimmer ist es doch, dort eingesperrt zu sein, vollkommen hilflos. Sie schließt die Augen, nur für einen Moment, und ein lebendigeres Bild erscheint vor ihren Augen.

Fin.

Ihr Junge.

Ihr verträumter, Karten sortierender kleiner Bücherwurm. Ihr Weber von Worten, Fabulierer wunderbarer Legenden, Geschichtenerzähler der Extraklasse. Wie scharf sich der Schmerz ihrer Liebe für ihn anfühlt. Wie unfassbar groß die Verantwortung ist, ihn nach Hause zu bringen.

Vor seiner Geburt hatte sie eine Vorstellung davon, wie er wohl sein würde. Fin widerlegte all ihre Erwartungen – nicht körperlich robust, sondern nachdenklich und neugierig, lustig, weise und scharfsinnig. Seine Zerbrechlichkeit macht ihn nur größer statt kleiner. Sie liebt ihn umso mehr dafür.

Jetzt nur noch weniger als zwei Kilometer, bis sich der Punkt im Meer zeigt.

Lucy erinnert sich an das Video, das sie gesehen hat: ihre Kinder, wie sie auf der Schwimmtreppe der *Lazy Susan* stehen; Daniel, an die Winsch gefesselt. Dieses Bild schwächt sie, daher verdrängt sie es. Sie braucht jetzt List, keine Trauer, keine Wut. Sie muss ihren Kopf von allen Gefühlen befreien – ganz besonders muss sie jeden Gedanken an Rache begraben. Sie ist nicht hier, um ein Leben zu beenden, sondern um eins zu retten.

Eine Silbermöwe schreit. Lucy sieht sie an der Bootsseite fliegen. Sie verzieht das Gesicht – würde am liebsten ihr Messer nach ihr werfen und sie vom Himmel holen. Stattdessen hebt sie das Fernglas. Und sieht am Horizont den blassen Umriss eines weiteren Bootes.

2

Das ist ihr Ziel.

Etwas anderes kann es nicht sein. Es ist nicht der Umriss eines Kutters, es ist die schlanke Silhouette einer Jacht.

Merkwürdig, wie viel ruhiger das Meer so weit entfernt vom Ufer ist. Es ist beinahe übernatürlich windstill. Vom Heck aus ist kein Land in Sicht – nur gekräuseltes Wasser und granitfarbener Himmel.

Zum ersten Mal spürt Lucy, wie kalt ihr ist, wie steif ihre Finger und Muskeln sind. Sie ballt die Hände zu Fäusten, stampft auf, zwingt das Blut in ihre Glieder. Dann richtet sie das Fernglas erneut auf das Boot.

Sie kann einige weitere Einzelheiten erkennen. Eingerollte Segel, ein einzelner weißer Mast.

Ihre Haut beginnt zu prickeln.

Lucy holt das Klebeband aus dem Rucksack und schneidet mit dem Teppichmesser Streifen davon ab. Sie steckt das Schnitzmesser und zwei Leuchtraketen in ein Bord unter dem Steuerrad. Dann nimmt sie das antike *Kukri*-Messer heraus, klebt seine

Lederscheide mit Klebeband an den Ausleger und steckt das Teppichmesser in die Brusttasche ihres Hemdes. Sie nimmt einen Schluck aus ihrer Evian-Flasche.

Näher, näher.

Immer mehr Einzelheiten werden erkennbar.

Das andere Boot ist eine Rennjacht. Größer als die *Huntsman's Daughter*, kleiner als die *Lazy Susan*, viel moderner als beide. Sie liest den Namen – *Cetus* –, und fragt sich, ob das ein Hohn sein soll. Cetus war das Monster, das Poseidon schickte, um Andromedas Eltern für ihre Arroganz zu bestrafen.

Eine Bewegung in der Nähe des Bugs. Zwei Gestalten stehen dort. Lucys Herz fühlt sich an wie ein Felsen in ihrer Brust.

Sie schaltet den Rückwärtsgang ein, um ihren Schwung abzuschwächen, und stellt den Hebel dann in die neutrale Position. Zwischen den beiden Booten hebt und senkt sich das Meer wie die Brust eines schlafenden Wesens. Etwa zehn Meter von ihr entfernt dümpelt die *Cetus* auf dem Wasser, den Bug auf die *Huntsman's Daughter* gerichtet.

Ein paar Meter vom Bug entfernt steht, ohne Handlauf zu seinem Schutz, Fin. Ihr kleiner Geschichtenerzähler. Ihr Supermensch.

In diesem Augenblick entringt sich ihr ein Geräusch. Halb Bellen, halb Klagen. Denn ihr Sohn ist am Leben, er ist am *Leben* – und doch ist sein Überleben noch nie so zweifelhaft gewesen.

Die beiden Jachten beginnen einander sanft zu umkreisen wie Satelliten, die von der Schwerkraft angezogen werden. Lucy hört das Klatschen des Wassers gegen den Rumpf und ihre rauen Atemzüge. Sie fühlt, wie sich ihr Inneres zusammenzieht.

Fin beginnt zu weinen – es ist ein leises und jämmerliches Geräusch. Er beißt sich auf die Unterlippe und runzelt die Stirn, und sie weiß, dass er versucht, tapfer zu sein.

«Bitte, Mummy, bitte», stöhnt er. «Ich will weg hier, ich will nach Hause.»

Der einzige andere Mensch an Deck ist Bee.

SIEBENUNDVIERZIG

Abraham beschleunigt auf der Straße, die von Mortis Point wegführt. Wild Ridge brennt in seinem Rückspiegel wie eine Sonneneruption. Als er an der Kreuzung abbremst, um auf die Küstenstraße zu biegen, hört er das Heulen der Sirenen. Zwei Feuerwehrfahrzeuge, den Geräuschen nach. Noch ein ganzes Stück entfernt.

Er biegt auf die Küstenstraße und rast in Richtung Skentel. Sein Instinkt sagt ihm, dass er Lucy Locke am wahrscheinlichsten dort finden wird. Weiter unten sieht er durch die Hecken an der Straße Blaulicht aufblitzen, das sich in Richtung Norden bewegt.

Abraham nimmt eine Linkskurve zu schnell und gerät über die Mittellinie. Er greift ins Lenkrad und korrigiert die Richtung. Die Straße verläuft jetzt gerade. Die beiden Feuerwehrautos sausen auf ihn zu. Mit gellenden Sirenen saust das erste Fahrzeug an ihm vorbei, ein wütend roter Streifen.

Er steigt in die Bremse und wartet, bis der zweite Feuerwehrwagen an ihm vorbei ist, bevor er nach Skentel abbiegt. Zu seiner Überraschung wird der Wagen aber langsamer und biegt vor ihm in die Straße ein. Abraham folgt ihm. Er hört das Zischen der Druckluftbremse, wenn der Feuerwehrwagen wieder eine scharfe Kurve nehmen muss. Schließlich erreicht er Skentels enge Hauptstraße und fährt an den ersten Läden vorbei. Vor dem Goat Hotel leuchten seine Bremslichter auf. Abraham bleibt schlitternd stehen. Er erinnert sich daran, was vor fünf Tagen passiert ist – der Fernsehübertragungswagen, der genau hier stecken geblieben ist.

Er flucht, reißt die Tür auf und steigt aus. Blaues Licht färbt Skentels weiß getünchte Gebäude. Das Heulen der Sirene ist übelkeitserregend. Als Abraham um den Feuerwehrwagen geht, sieht er eine Straße, die von Menschen und Autos verstopft ist. Genau, wie er befürchtet hat, steigt Rauch vom Kai auf.

«Aus dem Weg!», brüllt er. «Bewegt diese Autos *weg*!»

Schockierte Gesichter wenden sich ihm zu. Aber die Straße ist so voll, dass er nicht durchkommt. Er verliert die Geduld, klettert auf den Kühler eines stehenden Fords und benutzt ihn als Sprungbrett, um auf das Fahrzeug davor zu springen. Er hört wütende Rufe, ignoriert sie und springt aufs Dach eines Audi. Vom Kühler des Audi springt er auf einen Vauxhall Corsa und von dort auf die Ladefläche eines Mitsubishi-Pick-ups. In weniger als einer Minute ist er am Kai.

Dichter Rauch steigt aus dem Drift Net auf. Abraham drängt sich durch die Menge. Er kommt nicht weit, bis jemand ihn am Arm packt. Wütend wirbelt er herum und erkennt den Mann, der ihn angefasst hat: Tyler Roedean, einer der Angestellten des Drift Nets.

«Hab was für Sie, Mann», sagt Tyler und drückt ihm ein Stück Papier in die Hand. «Mit Grüßen von Lucy Locke.»

Abraham überfliegt den handgeschriebenen Zettel. Als er zur Bar schaut, erkennt er, dass die Rollläden heruntergezogen sind. «Ist sie fort?»

«Ich ... äh ...»

«Wohin?»

Tylers Blick weicht ihm aus. «Sie ist einfach so ... verschwunden.»

Abraham folgt seinem Blick zum Schwimmdock und sieht einen einzelnen leeren Liegeplatz. Dahinter erstreckt sich das Meer, aber die Molenwand blockiert die Sicht. Er wendet den Kopf und sieht zur Rettungsbootstation. Dann rennt er die metallene Podesttreppe hinauf.

ACHTUNDVIERZIG

Bee Tavistock ist so angezogen wie immer: schwarze Doc Martens, schwarzer Minirock, geringelte Strumpfhosen. Lucy liest die Aufschrift des T-Shirts unter ihrer offenen schwarzen Strickjacke: HALT DICH FERN: ICH BIN ALLERGISCH GEGEN IDIOTEN.

Fünf Jahre kennen sie einander schon – seit Bee ins Drift Net marschiert ist und einen Job verlangt hat. Jeder andere hätte dabei arrogant gewirkt. Aber Bee hatte das Charisma, um damit durchzukommen.

Ihr dramatisches Make-up ist heute typisch: falsche Wimpern, irisierender Lidschatten, bonbonrosa Lippenstift, der zum bonbonrosa Haar passt.

Eine Metallkette um Bees Taille verbindet sie mit drei Gasflaschen, die mit Seilen zusammengeschnürt sind. Eine weitere Kette verbindet Fins Fußgelenk mit Langhantelscheiben.

Über Bees Gesicht laufen Tränen. «Es tut mir so leid», haucht sie. «Das ist alles meine Schuld. Er war nett zu mir. Er war nett zu mir, und ich bin darauf hereingefallen. Ich wusste nicht, wer er ist.»

Lucy schüttelt den Kopf. Bee trägt keine Schuld an der Sache.

Sie sieht eine Bewegung am Heck – jemand klettert aus der Luke –, und sie weiß, wer es ist, bevor er auftaucht.

Katharsis. Reinigung durch Tragödie.

Nur ein Student der Philosophie oder der Kunst würde das griechische Wort benutzen. Lucy hat, als sie seinen Text gelesen hat, die Verbindung nicht gezogen – wenig überraschend, da es neunzehn Jahre zurückliegt –, aber irgendwie muss das Wort in ihrem Unterbewussten rumort haben. Denn irgendetwas hat ihre Aufmerksamkeit auf die Stelle an der Wand gezogen, an der eins ihrer Bilder ausgetauscht worden ist.

Auf das Deck der *Cetus* klettert Tommo. Er hat einen merkwürdig andächtigen Gesichtsausdruck. Seine Lederjacke klafft auf, und man kann die Aufschrift auf seinem T-Shirt lesen: KRASSES EINHORN. In einer Hand hält Tommo einen zwei Meter langen Bootshaken.

Lucy mustert ihn, versucht das Bild mit dem Menschen in Einklang zu bringen, den sie an der Kunstschule kannte, aber da gibt es kaum noch Ähnlichkeit. Kein Wunder, dass sie nicht geschaltet hat, als Bee ihn ihr auf Billies Party vorstellte. Und auch nicht in der letzten Woche, als sie ohnehin völlig durcheinander war. Es ist ihr jetzt auch klar, warum Daniel solche Schwierigkeiten hatte, ihn zu identifizieren; ihr Ehemann ist seit Monaten nicht mehr im Drift Net gewesen. Und das einzige andere Mal, dass sein Weg ganz sicher den von Tommo gekreuzt hat, war auf Billies achtzehntem Geburtstag vor fünf Wochen. In jener Nacht ist das ganze Haus voller Gäste gewesen. Und Daniel war vom Niedergang seines Unternehmens und von seinem Streit mit Nick abgelenkt.

Tommo ist nicht gut gealtert: Sein Körper hat Fett angesetzt, ein weicher Bauch hängt über den Bund seiner Jeans. Sein kantiges Gesicht hat sich vollkommen aufgelöst. Abgesehen von einem Ekzem am Hals wirkt seine Haut fettig.

Dieser Typ, er ist der Teufel. Satan, Luzifer, welchen Namen auch immer du benutzen willst.

Daniels Worte im Gefängnis. Daran ist nichts übertrieben. Tommos Welpenfassade verbirgt etwas Monströses.

Lucy sieht ihn an und erinnert sich. Tommo ist natürlich nicht sein Name – er heißt Lucian.

Sie kam in der ersten Woche an der Slade School of Fine Art in seine Clique. Sie war achtzehn, ganz neu in London, und wollte unbedingt ihre provinzielle Naivität ablegen, unbedingt von ihren Mitstudenten akzeptiert werden. Lucian war ein Großmaul, das ständig dozierte, um sich hervorzutun. Er war ständig damit beschäftigt zu schockieren, Regeln zu untergraben. Er verehrte alles Lästerliche, tat alles, um Leute zu beleidigen und zu überrumpeln. Lucy hatte so jemanden wie ihn noch nie kennengelernt. Er war gefährlich und erheiternd und *neu*. Körperlich fand sie ihn nicht anziehend. Und doch schlief sie schon nach ein paar Tagen mit ihm. Lucian kam, wie sie bald erfuhr, aus einer unglaublich privilegierten Welt. Sein Budget für einen einzigen Monat in London war ungefähr so hoch wie ihres für ein ganzes Jahr.

Lucy lernte in diesem ersten Monat auch noch andere Leute kennen. Ihr Freundeskreis schwoll an. Aber niemand in ihrem Semester schien von Lucian Terrell so fasziniert zu sein wie sie. Sie beobachtete, wie er mit seinen Mitstudenten sprach, seine kaum verborgene Herablassung. Mehr als einmal wurde auch sie zur Zielscheibe seiner Verachtung. Aber wenn er nicht ihre neuen Freunde verhöhnte oder sie wegen irgendeiner Ansicht beschimpfte, die er für spießig hielt, konnte er entwaffnend charismatisch sein. Er gab ihr das Gefühl, als wäre sie der interessanteste Mensch, den er je kennengelernt hatte.

Das Semester ging weiter. Ihre Kreativität nahm Fahrt auf. Die Studenten stürzten sich in ihre Kunst: manchmal planlos, immer voller Freude, zunehmend besessen. Sie experimentierten, sie erlitten Niederlagen, sie lernten. Und durch diesen Prozess wuchsen sie. Lucy war beeindruckt von der Qualität der Arbeiten, die sich um sie herum entwickelten. Von allen, außer von Lucian.

Die Selbstgefälligkeit seiner Kunst machte sie kindisch. Je mehr er zu schockieren versuchte, desto nichtssagender wurden seine Werke. Nicht, dass es Lucy da noch besonders gekümmert hätte. Nach ein paar Wochen lernte sie jemand anderen kennen.

Sie betrog Lucian zwar nie, aber sie ließ ihn fallen wie eine heiße Kartoffel. Als die neue Beziehung endete, kam Lucian mit einem Geschenk zu ihr, einem Porträt von ihr als alter Frau. Es war ein außergewöhnlich schreckliches Bild – alles daran war schlecht. Aber am schlimmsten war – und darüber ärgerte sie sich hinterher sehr –, dass sie zum Dank auch noch mit ihm schlief.

Nach Billies Geburt suchte Lucian sie noch einmal auf. Zunächst unterstützte er sie, aber dann wurde sein Verhalten immer schlimmer. An diesem Punkt verließ Lucy London. Sie tauschte ihr möbliertes Zimmer gegen einen Wohnwagen in der Tabernas-Wüste in Spanien ein. Und verschwendete nie mehr einen Gedanken an Lucian Terrell.

«Merkwürdig», sagt Lucian jetzt, als er über das Seitendeck geht. «Alles hat auf diesen Moment zugeführt. Und jetzt, da er gekommen ist, zögere ich, mich ihm zu stellen.»

Er bleibt zwischen Bee und Fin stehen. «Als Erstes wollen wir mal Tommo begraben, nicht wahr? Wir werden ihn über Bord werfen und von seinem Elend erlösen. Ehrlich, Lucy, ich kann dir kaum sagen, wie sehr ich ihn verachtet habe.»

Als er die Hand auf Bees Schulter legt, stöhnt sie bei der Berührung auf. «Aber dieses Mädchen hier mochte ihn, nicht wahr? Obwohl dir das schon an und für sich ein vernichtendes Zeugnis ausstellt.»

Lucy atmet ruhig – durch die Nase ein, aus dem Mund aus –, als könnte die kleinste plötzliche Bewegung die *Cetus* aus dem Gleichgewicht bringen. Sie versucht, Fin nicht anzusehen. Stattdessen lauscht sie auf die Wellen, die gegen die Rümpfe der beiden Boote klatschen.

«Lucian», sagt sie, «ich habe dich in den letzten achtzehn Jahren nicht einmal gesehen, und jetzt ...»

«Sie hat mir dieses verrückte T-Shirt gekauft», sagt er. «KRASSES EINHORN. Eklig, oder? Ich meine, wer tut so etwas?»

Er blinzelt, und der letzte Rest Menschlichkeit verschwindet aus seinem Gesicht. «Lass uns eins klarstellen», sagt er. «*Ich* habe dich in den letzten achtzehn Jahren gesehen.»

Als du London verlassen hast, fühlte ich mich gesegnet. Du ahnst nicht, wie schwierig ich die Monate fand, nachdem du dieses Balg aus deinem Bauch herausgequetscht hattest. Ich habe dich geliebt und gleichzeitig gehasst. Ich wollte dir helfen und dich gleichzeitig bestrafen. Der Konflikt hat mich schier zerrissen.

Aber die Erleichterung dauerte nicht lange an. Ich konnte nicht schlafen und fragte mich die ganze Zeit, warum du gegangen bist. Zumal ich dich so sehr unterstützt habe. Niemand anderes hat dir angeboten, dich nach Hause zu fahren oder dir etwas zu essen zu kaufen oder dich auf die vielen Arten und Weisen hinzuweisen, auf die du dein Leben ruiniert hattest.

Trotz des Schmerzes zwang ich mich dazu, dir zu vergeben. Und dann suchte ich nach dir.

Aber du warst fort, Lucy. Einfach vom Angesicht der Erde verschwunden. Ich konnte deine Fahrt bis zu einem Fährhafen in Nordfrankreich verfolgen, aber von da an verlor sich deine Spur. Selbst der Spezialist, den ich angeheuert hatte, konnte dich nicht aufspüren.

Nach sechs Monaten war es mir nicht mehr so wichtig. Nach ein paar weiteren Jahren gab ich vollkommen auf. Es gab andere Frauen in der Zwischenzeit. Keine von ihnen hatte die dunkle Lucy-Magie, aber immerhin war aus ihnen auch kein Wurm geplatzt.

Dann, letztes Jahr, war ich bei einer Galerieeröffnung in Mayfair. Ein öder Abend, bis ich mit einer Kunstjournalistin ins Gespräch kam. Sie fing an, von diesem Lokal zu schwärmen, das sie irgendwo im Westen gefunden hatte, in dem es Kunst und Musik und gutes Essen und Drinks gebe.

Ich wollte mit ihr ins Bett, also nickte ich dazu und gab zustimmende Geräusche von mir, und bevor ich protestieren konnte, holte sie ihr Handy hervor und googelte es. Und plötzlich warst DU da, das Gesicht eines Lifestyle-Artikels in einer Sonntagszeitung, den diese Journalistin geschrieben hatte.

Mein Gott, Lucy. Die meisten Leute um die vierzig sehen kein bisschen mehr aus wie als Teenager. Aber du schon. Da warst du und standest in einem smaragdgrünen Kleid und Cowboystiefeln auf einer aus Treibholz erbauten Bühne. Älter, ja, aber auch weiser – und daher noch zehn Mal schöner als früher.

Ich sah dieses Bild an, und die dunkle Lucy-Magie beeindruckte mich genauso stark wie früher – als wären die achtzehn Jahre seit unserer Trennung nur ein Traum gewesen. Eine Woche lang redete ich mir ein, dass ich dich vergessen, dich in die Vergangenheit verbannen müsse, wo du hingehörtest.

Und dann packte ich meine Sachen, um nach Skentel zu fahren.

Ich wollte mich nicht gleich bei dir melden. Stattdessen buchte ich ein Zimmer im Goat Hotel und sah mir die Sache von Weitem an.

Was hast du dir da nur für ein Leben aufgebaut, Lucy. Eine wirklich unerwartete Wendung: das Kunstlokal am Hafenkai, das Segelboot, das schrullige alte Haus auf dem Hügel. Und _was_ für ein gut aussehender Ehemann.

Ich habe gleich begriffen, dass du diese Stadt mit deiner dunklen Magie verzaubert hast. Wenn ich durch die Straßen ging, war ich wie berauscht. Erinnerst du dich an den Tag, an dem ich ins Drift Net kam, Lucy? Weil du dich nämlich nicht an _mich_ erinnert hast.

Zugegeben, ich habe dir nicht meinen Namen gesagt. Warum hätte ich das nach dieser schmerzhaften Erniedrigung tun sollen? Stattdessen bestellte ich wie ein guter Gast einen Drink und versuchte, die Stimmung zu genießen. Was für scheußliche Kunstwerke da an der Wand hingen. Wirklich, die allerschlimmste Sorte.

Ich bestellte noch einen Drink und sagte mir, dass ich dir vergeben müsse – genau wie vor siebzehn Jahren. Die Menschen wachsen, sie verändern sich. Vielleicht bin ich zu sehr gewachsen.

Ich beschloss, dir noch eine Chance zu geben, ich wollte dir mit der Kunst wirklich helfen. Ich zog aus dem Goat aus und mietete den Leuchtturm ein paar Kilometer weiter, wo ich ohne Ablenkung malen konnte. Du wirst es kaum glauben, Lucy, aber ich habe die beste Kunst meines Lebens erschaffen.

Merkwürdig. Ich mochte das Meer nie. Aber die Luft in dieser Gegend und die Schreie der Silbermöwen – das erfüllt einen irgendwie. Ich kaufte mir ein Boot und eine Kapitänsmütze. Und ich malte und malte, bis ich fertig war. Acht einzelne Stücke, von denen ich wusste, dass sie meine besten Werke überhaupt waren. Sie waren für DICH bestimmt, Lucy, alle. Eine kleine Unterstützung von einem lieben Freund.

Auf der Website des Drift Net gibt es ja eine Seite, auf der man seine Kunstwerke einreichen kann. Ich war noch nicht bereit dazu, mich zu erkennen zu geben, daher schickte ich meine Bilder unter einem Pseudonym. Ich versteckte natürlich auf jedem Bild einen kleinen Hinweis. Ich glaubte, sie ausreichend verborgen zu haben, aber ich wusste, du würdest sie aufregend finden, wenn ich mich zu erkennen gäbe. Natürlich sagte ich nicht, dass ich die Bilder spenden wollte – das hätte nur wieder dein Misstrauen erregt.

Aber dein Misstrauen meldete sich überhaupt nicht, oder, Lucy? Denn bald darauf kam deine E-Mail: «Sie haben viel Talent, aber ich fürchte, diese Bilder passen nicht recht zu uns.»

Nach all den Jahren endete es zwischen uns so: dass DU MEINE Arbeit ablehntest. MICH ablehntest.

Trotz meiner anfänglichen Verärgerung erholte ich mich nach ein paar Tagen davon. Ich begriff, dass das vielleicht ein Test gewesen war. Vielleicht hattest du die Wahrheit herausgefunden und Angst davor, mich wiederzusehen, all die alten Gefühle wieder hervorzuholen.

Ich hätte die Bilder verbrennen und wieder nach London zurückfahren sollen. Stattdessen überließ ich der dunklen Magie das Feld. Chancen kommen immer zu dritt, also beschloss ich, dir noch eine dritte Chance zu geben.

Und da wurde Tommo geboren. Die Leute sprachen mit Tommo so, wie sie mit mir nie sprachen. Vielleicht lag es daran, dass sie bei ihm nach unten schauten, nicht nach oben.

Ich verbrachte mehr Zeit in Skentel und hing im Drift Net herum. Als ich von der Party zu Billies achtzehntem Geburtstag hörte, wusste ich, dass ich dorthin musste. Ich baute meine Beziehung zu Bee aus, und plötzlich stand ich da oben auf Mortis Point. In deinem Zuhause, Lucy. Mit deinen Freunden und deinem Ehemann und deiner Brut. Mit dir.

Ehrlich, ich kann dir kaum sagen, wie sehr mich das berührt hat. Umso mehr, da ich eins meiner Bilder an deiner Wand entdeckte.

Und doch war da irgendetwas nicht in Ordnung in diesem Haus – an der Oberfläche Lächeln und Gelächter, aber darunter lauerte etwas Verstörendes. Ich füllte Bee mit Alkohol ab und beobachtete dich den ganzen Abend lang genau. Und dann sah ich, wie dieser absolut groteske Nicholas Povey dir in das dunkle Arbeitszimmer folgte und die Tür hinter sich schloss.

Ich wusste, was kommen würde. Ich hatte ja selbst einmal das Vergnügen. Und jetzt sah ich zu, wie es wieder geschah. Nur schlimmer. Denn du bist verheiratet, Lucy, und du hast nichts dazugelernt, und Povey war so unglaublich vulgär.

Ich musste ganz sichergehen. Ich wartete ein paar Minuten, und als du nicht wieder herauskamst, nahm ich Bee bei der Hand und riss die Tür auf.

Ich konnte euch nicht auf frischer Tat ertappen, aber irgendetwas war in diesem Arbeitszimmer trotzdem passiert – ich sah es an deinem schuldbewussten Gesicht. Ich konnte es kaum ertragen, dich anzusehen. Ich zerrte Bee wieder hinaus, aber du kamst nicht hinterher. Stattdessen verriegeltest du die Tür.

Nach einer Woche bist du nachts aus dem Haus geschlichen, um ihn zu besuchen. Gemütliche Drinks in seinem Wohnzimmer. Du hast mir zu verdanken, dass Daniel auftauchte. Ich rief ihn an – sagte, ich riefe aus dem Drift Net an und sei in Sorge, weil du nicht aufgetaucht seist. Eigentlich traurig, dass er genau wusste, wo du zu finden warst. Uns ist beiden klar, was passiert wäre, wenn er nicht gekommen wäre.

In jener Nacht begriff ich plötzlich, was du brauchtest. Es war wie eine Offenbarung: ein kathartisches Ereignis, eine Tragödie, die so epochal ist, dass sie die hasserfüllte Kreatur läutern würde, die du geworden bist. Ich kehrte in den Leuchtturm zurück und begann mit der Arbeit. Und jetzt sind wir hier: in der letzten Szene des letzten Akts von Die Erlösung der Lucy Locke.

NEUNUNDVIERZIG

Lucy hört ihm zu und weiß, dass ein Verrückter spricht. Schlimmer noch – dass es keine Chance gibt, ihn von dem Weg abzubringen, für den er sich entschieden hat. Sie spürt das Messer in ihrer Hosentasche, spürt die anderen Waffen, die sie auf dem Boot versteckt hat. Aber sie steht auf der *Huntsman's Daughter* und Lucian auf der *Cetus*, und zwischen ihnen liegt eine Kluft aus tiefem Wasser.

Hätte sie das hier vermeiden können? Sie hat weder damals noch jetzt von seiner Suche nach ihr gewusst. Im Spätherbst hätte sie niemals vorhersehen können, dass ein Zeitungsartikel über sie ein solches Monster anlocken könnte. Und sie erinnert sich nicht an Lucians ersten Besuch im Drift Net.

Aber sie erinnert sich jetzt an die Kunst: acht hochaufgelöste Bilder, die eines Morgens in ihrer Mailbox warteten. Bei ihrem Anblick stellten sich ihr die Nackenhaare auf. Auf dem ersten Bild war eine kitschige Ansicht von Skentel zu sehen. Durch die Hauptstraße floss ein Strom dunklen Blutes. Ein anderes zeigte eine Frau, die an die Felsen von Mortis Point gekettet war. Hoch über ihr hing eine von Krähen angepickte Leiche in einem menschenförmigen Käfig, während auf dem Strand von Penleith zeitgenössisch aussehende Einwohner begeistert auf die Szene zeigten. Das dritte Bild zeigte den Hafen mit kieloben darin treibenden Booten und mit Kinderwagen, von denen man nur noch die Räder sah.

Sie starrte die Bilder eine halbe Minute lang an. Ihr wurde ganz kalt dabei. Dann schickte sie ihre Standardabsage und löschte die Bilder vom Computer. Wenn sie nicht so sehr mit Billies Sea-Shepherd-Abenteuer und Fins Mobbing-Erlebnissen in der

Schule beschäftigt gewesen wäre, hätte sie die Bilder vielleicht als das erkannt, was sie waren: eine eindeutige Warnung, dass eine Katastrophe bevorstand.

Lucy spürt das Pochen ihres Herzens an den Schläfen.

Zwischen den Booten ist zu viel Wasser, sie kann ihren Sohn nicht erreichen. Die Strömung, die sie zusammengeschoben hat, treibt sie nun auseinander.

«Es war immer eine Tragödie, die allein für dich geschrieben wurde», sagt Lucian. «Aber ich hätte nie erwartet, dass es mich so mitnimmt. Es war hart, Lucy, deinen Schmerz mitansehen zu müssen. Manchmal war es sogar unerträglich.»

«Lucian …»

«Nein», sagt er, und Tränen treten ihm in die Augen. «Bitte mach das alles nicht noch schwieriger. Wir befinden uns kurz vor der Auflösung des Dramas, Lucy. Tragödie bringt uns Erlösung. Durch unser Leid werden wir geheilt.»

Er tritt mit dem Fuß gegen Bees unteren Rücken, und sie stürzt vom Boot, klatscht ins Wasser und geht sofort unter. Bevor Lucy ihn anschreien kann, damit aufzuhören, tut Lucian dasselbe mit Fin. Einen Moment lang steht ihr Junge noch zitternd an Deck. Im nächsten verschwindet er in den Wellen.

FÜNFZIG

1

Abraham Rose nimmt immer zwei Stufen der Podesttreppe auf einmal. Als er schon höher ist als die steinerne Mole, wird seine Aussicht besser. Er erkennt ein paar Kutter, die nach Süden fahren, einen Öltanker und ein Containerschiff, beide unterwegs in Richtung Nordosten, aber keine Motorboote oder Jachten. Wohin Lucy Locke auch immer gefahren ist, sie ist von Land aus nicht mehr zu sehen.

Der Wind dreht sich. Rauch dringt in Abrahams Augen. Er zieht ihn in die Lunge und hustet ihn wieder aus, entsetzt über den Schmerz.

So nah an Mortis Points südlicher Flanke kann er das brennende Haus nicht sehen, aber er sieht den dichten schwarzen Rauch. Unter sich erblickt er das Dach vom Drift Net. Die Flammen kommen aus einer Gasse dahinter, wo ein Stapel Holzpaletten brennt.

Warum sollte Lucy ein Feuer hinter dem Lokal legen? Es sei denn, sie stünde unter Druck und täte nur das, was sie unbedingt tun muss? Das Haus auf Mortis Point ist vom Meer aus gut zu sehen. Das Drift Net dagegen wird von der Mole verdeckt.

Er erreicht das Bootshaus der Seenotrettung und reißt die Tür auf.

2

Abgesehen von dem Tamar-Rettungsboot, das in seiner Aufhängung liegt, ist die Bootshalle verlassen. Abraham sieht die Stahlrampe, die ins Wasser führt. Zwei Laufgänge aus Metall umgeben das Boot, einer auf seiner Ebene, ein anderer über ihm. «Polizei!», ruft er. «Wer ist hier zuständig?»

Ein Mann taucht auf dem oberen Laufgang auf. Wirres graues Haar, wirrer grauer Bart. «Ich bin Donny», sagt er und wischt sich die Hände an einem Lappen ab. «Donahue O'Hare. Was suchst du, mein Sohn?»

Abraham deutet auf die Rampe. «Sie müssen mich da rausbringen. *Jetzt.*»

O'Hare kratzt sich den Bart. «Was du brauchst und was ich dir bieten kann, sind vielleicht zwei verschiedene Dinge. Erklärst du mir das näher?»

«Kennen Sie Lucy Locke?»

«Jawohl.»

«Haben Sie in den letzten zehn Minuten aus dem Fenster geschaut?»

O'Hare runzelt die Stirn und geht mit dröhnenden Schritten um den Metallgang herum, bis er direkt über Abrahams Kopf steht. Er schweigt einen Augenblick, dann beginnt er zu fluchen. «Du kommst besser hier rauf und erklärst mir das, mein Sohn.»

EINUNDFÜNFZIG

1

Zwei schäumende Kreise im Meer, der zweite viel kleiner als der erste. Lucy streift die Stiefel ab und stürzt zum Seitendeck, aber Lucian befiehlt ihr, stehen zu bleiben. Sie will dennoch ins Wasser springen, aber dann sieht sie, dass er den Fuß auf die drei Langhantelgewichte gestellt hat, die noch an Deck liegen. Ihr verwirrtes Hirn braucht einen Augenblick, um das zu verstehen.

Das Wasser zwischen den beiden Jachten schäumt wieder auf. Fin kommt an die Oberfläche, keuchend und prustend. Nur wenige Augenblicke später taucht auch Bee wieder auf.

Lucy weiß, wie kalt das Wasser ist, wie schnell es die Wärme absorbiert. Aber wenn sie sich Lucian widersetzt und hineinspringt, wird er ziemlich sicher Fins Gegengewicht über Bord treten. Und sie wird ihren Sohn auf keinen Fall erreichen können, bevor diese gusseisernen Platten ihn nach unten reißen.

Fin schreit zwischen seinen Atemzügen nach ihr. Lucy ballt die Hände zu Fäusten und löst sie wieder. Die Schreie ihres Sohnes sind wie eine Folter. Wie Haken in ihrer Haut.

«Warte», bittet Lucian sie. «Bitte. Ich habe so viel dafür geopfert, dich bis zu diesem Augenblick zu bringen. Bitte bring jetzt nicht alles in Gefahr. Auf das hier haben wir von Anfang an zugesteuert. Eine Wahl, die alles ändert. Die Möglichkeit zur Erlösung, wenn du nur mutig genug bist, sie zu ergreifen. Und ich *weiß*, dass du mutig genug bist, Lucy.»

Wenn sie nur näher dran wäre. Wenn sie ihn nur irgendwie erreichen könnte. Sie trägt vielleicht keine Fesseln wie Daniel, aber sie ist ebenso machtlos.

«Du wirst wählen, wie das hier endet, verstehst du nicht?», fährt er fort. «Und dann musst du mit deiner Wahl leben. Ich brauche nur einen Namen: Bee oder deinen geliebten Sohn. Ein Leben gegen das andere. Und – genau wie ich es auch schon Daniel gesagt habe – wenn du keinen von beiden wählst, verlierst du beide.»

Sein Gesicht verzieht sich, als litte er selbst Qualen. «Ich weiß, dass es brutal ist. Aber ich weiß auch, wie sehr du das hier *brauchst*. In dir ist Schönheit, Lucy. Aber auch so viel Dunkelheit. Tu diesen letzten Schritt, und wir merzen es gemeinsam aus. Erneuerung durch Leiden, genau wie der Philosoph gesagt hat.»

2

Lucy dreht den Kopf und sucht Himmel und Meer ab. Sie sieht keine Boote, keine Hubschrauber, keine Spuren menschlichen Lebens. Ihr Blick gleitet über Lucians Jacht, mustert sie vom Bug bis zum Heck. Nichts ist dort, was ihr helfen könnte, nichts, was ihr einen Vorteil verschaffen würde.

«Erzähl es mir», sagt sie. «Bevor wir das hier tun. Erzähl mir, wie Billie gestorben ist. Du hast mir einen Teil davon gezeigt, aber nicht alles. Wenn das hier enden soll – heute –, dann erzähl mir zumindest das.»

Lucian neigt den Kopf zur Seite, als dächte er über ein Kunstwerk nach, das sich allen Interpretationen widersetzt. «Selbst jetzt, am Ende, überraschst du mich noch», sagt er, und eine Träne rinnt ihm die Wange hinunter. «Du willst es *wirklich* wissen.»

Sie will es nicht wissen, ganz und gar nicht. Aber sie wird zuhören. Wenn es Fin und Bee noch ein paar Minuten am Leben erhält, wird sie sich alles anhören.

Die Boote treiben weiter auseinander. Je länger Lucian redet, desto geringer wird ihre Chance einzugreifen. Aber jetzt gerade hat sie ohnehin keine Möglichkeit dazu. «Bitte», wiederholt sie. «Bitte, Lucian, erzähl es mir. Ich bin ihre Mum. Ich habe verdient, es zu wissen.»

«Gut», erwidert er. «Wenn du es so willst. Aber ich warne dich: Es wird schwierig, es dir anzuhören.»

Ich kann dir natürlich auf keinen Fall die Wahrheit sagen. Ich bezweifle, dass du darin irgendeinen Trost finden würdest, aber ich kann das Risiko einfach nicht eingehen. In dieser Tragödie gibt es keine Zuflucht für die Hoffnung. Nur durch Leiden werden wir gereinigt. Nur durch unseren vollkommenen Ruin erlangen wir eine Chance, errettet zu werden.

Weißt du, Billie sollte eigentlich nicht ins Wasser gehen. Zumindest nicht an jenem Tag. Der Sinn der Szene vom letzten Freitag war es, nur eine Facette deines Lebens zu zerstören: das Vertrauen, das du in Daniel Locke hattest.

Es war nicht schwierig vorherzusehen, für wen er sich entscheiden würde, vor die Wahl gestellt, seinen Sohn oder das Balg zu retten, das du mit seinem Vorgänger gezeugt hast. Ich wusste, du würdest ihm niemals vergeben, wenn du die Beweise sähest. Mehr brauchte ich nicht von Daniel: nur den Namen deiner Tochter. Ich wollte meine Drohung niemals wahr machen. Wenn ich ehrlich bin, war es Daniel, den ich an jenem Tag über Bord gehen lassen wollte, und zwar in genau dem Augenblick, in dem er mir seine Antwort gab.

Aber wie nutzlos er war. Wie unglaublich ineffektiv. Obwohl ich damit drohte, beide ertrinken zu lassen, stand er nur da und glotzte mich blöde an, als wäre eine Glühbirne in seinem Hirn ausgeschaltet worden.

Billie hätte hier sein sollen, Lucy. Bei uns beiden, jetzt, in diesem Moment. Die echte Wahl – zwischen ihrem Leben und Fins – hätte dir gebührt: eine Entscheidung, die dich in den Ruin getrieben und dir schließlich Erlösung gebracht hätte.

Stattdessen musst du jetzt zwischen deinem Sohn und deiner Freundin wählen. Eine weit weniger schwere Entscheidung. Und das ist alles die Schuld deiner Tochter.

Ich weiß nicht, welches kosmische Schuldgefühl du diesem Kind eingepflanzt hast oder welchen Minderwertigkeitskomplex sie mit sich herumgetragen hat. Aber was letzten Freitag auf dem Boot geschehen ist, war eine Schande. Es ging viel zu schnell, so schnell wie ein Fingerschnippen. Und danach konnte niemand mehr etwas daran ändern.

Weißt du, es hat mich verärgert, dass sich Daniel nicht entscheiden wollte. Ich habe mir so viel Mühe gegeben, und er hat einfach nicht mitgespielt. Seine einzige Aufgabe war es, Billies Namen zu sagen, aber selbst das bekam er nicht hin. Also musste ich ein wenig Druck ausüben. Ich sagte zu ihm, seine Zeit sei abgelaufen, dass ich keine Geduld mehr hätte. Dann ging ich auf die beiden Kinder zu und tat so, als wollte ich sie beide ertränken. Daniel schrie, ich solle stehen bleiben, aber IMMER NOCH wollte er den Namen deiner Tochter nicht sagen, und dann geschah das Verrückteste überhaupt, denn ohne jede Vorwarnung, kurz bevor ich bei den beiden ankam, warf Billie ihr eigenes Gewicht über Bord.

VÖLLIG DURCHGEKNALLT.

Ich meine, ich bin einfach stehen geblieben und habe zugesehen. Da war Billies Seil, das sich immer schneller und schneller abwickelte, und da war sie, die auf der Kante der Schwimmtreppe stand. Sie sah ihren kleinen Bruder an und flüsterte ihm etwas zu, und dann sah sie Daniel an, und weißt du, was sie sagte? Ihre letzten Worte? «Sag Mum, dass ich sie lieb habe.»

Und dann das Klatschen. Sie verschwand. Blasen, Wellen, nichts.

Ich habe seither viel darüber nachgedacht. Wenn ich ehrlich sein soll, hat es mir einen Mordsschrecken eingejagt. Freitagnacht konnte ich überhaupt nicht schlafen. Am Samstag habe ich auch kaum Schlaf bekommen. Immer, wenn ich die Augen schloss, sah ich ihr Gesicht.

Weißt du, was ich glaube? Jetzt, da ich es sacken lassen konnte? Ich glaube, Billie hat einfach aufgegeben. Sie sah ihre Karten offen vor sich auf dem Tisch liegen und beschloss, einfach nicht länger dazubleiben. Wirklich, das ist die einzige Erklärung.

Natürlich hat das den Plan verändert. Aber es gibt auch gute Seiten daran. Ich hatte nicht vorgehabt, dass Billie ins Wasser geht, daher waren ihre Beine nicht besonders fest gefesselt. Ich nehme an, daher haben sich auch die

Knoten gelöst, sodass sie ein paar Tage später ans Ufer geschwemmt wurde und die Polizei ihre Leiche fand.

Aber das alles musst du gar nicht wissen, Lucy. Was du glauben musst, ist, dass dein Ehemann einen Pakt mit dem Teufel geschlossen hat und seinen Sohn deiner Tochter vorgezogen hat, dass der Mann, dem du mehr als allen anderen vertraut hast, sich als Schlange entpuppt hat.

ZWEIUNDFÜNFZIG

1

Lucian streckt die Hand aus, die Handfläche ist nach oben gedreht. «Was ist nur mit dem Regen passiert? Es fing doch so vielversprechend an. Nicht einmal Wind. Sogar das Meer benimmt sich – so ruhig wie ein Mühlenteich.»

Er verstummt und schüttelt den Kopf. Dann sagt er: «Ich fürchte, es ist gar nichts Erlösendes an dem, was auf der *Lazy Susan* passiert ist. Daniel musste nicht zwei Mal gefragt werden. Ich hatte kaum die Frage gestellt, als er auch schon Billies Namen schrie. Alles, um seinen eigenen Sohn zu retten.»

Die *Cetus* schaukelt im Wasser. Lucian schwankt vor und zurück. Sein Fuß stößt gegen den Stapel Langhantelscheiben und schiebt sie näher an den Rand. Sein Blick gleitet kurz zu ihnen, dann zu ihr.

Gut. Denn das bedeutet, dass er die Bewegung des Bootes unter seinen Füßen nicht bedacht hat; dass er nicht bemerkt hat, wie das Wasser gegen den Rumpf klatscht; dass er nicht gesehen hat, worauf Lucy gewartet hat: eine ganz kurze Bewegung am Heck.

2

Schon im Drift Net hat sie gewusst, dass das hier dort ein Ende nehmen würde, wo es begonnen hat, draußen auf dem Meer. Da hat sie noch nicht gewusst, ob Lucian noch an Land ist. Ganz sicher ist er nahe genug an Skentel gewesen, um den Brand auf Mortis Point zu sehen.

Daher ist sie am Telefon auf Jakes Vorschlag eingegangen: dass sie vom Kai aus an Bord der *Huntsman's Daughter* klettern würde. Und dass er dann bereits in der Kabine sein würde.

Während Lucian redete, hörte Lucy, wie Jake von Bord glitt. Und jetzt ist er dort, der Mann, den sie immer und immer wieder verraten hat, eine geduckte Gestalt auf dem Heck der *Cetus*. Selbst jetzt noch ist er willens, sein Leben aufs Spiel zu setzen und ihr dabei zu helfen, ihren Sohn zu retten.

Aber zwölf Meter Jacht trennen ihn von Lucian. Und kaum eine Haaresbreite trennt Lucian von den beiden Stapeln mit Gewichten auf dem Deck.

«Nach dieser Tragödie mit Billie wurde Daniel doch deutlich entgegenkommender», fährt Lucian fort. «Er wollte nicht ins Wasser, aber ich musste ihn nicht allzu lange überreden. Ich kann mir nicht vorstellen, dass *du* so schnell den Mut verloren hättest. Natürlich ist das einer der Gründe, warum wir uns in dieser Situation befinden.»

Vom Cockpit aus klettert Jake auf die Backbordseite des Decks. Er ist barfuß und trägt nur seinen alten Neoprenanzug. Meerwasser tropft von seinen Ellenbogen, aus seinem Haar. Er bewegt sich langsam und lautlos, schleicht über das Seitendeck, mit einer Hand stützt er sich am Dach der Kabine ab.

«Also», sagt Lucian. «Jetzt sind wir an der Bruchlinie angekommen. An dem Punkt, der die alte Lucy Locke von der neuen trennt. Der Augenblick, in dem du allem vertrauen musst, das du mir über Katharsis, über Erneuerung beigebracht hast. Ich brauche nur einen Namen. Ein Leben, das für das andere geopfert wird.»

Lucy kann kaum noch atmen. Wenn sie nur die kleinste Bewegung macht, wird sie Lucian darauf aufmerksam machen, was hinter seinem Rücken geschieht. Sie hört nicht, wie das Wasser von Jakes Neoprenanzug tropft, aber sie kann es sich vorstellen.

Lucian beobachtet sie, und seine Augen verengen sich. Sie muss etwas sagen, ihn irgendwie beschäftigen. Und doch klebt ihr die Zunge am Gaumen.

Unten im Wasser sind Fins Augen größer, als sie sie je gesehen hat. Er spuckt Meerwasser aus, rudert mit den Armen und versucht, sein Gesicht über Wasser zu halten. Er zittert bereits unkontrolliert.

Als Lucy wieder zur Jacht hochschaut, sieht sie, dass Jake einen weiteren Schritt gemacht hat. Aber er ist immer noch so weit entfernt. Und dann geschieht das Undenkbare.

Lucian richtet sich auf und dehnt seinen Nacken. Dann neigt er den Kopf leicht zur Seite, als flüsterte ihm jemand Unsichtbares etwas ins Ohr. Er nickt beinahe unmerklich. Und dann dreht er sich um und blickt die Jacht entlang.

Jake ist noch fünf Meter entfernt, zwischen ihnen liegt das schräge Kabinendach. Er ist geduckt, hat die Arme ausgestreckt, Finger gespreizt wie ein Ringer.

Angeekelt schüttelt Lucian den Kopf. Er hebt den Bootshaken und richtet dessen Spitze auf Jake. «Im Ernst, Lucy. Nach allem, was ich versucht habe z...»

Jake springt auf das Kabinendach und greift ihn an.

Lucian ist schneller. Er sticht mit seinem Bootshaken zu. Die Stahlspitze dringt durch Jakes Neoprenanzug, direkt unter dem Brustbein. Jake fällt nach hinten, packt einen Handlauf und schafft es gerade noch, sich auf Deck zu halten.

Lucian wirbelt mit gebleckten Zähnen herum. Er setzt den Fuß auf die drei Langhantelscheiben und schiebt. Der Ballast klatscht ins Wasser und verschwindet sofort. Das eingerollte Seil liegt auf der Oberfläche und wickelt sich rasend schnell ab.

Lucy schreit. Sie springt vom Deck, aber sie ist so weit von ihrem Sohn entfernt, und dieses Seil wickelt sich immer schneller ab. Sie ist noch nicht mal im Wasser, als schon der letzte Rest davon verschwunden ist. Sie sieht Fin, ihren verträumten, Karten sortierenden kleinen Bücherwurm; ihren Weber von Worten, Fabulierer wunderbarer Legenden, Geschichtenerzähler der Extraklasse. Und dann ist er fort.

3

Lucy sinkt unter die Oberfläche. Die Welt um sie herum wird weiß. Das Meer ist so kalt, dass ihr erster Instinkt ihr befiehlt, um Luft zu ringen. Sie schluckt einen Mundvoll Wasser, bis sie die Lippen wieder aufeinanderpressen kann. Eine halbe Sekunde später kommt sie hustend und würgend an die Oberfläche.

Da ist die *Cetus*, die sich hebt und senkt. Aber kein Fin – und jetzt auch keine Bee mehr. Sie schwimmt zu dem Punkt, an dem sie ihren Sohn zuletzt gesehen hat. Es sind bereits ein paar Sekunden vergangen, seit er untergegangen ist.

Lucy füllt ihre Lunge mit Luft und geht mit dem Kopf unter Wasser. Sie kann nichts erkennen. Wenn sie mit den Armen rudert und blind herumsucht, kann sie auch nichts *fühlen*. Sie kommt wieder an die Oberfläche, das Meerwasser brennt in ihren Augen, sie holt tief Luft, taucht diesmal tiefer und streckt vergeblich die Hände aus – denn es sind schon zu viele Sekunden vergangen, und um sie herum ist nichts als Kälte. Sie muss atmen. Und dann ist sie erneut an der Oberfläche, atmet gierig ein, ihr vierter Atemzug, seit Fin untergegangen ist.

Als sie zu Lucians Jacht hinausfuhr, hat sie auf den Tiefenmesser der *Huntsman's Daughter* geschaut. Hier draußen ist das Meer achtzig Meter tief – mehr als vierzig Faden kalten Ozeans. Sie dreht sich um, weil sie nicht in der Lage ist zu verstehen, was gerade passiert ist. Erst ihre Tochter. Jetzt ihr Sohn.

Es kann nicht sein. Es kann nicht sein.

Lucy schaut sich um, nimmt ihren fünften Atemzug. Es ist jetzt hoffnungslos. Und doch will sie es nicht glauben. Auf Lucians Jacht hört sie Kampfgeräusche. Sie weiß, dass Jake verwundet ist, weiß, dass Lucian keine Gnade zeigen wird, weiß, dass sie den Mann, den sie einst geliebt hat, erneut verrät, ihn einem Schicksal überlässt, das er nicht verdient, aber sie kann nichts dagegen tun, weil *ihr Junge tot ist*, ihr wunderbarer Junge, und ihr Kopf ist voller Glasscherben.

Als sie das denkt, beginnt das Wasser ein paar Meter weiter zu kochen, eine sprudelnde, weiße Explosion. Mitten aus ihr bricht Bee hervor, die so verzweifelt nach Atem ringt, dass ihre Kehle vor Anstrengung quiekt.

Sie sinkt unter die Oberfläche, steigt wieder, und ihre Schultern heben und senken sich, weil sie mit den Füßen Wasser tritt, um oben zu bleiben. «Ich hab ihn!», kreischt sie. «Ich kann ihn nicht HALTEN!»

Bee hat die Arme um ihn geschlungen, aber Fin ist dennoch unter Wasser. Lucy schwimmt auf ihre Freundin zu.

«Ich verliere ihn!», schreit Bee. «Hilf mir, ich *verliere* ihn!»

Sie sinkt erneut, zu erschöpft, um sich über der Oberfläche zu halten.

Lucy schwimmt näher, aber sie ist immer noch zu weit entfernt. Und jetzt ist das Wasser schon über Bees Mund, ihrer Nase. Wenn sie versucht zu atmen, wird sich ihre Lunge mit Meerwasser füllen.

Plötzlich versinkt sie ganz. Lucy nimmt einen tiefen Atemzug – ihren neunten –, und dann taucht sie.

4

Stille Kälte.

Der Übergang von Geräusch zu absoluter Geräuschlosigkeit ist erschreckend, aber der Übergang von Licht zu Dunkelheit ist schlimmer. Ein paar Meter unter der Oberfläche ist das Wasser so trüb, dass Lucy genauso wenig erkennen kann, als wäre es ganz dunkel. Ein ganzer Ozean ist unter ihr, und doch fühlt sie sich eingesperrt.

Sie streckt die Hand aus, berührt Bees Schulter. Aber ihre Freundin kämpft so heftig, dass sie Lucys Hand wegstößt.

Einen Moment später berührt sie sie erneut. Zwei Hände diesmal, eine auf Bees Oberarm, den anderen an ihrem Ellenbogen. Und dann berührt sie Fin. Lucy spürt, wie ihr Junge ihnen entgleitet. Sie taucht tiefer, packt seinen Arm und bekommt eine Faustvoll von seinem Pulli zu fassen.

Bee lässt ihn ganz los.

Fin sinkt mit einer Schnelligkeit, die Lucy überrumpelt und ihn ihr fast entreißt. Sie strampelt, aber sie hängt kopfüber im Wasser. Ihre Bewegungen beschleunigen ihr Sinken nur noch.

Wenn sie jetzt loslässt, selbst wenn es nur für einen Augenblick ist, war es das letzte Mal in diesem Leben, dass sie ihn berühren durfte. Und doch, wenn sie ihn so von oben festhält, folgt sie ihm nur ins Verderben. Der vage graue Fleck ist bereits schwarz geworden. Sie sinken in ein Nichts, das mit jedem Meter kälter wird.

Der Drang, sich nach oben zu kämpfen, ist überwältigend. Aber wenn sie Fin jetzt loslässt, gibt es kein Leben mehr zu leben. Sie spürt, wie er zappelt, kleine zuckende Bewegungen – weiß, dass er ertrinkt, dass der Prozess beinahe schon vollendet ist. Sie zieht die Knie an die Brust, krümmt den Rücken und schreit beinahe ihre Luft hinaus, weil ihre gebrochenen Rippen so wehtun.

Irgendwie schafft sie es, die Beine um Fins Oberkörper zu schlingen. Sobald er sicher dazwischen klemmt, lässt sie seinen Pulli los und schiebt ihre Hände unter seine Arme.

Der Druck in ihrer Brust baut sich auf. Ihre Ohren sausen und knacken. Sie streckt die Arme durch, zwingt sich weiter nach unten. Sie hat die Beine nicht mehr um Fins Oberkörper geschlungen, sondern um das Tau mit dem Gewicht daran unter ihm. So stabilisiert, tastet sie in ihrer Hosentasche nach dem Filetiermesser.

Es ist weg.

Vielleicht ist es herausgeglitten, als sie ins Meer gesprungen ist.

Fin ist jetzt ganz schlaff in ihrem Griff. Sie weiß, dass sich seine Lunge mit Wasser gefüllt hat.

Sie sinken.

Eine Erinnerung regt sich in Lucys Kopf. Auf der *Huntsman's Daughter* hat sie mit dem Teppichmesser Klebeband zerschnitten. Danach hat sie das Messer in ihre Brusttasche gesteckt.

Sofort ist es in ihrer Hand. Sie sägt an den Schlingen um Fins Fuß, aber das Seil ist so dick – und sie hat nur noch so wenig Sauerstoff –, dass sie sich kaum bewegen kann. Ein weiterer Gedanke drängt sich durch das Chaos in ihrem Kopf. Warum an den Schlingen herumschneiden, obwohl ihn nur ein einzelnes Seil an die Gewichte fesselt?

Ihre Klinge schafft es beim ersten Versuch nicht, aber nach zwei kräftigen Sägebewegungen ist sie durch. Jetzt sind sie von den Gewichten abgelöst und sinken nicht mehr. Lucy lässt das Messer los und spürt, dass sie im Wasser rollt. Sie zieht Fin an sich. Weiß nicht mehr, wo oben und wo unten ist.

Lucy tritt heftig Wasser, schießt vor, aber ein panischer Teil ihres Hirns wehrt sich, ist überzeugt, dass sie nur noch tiefer sinken. Es versucht, ihr einen Gedanken zu senden.

Jetzt hat sie kaum noch Luft. Sie weiß, dass sie viel zu weit von der Oberfläche entfernt ist und atmen muss, bevor sie sie erreicht.

Katharsis, denkt sie. *Reinigung durch Tragödie.*

Wenn sie nachgibt und atmet, ist ihre Reinigung vollzogen.

Stattdessen streckt sie nicht die Hände aus, sondern ihre Gedanken. Sie greift das Gedankenfragment von vorher und betrachtet es.

Der Schwimmgürtel.

Mit zusammengebissenen Zähnen tastet Lucy nach der Aktivierungskordel und zieht daran. Sogar noch so weit unter der Oberfläche hört sie, wie die Kohlendioxid-Kartusche losgeht. Sie spürt, wie etwas vom Gürtel abspringt und er sich wie der Airbag eines Autos aufbläht. Er zieht sie zur Seite – wobei zur Seite offenbar nach oben ist. An ihrer rechten Seite explodiert der Schmerz wie tausend stechende Speere. Lucy spürt, dass ihr Kopf keinen Halt mehr hat. Weiß, dass sie kurz davor ist, ohnmächtig zu werden. Umfasst ihren Jungen nur noch fester.

Innerhalb von Sekunden weicht die Dunkelheit ein wenig. Wie schnell sie nach oben steigen, weiß sie nicht. Sie hat jetzt nur noch wenige Moleküle Sauerstoff in ihrem Körper und kämpft gegen ihr Zwerchfell, gegen ihre Lunge, gegen den Instinkt zu atmen. Schließlich kann sie nicht länger kämpfen. Der Atem blubbert in gierigen Blasen von ihren Lippen, Meerwasser dringt ihr in den Mund ...

Fin am Frühstückstisch, seine nackten Beine baumeln.

... und plötzlich kehrt die Welt in einem Schwall von Geräusch und Licht zurück. Sie saugt Luft ein, eine halbe Lunge voll, bevor sie wieder untergeht. Aber es reicht, es reicht gerade so eben, und mit neuer Energie katapultiert sie sich wieder über die Oberfläche.

Jeder ihrer Sinne ist wieder erwacht.

Wasser zischt in ihren Ohren. Die kalte Luft des Atlantiks drückt gegen ihr Gesicht. Dort sind die beiden Jachten: die *Cetus* und die *Huntsman's Daughter*. Keine Hilfe am Horizont. Keine Hilfe von oben.

Fin – ihr Junge, ihr kleiner Geschichtenerzähler – ist in ihren Armen, aber sein Kopf ist immer noch unter Wasser. Sie tritt Wasser und hebt ihn in die Höhe, aber seine Augen blicken starr und reagieren nicht. Tot, ja, aber darüber kann sie jetzt noch nicht nachdenken.

Einen Arm um ihren Sohn gelegt, schwimmt Lucy auf die *Huntsman's Daughter* zu. Von der *Cetus* hört sie Kampfgeräusche.

Der Schmerz ihrer gebrochenen Rippen ist unglaublich – tiefer als vorher, viel komplexer. Als sich die Rettungsweste vom Schwimmgürtel mit Kohlendioxid füllte und sie zur Oberfläche riss, fühlte es sich an, als wäre in ihrem Inneren etwas Katastrophales passiert. Bei jedem neuen Atemzug sieht sie silbrige Sterne, ein glitzerndes Feuerwerk, gegen das sie immer länger anblinzeln muss.

Endlich berührt Lucy die Schwimmtreppe der *Huntsman's Daughter* und hält sich daran fest. Sie legt Fin mit dem Gesicht ins Wasser und schiebt ihre Schulter unter seinen Bauch. Dann packt sie die Leiter mit beiden Händen, schafft es, ihren Fuß auf die unterste Stufe zu setzen, und zieht sich hinauf.

Wieder explodiert ein Feuerwerk hinter ihren Augen. Wieder stechen Speere in ihre Seite. Sie lässt die Leiter los, verliert den Halt auf dem Tritt, knallt mit dem Gesicht auf die unterste Stufe. Blut, rot und lebendig, spritzt ins Wasser. Ihr Kopf singt wie geschmiedetes Eisen.

Meerwasser beißt in ihrer Nase, ihrem Mund. Sie spürt Stücke von ihren Zähnen auf der Zunge, spuckt sie aus, sieht, wie ihr Junge von ihr wegtreibt. Sie packt ihn, schiebt die Schulter unter seine Taille und versucht es erneut.

Diesmal schafft es Lucy bis zur zweiten Stufe, bevor ihre Muskeln nachgeben. Sie knallt mit dem Kiefer auf die Leiter, sinkt unter die Wasseroberfläche, befreit sich wieder, spuckt Blut und Wasser und noch mehr Zahnstücke. Sie zieht Fin wieder zu sich. Wenn sie beim dritten Mal wieder versagt, wird sie keine Energie für einen vierten Versuch haben, das weiß sie.

Als die nächste Welle kommt, zieht sie sich hoch und schreit vor Anstrengung. Es fühlt sich an, als blutete etwas in ihrem Oberkörper, der Schmerz ist sogar noch schlimmer als Geburtswehen. Sie blinzelt Silber fort, zwingt sich höher, hält sich fest, als eine Welle das Boot in Bewegung setzt.

Hoch, noch eine Stufe. Noch eine.

Fin ist schwerer denn je, seine Lunge ist voller Wasser, die Kleider durchnässt. Sie dreht ihn um, hört, wie sein Kopf gegen die Reling kracht, sieht zu, wie er ins Cockpit rutscht. Lucy hängt an der Leiter, hält inne, um zu Atem zu kommen, und wirft einen Blick zurück zur *Cetus*.

Jake ist am blutbeschmierten Kabinendach heruntergeglitten, die Hand auf die Brust gepresst. Bee, deren Ballast immer noch auf dem Seitendeck liegt, schwimmt aufs Heck zu. Lucian ist verschwunden.

Lucy wuchtet sich über den Heckbalken und poltert ins Cockpit. Sie rollt sich auf die Seite, rappelt sich auf, kriecht auf ihren Sohn zu. Fin liegt auf dem Bauch. Als sie ihn mit aller Kraft auf den Rücken dreht, kommt Meerwasser aus seinem Mund und seiner Nase.

Lucy spuckt Blut aus, bis ihr Mund leer ist. Mit einer Hand stützt sie Fins Nacken und biegt seinen Kopf zurück. Dann kneift sie seine Nase zusammen und beginnt mit der Mund-zu-Mund-Beatmung. Eine Atemspende, eine Pause, in der seine Lunge wieder zusammenfällt. Eine weitere Atemspende, noch drei. Kein Lebenszeichen von ihrem Jungen.

Sie legt die Handfläche auf sein Brustbein und beginnt zu drücken. Jede Sekunde zwei Mal drücken, danach bis dreißig zählen. Danach gibt sie jeweils zwei Atemspenden. Fins Mund fühlt sich an ihren Lippen ganz kalt an. Seine Brust hebt sich und sinkt dann wieder zusammen.

Weiterpumpen: *eins, zwei, drei, vier, fünf …*

Bevor Fin geboren wurde, hat Lucy einen Kinder-Erste-Hilfe-Kurs in Redlecker gemacht. Im Laufe der Jahre hat sie ihr Wissen immer wieder aufgefrischt, weil Fin so zerbrechlich war. Nur einmal hat sie darüber nachdenken müssen, ihn wiederzubeleben – damals, als sie noch zur Miete wohnten. Sie hatten einen Krankenwagen gerufen und eine halbe Stunde auf ihn gewartet, während Fins Atemzüge von Minute zu Minute schwächer wurden.

… achtundzwanzig, neunundzwanzig, dreißig.

Atemspende. Pause. Atemspende.

Keine Reaktion von ihrem Sohn.

Eins, zwei, drei, vier …

Lucy wird plötzlich ganz schwindelig. Sie schließt die Augen und sieht Daniel, hört seine Stimme: *Ob du willst oder nicht, das hier hängt jetzt an dir. Du musst Fin finden. Bring ihn nach Hause.*

Sie versagt. Sie versagt Daniel gegenüber, sie versagt Fin gegenüber. Lucy hört einen Motor aufheulen, weiß, dass es der Motor der *Cetus* ist. Als sie die Augen öffnet, sieht sie Lucian am Steuerrad. Dieser Teufel flieht, um an einem anderen Tag Chaos und Verwüstung anzurichten.

Auf ihrem Weg hierher hat sie nur an den Erhalt von Fins Leben gedacht und ihr Bedürfnis nach Rache für Billies Tod ausgeblendet. Jetzt scheint es, als würde ihr beides nicht gelingen.

Lucian gibt in seinem Cockpit Gas. Lucy sieht, was geschehen wird. Selbst, wenn Bee der wirbelnden Schiffsschraube entkommt, wird ihr Ballast ins Wasser gezogen werden. Diese drei

Gasflaschen aus Metall werden sie achtzig Meter bis zum Meeresboden ziehen. Und doch kann Lucy ihrer Freundin nicht helfen, weil sie ihren Jungen retten muss.

Wieder ein Verrat. Wieder ein Teil ihrer Menschlichkeit, der ihr entrissen wird.

Das hier ist keine Reinigung.

Das hier ist das Verderben.

... neunundzwanzig, dreißig.

Atmen. Loslassen. Atmen.

Ihr Junge ist leblos. Lucy schreit, es ist so unfair.

Aber es *gibt* etwas, was sie für Bee tun kann. Wenn sie ihren Jungen schon nicht retten kann, muss sie unbedingt ihre Freundin retten. Ihre Chancen sind gering, aber es ist einen Versuch wert. Sie greift nach dem Schnitzmesser, das an den Rumpf geklebt ist, und reißt es ab. Sie zieht sich hoch und schreit Bees Namen. Die Frau windet sich im Wasser. Ihre Blicke treffen sich. Lucy wirft das Messer. Sie schaut nicht einmal, wo es hinfliegt, sondern kniet sich sofort wieder neben Fin.

Der Motor der *Cetus* läuft jetzt mit voller Kraft.

Lucy legt ihre Handflächen wieder auf die Brust ihres Sohnes. Schweiß und Meerwasser rinnen ihr das Gesicht hinab. Irgendwann wird sie nicht mehr weitermachen können, aber dieser Punkt ist noch nicht erreicht.

Eins, zwei, drei ...

Plötzlich ein Stoß gegen das Boot. Lucy wird von den Knien gerissen. Sie landet irgendwie und schreit auf, weil es so widerlich *wehtut*. Die *Huntsman's Daughter* rollt nach Steuerbord. Noch heftiger rollt sie zurück und schmettert Lucy gegen eins der Fächer im Cockpit.

Schmerz wie weißes Licht. Gefolgt von sofortiger Dunkelheit. Als sie die Augen öffnet, weiß sie nicht, wie lange sie bewusstlos war, aber die Jacht rollt immer noch unter ihr. Sie packt den Griff des Staufaches und hievt sich hoch. Und sieht Lucian mit dem Bootshaken auf dem Kabinendach über ihr hocken. Speichel glänzt auf seinen Zähnen. «Lucy», zischt er. «Das hier stand *ganz eindeutig* nicht im Drehbuch.»

DREIUNDFÜNFZIG

Angeschnallt auf seinem Sitz spürt Abraham Rose, wie das Tamar-Rettungsboot sich von seiner Aufhängung löst, die Slipanlage hinuntergleitet und ungebremst aufs Wasser aufschlägt. Donahue O'Hare schaltet die beiden Dieselmotoren auf volle Kraft. Das Boot rast an der Mole vorbei und auf die offene See hinaus.

Er ist einer von sieben an Bord: Da sind Steuermann, Navigator, Techniker, was die anderen machen, hat er noch nicht herausgefunden. Durch die Fenster steuerbord sieht er ein Besatzungsmitglied eine Antenne aufstellen.

Abraham hat sein Handy und ein UKW-Funkgerät in der Hand. In den letzten fünf Minuten hat er mit der Küstenwache und seinem Team in Barnstaple gesprochen und alles aktiviert, was zu aktivieren war: den Flugdienst der Polizei, Unterstützung aus Exeter, einen Küstenwachen-Hubschrauber aus St. Athan, zusätzliche Hilfe der Seenotrettungsdienste aus Appledore und Padstow. Der gesamte Seeverkehr ist alarmiert.

Vierzig Minuten, bevor Abraham den Hafenkai von Skentel erreichte, war Jake Farrell, Lucy Lockes Ex, noch im Gebäude der Seenotrettung im Dienst. O'Hare berichtete, dass Farrell einen Telefonanruf erhielt und sofort seinen Posten verließ. Niemand hat ihn seither gesehen, aber seine Jacht, die *Huntsman's Daughter*, liegt nicht mehr an ihrem Liegeplatz.

Gerade hat der Detective Sergeant in Barnstaple zurückgerufen und Abraham die gewünschten Informationen gegeben. Genau wie er es vermutet hat, gehört der rote Renault Clio vor dem Leuchtturm Bee Tavistock. Eines ihrer auffälligen T-Shirts lag zusammengeknüllt auf dem Rücksitz.

Der DS hat im Nationalen Polizeicomputer-System auch nach

dem Besitzer des schwarzen Lexus gesucht: Lucian Edward Terrell, siebenunddreißig Jahre alt, gemeldet an einer exklusiven Adresse in Belgravia, London.

Terrells Einkommensquelle ist nicht klar, aber er hat eine lange Historie bei der Polizei. Fünf Mal ist er bereits wegen Stalking oder Belästigung festgenommen worden. Drei dieser Festnahmen führten zu Anklagen. Zwei Fälle wurden vom Jugendamt eingestellt, bevor sie vor Gericht kamen. Der dritte – es war das einzige Mal, dass Terrell als Angeklagter vor Gericht erscheinen musste – wurde nach der Intervention des Verteidigerteams abgewiesen. Seitdem sind keine weiteren Fälle bekannt geworden.

Eine Internetsuche ergibt, dass Terrell Mitglied des Arts Council von England ist, außerdem Kurator einiger anderer Institutionen, die mit Kunst zu tun haben. Seinem Lebenslauf zufolge studierte er ungefähr zur gleichen Zeit an der Slade School in London wie Lucy Locke. Abraham erkennt den Mann aus dem Drift Net und der Mahnwache am Strand von Penleith.

In der Nachricht, die sie ihm am Hafenkai hinterlassen hat, behauptet Lucy, was auch Abraham bereits begonnen hat zu begreifen: dass sich Lucian Terrell auf einem Rachefeldzug befindet.

Die Aufnahmen der Überwachungskameras vom Freitagmorgen zeigten, dass Fin Locke zum Hafenkai gefahren wurde, aber die getönten Fenster des Volvos verbargen den Rücksitz. Wenn Billie auf dem Rücksitz saß, saß Terrell dann vielleicht neben ihr?

Wenn dem so ist, war der schwarze Wagen in der Parkbucht Terrells Lexus. Falls Lucian im Beiboot zur Küste zurückgekehrt ist, hat er vielleicht Bee Tavistocks roten Clio benutzt, um von der Küste aus weiterzufahren. Das würde erklären, dass Tavistock einen Elektroroller benutzt hat, um am Freitagmorgen Lucy aufzusuchen.

Waren die Lebensversicherungspolicen nur ein Trick, um den Verdacht auf die Lockes zu lenken? Es wäre ganz einfach für Terrell gewesen, die Anträge dafür zu stellen. Ebenso einfach, wie auf Lucys Namen ein Konto zu eröffnen. Ein wenig schwieriger dürfte es gewesen sein, die Post abzufangen, bevor sie das Haus erreichte. In ihrer Nachricht behauptet Lucy, dass genau das in letzter Zeit passiert sei.

Aber eins will Abraham dringender wissen als alles andere: Ist Lucian Terrell allein ans Ufer zurückgekehrt, oder war Fin Locke bei ihm?

Lieber Gott, ich lobpreise dich für dein mitfühlendes Herz. Schenke mir das Durchhaltevermögen des guten Hirten, der seiner Herde folgt und niemals aufgibt.

Abraham sucht auf dem Meer nach einem Zeichen.

VIERUNDFÜNFZIG

Lucy steht breitbeinig im Cockpit. Lucian beobachtet sie vom Kabinendach aus.

Sie kann sich das hier nicht leisten. Hat keine Zeit dafür. Ihre Chancen, Fin doch noch wiederzubeleben, schwinden mit jeder Sekunde, die vergeht. Sie hat ihm bereits einen Satz Herzdruckmassagen verpasst. Sie ist die Einzige auf der Welt, die ihn zurückholen kann. Und statt das zu *versuchen*, steht sie einem Monster gegenüber.

Das Wissen ist wie Stacheldraht in ihrem Blut, eine Million Insekten, die in ihrem Schädel schwirren. Sie muss das hier beenden, jetzt, oder mit den Konsequenzen ihrer Untätigkeit leben.

Lucy macht einen Schritt nach vorn. Sie zieht das antike *Kukri*-Messer aus der Scheide, die an den Ausleger geklebt ist. Lucian weicht ein wenig zurück. Sein Gesichtsausdruck wird hart.

Lucy verzieht das Gesicht, weil sich ihre Innereien verschieben, als wäre ihr Rumpf eine Trommel voller zerbrochener Einzelteile. Sie klettert aufs Seitendeck und von dort aus aufs Kabinendach. Ihr *Kukri* ist tödlicher als sein Bootshaken, aber seine Reichweite ist viel kürzer. Weil der Mast und der Ausleger zwischen ihnen sind, kann Lucian sie den ganzen Tag lang auf Abstand halten, wenn sie es zulässt.

Sie stürzt sich mit dem Messer auf ihn. Lucian wehrt sie mit Leichtigkeit ab. Bevor sie sich erholen kann, packt er den Bootshaken etwas anders und schlägt gegen ihren Kopf. Der Schlag ist nicht hart genug, um sie umzuwerfen, aber er füllt ihre Ohren mit weißem Rauschen.

Lucy holt weit aus, verfehlt Lucian um dreißig Zentimeter,

trifft aber die Auslegerbremse. Sie holt erneut aus, und die Klinge fährt durch weiteres Tauwerk der Jacht. Dafür sticht er sie direkt über ihrer linken Brust gerade eben so stark, dass die Spitze seines Bootshakens ihre Haut durchdringt. Er spielt mit ihr, begreift sie. Er will sie nicht verwunden, sondern die Sache in die Länge ziehen.

Sie rollt sich über den Ausleger und sammelt sich. Lucian stößt mit dem Bootshaken nach ihr, diesmal härter, eindeutig, um zu verletzen. Sie schlägt den Haken beiseite, und bevor er ihn erneut auf sie richten kann, ist sie bereits auf ihm, ihre Schulter schlägt auf seine Brust, die flache Seite der Klinge prallt von seinem Arm ab. Es ist nicht das Ergebnis, das sie beabsichtigt hat, aber er stolpert zurück, verliert die Balance und hält sich am Mast fest, um nicht hinzufallen.

Lucy holt erneut aus, diesmal mit einer Rückhand aus dem Tennis, und sie legt all ihre Kraft hinein. Die Klinge schneidet durch die Luft und saust auf Lucians Gesicht zu. Er zuckt gerade noch rechtzeitig zurück. Bevor ihre Klinge ihren Bogen vollendet hat, sieht sie, wie er mit dem Bootshaken ausholt, um die Spitze in ihrem Bauch zu versenken. Das *Kukri* knallt mit einem hohlen Geräusch gegen den Mast. Der Aufprall lässt Schmerz in Lucys Arm explodieren. Die Waffe schlittert über das Kabinendach und bleibt vor der vorderen Luke liegen.

«Oh, du *Schlampe!*», schreit Lucian und taumelt zurück.

Sie ringt nach Atem und versucht zu verstehen, was da gerade passiert ist.

Am Mast ist ein blutiger Streifen. Als ihr Blick auf Lucians Hand fällt, sieht sie dunkles Blut aus den Stümpfen zweier Finger quellen.

Wütend stößt er mit dem Bootshaken nach ihr. Sie tritt zur Seite, packt ihn mit beiden Händen und stößt ihn zurück. Lucian stolpert über eine Unebenheit an Deck und stürzt mit dem gesamten Körper auf die Luke. Blut, hell und pulsierend, schießt über das Deck.

Er greift mit seiner guten Hand nach dem *Kukri* und rappelt sich auf. Der Mast steht jetzt zwischen ihnen. Jetzt ist *sie* diejenige mit der schwächeren Waffe.

«Der Junge ist kalt und tot», sagt Lucian. «Du hättest mir vertrauen sollen. So viel Mühe – und jetzt verlierst du *alle*.»

Sie kommt näher, schüttelt seine Worte ab, geht um den Mast. Er ist jetzt auf der Steuerbordseite und hat dem Heck den Rücken zugewandt. Zwischen ihm und Fin ist nichts mehr. Ein paar Schritte noch, dann ist er im Cockpit.

Sie sticht mit dem Bootshaken nach ihm. Sie täuscht nur an, aber Lucian fällt darauf herein und schwenkt das *Kukri*, um sie abzuwehren. Bevor er sich wieder fängt, sticht sie ein weiteres Mal zu. Die Stahlspitze versinkt in seiner Wange und zieht sich wieder zurück. Lucian schreit erneut auf. Blut spritzt auf sein Hemd. Er lässt seine Waffe fallen und tastet mit der guten Hand in seinem Gesicht herum, und in diesem Moment trifft sie ihn mit dem Bootshaken direkt über dem Ohr. Er fällt krachend zu Boden, spuckt und würgt. Lucy beugt sich über ihn und schlägt ihn zwei Mal ins Gesicht, wobei sie ihm die Nase bricht.

Lucians Gesicht ist jetzt völlig zerstört. Eine Blutblase bildet sich auf seinen Lippen und birst. Wütend packt er eine Strähne ihres wirren Haares. Er reißt sie zu sich herunter und bleckt die Zähne. Lucy schlägt nach seinem Arm, aber er ist zu stark. Seine Zähne streifen ihre Wange und schnappen wie die einer Schildkröte. Sie greift an ihm vorbei nach dem *Kukri*, erst mit ihrer rechten Hand, dann mit der linken. Aber sie ertastet nur ein loses Seil, das von dem freien Ausleger baumelt.

Lucian zieht sie zu sich heran, bis sie Wange an Wange liegen. Sie fühlt, wie sein Blut auf sie spritzt, und dreht instinktiv den Kopf weg. Ein Fehler.

Unglaublicher Schmerz, urplötzlich, in ihrem linken Ohr. Lucian wendet den Kopf und spuckt ein Stück davon aus. Sie fühlt, wie ihr eigenes Blut fließt, ein warmer Strom. Bevor er sie ein zweites Mal beißen kann, schlingt sie die zerschnittene Leine um seinen Hals. Lucian lässt ihr Haar los und kratzt ihr Gesicht. Er spuckt ihr einen Mundvoll Blut in die Augen. Lucy verzieht halb blind das Gesicht. Sie schlingt das Seil noch zweimal um seinen Hals und stolpert von ihm fort.

In ihrem Kopf: Billie, die tot am Strand von Penleith liegt. Daniel, der gebrochen in der Besucherhalle des Gefängnisses sitzt. Fin, der kalt und regungslos im Cockpit liegt.

Ihr Junge. Ihr wunderbarer Junge.

Lucy schreit voller Qual, rafft jedes kleinste bisschen Aggression zusammen, das noch in ihr steckt, und lehnt sich gegen den Ausleger. Sie streckt die Beine durch, drückt mit den Händen, schwenkt den Ausleger vom Deck fort.

Lucian wird nach hinten gezogen, seine blutigen Hände greifen nach dem Seil um seinen Hals. Seine Fersen schleifen über das Kabinendach, aber er kann den Schwung nicht abbremsen. Seine Waden holpern über den Handlauf.

Ungebremst schlägt der Ausleger über das Wasser aus. Lucian hängt am Hals daran, seine Füße strampeln und lassen das Wasser aufspritzen.

Sein Gesicht wird dunkler. Seine Versuche, sich zu befreien, werden hektischer. Er schmiert Blut von seinen Fingerstümpfen auf das Seil über seinem Kopf. Seine Füße tanzen heftiger. Er krampft und er zuckt. Und dann wird er ganz still.

Halb setzt Lucy den Fuß ins Cockpit, halb fällt sie hinein. Sie zieht eine der Leuchtraketen vom Bord, an dem sie sie befestigt hatte. Sie löst den Verschluss, fischt die Zündschnur heraus und feuert die Rakete in den Himmel. Dann sinkt sie neben ihrem verträumten, Karten sortierenden kleinen Bücherwurm zusammen; ihrem Weber von Worten, Fabulierer wunderbarer Legenden, Geschichtenerzähler der Extraklasse.

Lucy streckt die Hand aus und berührt ihn.

Fin ist kälter als das Meer, sein Blick ist auf etwas gerichtet, das sie nicht sehen kann.

Katharsis, denkt sie. *Reinigung durch Tragödie.*

Sie ringt nach Atem. Ihre Kraft hat sie verlassen, zusammen mit den letzten Resten Hoffnung. Lucy beugt sich dennoch über ihren Sohn. Sie legt die Hände auf seine Brust und pumpt.

Eins, zwei, drei ...

Kein Gedanke, kein Gefühl. Nur ein mechanischer Prozess, eine Auf-und-ab-Bewegung, ein Kolben, der nicht weiß, wann er aufhören muss.

... achtundzwanzig, neunundzwanzig, dreißig.

Beug dich vor, Lippen auf den Mund. *Atemspende.*

Nichts.

Sie setzt sich auf die Fersen. Schaut hoch in den Himmel, knurrt: «Wehe, du nimmst ihn mir.» Lucy hält inne und versucht es erneut. «Bitte – nimm ihn nicht zu dir. Er hat zu viel Potenzial. Zu viel *Leben.* Er muss hier bleiben, bei mir. Ich muss sehen, wie er aufwächst.»

Aber Billie ist auch voller Potenzial gewesen, übervoll von Leben und Liebe. Obwohl sie weiß, dass es nutzlos ist, beugt sich Lucy wieder über ihren Jungen. Mit beiden Händen auf seiner Brust pumpt sie weiter.

FÜNFUNDFÜNFZIG

Das Gebet ist kaum über Abrahams Lippen gekommen, als er es sieht: ein weißes Licht, das in einem großen Bogen in den Himmel steigt, südwestlich ihrer Position.

«Da», krächzt er und hustet Blut in seine Faust.

Nur Augenblicke später erreicht das Licht seinen höchsten Punkt und leuchtet rot auf.

«Ich sehe es!», ruft der Steuermann. Das Rettungsboot wendet und fährt volle Kraft voraus.

Abrahams Sitz wackelt heftig auf seiner Befestigung und puffert einiges von der plötzlichen Lageveränderung ab. «Hört mal», sagt er. «Ich will auf keinen Fall, dass sich jemand hier einer Gefahr aussetzt. Wenn das die *Huntsman's Daughter* ist, gehe ich als Erster an Bord. Niemand kommt mit, es sei denn, ich sage es.»

Ein paar Besatzungsmitglieder wechseln Blicke. Dann schaut der Navigator von seinem Radarbildschirm auf und hebt sein Fernglas. «Hab etwas», sagt er. «Zwei einundvierzig Grad.»

Abraham strengt seine Augen an. Alles, was er sieht, ist das Meer und der Himmel. Er spürt, dass das Boot ein wenig den Kurs ändert. Als ihm jemand das Fernglas reicht, richtet er es auf den Horizont. Und da sieht er es: den silbrig-weißen Umriss einer Jacht.

Das Tamar-Rettungsboot holpert weiter über die Wellen. Die vage Form wird deutlicher. Abraham sieht, dass dort nicht nur eine Jacht liegt, sondern zwei.

Der Schmerz in seiner Brust ist wie eine Schlange, die seine Lunge zusammendrückt. Er will seine Pillen herausholen und ein paar davon einwerfen, aber sein Sitz rüttelt so heftig, dass er befürchtet, er würde daran ersticken.

«Zwei Jachten, nebeneinander», sagt der Navigator. «Sieht aus, als hätte die eine die andere gerammt. Kann aber niemanden an Bord erkennen, aber ... ja ... das zweite Schiff ist die *Huntsman's Daughter*. Und es sieht so aus ... es sieht aus ...»

Der Mann verstummt. Abraham weiß, warum. Er sieht gerade dasselbe.

SECHSUNDFÜNFZIG

Eins, zwei, drei …

Lucy hört jetzt die Motoren. Das Klatschen eines Rumpfes gegen die flache Meeresoberfläche. Und ganz in der Ferne das Geräusch von Hubschrauberrotoren. Als sie aufblickt, sieht sie keinen Hubschrauber, aber sie sieht das Rettungsboot von Skentel, das über das Wasser herandonnert.

Sie sind zu spät.

Sie sind viel zu spät.

Sie weiß nicht genau, ob sie noch die innere Stärke besitzt, mit dem fertigzuwerden, was als Nächstes kommt. Sie glaubt nicht, dass sie je wieder einen anderen Menschen ansehen kann. Vielleicht sollte sie sich etwas Schweres suchen, ins Wasser klettern und sich hinabsinken lassen.

Denn egal, wie heftig sie Fins Herz massiert, wie viel Luft sie in ihn pumpt, sie weiß doch, dass er tot ist.

… achtundzwanzig, neunundzwanzig, dreißig.

Atme.

Atme.

Nichts.

Sie lässt die Hände auf die Schenkel fallen und starrt ihren kleinen Jungen an, sein kaltes Gesicht, seinen verlorenen Blick. Dieses Gesicht, das sie zum Lachen, zum Weinen gebracht hat, das in ihr Gefühle geweckt hat, die so tief sind, dass sie sie nicht für möglich gehalten hätte.

Reinigung durch Tragödie.

Lucy fühlt sich nicht gereinigt. Sie fühlt sich beraubt.

Alles Schöne schwindet – oder wird eingerissen und vor der Zeit zerstört. Vor einem Monat noch hatte sie ein Leben: einen

Ehemann und zwei außergewöhnliche Kinder, einen Überfluss an Liebe und Lachen. Damals ist es ihr nicht perfekt vorgekommen. Erst jetzt begreift sie, wie nah an der Vollkommenheit sie war.

Das Schicksal hatte sie gesegnet. Und jetzt hat es ihr alles genommen: ein Zeitungsartikel in einer Sonntagsbeilage, der dazu führte, dass ein Monster sie aufgespürt hat.

Das Tamar-Rettungsboot ist jetzt viel näher. Sie dreht sich um und sieht einen Hubschrauber der Küstenwache am südlichen Himmel größer werden.

Lucy beugt sich wieder über ihren Sohn. Legt die Hände auf seine Brust.

Eins ... zwei ... drei ...

Aber ihre Kraft und ihre Hoffnung sind verschwunden. Ihr verträumter, Karten sortierender kleiner Bücherwurm ist gestorben. Es ist grausam, weiter zu versuchen, ihn zurückzuholen.

... vier ...

... fünf ...

Das Rettungsboot wird langsamer und hält neben der *Huntsman's Daughter*. Die Jacht schwankt heftig in den Wellen, die das Boot verursacht. Lucy packt eine Klampe und hält sich daran fest. Der Hubschrauber ist jetzt lauter, näher, seine Turbine pfeift stetig.

Jemand tritt aufs Deck, oben am Bug. Nur Augenblicke später kniet ein Mann neben ihr. Lucy achtet nicht auf ihn, massiert weiter Fins Herz. Sie ist noch nicht bereit aufzuhören, noch nicht ganz. Sie braucht noch eine Minute, bis sie akzeptieren kann, was geschehen ist. «*Fünfzehn ... sechzehn ...*»

Der Mann neben ihr ist Detective Inspector Abraham Rose. Zerfurchtes Gesicht, krank aussehend, ernst. Nie hat sie so viel Mitgefühl gesehen. Er legt zwei riesige Hände auf ihre und nimmt sie mit einer Sanftheit von Fins Brust, die überhaupt nicht zu seiner Größe passt.

SIEBENUNDFÜNFZIG

1

Der Junge.

Abraham achtet nicht auf den toten Mann am Ausleger, springt auf die *Huntsman's Daughter* und klettert ins Cockpit. Da hockt Lucy Locke, zerlumpt wie eine Streunerin, durchnässt, zitternd und verzweifelt. Und da, vor ihr, liegt der Grund dafür.

Abraham erkennt Fin sofort. Aber der kleine Unterhalter, den er auf Lucys Handy gesehen hat, ist fort. Stattdessen liegt da nur eine Hülle.

Der Anblick ist so tragisch – so zutiefst schockierend –, dass er neben der Mutter aufs Deck sinkt. Er kann nur noch an den Jungen mit der Fliege denken. Fin Gordon Locke: Weber von Worten, Fabulierer wunderbarer Legenden, Geschichtenerzähler der Extraklasse.

Es war einmal ein buckliger alter Mann namens Bogwort. Bogwort war sehr mürrisch, weil er glaubte, dass ihn alle für hässlich hielten, obwohl das gar nicht stimmte. Das Traurige daran war, dass er eine Menge Freunde hätte haben können, wenn er die Leute nicht alle nervös gemacht und ihnen Angst eingejagt hätte.

Aber macht euch darum nicht allzu viele Sorgen, weil das hier nicht eine von diesen traurigen Geschichten wird, sondern eine, die euch aufheitert, weil ihr schon sehen werdet, dass Bogwort am Ende tatsächlich ein paar schöne Dinge passieren. Weil er sie verdient. Denn wenn die Menschen gut sind, bekommen sie schöne Dinge.

Lucy Locke neben ihm zählt mit zusammengebissenen Zähnen laut weiter.

Fin Locke hat nicht lange genug gelebt, um die schwersten

Lektionen des Lebens zu lernen. Vielleicht ist das ein Segen. Denn schöne Dinge, das weiß Abraham, passieren den Menschen *nicht*, weil sie sie verdienen. Manchmal – tatsächlich sogar ziemlich oft – passieren böse Dinge, schreckliche Dinge. Dinge wie das hier.

Schweigend legt er seine Hände auf Lucys.

Als er sie vor ein paar Tagen trösten wollte, zuckte sie vor seiner Berührung zurück. Jetzt zuckt sie nicht. Stattdessen senkt sie den Kopf. Sie schluchzt, es ist ein gebrochenes Geräusch.

Abraham nimmt Lucys Hände von der Brust ihres Sohnes.

Dann denkt er an den Matrosen, der eine halbe Stunde lang keinen Puls hatte, bevor ihn das Rettungsteam mit dem Defibrillator zurück ins Leben holte. Er legt seine Hände auf Fins Brust und beginnt zu pumpen.

Er weiß, dass er dabei brutal sein muss. Lucys Pumpbewegungen waren viel zu zart, um etwas zu bewirken. Vermutlich, weil sie keine Kraft mehr hat. Vermutlich, weil sie anders als er kein stumpfes Werkzeug Gottes ist.

Abraham drückt auf das Brustbein des Jungen und drückt die Rippen volle fünf Zentimeter weit ein. Er zuckt zusammen, als er das Knacken von Knochen hört, wird aber nicht langsamer.

Er sieht Lucy in die riesigen Augen. «Wir machen es zusammen. Sie und ich, nacheinander. Wenn ich aufhöre zu zählen, beatmen Sie ihn.»

Sie nickt. Er nickt.

«Achtundzwanzig, neunundzwanzig, *dreißig*.»

Lucy beugt sich herunter, bläst zwei Mal in Fins Lunge. Die Brust des Jungen hebt und senkt sich.

Abraham pumpt weiter.

Diese Anekdote über den Matrosen war nicht die einzige, die ihm der Arzt damals erzählt hat. Da gab es auch noch die Spanierin, die in einem Schneesturm erfroren war und nach sechs Stunden wiederbelebt werden konnte, obwohl ihr Herz stillgestanden hatte. Aber die Situation war vollkommen anders als diese hier. Abraham weiß nicht, wie lange Fin im Wasser war oder wie kalt sein Blut ist.

«Sie hat mich gefragt», sagt Lucy. «Billie hat mich mal gefragt, was danach kommt. Ich sagte, nichts. Sie wollte Trost, und ich habe ihn ihr nicht gegeben.»

«Achtundzwanzig, neunundzwanzig, *dreißig*.»

Lucy beugt sich über Fins Mund und gibt ihm zwei weitere Atemspenden. Keine Reaktion, also pumpt Abraham weiter.

«Was für eine Mutter tut so etwas?», fragt sie. «Daniel hat gesagt, sie hätte ganz am Ende über mich gesprochen. Was, wenn sie sich daran erinnert hat, was ich gesagt habe?»

«Achtundzwanzig, neunundzwanzig, *dreißig*.»

Abraham sieht zu, wie Lucy die Lunge ihres Sohnes mit Luft füllt. Er möchte sie trösten, aber ihm fallen keine Worte ein.

Und dann muss er es auch nicht, weil Fin Lockes Hand zuckt.

2

Lucy stöhnt, als hätte man einen Pfropfen gezogen. Sie beugt sich über ihren Jungen, das Ohr ganz nah an seinen Lippen. Abraham fixiert die Finger des Kindes. Vielleicht war es nur ein zufälliges Muskelzucken, oder die Jacht unter ihnen hat sich bewegt.

Mit erschreckender Plötzlichkeit hebt sich Fins Brust. Leben, das zurückkommt. Er hustet, beginnt zu würgen. «Drehen Sie ihn um», sagt Abraham. «Legen Sie ihn auf die Seite.»

Der Junge verkrampft sich, zieht die Beine an, übergibt sich halb, halb hustet er Meerwasser. Er tut einen weiteren pfeifenden Atemzug, blinzelt und verzieht das Gesicht.

Abraham rollt die Schultern zurück. Er steht auf, taumelt zurück, gibt Mutter und Sohn ein wenig Raum. Lucy Lockes Welt hat in diesem Moment einen Radius von ungefähr einem Meter – und sein Platz ist weit außerhalb davon.

Er versucht sich vorzustellen, was sie gerade fühlt, aber er hat keinen Maßstab dafür. Er will sich nicht beschweren. Er ist Gottes stumpfes Werkzeug, das hastig aus dem gröbsten Lehm geschaffen wurde, der gerade zur Hand war. Unelegant, unzivilisiert. Auf primitive Weise hin und wieder sehr effektiv.

Aber was Lucy Locke angeht, ist seine Einschätzung falsch. Ihre Welt ist doch etwas größer, als er dachte. Denn sie dreht sich für einen Augenblick um und sieht Abraham in die Augen. Dann kümmert sie sich wieder um ihren Sohn. Es ist genug. Es ist sogar mehr als genug. Er lächelt sie an, obwohl sie es nicht sehen kann.

EPILOG

Strand von Penleith. Sommer.

Im flamingofarbenen Licht der Morgendämmerung lecken die Wellen den Sand zu halbmondförmigen Rippen.

So früh am Morgen ist der Strand von Penleith völlig unberührt. Keine Touristen, keine Musik, nur die Schreie der Möwen und Lummen sind zu hören, die über dem Wasser kreisen.

Im Süden ragt der schwarze Felsen von Mortis Point ins Meer. Dort oben sieht Lucy keine Spur mehr von ihrem alten Haus; die schwarze Ruine ist vollkommen abgetragen worden. Sie wird nicht darum trauern, wird nicht darum weinen, was verloren ist. Sie sieht die leuchtend gelben Bagger, die in ein paar Stunden wieder ihre Arbeit aufnehmen und die Baugrube für ihr neues Heim ausheben werden.

Verrückt, wieder dort oben zu leben. Und doch werden sie genau das tun.

Lucy muss Abraham Rose dafür danken, noch ein Punkt auf einer langen Liste. Als sie ihm später an Land sagte, sie habe das Haus angezündet, um Fin zu retten, runzelte er finster die Stirn und schüttelte den Kopf.

«*Sie* haben es nicht angezündet, Lucy. Ich will das nie wieder hören. Genau genommen will ich, dass Sie überhaupt mit niemandem über das Feuer *sprechen*. Es ist einfach alles viel zu traumatisch gewesen, und Sie können sich nicht erinnern. Dieses Tier, das sie eingeschläfert haben, hat den Brand gelegt. Warten Sie nur ein paar Wochen – ich garantiere, genau das werden die Ermittlungen ergeben. Ganz sicher zur Freude Ihrer Versicherung. Verstehen Sie mich?»

Sie verstand ihn natürlich. Und ein paar Wochen später kam es genau so, wie er gesagt hatte.

Zunächst war es ihr undenkbar vorgekommen, ihr Leben in Skentel fortzusetzen. Wie konnte sie das tun, nach allem, was geschehen war? Es war doch besser, mit Daniel und Fin irgendwo weit fort von hier neu anzufangen.

Aber das hätte Lucian Terrell einen kleinen Sieg beschert, und das konnte sie auf keinen Fall erlauben. Stattdessen verbringt sie lieber jeden Tag ihres Lebens im Widerstand gegen ihn.

Alles, was er versucht hat zu zerstören, wird Lucy wieder aufbauen. Sie wird so viel Liebe in Daniel und Fin stecken, dass sie leuchten werden wie Laternen. Sie wird ihrem Jungen dabei helfen, der größte, glücklichste und freundlichste Mensch zu werden, der er werden kann. Sie wird auch ihren Ehemann von den Schrecken heilen, die er erlebt hat. Lucy weiß, dass das Kind, das in ihrem Bauch wächst und das bisher noch ihr Geheimnis ist, dabei helfen wird.

Die Trauer über Billies Tod wird nicht vergehen, aber Lucy wird den Schmerz für gute Taten nutzen. Sie wird ihr Vermächtnis fortführen. Und sie wird nicht damit aufhören.

Zum Glück hat sie ein ganzes Völkchen auf ihrer Seite – Menschen, deren Leben Billie berührt hat und die geschworen haben, Lucy dabei zu helfen.

Sie spricht jeden Tag von ihrer Tochter, jedem gegenüber, der ihr zuhören will, egal, wie sehr ihr Schmerz sie lähmt. Sie erzählt Fremden Geschichten von Billie, und auch denjenigen, die das Mädchen gut kannten. Sie schreibt jede Anekdote auf, jede noch so winzige Erinnerung. Sie wird dafür sorgen, dass das Mädchen noch viele Jahrzehnte eine leuchtende Sonne bleibt, eine strahlende Wärmequelle. Und sie wird dafür sorgen, dass Fin die Gegenwart seiner älteren Schwester seine gesamte Kindheit hindurch und auch noch danach spürt.

441

Jetzt beobachtet sie ihren Sohn, der barfuß ins Wasser geht. Es gibt kaum Wellen, das Meer schwappt nur leise ans Ufer. Fin trägt schwarze Shorts, ein weißes Hemd, seine Lieblingsfliege aus Samt. Er hat sich seine Kleidung selbst ausgesucht und sichergestellt, dass die Fliege extra fest sitzt.

Als er bis zu den Knien im Wasser steht, schraubt er die Urne auf, die er an die Brust gedrückt hält, und neigt sie. Billies Asche gleitet hinaus.

Es ist schwer, das mitanzusehen. Lucy spürt, wie ihre Brust bebt, ihre Beine und ihre Finger ebenfalls. Diese weichen grauen Partikel – all das, was rein physisch von ihrer Tochter geblieben ist – werden dunkel, als sie im Meer versinken.

Langsam zieht der Ozean Billie vom Ufer fort. Fin hält die Urne jetzt kopfüber und schüttelt die letzte Asche hinaus. Dann schraubt er den Deckel wieder auf.

Lucy hört ihn sprechen, aber sie kann die Worte nicht verstehen. Es ist eine private Unterhaltung zwischen Bruder und Schwester. Sie fragt sich, ob Billie wohl zuhört.

Daniel steht neben ihr und zieht sie an sich. Sie schaut zu ihm auf, findet seinen Blick, schlingt die Arme um seine Taille. Fin watet aus dem Wasser. Er gibt Daniel die leere Urne und nimmt Lucys Hand. Vater und Sohn haben bereits ein stärkeres Band als zuvor. Wenn Lucy fertig ist, wird sie nichts mehr auseinanderbringen.

Sie schauen eine Weile hinaus aufs Meer, sie alle drei, und sehen, wie Billie davongetragen wird. Lucy schließt die Augen und schickt einen Gedanken hinaus, der Fins Worten folgen soll. Als sie fertig ist, drehen sie sich alle um.

Auf den Dünen stehen wohl alle Einwohner Skentels und der benachbarten Gemeinden. Lucy sucht mit den Augen nach Jake Farrell, der auf seinen Stock gestützt dasteht. Was sie ihm schuldet, wird sie nie zurückzahlen können, aber das ist etwas, woran sie später noch arbeiten kann. Denn sie wird zum Andenken an Billie jeden Tag Gutes tun.

Neben Jake stehen Noemie und Bee. Lucy sieht Gordon und Jane Watson von der Apotheke, Wayland Rawlings aus dem Modellbauladen, Craig Clements und Alec Paul und Donahue O'Hare von der Rettungsstation. Luke Creese von St. Peter ist da. Bill Shetland, der Hafenmeister, steht neben Sean Rowland, dem Stationsbeamten der Küstenwache in Redlecker. Und dann ist da Ed und alle von Billies Freunden. Beinahe zu viele, als dass man sie zählen könnte.

Ein ganzes Volk.

Das einzige Gesicht, das sie nicht findet, ist das von Abraham Rose. Der Detective mit dem zerklüfteten Gesicht ist im Frühling gestorben. Er hat sich das Leben genommen, um dem Krebs zuvorzukommen. In der Nachricht, die er hinterließ, schrieb er, er habe zu viel Angst vor einem Arztbesuch oder einer Bestätigung seiner Diagnose. Die Obduktion fand eine ernste, aber behandelbare Lungenkrankheit – Abraham Rose hatte keinen Krebs.

Lucy ist zur Beerdigung gegangen. In den Monaten danach hat sie so viel über den Mann herausgefunden, wie sie konnte. Sie hatte sich bereits geschworen, einen Menschen ewig im Bewusstsein der Menschen zu halten. Da kann sie es auch mit zweien versuchen.

Ein ganzes Leben voller guter Taten wartet auf sie. Manchmal wird der Schmerz unerträglich sein. Aber es gibt Schönheit auf der Welt, ein Übermaß davon. Lucy kann es kaum erwarten anzufangen.

DANK

Mein großer Dank geht an Frankie Gray, meine Lektorin bei Transworld, die mit diesem Buch viel Arbeit hatte. Ich stehe auch bei Friederike Ney von Rowohlt in Deutschland in großer Schuld.

Detective Inspector Dee Fielding hat mich wieder einmal beraten, was die Beschreibung der polizeilichen Ermittlungen angeht, wofür ich sehr dankbar bin. Alle Fehler oder Auslassungen sind natürlich meine eigene dumme Schuld.

Steuermann Lewis Creese vom Seenotrettungsdienst in Angle in Wales gilt ein riesiger Dank. Er hat mir geduldig das Protokoll einer Seenotrettungsaktion geschildert und die technischen Details verschiedener Rettungsboote einschließlich des Tamar-Rettungsbootes erklärt, das er steuert. Lewis hat sogar Fotos vom Inneren des Bootes geschickt, weil ich wegen der Covid-Regeln nicht selbst kommen konnte. Luke und Jacob, euer Dad ist ein echter Held.

Steuermann Martin Cox vom Seenotrettungsdienst in Appledore hat mir ähnlich unschätzbare Hilfe geleistet, unter anderem durch seine Erläuterungen der Bedingungen auf See und der Wettermuster in der Gegend meiner fiktionalen Kleinstadt. Martin fährt ebenfalls ein Tamar-Rettungsboot, von dem ich inzwischen ein echter Fan bin.

Es gibt nur wenige Dinge, die beängstigender sind, als auf hoher See in Schwierigkeiten zu geraten. Allein im Jahr 2019 mussten die Besatzungen der Seenotrettungsboote im Vereinigten Königreich und Irland 9379 Menschen helfen. Die Freiwilligen auf den Stationen an Land halfen weiteren 29 334 Menschen. Zusammen retteten sie 374 Menschen vor dem Tod.

Seit der Gründung des britischen Seenotrettungsdienstes RNLI haben über 600 Freiwillige im Dienst ihr Leben verloren. Wir schulden ihnen und denen, die zurzeit im Rettungsdienst arbeiten, riesigen Dank.

Sam Lloyd
Der Mädchenwald

Elijah ist ein Einzelgänger, der mit seinen Eltern in einer Hütte im Wald lebt. Er kennt keine Handys und kein Internet, aber er weiß, es ist nicht richtig, dass in dem Keller unter der Erde ein Mädchen gefangen gehalten wird; er weiß, er sollte jemandem von seiner Entdeckung erzählen. Aber er weiß auch, dass sein Leben aus den Fugen geraten wird, wenn die Wahrheit ans Licht kommt. Denn die 13-jährige Elissa ist nicht die Erste, die in den Mädchenwald gebracht wurde.

448 Seiten

Elissa erkennt, dass ihr nur mit Elijahs Hilfe die Flucht gelingen kann. Doch alle Versuche, den Jungen während seiner täglichen Besuche zu manipulieren, schlagen fehl. Denn er ist cleverer, als er zu sein vorgibt. Und er hat längst begonnen, das Spiel nach seinen eigenen Regeln zu spielen ...

Weitere Informationen finden Sie unter **rowohlt.de**